ハヤカワ・ミステリ文庫
〈HM462-6〉

ガン・ストリート・ガール

エイドリアン・マッキンティ
武藤陽生訳

早川書房
8579

GUN STREET GIRL
by
Adrian McKinty

Translated by
Yousei Muto
First published 2020 in Japan by
HAYAKAWA PUBLISHING, INC.
This book is published in Japan by
arrangement with
PROFILE BOOKS LIMITED
c/o ANDREW NURNBERG ASSOCIATES LIMITED
through TUTTLE-MORI AGENCY, INC., TOKYO.

Now the rain's like gravel on an old tin roof,
And the Burlington Northern's pulling out of the world,
A head full of bourbon and a dream in the straw,
And a Gun Street girl was the cause of it all…

——トム・ウェイツ "Gun Street Girl"、一九八五年

おまえさんが何を恵んでくださったのか、わしにはまだ分からんが、わしからの恵み物は、それは恐ろしいものだ。日々と夜々、それがおまえさんのものだ。

——ホルヘ・ルイス・ボルヘス『青い虎』、一九八三年

ブリテン諸島地図
北アイルランド地域
（イギリス領）
デリー（ロンドンデリー）
グラスゴー
ラーン
ホワイトヘッド
イギリス連合王国
キャリック
ファーガス
ベルファスト
アイルランド共和国
ダブリン
オックスフォード
ロンドン

用語集

・**北アイルランド**：アイルランド島北東部に位置するイギリス領地域。イギリス本国からの入植者の子孫であるプロテスタント系住民が多数派だが、島にもともと住んでいたカソリック系住民も存在している。
・**アイルランド共和国**：北東部を除くアイルランド島を領土とする国家。第一次世界大戦後にイギリスから独立。カソリック系住民が多数派を占める。
・**北アイルランド紛争**：「トラブルズ」とも。北アイルランド地域におけるプロテスタント系住民とカソリック系住民の宗教的対立や、イギリスによる統治をめぐる諸問題を背景に、一九六〇年代末から激化した紛争。おもにカソリック系の穏健派（ナショナリスト）と過激派（リパブリカン）、プロテスタント系の穏健派（ユニオニスト）と過激派（ロイヤリスト）の四派閥が複雑に関係し、テロ組織やイギリス本国の軍隊も関わって多数の犠牲者を出した。

・**ナショナリスト**：北アイルランドと南のアイルランド共和国との統一を目標とするカソリック系の一派。本シリーズではこれまで〝カソリック系南北アイルランド統一主義〟と訳出してきたが、本作では〝カソリック系南北統一主義〟と訳出。
・**リパブリカン**：ナショナリストのなかでも武装闘争を活動主体とする過激な一派。本シリーズではこれまで〝カソリック系南北アイルランド統一主義過激派〟と訳出してきたが、本作では〝カソリック系南北統一主義過激派〟と訳出。
・**ユニオニスト**：イギリスからの分離独立を是としないプロテスタント系一派。〝プロテスタント系親英派〟と訳出。
・**ロイヤリスト**：ユニオニストのなかでも武装闘争を活動主体とする過激な一派。〝プロテスタント系親英過激派〟と訳出。
・**アイルランド共和軍**（ＩＲＡ）：リパブリカン系の組織で、本シリーズではおもに、武装闘争路線の派閥、ＩＲＡ暫定派のことを指す。〝軍〟という名称が紛らわしいが、実際にはテロ組織と認定されている。ダフィのようなカソリックの警官を〝裏切り者〟とみなし、賞金を懸けている。
・**アルスター防衛連隊**（ＵＤＲ）：イギリス軍予備役。北アイルランドの治安維持を目的とする。左記のアルスター防衛同盟と紛らわしいが、まったく別の組織であることに留意されたい。

・**アルスター防衛同盟(UDA)**:プロテスタント系右派組織。IRAと敵対している。アルスター自由戦士(UFF)はUDAの下部組織。

・**アルスター義勇軍(UVF)**:プロテスタント系のテロ組織。

・**アルスター**:北アイルランドのこと。正確に言えば北アイルランド六州(アーマー州、アントリム州、ダウン州、ティロン州、ファーマナ州、デリー州)に加え、アイルランド共和国の三州も含まれる。

・**特別部**:王立アルスター警察隊の一部門で、MI5(英国情報局保安部)と密接に連携している。北アイルランド紛争時代にはとりわけ対IRA暫定派の活動に従事した。

・**アングロ・アイリッシュ**:アイルランドに移住してきたプロテスタント系イギリス人の子孫。

・**アイルランド語(ゲール語)**:ケルト語派に属する言語。話者はケルト系(カソリック)が多い。

・**アングロ=アイリッシュ合意**:一九八五年にアングロ、すなわちイギリスとアイルランド共和国間で締結された合意。

ガン・ストリート・ガール

登場人物

ショーン・ダフィ……………………王立アルスター警察隊(RUC)警部補。カソリック教徒

ピーター・マカーサー………………同警部

マクラバン（クラビー）……………同巡査部長

アレクサンダー・ローソン
ヘレン・フレッチャー　｝………同巡査刑事

マーティン・マクリーン……………同特別部警部

ビリー・スペンサー…………………同特別部警部補

レイ・ケリー…………………………馬券屋の富豪

マイケル・ケリー……………………レイの息子

シルヴィー・マクニコル……………マイケルの恋人

ディアドラ・フェリス………………シルヴィーの同居人

アナスタシア・コールマン…………死亡したオックスフォード大学生

ゴットフリート・ハプスブルク……株式仲買人

アラン・オズボーン…………………保守党調査員

ナイジェル・ヴァードン……………元〈ショート・ブラザーズ〉社員

トミー・ムーニー……………………〈ショート・ブラザーズ〉労働組合代表

ジョン・コノリー……………………アメリカ総領事宅のゲストハウス滞在者

ボビー・キャメロン…………………アルスター防衛同盟(UDA)メンバー

サラ・オルブライト…………………《ベルファスト・テレグラフ》の記者

ケイト・プレンティス………………ＭＩ５ベルファスト支部長

1 暗闇のスキャナー

Ssssssssssssssssssssssssssssssssssssssssssssssssssssssssss…

静寂。

Sssssssssssssssssssssssssssssssssssssssssss…

静寂。

「聞こえません」

「続けろ」

「は」

真夜中。

真夜中、すべてのスパイが眠りに就いている。ビーチでは、ただ不満顔の凍えた警官たちだけが静かに煙草をまわし、双眼鏡越しに黒い大西洋をじっと見つめ、特別部の皮肉屋たちのあいだで〝死の船〟と呼ばれるようになった船舶の夜間航海灯を見つけようとしている。

Sssssssssssssssss…

霧雨。

雑音。

振動する音の波。途切れ途切れのオランダ語。無線周波数が干渉し、興奮に息を弾ませたDJが「ユーロ・ディズニーの建設予定地はパリに決まりました（Euro Disney sera construit à Paris）」と世界に伝えている。

俺たちはデリー近郊、アイルランドの荒涼とした北海岸のビーチにいる。一九八五年十一月。レーガンが大統領、サッチャーが首相。ソヴィエト社会主義共和国連邦では、少しまえにゴルバチョフが政権を掌握していた。国内第一位のアルバムはシャーデーの《プロミス》。げんなりするほど長いあいだチャートのトップに君臨していたジェニファー・ラッシュのトーチソング《The Power Of Love》はいまだにそこに居座っていて……

Ssssssss、そのときようやく、短波無線の傍受装置に張りついていた若い巡査が《聖母（レディ・）マリア（オブ・ノク）》号の無線周波数を探り当てた。

「見つけた！　こっちに近づいてきています！」

そうだ、俺たちはこれを待っていた。天気は申し分なく、月が出ていて、潮は引き潮。

「あい、くそ野郎どものお出ましだ」特別部の男がぼそりと言った。

俺は何も言わない。俺がこの場にいるのは形だけのこと、俺の抱えているタレコミ屋の情報がこの複雑かつ国際的な捕り物に貢献したという、ただそれだけのことだ。ここは俺が演説や助言をする場所ではない。そうする代わりに、自分のリボルバーを軽く叩き、手帳をめくると、グイド・レーニの《サタンを踏みつけるミカエル》のポストカードが貼ってあるページをひらいた。小さく十字を切り、警察官の守護天使、大天使聖ミカエルにこれからも変わらぬ庇護をと小さく祈る。自分がオマワリの守護天使、大天使聖ミカエルの存在を信じているかどうかはわからない。が、俺の所属している王立アルスター警察隊(RUC)は西欧諸国で最も死亡率が高い警察組織だから、どんなささやかなご利益(りやく)でも、ないよりはましだ。俺は手帳を閉じ、そばにいる男の煙草に火をつけてやる。こいつは国際刑事警察機構(インターポール)の関係者を自称しているが、ガウアー・ストリート一四〇番地のスパイのように見える。アイルランド人がヘマをしてこの大捕り物を台なしにしないよう、監視に来たＭＩ５のスパイのように。

男は小声で礼を言うと、俺にフラスコ瓶を渡す。飲んでみると中身は上等なジンだ。

「乾杯(チアーズ)」俺は言い、中身をあおり、男に返す。

「乾杯(チンチン)」男は言う。やっぱりだ――ＭＩ５。

　そよ風が月面から雲を払う。駐車場のどこかで犬が鳴く。

　警官たちは待つ。スパイたちは待つ。ボートの上の男たちは待つ。全員が一緒になって、未来に転がり込む。

　俺たちは波を眺め、マリン岬沖のどこか、空と海がひとつになっているあたりの冷たく黒い無限を眺める。とうとう零時三十分、誰かが叫ぶ。「あそこだ！　船が見えた！」俺たちはビーチを離れるよう命じられる。ほとんどの人間が砂丘のうしろに引っ込むが、もう少し賢い幹部の数人はアルコールストーブとホットウィスキーで暖を取ろうと、はるばるランドローバーまで引き返す。俺が潜んでいる砂州(さす)にレインコートを着た女性がふたりいる。ふたりとも特別部の諜報員のようだ。

「すごくドキドキしますね」ブルネットの女が言う。

「だな」

「あなたはどこの人？」もうひとりが愉快なコーク訛(なま)りで俺に訊く。それはロバが井戸を落ちていく音のように聞こえる。

　俺は答えるが、〝警部補〟という言葉が俺の唇を通過するやいなや、女が興味を失うのがわかる。今夜は副本部長や警視が現場に出ていて、俺は食物連鎖のかなり下のほうにいる。

「そろそろだ！」誰かが言う。《レディ・オブ・ノク》号が海峡に乗り入れ、打ち寄せる波と同じ方向に進んでいるのが見える。変わった船だ。改装された小型貨物船か、もしくは滑車とチェーンが撤去されたトロール漁船か。まともに航海できそうには見えないが、どういうわけか大西洋の五千キロ以上の海路をやってきた。

船は陸地から二百メートルほどの地点で錨をおろし、素人くさいまごつきのあと、ゴムボートが海面におろされる。五人の男がそのモーターボートに乗り込み、勢いよくビーチに迫っている。あの男たちが陸にあがった瞬間、この作戦は王立アルスター警察隊の管轄下に置かれる。あの銃器密輸人の五人全員がアメリカ市民で、船がボストンから来たものであったとしても。

ひゅん、ひゅん、ひゅん、ひゅん、小さなゴムボートが跳ねる。岩や暗礁のことなどまるで気にかけずに。この一帯にはそういうものがたくさんある。ボートは奇跡的に岩と暗礁をすべて避け、波の上を猛スピードで走り、ビーチに到達する。男たちはボートを降り、犬を散歩させている者、カップル、その他の目撃者がいないかどうか、あたりを確かめる。誰もいないとわかると「よし！」とか「やった！」と快哉を叫ぶ。ひとりの男が膝をつき、教皇の真似をして砂に口づける。あの男には、あの若造には信心がある。教皇のようにダブリン空港のターマック舗装に口づけするのと、デリーの主要下水処理場の風下にあたるこの油ぎった砂利のビーチに口づけするのは、まったく別の話だが。

男たちは酒のボトルをあけ、まわし飲みを始める。ひとりはジョン・レノンの顔がプリントされたスエットを着ている。あのアメリカの若者たちは海を渡り、俺たちに迫撃砲と機関銃の形をした死をもたらしに来た。

「ヤンキーどもが。なんでも思いどおりになると思ってやがる」特別部の幹部のひとりが言う。

俺は言葉を足したい欲求に抗う。あのアイルランド系アメリカ人の密輸人たちはうぶで無知にちがいないが、俺は彼らがどこから来たか知っている。愛国心は根絶困難な病であり、倦怠が俺たちみんなを踏みつけていて……

ビーチの男たちは腕時計に眼をやり、どうしたものかと考える。ニック・マクレディというトラック運転手とその息子ジョーと待ち合わせしているのだ。が、ふたりともすでに拘留されている。

男たちのひとりが発煙筒に火をつけ、頭の上で振りはじめる。

「あいつら、どうするつもりだ？　花火でもおっぱじめるのか？」俺の背後で誰かがぼやく。

「俺たちはどうするんです？」俺は副本部長の耳に届くだけの声量で返す。あとどれだけここで待たなきゃいけないんだ？　船に銃があるなら押収する。船に銃がないなら押収しない。そのいずれにしろ、連中にお縄をかけるなら今だ。

「そこ、静かにしてろ！」誰かが言う。

俺が責任者なら、拡声器とサーチライトでこちらの存在を知らせ、密輸人たちにこの状況を根気強く説明するところだ。君たちは包囲されている。君たちの船がこの湾を出ることはできない。両手をあげておとなしく……

しかし、俺は責任者ではないから、そうはならない。王立アルスター警察隊／アイルランド警察（ガルダ）／ＦＢＩ／ＭＩ５／インターポールによるこの協同作戦は大失敗めがけてまっしぐらに進んでいる……制服を着た階級の高い警察官が、『戦場にかける橋』冒頭のアレック・ギネスよろしく、ビーチの男たちに向かってつかつかと歩きはじめる。

「何をするつもりなんだ？」俺はひとりつぶやく。

密輸人たちはまだ彼の存在に気づいておらず、ひとりが発煙筒で空中に8の字を描き、ほかの男たちを喜ばせている。

制服警官は砂丘のてっぺんに立つと、「おまえら、遊びはそこまでだ！」と『ドクグリーン署のディクソン巡査』のような高らかな声で宣言する。

おまえら、遊びはそこまでだ？

アメリカ人たちはたちまちのうちに武器を抜き、ゴムボートに向かって駆ける。ひとりが制服警官めがけてでたらめに発砲し、警官は砂浜に伏せる。おいおい、それは卑怯だぞとでも思っているのだろう。

「両手をあげろ！」やや遅れて、別の警官がメガホンで怒鳴る。

アメリカ人たちはショットガン、アサルトライフルといった立派な得物で暗闇めがけて手当たり次第に撃つ。警官の何人かが撃ち返しはじめる。信号弾の白、マズルバーストの赤、曳光弾のオレンジ色の弧が夜を照らす。

そうとも、これで俺たちは完全に一線を越え、国際的大失態の領域に足を踏み入れた。

「武器を捨てろ！」メガホンを持った警官が必死なそぶりで呼びかける。

警察の狙撃手が放った弾丸を肩に受け、アメ公のひとりが倒れる。けれど男たちは投降しない。彼らは混乱し、船酔いし、消耗している。誰に撃たれているのか、なぜ撃たれているのか、まったく理解できていない。ふたりの男が波に向かってゴムボートを押し戻しはじめる。彼らは理解していない。こちらには十倍の数の人間がいることを。なんらかの奇跡が起きて《レディ・オブ・ノク》号まで戻れたとしても、軍の特殊船艇部隊に乗り込まれるだけだということを。

波がゴムボートを転覆させる。

「こちらは警察だ。おまえたちは包囲されている。すぐに銃撃をやめろ！」メガホンが男たちに命じる。が、すでに血が流されており、彼らは機関銃の一斉射撃で返答する。俺はもう一本の煙草に火をつけ、聖ミカエルに触れると、駐車場に引き返す。

ランドローバーの列を通り過ぎ、自分の車に乗る。イグニッションにキーを挿し、ひねると、エンジンがうなり、生命が宿る。ラジオ3でベルリオーズが流れている。ラジオ1に替えると、フィーガル・シャーキーのバラードがかかっている。フィーガル・シャーキーがソロで成功したという事実から、現代の音楽シーンについて知っておくべきことがすべてわかる。ラジオを切り、前照灯をつける。

耳をつんざく轟音（ごうおん）とともに弾薬箱が爆発し、ここからでも巨大な火球が見える。ハンドルに頭を押し当て、大きく息を吸う。

駐車場の警備をしているかなり若い巡査が運転席側のウィンドウをノックする。「ちょっと、どこに行くつもりですか？」

俺はウィンドウをさげ、「家だ」と告げる。

「帰っていいと言われたんですか？」

「誰も残れとは言わなかった。だから帰る」

「でも、こんな状況で帰るなんて！」

「それができるんだな」

「けど……けど……」

「いいからどいてくれ」

「このあとどうなるか見たくないんですか？」巡査は息せき切って言う。

「茶番劇は口に合わないんだ」そう言うと、俺はウィンドウを巻きあげ、駐車場から車を出す。バックミラーのなかの俺が首を横に振っている。今のは愚かな発言だった。このあたりでは、死につつある大英帝国の辺縁では、多少なりとも筋の通った物語の形式は茶番劇だけだ。

2　ドワイヤー氏にまつわる問題

後方に花火。前方に暗闇。それがアイルランド問題のメタファーでなければなんなのか、俺にはわからなかった。

出入道路からA6に乗り入れると、片側二車線が終わるグレンゴルムリーまで異常なスピードで飛ばした。グレンゴルムリーから先はA2を少し走ればキャリックファーガスだ。寒く湿っぽい霧の晩で、テロリストもイギリス軍の無差別検問もやる気をなくしていた。おかげで比較的ゆったり走れたし、高速道路で時速百八十キロを出した区間でも運よく自殺せずにすんだ。

ヴィクトリア団地のコロネーション・ロードに戻ったときには一時二十分をまわっていた。

深夜も零時を過ぎた中産階級の界隈はしんと静まり返っていたが、団地のこのあたりではいつなんどき騒ぎがあるかわからない。今は二軒隣、ボビー・キャメロンの家の外に男たちが集まって、ハープ・ラガーを飲み、フィッシュ・アンド・チップスを食い、長いコードをつないだ携帯用レコードプレーヤーでダイナ・ワシントンらしき曲をかけ、どんちゃん騒ぎの真っ最中だ。ボビーはフィッシュ・アンド・チップス移動販売車の店長を脅迫して、自分と友人たちに食い物をふるまわせているにちがいない。ボビーは武装組織の地元指揮官で、けちなみかじめ料の取り立てや消費税のかからない煙草とドラッグの取引をしている。ここ数年は評判が落ちていたが、最近になってまた人気があがってきた。というのも、グラスゴーのプロテスタント集団であるオレンジ結社の助けを借りて、スコットランドの統一教会支部からキャリックファーガスの少女を連れ戻し、洗脳を解いたからだ。統一教会の神殿は焼き落とされ、六人ばかりの統一教会警備員が膝を撃ち抜かれた。「スコットランドと北アイルランドから出ていけ！」というのが不具になった警備員たちが韓国まで持ち帰った伝言だった。これはボビーにとって大勝利であり、今では「いざというときには警察でなくボビー・キャメロンを頼れ」という声もちらほら耳にするようになっていた。それはまさに武装組織の連中が聞きたい類いの言葉だった。

俺とボビーの眼が合った。ボビーはなんとなくブライアン・クラフに似ていた。といっても、ノッツ・カウンティFCに3－0で負けたあとのブライアン・クラフに。

「ダフィ、おまえ指名手配されてるぜ」

「そうかい？」

「警察無線を聞いてないのか？」

「ああ」

「俺たち、無線を傍受してたんだ。おまえを探してたぜ。ミス・マープルの手を借りられないとなりゃ、当然、恐れ知らずのダフィ警部補の出番ってわけだ」

「教えてくれてどうも」俺は言い、車をロックした。

「夕飯にフィッシュ・アンド・チップスはどうだ？」ボビーが言った。「おごるぜ」

俺はチップスの移動販売車に近づき、店長を確かめた。男は歳かさで、えもいわれぬ悲しみをまとっていた。「私は警官です。あなたは自分の意思に反して引き留められていませんか？　今晩ここにいろと脅されていませんか？」

「いえいえ、全然」男は間髪入れずに言った。「ボビーさんに頼まれてやっているだけです」

その言葉を信じていいかどうか判断がつかなかったが、命の危険を感じているようには見えなかった。なら、気にするほどのことではないのだろう。「じゃあソーセージのやつをもらおう」

俺が移動販売車のウィンドウに近づけるよう、食事をしていた男たちが脇にどいた。ゴロッキと穀潰し（ごくつぶ）の大見本市。俺の一生がBBCでドラマ化されることがあったら、このシーンは配役担当者の腕の見せどころになるだろう。お抱えのエキストラのなかでもとびきり不細工（ぶさいく）で異様な男たちを惜しみなく出せる。

恐喝された店長が新聞紙に包んだソーセージとフライドポテト（チップス）を寄こした。俺は礼を言い、一ポンドを差し出した。

「店のおごりです」店長は言い、ボビーのほうを手で示した。

俺はチップスを一、二本口に入れ、「スコットランドはどうだった？」とボビーに尋ねた。

「なんだ、もう聞いてるのか？」

「おもしろい事実を教えてやろう。統一教会の教祖、文鮮明（ぶんせんめい）は長老派として育てられた。つまり統一教会ってのは韓国の過激な長老派みたいなものなんだ」

ボビーはかぶりを振った。「午前二時におまえと神学論をやるつもりはねえよ。おまえの夜はまだまだこれからみたいだしな。けどまあ、ひとつだけ言っておくと、おまえらカソリックはプロテスタントってもんを全然わかってねえ」

「そうか？」

「おまえんとこの教会はトップダウン型だ。教皇、枢機卿、司教、司祭、会衆。俺たちのは民主主義だ。牧師、教会総会議長、長老、会衆、みんな平等だ。さっき文鮮明教祖と言ったろ。それは長老派とは認められない。教祖ってことは、自分を信者より上だと考えてるってことだからな」

イエズス会でカソリック改革の論理体系を叩き込まれていた俺は、こんな罪深い時間であってもルター、カルヴァンをはじめとする異端者たちに対する反論を半ダースもひねり出せるほどだったが、そのいずれについても、今ここで議論するには消耗しすぎていた。

「そうかもな。じゃあまた」俺は言い、家のなかに引っ込んだ。

携帯無線の電源を入れ、居間に電話機を持っていった。署の連中が本気で俺を探しているなら、俺がつかまるまでしつこくかけてくるだろう。

氷を出し、パイントグラスにウォッカ・ギムレットをつくり、一九八五年の暫定ベストアルバムをかけた。今ごろになってようやく発売されたサム・クックの《ハーレム・スクウェア・クラブ 1963》。

パイントを半分飲み、《Bring It On Home To Me》がかかるとボリュームをあげた。古い教会の復興の機運が高まったように感じられた。たっぷり元気をもらうと署に電話をかけた。「ダフィだ」と事件デスクのリンダに言った。

「よかった、警部補！　マカーサー警部がずっとあなたをお探しになっていたんです」

「俺は今日非番のはずだ。当番はマクラバン巡査部長だぞ」

「マカーサー警部はあなたでなければ駄目だとおっしゃっていました。どうしてもということです。今までどちらにいらっしゃったんです？」

「デリーにいた。たった今戻ったところだ。くたくたでベッドに直行したいんだよ、リンダ」

「ごめんなさいね、ショーン。でも警部はとても取り乱していて……かなりの大事みたいなの。それで、どうしてもあなたにって」

「警部はどこにいる？」

「それが、その、ええと、ノッカー・ロードの〈イーグルズ・ネスト・イン〉に……」リンダはちょっとどころではなく恥ずかしそうに言った。

「マカーサー警部は今そこにいるんだな？」

「そのはずよ」

「で、そこでなんらかのトラブルに巻き込まれてる？」

「わたしは、えっと、詳しいことまでは知らないの、ショーン」

「わかった。警部からまた電話があったら、俺が向かってると伝えてくれ」

「場所はわかるの？」

「ああ、まあね、行ったことがある……仕事の関係でね」

「もちろんそうでしょう」

チップスをもう何本か胃袋に詰め込んでから、ジーンズとセーターの上に革ジャケットを羽織り、外に戻った。ボビーとその仲間たちは潰したビールの空き缶でペタンクをしていた。通りの反対側では、ミッキー・バークが牙のない雌の老ライオンにリードをつけ、散歩させていた。それはミッキーがもう二度としないと俺に約束していたことだった。

「おっと、見つかっちまったな、ダフィ！」ボビーがうれしそうに言った。

俺は指を一本立てて、ミッキーのことはすぐになんとかすると伝えた。

「ミッキー、俺はこのまえなんと言った！」

「ちょっと外の空気を吸わせてただけだよ、ダフィ警部補」ミッキーは弁解がましく言った。

「家のなかに戻せ！　この件は話し合っただろ！」

「この子には牙がないんだ。危険はないよ、それに――」

「いいから家のなかに！」

ミッキーは立派な雌ライオンを引っぱって屋内に戻した。

「公営住宅でライオンを飼っちゃいけねえって法律があるはずだ」ボビーはやはりブライ

アン・クラフのような顔をしていたが、今度はモンスターマンチの袋のなかにアオバエの死骸を見つけたブライアン・クラフだった。

「だろうな」俺は同意し、水銀スイッチ式爆弾がないかどうかBMWの車底を確かめた。

「そんなことしなくても大丈夫だぜ、ダフィ。俺たちはずっとここにいたからな。誰もおまえさんの車に爆弾を仕掛けたりしてなかった」

「あんたが仕掛けたかもしれないだろ?」そう答え、シャシーの裏の点検を続けた。

「おまえは俺のお気に入りのオマワリだ。殺しやしねえよ」

ボビーを無視して点検を終わらせると、車のドアをあけた。

「それにだ、俺が殺そうと思ってたら、おまえはとっくに死んでるんだぜ、相棒」

「その直後にあんたも道連れにしてな、相棒。そうなるように手配してある」俺はそう言ってウィンクした。

ヴィクトリア団地を車で抜け、グリーニスランド・ロードを走り、ノッカー山を半分ほど登ったところにある〈イーグルズ・ネスト・イン〉に向かった。

二級道路が私道になり、私道は曲がりくねってちょっとした森林地帯を抜け、それから緑地のなかの、草の刈り込まれた幅広の道になり、ベルファスト湾を一望できる十七世紀スコティッシュ・バロニアル様式の建物に着いた。この建物は一九七〇年代、最初はホテルに、次はスパに改装され、今では高級売春宿になっている。もちろん完全に違法だが、歴代のオーナーたちはかなりの賄賂をばらまいており、シェルパなしでは近づけないほどの高みに位置していた。ここで起きた犯罪を捜査するとしたら、かなりヘビィなくそを踏むことになる。内部調査班、特別部、地元の下院議員、政府調査員……

俺はメルセデス・ベンツ二台とロールスロイス一台の隣にBMWを停めた。

入口で、スリーピースのスーツを着た利発そうな若者に出迎えられた。名札にパトリックと書いてあるが、本名のはずがない。

「ひょっとしてダフィ警部補ですか?」イギリス執事風のアクセントだったが、どこか嘘っぽくもあった。

「ええ」

「一緒に来ていただけますか」

男はある種の几帳面な、控えめなパニックとしか表現できないような先導の仕方で建物のなかを先導した。

俺はそのあとについて幅の広いオークの階段をのぼり、二階にあがった。壁に馬の絵が飾ってあった。狩猟の場面やら何やらを描いたものだ。どれもジョージ・スタッブスとジョン・フレデリック・ヘリングの原画、もしくは模倣だろう。シャンデリアが廊下を照らし、見えない場所に設置されたスピーカーが軽いクラシック音楽を流していた。寒々しく、エロティックさのかけらもないが、店側は裕福な顧客はこういうものを求めていると考えているのだろう。というか、たぶんこれこそが金持ち連中の求めるものなのだろう。女将がアンケートを取ったのかもしれない。

階段をあがりきったところで、用心棒らしき男たち数人が俺たちを待っていた。彼らはあいているドアを指さし、俺たちは二〇二号室に入った。なかなかの光景が広がっていた。

半裸の若い男が頭の傷から血をにじませ、床の上に座っていた。男は泣いていて、バスローブを着たハゲ男と、ジーンズとスエット姿のもっと若い男に付き添われていた。書き物机のそばの椅子にバスクと黒いストッキングという格好の若い女が座っていて、その隣に、どぎつい赤毛のかつらをつけた中年女性が座っていた。マカーサー警部は冴えない顔をしてベッドの端に腰かけていた。彼らの背後にあけ放たれた観音びらきの窓があって、バルコニー、精巧な造りの噴水、刈り込まれた芝生が見えた。

ピーター・マカーサーは俺の新しい上司だ。ここで力説したいのは〝新しい〟というところで、マカーサーがキャリックファーガス署の署長になってから六週間ほどしか経っていない。書類の上では飛ぶ鳥を落とす勢いのエリートだ。ケンブリッジ大学、ヘンドン警察大学、三十一歳という若さで警部。しかし、実物から受ける印象はもっとしょぼい。長い鼻、弱々しいあご、夢見るような、少女のような、柔らかくぼんやりしたブラウンの瞳。スコットランド人だが、グラスゴーの荒くれというよりはエディンバラ新市街のゲイといったタイプだ。

「来てくれてよかった、ダフィ。いったいどこに行っていたんだ？」

「デリーですよ。特別部の仕事で」

「デリーなんかで遊びまわっていたのか。見てのとおり、ここで大きなトラブルが起きているんだぞ」

「署には巡査が掃いて捨てるほどいますよ」

「いや、あまり迂闊にしゃべれることじゃないんだ。なんというか、その、デリケートな問題でね。わかるだろう？」

「何が問題なのか、まだよくわかりませんが」

スエットの男が立ちあがり、俺を見て、「こちらはどなたです？」と感じのいいアメリカのアクセントで訊いた。

「ショーン・ダフィ警部補。犯罪捜査課の責任者で、信用できる男です」

男は信用していないようだった。

俺は警部に向かって眉を持ちあげてみせた。ここでいったい何が起きてるんです、警部？

マカーサーは声を低くし、なんらかの親密さを醸し出そうとした。「いいかね、ダフィ君。君はこの土地で私より長いことやっている。どうすればいい？　上層部に知られたくないんだ。今はまだ。大事にする必要はないはずだ。だろ？」

ぱりっとした茶色のスーツに深紅のネクタイ姿のマカーサーは汗をかき、不安そうにしていた。暦の上では俺より三歳ほど若いだけだが、煙草、日光、酒と縁がないせいで、二十歳くらいに見える。が、もしこれしきの事態が手に負えないのであれば、ほんとうの非常時にこの馬鹿たれがどうなってしまうのかはあまり知りたくない。

俺はベッドの端に腰かけた。「よかったら状況を教えてもらえませんかね？」

「ああ、それはわたしから言わせてちょうだい」若いほうの女がチェーンソーのような西ベルファスト訛りで言った。

「わかった。何があったんだい？」俺は女に訊いた。

「コトに取りかかろうとしてたら、この殿方が〝ロケット燃料〟……って言ってたけど、それを飲めと言うの。わたしはイヤだって言った。なのに、いいじゃないか、試してみろ、ふたりでひと晩じゅうヤりまくれるようになるぞ、ってしつこくて。イヤだってもう一度言った。そしたら怒って、叫んだりわめいたりしはじめたから、わたしは店の男の人を呼ぶと言った。そしたらまたブチぎれて首を絞めてきたから、ランプシェードでぶん殴ってやったの」

「それはいいことをしたな」俺は言った。

「で、あたしがすぐにキャリックファーガス署に通報したんだ。この店でこんな無法は許しちゃおけないよ」赤いかつらの女が言った。この店の女将だ。俺の記憶が確かなら、ダンウッディという苗字だったはずだ。

「そのロケット燃料とやらはどこにあるんです？」俺は訊いた。

マカーサー警部が白い粉の入った大きな袋を俺に渡した。軍隊ひとつをハイにできるだけの量だ。舐めてみた。高品質なコカイン、混ぜものはなし。たぶんドイツで製造された医療用コカインで、とんでもない値打ちがある。俺は袋に封をして、自分のジャケットのポケットにしまった。

「目方はもう量りましたか？」

「いや」

最高か。「私が署で量って、証拠保管室にしまっておきましょう」

「コカインか？」

「ええ、そうです。それも、きわめて良質な。量も多い。もしそうしたければ、この男を密売の容疑でしょっぴけます。まあ、そうしなきゃいけないというわけではありませんが。これだけの量となると、所持だけで六ヵ月は固いですね」

マカーサー警部はかぶりを振った。「君に大きな絵が見えているかどうかわからないが、ダフィ……この男性に見覚えはないか？」

「ないですね」

「この人は俳優なんだ。有名な。アメリカの」

俺は半裸の男を見た。見覚えがあるような、ないような。立派なあご。明るい色の瞳。何かの作品で見たことがある気がする。今やこの男の涙は別の次元に達していた。空涙の次元に。警部は俺に向かってうなずき、言いたいことはわかるなと無言で訴えてきた。あい、わかるとも。北アイルランドのような辺境の地であっても、セレブは法定通貨だ。俺たちはこの男を起訴しない。上層部の怒りを買うことも、ブン屋どもに長いくちばしでうちのささやかなシマをつつかせることもしない。しかし一方で、この店のダンウッディ女将、もしくは彼女の雇い主は明らかに〝守られて〟おり、女将は裁きを望んでいる……

「俳優だって？　ひょっとして『スウォーム』に出てた？」女将が訊いた。

「いや」と男。

「ほんとかね？　そっくりの男が出てたけど」

「あんな映画には出てない！」

「あなたの名前は？」俺は俳優に訊いた。

「デヴィッド・ドワイヤー」男は言った。そうか、やっぱりだ。カメラマンへの暴行と元妻への暴力がタブロイド紙で報じられていた。しかし虚飾の街ハリウッドでは、この男の百万ドルの演技に比べれば、そんなのは屁みたいなものだ。

「どんな用事でアイルランドにいらっしゃったんですか、ドワイヤーさん」

「映画のリサーチだ」ドワイヤーは多少ろれつのまわらない言葉で言った。が、俺にはわかった。こいつはそれほど酔っていない。この男が演技をやめることはあるんだろうか。一瞬そう考えた。たぶん、自室にひとりでいるときは。観客がおらず、自分以外に誰もいないときは。

「ところでドワイヤーさん。あなたはコカイン所持と暴行の容疑で起訴されることになります。それはおわかりですね？」

「そんなドラッグは生まれてこのかた見たこともない！」

「まあまあ。それは真実ではありませんね。我々にはわかっていますよ」俺は言った。警官としての〝我々〟を口にしたことで〝俺〟が前面に出てきた。

「このアマはどうするんだ？　こいつが先に殴ってきたんだぞ！」彼は金切り声をあげ、

映画の切り返し技法のような鋭い眼の動きでまず俺を見て、それから警部を見た。

「あなたはこの女性に殴られ、所持品にコカインを仕込まれた。そんな話で泣き落とすつもりですか？　うちの巡査部長がいなくてよかった。あいつはよく泣くから、わんわんもらい泣きしていたでしょう」

「事実だ！」

「この女性のやったことは正当防衛です。これは請け合ってもいいですが、アイルランドの陪審員もみんな同じように考えるでしょう」

バスローブ姿のハゲ男が立ちあがり、警部のほうを向いた。「私はもう戻ってもいいですね？　こちらの方は頭皮が切れただけです。血も止まっています。数針縫うことになるでしょうが、これっぽっちも問題はありませんよ」

「ありがとうございます。医師（せんせい）のお名前は？」マカーサーが訊いた。

「できれば名前は出したくないですな。それでかまわなければ」

「ご自分のお部屋に戻ってください。ここは時間料金ですから」俺は言った。

「いいんだよ！　その人の分は店のおごり。部屋に戻ったらサマンサにそう伝えといとくれ」女将が言った。

医師は力なくほほえむと、この場面から退場し……

「おまえらが何を企んでるか知らんがな、俺を怒らせないほうが身のためだぞ。おまえらのような輩は十回だって売り買いできるんだ！」ドワイヤーがうなり、立ちあがった。背はかなり低かったが、ものすごい迫力があった。舞台経験があるかどうかは定かでないが、もしあるのなら、彼がこの場を支配していたにちがいない。ドワイヤーは俺のジャケットに指を突きつけた。「アイルランドが独立した暁には、おまえらろくでなしどもはまっさきに梯子を外される。それはわかってるんだろうな？」

俺はドワイヤーの指をつかみ、うしろにねじった。彼は顔をしかめ、膝からくずおれた。必要以上に力を込めてドワイヤーを床にねじ伏せ、この部屋のほんとうの力関係をはっきりさせてやった。

警部が何か言いたそうな顔で俺を見た。俺は警部が口をひらかないよう、首を横に振ってみせた。「あなたは非常に危険な人物ですね、ドワイヤーさん。しかし、ここにいるあなたの味方は私と警部だけです。このままだと、あなたは北アイルランドの刑務所で何年も過ごすことになる。そうならないようにできるのは我々だけです」そう説明してから指を離した。ドワイヤーはあえぎ、床の上で胎児のように丸くなった。

スエットを着た男がドワイヤーに手を貸し、座りのいい姿勢に直してやると、立ちあがり、申し訳なさそうにほほえんだ。

「私はトーマスといいます。ドワイヤー氏の付き人です。私たちは警察の手を煩わせるつもりはありません。捜査に協力し、この状況をできるだけ迅速に、平和的に解決したいと思っています。そのために何をすればいいか教えてください」

俺は警部を見た。警部は肩をすくめた。ボールは俺のコートのなかにあった。

マルボロに火をつけた。

「こちらの女性は大変なショックを受けています。この苦しみを乗り越えるには休暇が必要でしょう。そうですね、個人小切手を切ってやるのはどうでしょう。たとえば二千――」

「五千!」若い女が口を挟んだ。

「……五千ポンドもあれば、休暇の費用をまかなえるでしょう。それから、ここの女将も損傷した備品の――」

「アンティークの」女将が言った。

「……アンティークのランプを交換しなきゃなりません。二千ポンドで足りると思いますが、どうですか?」

ダンウッディ女将はうなずいた。二千もあれば充分すぎるほどだろう。

「あなたがたはこの司法管区から即刻退去したほうがいいでしょう。それと、念のため言っておきますが、この国には二度と来ないほうが身のためです」

トーマスは自分のボスが望外に軽い罰ですみ、うやうやしく微笑した。

「まことにありがとうございます、刑事さん。ドワイヤー氏もあなたがたにご足労いただき、とても感謝しています」

「感謝の言葉は本人の口から聞きたいものですね。この女性を怯えさせたことについても謝罪してください」

「誰がするか」ドワイヤーがぼやいた。

俺は首根っこをつかみ、このちびくそを無理やり立たせた。「謝るんだよ！　最後に俺にそういう態度を取った野郎は今日にいたるまでカテーテルで血尿を流してる。わかったか？」

「わかったわかった。落ち着いてくれ。わかったから」

ドワイヤーは謝罪した。

トーマスは小切手を切った。

女将と若い女は俺に礼を言った。

警部は俺をロビーに連れ出し、あのセレブに対してちょっとやりすぎたかもしれないと懸念を述べた。俺はそれを無視した。警部はカテーテルの話はほんとうかと訊いた。俺はちがうと言った。警部が安心したようだったので、俺に最後にああいう態度を取った男は弾丸を撃ち込まれ、ブライトン北部の村に置き去りにされたとは言わなかった。俺はその直後、〈グランド〉ホテルで保守党内閣の半分と一緒に爆発に巻き込まれ……

「さみしいとき、話し相手が欲しいとき、どこへ来りゃいいかわかるね。店のおごりだよ。どんな好みでもお気に召すよう、女の子を取りそろえてるからね」女将が言った。

「お気遣い無用です、俺は――」

「もしかして警部補さんは男のほうが好きかい？　若い男の子、魅力的な若い子って意味だけどさ」

俺は女将の眼をじっと見た。何年もまえ、柄にもなく一回だけやっちまったことがあるが、どうしてそれを知っているんだ？　売春宿の女将ってやつは、どうして人間の一番深いところにある秘密を知っているんだ？

「いやまあ、遠慮しときますよ」

女将は腕を絡ませてくると、俺を外に連れ出した。

「どんな好みにも応じられるからね」彼女はそっと言った。

「でしょうね」

「先週いらっしゃった紳士なんか、裸の尻にダーツを投げてくれってヴェロニカにリクエストしたんだ」

「ほんとうに？」

「でもあたしが許可しなかった。ヴェロニカは左利きだ。ダーツが部屋のあちこちに刺さっちまう。あたしのすばらしい絵にもね」

俺はＢＭＷのドアをあけ、車に乗った。

「こんなジョーク知ってるかい、警部補さん。ある男が北ベルファストでタクシーの運転手に言った。〝ラダス・ドライブへ〟。するとタクシー運転手は〝運転させろ（レット・アス・ドライブ）？　何言ってんだ！　客らしくうしろの席に座ってくれ！〟」

まえに聞いたことがあったが、愛想笑いしておいた。

ダンウッディ女将はほほえんだ。「さみしくなったらおいで。おしゃべりするだけでもいいから。聞き上手な子もいるよ」

俺はうなずき、ドアを閉め、海沿いをキャリックファーガスまで引き返した。

ノルマン様式の巨大な城が、過去八百年にわたって非常に効果的にそうしてきたように、イギリスの権力を誇示していた。ハンドルを切り、城の駐車場にＢＭＷを入れた。人目はなかった。ラトヴィアの石炭船が波止場に一艘。別の波止場に水先船が係留されていた。

俺は証拠品袋を取り出した。そして、ポケットから医療用コカインの袋を出し、中身を半分ほど証拠品袋に移してから封をし、グラブ・コンパートメントにしまった。

城から警察署まで一キロ弱の道のりをドライブした。

ダルグリッシュ巡査部長のほかは誰もいなかった。ダルグリッシュは電気ヒーターに身を寄せて本を読んでいた。

「誰だ？」彼は訊いた。

「未来のクリスマスの亡霊じゃないぜ。もしそれを心配してるんなら」

「ああ、ダフィ警部補。警部が探してたぜ」

「会ったよ」

「ここにいるとちょっと人恋しくてな。少し雑談していかないか？　今、パウロのコリント人への第二の手紙を読み進めてるところだ。実にすばらしいことが書いてある。さあ、椅子を持ってこいよ」

「いや、遠慮しとく。自分の頭を撃ち抜いたほうがましだ。もう行くよ。それから、今晩の当番はマクラバン巡査部長刑事だ。俺じゃない。そこんとこをよく覚えておいてくれ、いいな？」

「わかった」

「この報告書をタイプするまでここにいるが、それが終わったら、明日まで煩わせないでくれよ」

「落ち着けって。誰もそんなことしないよ。家に帰ってぐっすり眠ってくれ。寝たほうがいいって顔してる」

俺は手早く調書をまとめた。あとは警部のサインをもらえばいいだけだ。〝担当官の対応〟欄に、ドワイヤー氏に警告して解放したことを書いた。証拠保管室に行ってコカインを量り、袋に〝八十八グラム〟と記すと、夜間用ロッカーにしまった。

ふたたび外へ。BMW。コロネーション・ロードまで二分の道のりを時速百四十キロで飛ばした。車を駐め、コカインが半量入った袋をつかみ、車を降りた。タイメックスは午前三時五十五分を示していた。小雨。あたりに車はなし。通行人はなし。

コロネーション・ロード一一三番地の自宅内。懐中電灯をつかみ、裏の納屋に行くと、釘入れにコカインを隠した。箱のそばにかなり昔からエンジンオイルがべっとりこびりついていて、ひどいにおいがするので、優秀な警察犬でも近寄ろうとはしないだろう。

ふたたびなかへ。玄関でてきぱきと服を脱ぎ、全裸で階段をのぼった。

灯油ヒーターをつけた。電気を消した。

一時間ほど寝返りを打ち、とうとうあきらめた。

ふたたび下階(した)へ。ウォッカ・ギムレット。ステレオにサム・クック。サム〝ザ・マン〟

クックのむき出しの男らしさがあふれ、《It's All Right/For Sentimental Reasons》のメドレーの途中でライブ会場の客の半分は最高潮の盛りあがりに達したようだった。

レコードが終わったあと、静けさが打ち寄せるに任せた。冷たくなったパイントグラスを額に押し当てた。ソファの上で横になり、青ざめた星明かりに包まれた。過ぎ去りし日々の光に……

そして家が静かになった。
そして通りが静かになった。
そしてまぶたが重くなった。
そして雨が降っていた。
そして電話が鳴っていた。

3　殺人は彼らがくれた事件

電話に出た。「まともな用件だろうな」

「ショーン、あんたか？」マクラバン巡査部長刑事が尋ねた。

「俺以外の人間なら、開口一番くそして寝ろと言っている。もちろん俺さ。今何時かわかるか、クラビー」

「えーっと、六時ごろ？」

「あい、六時だ。そして俺はまだベッドに入ってすらいない」

「ほんとにすまねえ、ショーン。けど、ちょいとした問題があってよ」

「どんな問題だ？」

「ホワイトヘッドで二重殺人があった」

「よく聞け、我が敬愛する同僚よ。君は卑しい警ら警官から巡査部長刑事に昇格した。それはなぜだ？　いわゆる非番の俺の手を煩わせることなく、ホワイトヘッドで起きた二重殺人事件に対処できるようにするためじゃないのか？」

「問題は殺人事件じゃねえんだ」

「そうか。何が問題なんだ？」

「どっちの所轄かで揉めてんだ」

「そいつは新しいな。続けろ」

「現場の家が建ってる道路は厳密にいや自分たちのシマだから、これは自分たちのヤマだって、ラーン署がそう言い張ってるんだ。でも家そのものはキャリック署のシマの境界線上に建ってるから、これはうちのヤマだ」

「おいおい、クラビー。連中がそんなに欲しがってるなら、くれてやればいいだろ」

「夫婦が頭を撃ち抜かれた。夫のほうはレイ・ケリーって名前で、超大金持ちです」

俺はため息をついた。「ガイ者が金持ちだからラーン署に渡したくないってのか？」

「なあ、ショーン。これはそもそもうちのヤマなんだ。ラーン署の連中はここにいる権利だってねえんだぜ。それになかなかおもしれえ事件です。ホワイトヘッドのどでかい屋敷で、大金持ちの男とその妻が殺された」

「それが俺とどう関係があるんだ？」

「来てほしいんだ、ショーン。俺は巡査部長刑事、あんたは警部補だ。俺だけじゃラーン署のやつらを追い払えねえ。ひとつ貸しってことで頼んます」

俺は受話器に向かってうめいた。「わかったよ、クラビー。今から向かう。どっちみち眠れやしないからな」

「ちゃんとした服で来たほうがいいぜ。ラーン署の自己中ケネディ警部が来てやすから」

「そこの住所は？」

「ホワイトヘッドのニューアイランド・ロード六四番地、灯台のすぐ先です。巡査を迎えに行かせやしょうか？」

「自分で見つけるよ」

「昨晩のデリーへの出張はどうでした？」

「銃の密輸の件か？」

「あい」

「俺がこれまでに見てきたのと同じで、王立アルスター警察隊、アイルランド警察、インターポールの協同作戦の手本になるような結果だった」

「まじかよ。そんなにひどかったのか？」

「そんなにひどかったよ。十五分で行く。しっかり頼むぞ。ラーンの田吾作どもに汚いブーツで犯罪現場を踏み荒らされないようにな」

「わかりやした」

クラビーは電話を切った。俺は電気ケトルのスイッチを入れ、ラジオ1にセットしてあるステレオのプリセレクトボタンを押した。シンクの上の食器棚を漁って、王立アルスター警察隊が作成した東アントリムの地図を探し、それを見つけるとキッチン・テーブルの上に広げた。電気ケトルがかちりと音をたてて切れた。俺は紅茶を淹れた。マクヴィティのチョコレート・ダイジェスティブを何枚か取り、地図を調べた。

キャリック署とラーン署の所轄境界線はホワイトヘッドの街を横切っていたが、ブラックヘッド・クリフにあるニューアイランド・ロード六四番地はぎりぎり俺たちのシマのなかにあった。わめいたり叫んだりしたい気分だったが、クラビーは正しかった。よくも悪くも、俺たちが望むなら、これは俺たちのヤマだ。

ラジオ1がバズコックスの《Ever Fallen In Love With Someone》を流していた。紅茶に少量のラガヴーリンを注ぎ、マルボロに火をつけた。

紅茶、煙草、マクヴィティのチョコレート・ダイジェスティブ、ラガヴーリン。くそったれ王者の朝飯。

「よし、ダフィ、気合入れてけ」俺の声に少し似たしわがれ声がそう言った。あまりみすぼらしすぎないセーターとジーンズを見つけると、ドクターマーチンのブーツのひもを結び、拳銃と黒いレインコートをつかんでコロネーション・ロードに出た。

ＢＭＷの車底に爆弾がないかどうか確かめ、車に乗った。

ラジオ1をつけると、ザ・キュアーの《Close To Me》の陽気でありながら漏れなく人を苛つかせるメロディが流れはじめた。コロネーション・ロードを流し、ヴィクトリア・ロードで右折して、丘の麓、アントリム台地と海が出合うところまで走った。この時間、ほかに車はなかった。交差点で停止し、右を見ると、キャリックファーガス城がスポットライトに照らされていた。その向こうのベルファストはブラック山の下の光と陰の濡れた薄膜だった。

左折し、ほかに車は走っていなかったので、ＢＭＷの巨大なＭ30直列六気筒エンジンに思う存分力を発揮させてやった。

スピードメーターが時速百六十キロと少々を記録し、キルルートの無人工場群をあっという間に通り過ぎ、ザ・キュアーのロバート・スミスが〝今日はずっと寝ていられたらいいのに〟と歌うより早く、俺と愛車はアイルランドの田園地方の奥深くに入っていった。

四分と経たずにホワイトヘッドに到着し、すぐにA2の崖の急カーブ、通称〝ブラ・ホール〟に出た。そこでは、眼もくらむような一瞬、ノース海峡のすべてと西スコットランドのかなりの部分を一望できる。

道路は左に折れ、助手席側に羊で埋め尽くされた野原が見え、運転席側、東の水平線上に太陽の気配が感じられ……

ピンク色の空。

青い空。

《Close To Me》が終わると、どうせこんな時間には誰もラジオを聴いていないと思ったのか、ＤＪが三十センチ盤の《Blue Monday》をかけた。おかげで目的地までゆったりした気持ちで行けそうだった。

ケーブル・ロードで右折した。

アントリム州ホワイトヘッド。

イタリアはリヴィエラ、チンクエ・テッレのヴェルナッツァを想像してみるといい。待て、想像するな。そんなものじゃない。ここで話題にしているのは北アイルランドだ。いやまあ、ちょっとなら想像してもいい。崖の下の街、鮮やかな色に塗られた海岸沿いの街。

俺は地図を取り出し、ニューアイランド・ロードを見つけた。

事件現場を見つけるのは難しくなかった。

マクラバン巡査部長刑事はキャリック署からランドローバー二台でやってきていた。ラーン署はラーン署で、自分たちのローバーを二台駐めていた。おまけにベルファストの鑑識班のローバーも二台。それに加えて、地元メディアの車が二台、周辺の界隈から集まってきた野次馬たちが十人ばかりに、BBCラジオ・アルスターの中継放送車が一台。

屋敷そのものはやたらと金がかけられていた。ここから海岸を数キロ行ったところで風化し、海のなかに崩れ落ちつつあることで有名なダンルース城の劣化コピーのようだった。分厚い灰色の石造りの〝本丸〟があり、そこに小塔、飛び梁、アーチを描く高窓、壁に囲まれた平らな屋上が見える。離れがいくつかと、客用のコテージが一棟あり、地所の周囲全体が高さ約三メートルの頑丈な石壁に守られている。

高さ三十メートルの崖が屋敷の東、南、北側を守っていた。何者かがここに侵入しようとしたのなら、西側の壁を乗り越えるか、錬鉄製の巨大な正門を通ってくるしかなかったはずだ。

BMWをBBCラジオの中継車の後方に駐め、巨大な正門まで歩いた。クラビーがそこで俺を待っていた。

「おはよう、マクラバン巡査部長刑事」俺は陽気に言った。

「おはよう、ショーン」

「大した屋敷だな。ここの住人は確かに大金持ちらしい」

「ラーン署が出しゃばってきてる理由もこれでわかったでしょう？　こいつはブン屋好み

のヤマ、キャリアの階段を駆けあがれるヤマだ」

「駆けおりることになるかもな」俺は一転して暗い声で言った。

「あい。けど、俺たちにゃあんたみてえなツキがねえからな、ショーン」

「殺された男の職業は？　さっき馬券屋と言っていたようだったが」

「馬券屋のチェーンを仕切ってた」

「通報してきたのは？」

「家政婦のマコーリー夫人です」

「その家政婦はどうやってここに入った？」

「正門の暗証番号を知ってやす」

「家政婦がここにやってきた時間は？」

「五時きっかりです」

「掃除機をかけるにはちょっと時間が早くないか？」

「毎朝五時から八時までここで働いてるんだとか。ケリー家のかみさんが朝一番に家をぴかぴかにしときてえ性分だったらしい」

「夫婦は掃除機の音で起きたりしないのか？」

「まあ、今日起きなかったのは確かです」

「家政婦が朝五時にここに来て、ケリー夫妻が射殺されてるのを発見したんだな？」

「ええ」

「家政婦が来たとき、この門はあいていたのか？」

「いえ」

「ホシはどうやってなかに入った？　あの壁を越えるには攻城塔が必要だ」

「それか梯子が」

「ああ、そうだな。でもプライドの高い殺し屋が三メートルもある梯子を積んだ車を乗りまわしたりするか？」

「用意周到な殺し屋なら？」クラビーは執事ジーヴスのような冷静さで言った。

「なるほど、君は外部の人間の犯行だと考えているんだな」

「いえ、それとは正反対のことを考えてやす」

クラビーは俺の癇に障りはじめていた。「とにかく現場を見てみようじゃないか、ええ？」

クラビーに案内されて門を通り、砂利道の私道から木製パネル造りの玄関ホールに入り、最後にだだっ広い、ノース海峡を一望できるリビングに出た。リビングは警官をはじめとする人間でいっぱいで、そのうち何人かは俺がなかに入るやいなやこちらを見た。俺は彼らの視線を無視した。

太陽はすでに顔を出し、スコットランドがとても近くに見えた。海の反対側の村々の煙突から煙があがっていた。リビングの壁に趣味のよい、おそらく原画の絵画が掛かっていた。家具は大きくスタイリッシュなソファ、ゆったりした椅子、立派なマホガニー製ダイニングテーブル。その上に警察の鑑識道具がところ狭しと置かれている。床は硬材で、いかにも高そうな、大きなペルシャ絨毯が敷かれている。テレビがついていたが、こんな時間に映っているのはBBCのテスト画像だけだった。少女と不気味なピエロが子供部屋のような地獄で永遠に○×ゲームをやっている画像。

もちろんこの犯罪現場でほんとうに眼をひくのは、テレビセットの両側で二脚の肘掛け椅子に向かい合って座っているふたつの死体だ。

男はトラックパンツとラルフローレンのライムグリーンのポロシャツという服装だった。五十代。肥満気味。グレーの巻き毛、山羊のようなひげ、印章指輪と結婚指輪。銃弾が男の左こめかみに小さな痕を残していた。たぶん右こめかみには大きな貫通創があるのだろう。口は半びらきで、顔は殺人犯ではなく、テレビのほうを向いている。ホシは最初に夫を撃ったのだ。

次に妻が撃たれた。二発。一発は心臓に。一発は額に。よく日焼けした肌、黒い髪、健康そうな女性だ。青いパジャマの上に白いバスローブを羽織っている。年齢は四十五といったところ。魅力的とはいえないが、たぶん昔はそうだったのだろう。夫が撃たれたあと、妻は椅子から立ちあがろうとした。が、犯人は即座に胸に弾を撃ち込んでおとなしくさせ、彼女が叫び声をあげるより早く部屋を横切り、至近距離から額に二発目を撃ち、頭のてっぺんから五分の一を吹き飛ばした。とても手際がよく、彼女のいずれの手にも防御創はなかった（ふつう、絶体絶命のピンチと感じたら、本能的に両手をあげて頭を守ろうとするものだ。が、この犯人は実にすばやかった）。

「君の考えは、クラビー？」

「ホシは先に男を撃ち、その少しあとに女を撃った」

「女の手に防御創がないことに気づいたか？」

「ええ」

「つまり、どういうことになる？」

「ホシはふたりいたか、もしくは手際のいいやつだった」

「俺はひとりだと思うが、詳しいことは鑑識待ちだな」

「あい」

俺は夫妻の死体を調べた。ひどい貫通創だった。死は一瞬のうちに訪れたにちがいない。

このふたりについて、遺族がふたのひらいた棺での葬儀を希望するなら、葬儀屋はかなり本気を出さなければならないだろう。

「子供や親族は？」

「息子がひとり。マイケルってやつで、今は行方不明です」

「行方不明？」

「息子の車がガレージから消えてるんだ」クラビーは意味ありげに言った。

「ふだんはガレージに置いてあるのか？」

「そうです」

「息子の年齢は？」

「二十二」

「若い男にとっては難しい年ごろだな」

「あい」

「この家で両親と暮らしていたのか？」

「ええ」

「実家住まいだった息子が車ごと消えた？」

「ええ、自分のメルセデス・ベンツごと」

「家庭に何も問題はなかったのか？」

「家政婦はそうは思ってねえようです」

「ほう？」

「家族はよく口論してたらしい。とくに親父と息子が」

「おもしろくなってきたな」

「かなり激しい口論だったとか」

「胸倉をつかんだり？」

「いや、でも怒鳴り合いだったらしい」

「口論の内容は？」

「息子の将来。交友関係。夜遊び。よくある話でさ」

「息子は働いているのか？」

「プータローだ」

俺はうなずいた。「そうか。それはひとつの線だな。けど、とりあえず脇に置いておくとして、不法侵入の形跡は？」

「初動じゃ見つかってねえです」

「家のなかに銃器は？」

「兎狩り用の散弾銃と護身用の九ミリ拳銃が」

「誰の護身用だ？」

「免許証には〝ゲリー氏の財産目当ての誘拐を懸念して〟と書いてあった」

「その九ミリ拳銃は今どこにある？」

「引き出しには入ってなかった。家政婦はそこに入ってたと証言してるんですが」

「夫婦は九ミリ拳銃で撃たれたと思うか？」

「それについても鑑識の結果待ちですが、見た感じ、九ミリ拳銃の銃創みてえだ」

「ああ、十中八九まちがいない」

「でもなんか納得いかねえって顔してやせんか？」クラビーは俺の表情を正確に読み取って言った。

俺は首を横に振った。「なんとも言えないな、クラビー。君が言わんとしてることはわかるが、こいつはプロの犯行って感じがする。そうは思わないか？」

「確かにきれいな仕事で、頭をぶち抜く腕前も大（てぇ）したもんだ」

「なのに君は息子の犯行と考えたいわけだな？」

「今んとこはどんな結論にも飛びつくつもりはねえですよ」

「息子と車のことは交通課の頼れる同僚たちに連絡してあるんだろうな？」

「もちろんだ。家政婦から話を聞きやすか？」

俺が返事をするより早く、あほ面に虚ろな眼をぶらさげた黒ひげの大男が俺の眼のまえに現われた。「おまえがダフィか？」そう訊くと、男はふつふつと沸き立つ怒りの眼差しで俺を見た。

「みんなはそう呼んでる。なかにはスペース・カウボーイとか愛のギャングスターと呼ぶやつもいるがね」俺はそう言ってウィンクし、片手を差し出した。男はその手を宙ぶらりんのまま放置した。

「俺はラーン署のケネディ警部だ。よく聞け、ダフィ。てめえんとこのくそ巡査部長がこれはキャリック署のヤマだとほざいてるせいで、うちの部下たちが仕事に取りかかれずにいる。これはそっちのヤマじゃない。家政婦はラーン署に通報した。最初に駆けつけたのは俺たちだ。それに、地図を見りゃわかることだが、ここは――」

好きに言わせておいた。この男のひげ、大きな赤ら顔、短すぎて足首が丸出しのズボン。靴がきつすぎるのか、鬱血性心不全の初期症状なのか、足首はぱんぱんにむくんでいる。ケネディ警部は最もありふれていて、かつ最も危険なもの、つまり余裕のないおっさんだった。これまで昇進のチャンスを逃してきたが、高い階級とそれに見合う年金を手土産に引退したくて躍起になっている。ゴルフクラブの年会費を払い、かみさんに冬のテネリフェ島での日焼け旅行をプレゼントできるからだ。

ザ・キュアーの《Close To Me》が俺の頭のなかで再生された。サックスがなければ、ずっとましな曲になっていたはずだ。ポップスには基本的にサックスがないほうがいい。ブルース・スプリングスティーンの楽曲がそのいい証拠だ。サム・クックの《ハーレム・スクウェア・クラブ1963》はきっと珍しい例外なのだろう。

「ダフィ?」

ケネディにさっきまでの勢いはなくなっていた。今では精神保健法のもと、市民を精神病院送りにする眼つきで俺を見ていた。というか、部屋の全員が俺を見ていた。半ダースの虚ろな眼をした警官たちが。カメラマンが。つなぎを着たベルファストの新しい鑑識班の男たちが。彼らは自分たちはいったいいつ仕事に取りかかれるのかと待っていた。チェスでいうところの不利な手しか指せない状況（ツークツワンク）だ。俺がここに突っ立っているかぎり、誰も何もせず、問題は何も起きないが、俺が何かすれば、それがなんであれ、誰かがむかっ腹を立てることになる。このヤマをケネディに譲れば、クラビーはこの先何カ月も俺を恨むだろうし、肉汁たっぷりのこの殺人事件をかっさらえば、ケネディは俺に原子爆弾級の卵を投げつけるだろう。

「ちょっと待っててくれないか」俺はケネディに言った。

クラビーをリビングのバルコニーに連れ出した。ゴビンズ・クリフとその先の暗緑色のアイリッシュ海が見えた。

俺はクラビーの肩を軽く叩いた。この馬鹿たれが同じ人類に触れられて身をこわばらせるのが見たかっただけにしろ。

「やつらにくれてやろうじゃないか、な？　ラーン署は何がなんでもこのヤマが欲しいようだ。俺たちが法律の一言一句にこだわれば、あいつの脳の血管が破裂して、この血塗られた現場の犠牲者がひとり増えることになるかもしれないぞ」

クラビーはそれについて考え、かぶりを振った。「いや、ショーン。そりゃ不公平ってもんだ。これは連中のヤマじゃねえ。あいつらがここにいる権利はねえんだ。これは正義の問題だぜ」

「どうだか」

「正義なんてもんは存在しない。それくらいわかってるだろ」

俺は肩をすくめ、この筋金入りのカルヴァン主義者の眼を見つめた。クラビーはひるまなかった。

「どうしてもか？」

「ああ。それにあいつらは俺たちを舐めくさってる。こっちの鼻っ柱を一、二本へし折ろうって肚(はら)だ」

俺はため息をついた。ため息はあくびに変わった。とても疲れていた。長い夜のせいだけでなく、こんなくそを十年も続けてきたせいで。

終わりの見えない十年を。

「君が担当刑事ってことでいいのか？　今日の当番は君だぞ」

クラビーはにやりと笑った。俺は今晩、正しいことしか言っていない。

「でも、お知恵を拝借することはできやすよね？」

「もちろんだ。でも今は駄目だし、ついでに言えば、俺はこの件で家政婦にも誰にも事情聴取するつもりはない。君がこのヤマを引き受けたいなら、それでいいさ。けど俺は自宅のベッドに帰らせてもらう」

クラビーはうなずいた。「それでかまわねえよ」

俺たちはケネディ警部のところに戻った。

「で、結論は？　こっちでやっちまっていいんだな？」

「やるというのが、無能と役立たずばかりの腐った肥溜(こえだ)め、別名ラーン署に引き返すって意味なら、答えはイエスだ。やっていいぞ、ケネディ。あんたの部下たちに地図の読み方セミナーが必要なら、俺が講師を務めてやってもいい。あんたのくそまぬけな部下たちは、ここが所轄境界線から俺たちの側に二百メートルも入ったところだってことがわからないようだからな」

ケネディの尊大な紫色の顔が『チャーリーとチョコレート工場』のヴァイオレット・ボーレガードばりにふくらみはじめた。

「おまえに言っておくことがある、警部補……」彼は唾を飛ばしはじめた。

「そうかい、なら言ってくれ、このうすのろのどあほうが」

ぱんぱんにふくらんで爆発する、部屋の誰もがそう思っていた……

そして、そうとも、実際に爆発した。しかし、詳しく述べるのはよしておこう。なぜなら、アルベマール・クラブでオスカー・ワイルドとジョージ・バーナード・ショウが交わした言葉の応酬のようにはいかなかったからだ。オスカー・ワイルドが歴史の伝えるところよりもずっと口汚い男だったなら話は別だが。ケネディは怒鳴りはじめた。ケネディの部下のひとりが怒鳴りはじめた。ふたりが乏しい語彙で暴言を吐き尽くすと、ケネディは脅し文句を使いはじめた。「俺は副本部長とゴルフをする仲だ！」「おまえを国境警備に左遷してやるからな！」などなど。

俺もクラビーもほとんど何も言い返さなかったが、それがかえって彼らの怒りに油を注いだ。ケネディのこめかみで脈打っている血管を眺める代わりに、俺はアイリッシュ海の向こう側を、ストランラーの方角を、ラーンの港から出ていく赤白模様の大きなカーフェリーを眺めた。ケネディとその部下はグラスゴー・エンパイア・シアターでスベった漫才コンビのように、あるいは《デイリー・メール》に掲載されている最新の名誉棄損に対し、朝食を食べながら唾をまきちらしてわめく大佐たちのように体力を使い果たし……暴言を吐き終えると、彼らは嵐のように飛び出していった。

若い警官にとっては悪い見本だ。

「若い警官にとっては悪い見本だな」俺はクラビーに言った。

「まったくだ」

俺たちは現場の写真を撮らせ、ベルファストの鑑識班を事件現場に解き放った。

「俺たちがこうして現場に出てるってのに、新入りたちはどこで何をしてるんだ？」

「あいつらは邪魔になるだけだぜ。あとで俺から報告しときやす」

「当番でもない俺を起こしておきながら、新米デカたちはベッドで寝かしてやってるのか？」

「あいつらはまだ若いんだ、ショーン。若いやつには睡眠が必要だ」

「俺にだって必要だよ。俺にまだ感情らしい感情が残されているとしたら、それはたぶん怒りと呼ばれる類いのものだろうな。で、その怒りは君と新入りたちに向けられることになる。俺が加齢とともに知恵と忍耐を身につけた男でよかったな」

犯罪捜査課にはふたりの新人が入っていた。ひとりはほっそりとした若い女。もうひとりは感じのいい若い男。が、そのいずれも、今は亡き惜しむべき同僚、マティ・マクブライドの穴を埋めることはできない。マティは去年、キャリックファーガス署に対する小規模な無差別迫撃砲攻撃で命を落とした。マティの死に区切りがつくことはないだろう。犯人はまだ捕まっていないし、永久に捕まらないだろうから。

「知恵と忍耐だよ」俺は繰り返した。「預言者エリヤのような。彼は自分を笑いものにしたガキどもを熊に食わせた。だろ?」

「それは預言者エリシャのほうだと思うぜ、ショーン」

「ひと文字言いまちがえただけだろ」

「ラーン署のくそったれが。あいつら、署内のカマ掘りすらまともに取り締まれないくせに」鑑識のひとりが仕事に取りかかりながらぼやいた。

「そりゃ俺が聞いてる噂とちがうな」クラビーがめったに言わない軽口を叩いた。

俺はクラビーを一瞥（いちべつ）した。彼の長い、陰気で蒼白な長老派顔には薄ら笑いすら浮かんでいなかった。

「今日はずいぶん機嫌がいいようだな」

クラビーはうなずき、俺を脇に引っぱると、ふだんのバリミーナ訛りよりもいっそう低い声で言った。「ここだけの話だぜ、ショーン。俺も無茶してえわけじゃねえんだけどもよ、神の思し召しで、マクラバン家の頭数がまた増えそうな感じなんだ。まだ二カ月だけど。ふつうは三カ月目まで待つもんだ。けどまあ、あんたになら話しても大丈夫だろうと思って」

「でかしたぞ、相棒！」

「ありがとよ、ショーン」

クラビーはシャツの襟のなかに指を一本入れると、自分の〈マークス＆スペンサー〉の靴に眼を落とした。まだ言いたいことがあるのだ、この大馬鹿たれには。「ショーン、ヘレンとも話し合ったんだ。でも、あんたはきっと……あんたはきっと……」クラビーの声はどんどん細くなり、最後まで言い終えることができなかった。

「なんだ？」

「赤ん坊の名づけ親になりてえなんて思わねえだろうな、ちっとも」

俺は心を動かされた。いい意味で動かされた。敬虔（けいけん）な自由長老派で農家育ちのマクラバンのような男が、フェニアン（カソリック）の左足利きの俺に、赤ん坊の名づけ親になってほしいと言っているのだ。涙。ジョークじゃない。涙があふれた。

「とてもうれしいよ。ほんとうだ。もちろん引き受けさせてもらうよ。光栄なことだ」

ハグはありえなかったが、握手を交わし、俺はクラビーの背中を叩いた。

「双子はなんて言ってる?」

「ジョンは喜んでる。トーマスはむくれてる」

「生まれたら喜ぶさ」

俺たちはそれからしばらく駄弁ったが、俺がだんだんしおれはじめていることにクラビーも気づいた。

「車まで送りやすよ」

俺はうなずき、咳払いすると、またあくびした。

「このヤマについてだけど、俺はどうすりゃいいかな?」ＢＭＷのまえに着くとクラビーが尋ねた。

「これは君のヤマだ」

「ショーン、あんただったらまず何をする?」

「それくらいわかるだろ。あの家に諍い、不和、そういったものがなかったかどうか、家政婦のマコーリー夫人に訊く。息子が二十二にもなって実家暮らしをしているのはなぜなのか? ガイ者を徹底的に検屍して、侵入者の痕跡を探す。それから近隣の地取り、ケリー氏の事業の財務状況、最近脅迫があったか、敵がいたか。などなど。どれもごく当たり前のことだ」

クラビーはうなずいた。

「それと、俺なら息子が国外逃亡しないよう、国境警備隊に注意を促しておくね。息子の友人関係を洗い、どこで何をするつもりなのかを考える。息子を見つけ出すのが最優先になるだろうな」

「それはもう手配してる。空港とラーン、ベルファストのフェリー港を見張らせてやす」

俺はあくびをした。「そうかそうか。わかってるじゃないか。それから新しいボスのマカーサー警部に一次報告書を出しておけ。タイプして。バインダーに入れて。犯罪捜査課の有能ぶりを見せつけてやれ」

クラビーはうなずいた。

最後の握手を交わし、BMWに乗り込むと、駐車位置からバックで車を出した。道路のどまんなかに突っ立って俺にインタビューを迫ろうとしている記者を轢き殺さないよう、細心の注意を払いながら。

「BBCラジオです……事件について何か教えていただけませんか？」

「ノーコメントだ。俺は担当刑事じゃない。ニュース用のコメントが欲しいなら、マクラバン巡査部長が出てくるのを待つんだな」

「ここに残るだけの価値はありますか？　それくらいは教えてもらえます？」

「君とメディアの同志たちはこの事件についていくらかインクを使うことになるだろうな、だから答えはイエスだ」俺は言い、ロー・ブレイ・ロードを走って帰宅した。

もうラジオ1の『ブレックファストショウ』の時間になっていた。マイク・リードが《サン》紙に掲載されている人気占い師、ミスティック・メグの星占いを読みあげた。それからデュラン・デュランの新曲を紹介し、あの独特の予言めいた言い方で、「これは〝八〇年代のビートルズ〟と呼ばれる彼らの大ヒット曲になるだろう」と断言した。俺は十小節聴いてラジオを切った。

コロネーション・ロードに戻ったときにはケリー夫妻殺害事件のことはほとんど考えていなかった。あれはクラビーのヤマであって、俺のじゃない。あの屋敷の門は施錠されていて、不法侵入の形跡はなかった。それに九ミリ弾の弾創に、現場から逃走した問題児の息子。明々白々なヤマに思えた。俺はまったく予想していなかったし、たぶんミスティック・メグでも予言できなかっただろう。アイリッシュ海の冷たい灰色の水を横切って、猛烈なくその嵐が近づいてきていることなど。

4　新入りたち

まるまる六時間居間のソファの上で眠りこけ、ノックの音で眼を覚ました。お隣のキャンベル夫人が自家製のブラックフォレスト・ガトーケーキを手に、ポーチに立っていた。たぶん先日スピード違反を見逃してやったことへのお礼だろう。

俺はドアをあけ、こんにちはと言った。夫人は黒いPVC製ミニスカートと白いブラウスという格好で、ブラウスの上ふたつのボタンは留まっていなかった。赤毛は短くカットされ、つんつんしていて、中期のシーナ・イーストンを思わせる髪型だった。にもかかわらず、夫人はすばらしかった。彼女はケーキの話をした。せっかくつくったんだけど、家にサクランボが好きな人がいなくて、でもあなたはもっと〝大胆な味覚〟をお持ちでしょ。

い、い、いや、いや、いや、

君は半分もわかっちゃいないよ。

俺は夫人に礼を言い、頬に軽くキスした。彼女ならきっと変態的な行為としてではなく、カソリック的な何かとして受け流してくれるだろう。

カップに紅茶を淹れ、もらったケーキをひと切れ食べた。医療用コカインのことを思い出し、外に出て線を一本引いて吸った。あまりに純度が高く、まるで耳元で神にどやされているようだった。ヨークシャーの紅茶、キャンベル夫人のブラックフォレスト・ガトーケーキ、バイエル社のコカイン――王者の昼飯。

BBCの午後のニュース。このときは聞き流したが、あとにして思えば、もっと注意を払っておくべきニュースだった。

「――〈ショート・ブラザーズ〉の担当者によると、ミサイルシステムが海外への輸出の過程で紛失したのか、それとも出荷以前に工場から盗まれたのかは不明とのことです。『ミサイルが紛失したとして、いったい何発が紛失したのか、現時点では判明していません。内部調査をおこなっており、結果は警察と公訴局長官に通知されます』ニュースはここまでです。次はお天気です。サム……」

外に出てBMWの車底に爆弾がないかどうか確かめると、コロネーション・ロードを流し、〝一、二、三、缶を蹴れ〟やサッカーで遊んでいるみすぼらしい子供たちのあいだを通り抜けた。ヴィクトリア・ロードで右折、マリーン・ハイウェイでまた右折し、署に向かった。ベルファストのあちこちに黒い煙の柱が立っていた。煙の原因はなんでもありえた。俺は〝ダフィ警部補〟と書かれたスペースに車を駐めると署内に入った。

昨夜の銃器密輸人の検挙が話題になっていた。どうやらあらゆる地元紙の第一面で報じられたらしい。アメリカ人がひとり死に、ほかは負傷。八人もの警官がなんらかの形で負傷していた。王立アルスター警察隊はそれを勝利と宣言していた。北アイルランド担当大臣は現場に飛び、浜に引き揚げられた船を背景にポーズを決めて写真を撮っていた。

「これじゃポチョムキン村だ。ポチョムキン公も草葉の陰で喜んでいるだろう」俺はつぶやいた。

「あなたも現場にいたんですって、警部補？」イアン・シンクレア巡査が訊いてきた。

「俺が？　現場に？　いや、行くことにはなっていたが、結局気が乗らなくてね。その件については俺より君たちのほうが詳しいはずだ」あの大失態についてそれ以上つまらない質問をされずにすむよう、そう答えた。

最近になってまた、犯罪捜査課のオフィスは湾を一望できる窓際のスペースに戻されていた。マクラバン巡査部長はそこを捜査本部室にして、ふたりの新米刑事に対して適切な捜査の進め方を教えていた。

俺はこの新米たちをまだちゃんと観察したことはなかった。ふたりともまだ若かった。署のやり方を教える仕事をクラビーに一任することで、俺は自分の責任を少し放棄していた。このふたりのうち、わずかながらもより興味をそそるのは、おそらく女性巡査刑事のヘレン・フレッチャーのほうで、彼女は警察に入ったあと、義務となっている国境ツアーに参加しただけでここに配属された。ブルネットで、そこそこにかわいく、瞳の色はグリーン、真っ白な肌。個人ファイルによれば年齢は二十二だが、もっと若く見える。大学は出ていないが、警察入隊以前の上級学力試験ではまあまあの成績だった。煙草も酒もやらないが、クラビーによれば、それは宗教上の理由というよりは〝健康のため〟であるらしかった——もちろん、そっちのほうがよほど妙だ。それほど健康を気にするのなら、なぜ王立アルスター警察隊に入るのか？　フレッチャーがここに来た初日、俺は彼女がコーヒーマシンを相手に完全にお手あげ状態になっていたのを眼にした。それは彼女の知性の証明にはなっていなかったが、その一方で、ストレンジ婦警によれば、フレッチャーの髪はいつも恐ろしく複雑な編み方で編まれており、とてつもない髪結いの技を持っている可能性があるという。男の巡査刑事のほうはユーモアのセンスと明らかな知性を持ち合わせていて、人好きのするハンサムなブロンドの若造だった。上級学力試験でAが四つ。数学、歴史、フランス語、〝高等数学〟（それがなんなのかはともかく）。名前はアレクサンダー・ローソン。ほんとうにまだ子供で、にきびやら何やらがある。署のみんなはすでにローソンを気に入っていたようだったが、こいつの如才なさは少し鼻についた。クラビーも同じように感じているらしかった。ローソンはベルファストの上品な学校にかよい、卒業してそのまま警察に入った。新しい警部と同じ日に着任して以来、ローソンは俺に三センテンスと話しかけていなかったが、俺もローソンも、ふたりは親友になる運命ではないとお互いに感じていた。新入りはどちらもプロテスタント、当然プロテスタントで、オライリー巡査がバリーキャッスル署に転任してしまったせいで、俺はまたしても署内唯一のカソリックになっていた。俺は気にしなかった。誰も俺にちょっかいを出そうなんて思わない。ここで二番目に階級の高い警官だし、ボスであるマカーサー警部は昨晩俺に借りをつくっていた。

会議用のテーブルに就き、煙草に火をつけた。そのあいだ、クラビーは説明を続けていた。

「――被害者のケリー夫妻は近距離から九ミリのセミオート・ピストルで撃たれた。ふたりとも同じ銃で撃たれてる。掃除に来た家政婦のマコーリー夫人によれば、ケリー氏のベッド脇の引き出しに九ミリのセミオート銃がしまってあったらしい。この銃は今んとこ行方不明だ。また、ケリー夫妻の息子、マイケル・ケリーも行方がわからなくなっている。マイケルは二十二歳、去年オックスフォード大学を中退して、その後は実家住まいだった。家政婦は父親と息子が口論しているのを何度も目撃したらしい。口論の内容はマイケルが自分の将来に対して無責任すぎるとか、そんな類いのこと、それからもっと一般的な不満として、父親は息子の素行、友人関係、態度などに文句があったようだ。こうした口論は、家政婦の言葉を借りれば、〝爆発寸前〟までエスカレートしたことが何度もあり、そういうときには母親がふたりのあいだに割って入ったということだ」

ローソンは手帳にせっせとメモを取り、フレッチャーもそれに倣って同じことをしていた。が、どう見てもローソンほどの熱意はなかった。

「ケリー家に不法侵入の形跡はなく、事件以来、マイケル・ケリーは行方不明になっている。もちろん我々は交通警察、税関、国境警備隊、軍に警戒を呼びかけている」

そう言ったあと、クラビーは全員に何かのコピーをまわした。マイケル・ケリーに関する警察のファイルだった。「マイケルは十代のころ、車の盗難と横領で有罪判決を受けてる」

車の盗難はとりたてて珍しくなかったが、横領のほうはなかなか洗練された犯罪だった。学校のスキー旅行資金を盗む計画だったが、共犯者が口を滑らせて発覚した。起訴は取りさげられたが、それはいうまでもなく、父親のケリー氏が学校の新しい体育館のために多額の寄付をしたからで……

ローソンが優雅な動作で手をあげた。

「なんだ？」クラビーが言った。

「犯人、もしくは犯人たちは何発射撃したのですか？」

「予備鑑識報告書によると九ミリ弾が三発。三発とも回収され、証拠として保管されてる。当然、ケリー氏の銃から発射されたものかどうかはわからない。銃はまだ発見されてないからな。初動捜査の結果、最初に父親が撃たれ、その数秒後に母親が撃たれたと思われる」

「どうしてそう思われるのですか？」ローソンが尋ねた。

クラビーは殺害現場の写真をまわした。「これだ。父親はまだテレビを見てる。その姿勢のまま、ぴくりとも動いていない。母親は少し顔を動かし、ホシのほうを見ようとしてる」

今度はフレッチャーが手をあげた。

「なんだ？」クラビーが言った。

「じゃあ、マイケル・ケリーの犯行と思われるということですか？」彼女は自信なげに訊いた。

「現段階でそう推定することはできない」

「でも不法侵入の形跡がなくて、犯行に使われたのが父親の銃だったとして、息子が行方不明ということは……」フレッチャーは続けた。

「そう。マイケル・ケリーは有力なマル被ということになる。彼をかくまっている恋人や親しい友人がいないかどうか突き止める必要がある。ゲストハウスやホテルにも通知してある」

「仮にマイケルが犯人だったとして、逃走の猶予はどれくらいあったのでしょうか？」とローソン。

「病理医の見立てじゃ、父親と母親の死亡時刻は零時少しまえだ。だから俺たちが各所に通知するまで、五時間の猶予があったことになる」

「スコットランド行きのフェリーに乗るには充分な時間だな」俺は言った。

「空港に直行したんじゃないんですか？」フレッチャーが訊いた。

「飛行機に乗るには身分証が要る。国境を越えてアイルランド共和国に入る場合も同じだ」クラビーが説明した。「でもフェリーでスコットランドに渡るには、金を払って、ただ船に飛び乗ればいい」

フレッチャーにはまだよくわからないようだった。「でも、飛行機でどこかに飛んだ可能性もありますよね。被疑者のことが今朝までどこにも通知されていなかったんだとしたら」

「コンピューターに記録が残る。マイケルの名前は伝えてあるんだ。だから国境を越えたり飛行機に乗ったりしたなら、今ごろこっちに知らされてるはずだよ」とローソン。

「なるほど。じゃあ被疑者はフェリーに乗ったか、まだ北アイルランド国内にいるか、どっちかってことですね」

「そうだ。昨夜、各所に通知が行くまえにマル被が乗った可能性のあるフェリーは四便ある。午前一時のストランラー行き、二時三十分のケイルンライアン行き、四時のストランラー行き、五時三十分のケイルンライアン行きだ」クラビーが言った。

「じゃあ、今ごろはスコットランドのどこにいてもおかしくないですね」フレッチャーが言った。

「スコットランドどころか、イギリスのどこにいてもおかしくない。けど、マイケル本人と車の情報を通知してあるから、いずれ見つかるだろう」とクラビー。

「ローソン、何か言いたいことがあるのか？」俺は言った。

「何か、といいますか……ええと、なんだかとても変な気がしまして」

「何が変なんだ？」

ローソンは頬を赤くした。「何カ月にもおよぶ恨みを抱いた末に息子が父親を撃つとしたら、そのまえに思いの丈を洗いざらいぶちまけるような気がするのです。相手を怒鳴りつけ、おまえはくそ野郎だとか言って、それから撃つ」

「つまり？」

「つまり、そんな状況で、母親が椅子に座って、黙ってテレビを観ているなどということがあるでしょうか？　きっとふたりのあいだに割って入るはずです。それか、少なくとも椅子から立ちあがるでしょう」

「ふむ……ダフィ警部補、あなたが今朝おっしゃっていた懸念事項を新入りふたりにも言っておいてもらったほうがいいでしょう」クラビーが言った。

俺はもう一本の煙草に火をつけ、まわりにも勧めた。新入りはふたりとも断わった。煙草を吸わないことが今のファッションだ。こいつらが銃撃戦か暴動鎮圧任務の洗礼を受けたら、そうも言っていられないだろうが。

「懸念事項？　ああ、気にするほどのことじゃない。俺も息子による犯行の可能性が高いと思う」

「ガイ者の銃創について何か言ってやせんでしたか？」クラビーは粘った。

俺はマルボロ・レッドをひと口吸い、咳払いした。「そうだな、現場を見た感想としては、ローソン巡査刑事が言ったように、怒り任せの殺しには見えなかった。こめかみと心臓がきれいに撃ち抜かれていた。怒っている人間はそんなに正確に射撃できないものだ。プロの殺し屋ならできるが、親父に四六時中文句を言われてぷっつんキレた、大学中退のぐうたら息子にはできない」

ローソンが勢い込んでうなずいた。「衝動的な殺人の場合、〝過剰〟になることも多いのではないでしょうか？　何度も刺すとか、何度も撃つとか。きっと弾倉が空になるまで撃ち込んだのではないでしょうか？」

「そうだな」

「それに母親の命は助けたはずです。うるさく言ってたのは父親だけで、母親は味方になってくれてたんですよね？」とフレッチャー。

　クラビーは家政婦の証言に眼を通し、デスクの上を滑らせて俺に寄こした。「息子と口論していたのは父親ですね」

「父親を手にかけてしまったら、あとは乗りかかった船というやつじゃないか？」俺は言った。

「ローソン、おまえの考えを聞かせてくれ」クラビーが言った。

「ケリー氏が自衛のために銃を持っていたということは、敵がいたということですよね？」

「それについてもいずれ明らかになるはずだ」

「鑑識は薬莢（やっきょう）について何か言っていたか？」俺は訊いた。

「薬莢は見つかってねえ。ホシが持ち去ったんです」

「そうか、俺が現場に着くまえに鑑識が証拠品として回収したのかと思っていたが。ホシが持ち去ったんだな？」

　クラビーはうなずいた。

「となると、プロの犯行か、パニックになった息子が証拠を残さないように持ち去ったか、どっちかだな」俺は言った。

　沈黙がおりた。

　俺は立ちあがった。

「よし、みんな、このヤマは君たちだけでなんとかできそうだな。俺はもう行くよ」

「最後になんかアドバイスをお願いできやせんか、ダフィ警部補」クラビーが言った。

「プロの犯行という線は確かに一考の価値があるが、マクラバン巡査部長、俺が君なら、この新人たちに対して、大ベルファスト圏で日々起きている事件において、オッカムの剃刀（かみそり）はきわめて鋭いということを強調しておくね。つまり、最もシンプルで最も明白な説明こそが、ほとんど必ず正しい説明ということだ」

「あい、でも息子を見つけて話を聞いてみるまでは、どの可能性も捨てきれねえしな」

　俺は捜査本部室のドアまで歩き、クラビーに向かって小さくうなずいた。そうすることで、このヤマは君の担当で、それをひったくるつもりはないともう一度伝えた。少なくとも、今のところは。俺が担当している案件はこの事件の半分もおもしろくないが、クラビーはこのヤマをモノにしたいと思っていて、もし見事に解決できて昇進できるなら、それに越したことはない。クラビーは任せておけとばかりにうなずき返した。こいつにとってはハイファイブにも等しい行為だ。

　俺は人事部に行った。新米刑事たちについて何か見落としがないかどうか確かめておこうと思い、ふたりのファイルを探した。見落としはなかった。たったひとつの事実を除いて。ローソンはプロテスタントではなくユダヤ教徒だった。これには少し驚いた。ベルファストにいまだに残っているユダヤ教徒は数百人に過ぎない。彼らのコミュニティは北アイルランド紛争（トラブルズ）以前よりはずっと大きくなっているが、今のこの状況なら、北アイルランドよりも民衆蜂起（インティファーダ）中のイスラエルにいたほうがまだましというものだ。

ファイルをキャビネットに戻した。

　便所で《サン》紙を読んだ。

　コーヒーマシン。オフィス。デスクに足をのせる。窓の外に眼をやり、キャリック駅で起きた未解決の連続路上強盗について調べているふりをした。

　やがて時計がのろまなケツを五時に向けた。

「ショーン？」

オフィスのドアがあいていた。全身制服姿で頬を紅潮させたマカーサー警部が立っていた。頭には羽根つきのチロリアンハットがのっかっている。という説明だけでは伝わらないかもしれないから念のために言っておくと、帽子は小粋な三十度の角度でのっかっていた。警部は以前にもこの帽子をかぶっていた。話題にしてほしくてたまらないのだろう。それがわかるからこそ、署内の階級の高い警官たちは絶対にそれを話題にしないという暗黙の協定を結んでいた。

「なんでしょう?」

「軽く一杯どうかな?」

「ちょうど外出しようとしていたところでした」

「いいから座って。私のおごりだ」

俺たちは警部のオフィスに引っ込んだ。オフィスはシトラス系の黄色っぽい色に塗られていた。ヤシの木や鉢植えがいくつも運び込まれており、ビーチに転がるボートやカントリーフェアでの子供たちの写真など、白黒アートのような写真が飾ってあった。

「警部が撮ったんですか?」俺は写真を指さして訊いた。

「下手の横好きさ」

ここはよいしょしておくところだ。「すごくよく撮れてますよ」実際、よく撮れていた。

アメリカ人旅行者向けのカレンダーにできるくらいだ。ダイアン・アーバスほどうまいとか、そういうことはないにしろ。

警部はグラスにウィスキーを注いで寄こした。俺は座った。

「君は今どの案件を担当しているんだ?」

「大した案件はやっていません。クラビーは二重殺人を担当しています。そのうち私もサポートすることになると思いますが」

「昨夜のことはありがとう。あんな状況だったから、とても助かったよ」

「昨夜? ああ、あれですか? ええ」

マカーサーはウィスキーをあおり、俺も同じようにした。二十年もののアイラ。いい酒だ。ピート、スモーク、土、雨、絶望、大西洋が好きなら。好きじゃないやつがいるか?

マカーサーは微笑した。「君のキャリアは実に大したものだな、ショーン」

「そうですか?」

「そうとも、大したキャリアだ」

警部の眼は輝いていた。何か俺に言いたいことがあるのだ。警部は仔細ありげに俺を眺めた。

「何か言いたいことがあるんですか?」

「さっき電話で君のことを話していたんだ」

「電話で誰かと私のことを話した？」

「そうだ」

「どんな話をしたんです？」

「お代わりは？」

「ええ」

警部はそれぞれのグラスになみなみと注いだ。

「私のどんな話をしたんです？」もう一度訊いた。

彼は笑った。「いやいや、心配無用だよ。いい話ばかりだった。私はこう言ったんだ。君のことはまだあまりよく知らないが、それでも、そのかぎられた交流からでも、君が一流の警官だってことはよくわかるとね」

「昇進とか、そういう話ですか？」

「それよりもいい話だ、私が思うに」

「昇進よりもいいこと？」

「すまないが、私の口からはこれ以上言えないんだ、ショーン。お口にチャックだ」

「そんなこと言わずに」

警部はかぶりを振った。「いや、すまないが、口外できないんだ」

「そこをなんとか」俺は粘った。

「アカギツネだよ、アカギツネ」そう言って彼はウィンクした。

「よくいる狐ですか？」

「いや、そんなによくはいない」

これまでマカーサーに対して思うところはとくになかったが、昨夜のあれと今日のこれとで、俺は心のなかでこのちょびくそ野郎を相当嫌っていることに気づいた。これ以上は何も訊き出せそうになかった。俺は椅子をうしろに引き、立ちあがって会釈した。

「もう行かないといけません」

「そうか。それなら行け」

小便をしてからクラビーに会いに行った。クラビーは捜査本部室で事件記録をタイプしていた。パイプを吸っていて、その青い煙とデスクの上のマグカップに注がれたベルガモットティーが部屋をとてもいいにおいに包んでいた。

クラビーが顔をあげて俺を見た。「どうかしやしたか？」

「クラビー、最近誰かに俺のことを訊かれたか？」

「あんたのことを？」

「あい」

「訊かれるって何を？」

「質問を」

「俺は訊かれてねえな。でも、なんでです？　なんかあったんですか？」

「さあね。新しい警部から遠まわしに言われたことがいくつかあってな」

「汚職防止課に眼をつけられたわけじゃねえですよね？」

俺はクラビーをにらみつけた。「いや。どうして俺が？」

「いや、まさかですよね」

俺は体を近づけた。「何か聞いたら教えてくれるな？」

「もちろん。でもトラブル起こしたわけじゃねえんでしょ？」

「あい」俺は言ったが、自信はなかった。

「心配いらねえって。これまでの実績を考えりゃ、あんたに手出しできるやつはいやせんよ」

「そうだな。まあいい、邪魔したようだな。仕事に戻ってくれ」そうは言ったものの、俺は動かなかった。

クラビーの顔がゆっくりと半笑いに変わった。「手持無沙汰なんですか？　そうか、そういうことですか」

「そうじゃない」

「ケリー家の二重殺人の捜査に一枚嚙みてえんじゃねえですか？」

「口出しするつもりはないよ」

「まあ、息子がしょっぴかれるまで進展はねえだろうし、まだ見つかってねえってことは、たぶんもう海を渡って――」

「でも関係各所に――」

「ああ、通知はしてありますよ。けど俺が言おうとしてたのはそういうことじゃねえんだ。ま、とりあえずこいつをタイプしなきゃなんねえから、もしよかったらローソンとフレッチャーを殺害現場に連れてってもらえやせんか？」

「ふたりが何か発見するかもしれないから？」

「いや」

「じゃあ、どうして連れていくんだ？」

「それが俺たちの、なんつうか、教育者としてのせめてもの義務ってもんだ。それに、わからねえぜ、あんたが何か見つけるかもしれねえし」

「俺に同情してるんだな？」

クラビーは歯を見せた。「少し」

「気持ちはありがたいが、できない相談だ。六時に用事がある。家に帰ってシャワーを浴びないと」

「用事?」

「野暮用だよ」

クラビーは眼を細め、訝(いぶか)しげに俺を見た。

ほかのやつなら「は? おまえが? 生身の女とデート?」と言うところだが、クラビーはちがった。

「わかった、じゃあまた明日」クラビーは言った。

「ああ……もし誰かが俺のことを訊いてまわってたら、ちゃんと知らせてくれ。いいな?」

「心配しなくて大丈夫だって、ショーン。みんな知ってるよ、あんたは今じゃ立派な組織人間だって」

「そうとも」

5　僕が二度としないであろう楽しいはずのこと

家。ターンテーブルの上の音楽はツェッペリンの定番。この盗作野郎どもを聴きながらシャワーとひげ剃りをすませた。ネクタイを結び、髪にブラシを通した。耳の上とまんなかあたりの一、二箇所に白髪が増えていた。そうとも、きれいな顔に帽子でキメた警部とちがい、煙草とストレスのせいで俺はまごうかたなき三十五歳に見える。とはいえ、人前に出てもそんなに恥ずかしい男ではないし、職と家と車がある。それはたぶん、何かの勘定に入るはずだ。

ウールのレインコートを身に着け、両親がクリスマスにくれたフェドーラ帽をクロークから引っぱり出した。玄関の鏡で自分の姿を確認した。

馬鹿丸出しだ。帽子を脱いだ。鏡の中の俺はやはり俺のようには見えなかったが、たぶんそれはいいことだろう。

外に出た。嫌な感じの雲が邪悪な精霊（ジン）のようにベルファスト上空を覆っていた。雨の最初のひと粒。

BMWの車底に爆弾がないかどうか確かめ、乗り込んだ。

コロネーション・ロードを流し、びしょ濡れになって騒ぐ子供たちの群れと、痩せこけた馬に乗っているドミニク・マルヴェナのまえを通り過ぎた。ドミニクは通りの最後の家に住んでいる悪魔のようなガキだ。

雨は聖書を思わせる災禍になりつつあった。

ケネディ・ドライブの地面が水浸しになっていたのでスピードを落とした。近くの小川から蛙だけでなく小魚までもが路上にあふれ出ていた。BMWのワイパーをマックスで動かしていたが、それでもほとんど何も見えなかった。

ノース・ロードで左に折れ、鉄道橋のそばで廃棄物用コンテナを漁っている廃品売りたちと一匹の山羊のそばをゆっくりと迂回した。彼らの商品かもしれないし、そうではないかもしれないその山羊は、蠟燭(ろうそく)の箱らしきものをおいしそうに食べていた。

浮かない顔をしたバックパッカーが五人、キャリック駅の庇(ひさし)の下で立ち尽くしていた。《ロンリープラネット》はどうしてこんな未開の地で降りろと指示したのかと恨みがましく思っているのだろう。

BMWを教会のホールの外に駐め、そのまま数分間車内に座っていた。雨が車の屋根を打ち、フロントガラスに膜をつくっていた。六時十五分。開始時刻はもう過ぎていた。

「どうにでもなれ」そう言ってドアをあけると、入口に向かって駆けた。

ベッグス夫人は俺が来たのがうれしいようだった。「間に合ってよかった、ダフィさん。はい、これがあなたのバッジ」

夫人は俺のコートを取り、ステッカー式のバッジを渡した。そこにはこう書いてあった。

「こんにちは、私はショーンです！」

俺はジャケットの下襟にそれを貼った。ホールから音楽が聴こえてきた。不安になるほどグレン・ミラーそっくりな曲だった。

「みんな四十過ぎってことはないですよね？」

ベッグス夫人は首を横に振った。「大丈夫、怖がらないで。あなたと同年代の女性もたくさんいますよ、ダフィさん。それに……」夫人は声を落として続けた。「カソリックの人も何人か」

「そこはどうでもいいんです。ちゃんと――」

「わたしとおしゃべりしに来たわけじゃないでしょう。お入りになって、ダフィさん」そう言うと、夫人は俺の腕をつかみ、ホールに導いた。

「どうやら煙草のライターを車に忘れてきたようです。ちょっと戻って――」

「いえ、駄目です」夫人はそう言ってドアをあけると、俺をホールのなかに押し込んだ。

ホールの椅子は取り払われていて、薄暗い明かりがそういう雰囲気を醸し出していた。部屋の片側にテーブルがセットされ、ソフトドリンクが置かれていた。その反対側で少し年季の入ったDJがツインデッキでレコードをまわしていた。かかっていたのはほんとうにグレン・ミラーだったが、すぐにアッカー・ビルクとベニー・グッドマンに変わるだろう。

平日の雨の夜にしてはかなりの人数が集まっていた。全部合わせて六十人ほど、女性が大多数で、かなりの数を占めていた。年齢層は高めに偏っていたが、俺と同年代か歳下の女性も十人以上いた。北アイルランド的な陰鬱な踊り方でダンスをする者がいれば、ダンスフロアから離れたところで一対一で話し込む男女もいた。ドリンクテーブルのそばに男女混合の大きな集団ができていた。相手のいない惨めな男たちの一団は西側の壁に追いやられ、影のなかに潜んで自らの身を守っていた。

「どうしたらいいんです？」俺はベッグス夫人の耳元で訊いた。

「みなさん名札をつけてるでしょう。みんな同じ理由でここにいるんだから、話しかけて自己紹介すればいいんです」

「ほんとにライターを取ってこないと、だから——」

「オーラ・オニールに挨拶してらっしゃい。きっとあなたを気に入ると思う。三十歳。赤毛。バツイチ。ゴージャス。すこぶるつきよ。あのグリーンのミニスカートの娘がそう」

「なんです？　どこです？　どれが――」

夫人は俺をもうひと押しすると、俺の背後でドアを閉ざした。

《In The Mood》が終わり、ワルツのテンポで《Moonlight Serenade》が始まった。男たち、女たちがペアになりはじめた。

パニック全開になるところだったが、そのとき、背の高い、明るい色のドレスを着た女性が俺に手を差し出した。彼女の指は力強く、渡りの板金工のような爪をしていた。髪は赤く、ドレスはグリーンっぽい色合いだった。これがオーラ・オニール？

「ダンスに誘ってくださらないの？」彼女が言った。

「踊り方を知らないんだ。ほんとに。こういうフォーマルなのは――」

「紳士たる者、踊り方くらい知ってるはずよ」女は傷ついたように言った。

「機会に恵まれなくてね」

「仕事は何をしているの、ショーン？」俺のバッジの名前を見て、女が尋ねた。

「警官なんだ」

彼女は唇をすぼめた。「あ、ええと、失礼するわね、ショーン。わたし、パートナーを探さないと」

「ジーザス」俺は小声でつぶやき、いざというときのためのマッチで煙草に火をつけた。よそよそしい眼差し。奇妙に気の抜けたようなにおい。大きな、それでいて形のはっきりしない空間の頭上は古いシャンデリアが占めていて、それは殺意を持っているかのようにゆらゆらと揺れていた。

トナカイをモチーフにしたカーディガンを着た尻の大きな女が、まっすぐ俺に向かってきた。煙が変なところに入ってしまい、咳が止まらなくなった。それを見て、彼女は俺の背中をやさしくさすってくれた。話しかけてみると、酪農場を営んでいる未亡人だった。

「あなたのお仕事は？」

「警官なんだ」

彼女はうなずき、近くも遠くもないあたりを見つめると、俺に挨拶をして、誰か／誰でもいいから俺以外のやつと話をしに行った。

すでにここから逃げ出したかったが、その強い衝動に抗い、サンドラという女の子に自己紹介した。彼女は『マペット・ショー』バンドのジャニスにちょっと似ていて、不動産業を営んでおり、東アントリム全域で家を売っていた。

「俺たちには共通点があるね。俺はオマワリなんだ」

ている」

「そうだな、えっと、ふたりとも仕事柄、多少の悪事に眼をつぶることに慣れっこになっている」

「共通点って？」

どんなに煮え切らない客でも、俺のように一瞬のうちにサンドラを怒らせたことはなかったにちがいない。彼女は向こうに行ってくる、と冷たく言い放った。あとで俺はサンドラがとても背の高い男とダンスしているのを見た。そいつの顔はランドサット衛星から見たモハーベ砂漠のようだった。

西側の壁に引っ込み、すっかり怖気(おじけ)づいた男たちの一団に加わった。彼らは誰とも眼を合わせないようにして、そもそもどうしてこんなところに来ることを了承してしまったのかと考えているようだった。

「ここ、禁煙だと思いますけど」俺が二本目の煙草に火をつけると、むっとした被害者仲間のひとりにたしなめられた。俺はそれを無視して深く吸い込んだ。

度胸のある女がひとりで、もしくはふたりで、こうした壁の花たちのもとに突撃してくることがあって、ときどき俺たちの群れがひとり減り、獲物となった男はダンスフロアかドリンクテーブルに引っぱられていった。

「今のは偉大な故グレン・ミラー、お次はみなさんお待ちかね、アッカー・ビルクのスウィングできるチューンだ」とＤＪが言った。

神経が今まさに衰弱中らしきバーコード頭の男が俺に煙草をねだった。一本火をつけてやった。

「あんた、オマワリだって？」

「ああ」

「ちょっと拳銃を貸してもらえないか？」そう言って、口のなかに銃を突っ込む仕草をした。

「すまんね」

とてもかわいらしい茶髪の女性がブルーの大きな瞳を輝かせ、壁の花たちのまえを突っ切って近づいてきた。ブルース・リーの映画に出てくる暗殺者のようだった。

彼女は俺のまえまで来ると、イエス・キリストはあなたの救い主かとデリー訛りで尋ねた。ギアボックスに問題のあるセメントミキサーのような声だった。

俺はちがうと言った。

彼女はナザレン教会という名前を聞いたことはあるかと訊いた。

俺はあると答えた。去年、アメリカ福音派の大きな教会が大ベルファスト圏に続々と十堂も建てられた。地元の企画担当はその複雑な設計と矢継ぎ早の建設工事に圧倒され、卑屈なまでに言いなりになった。

彼女は俺にナザレン教会をどう思うかと訊いた。

俺はそういうものは困ったときの神頼み、塹壕のなかの信心のようなものだと言った。

終わりのない内戦と天井知らずの失業率の国では、まったく当然のことだと。

なかなかおもしろい意見だと彼女は言った。俺は今晩話をした女性のなかで君が一番美しいと言った。そんなことを言うのは危険な賭けだったが、彼女は十七世紀植民地主義アメリカの考え方の持ち主で、そのお世辞を喜んだ。

キリストを受け入れるつもりはあるかと彼女は訊いた。

「どんなことでもありえる」俺は言い、笑顔がとてもすてきだと彼女に言った。

彼女は仕事は何をしているのかと訊いた。

俺は王立アルスター警察隊で働いていると答えた。

彼女はもう行かなければと言った。

「いや、待ってくれ……」

「もう行かなきゃ」

噂が広まり、ほかの女は誰ひとり俺に寄りつかなくなった。彼女たちを責めることはできない。歳を重ねつつある独身女性なら、いや、未亡人ならなおさら、来週には殺されているかもしれない警官と結婚しようとは思わない。俺がカソリックであることも明らかにマイナスだった。キャリックファーガスのカソリックというだけでも最悪なのに、カソリックの警官？　俺の寿命は犬年齢で数えられるくらいだ。

誰かが俺にプログラムを手渡した。ダンスのあとに予定されているお楽しみに椅子取りゲームが入っていた。椅子取りゲームが始まるまえに退散しなきゃならんぞ、俺は自分に言い聞かせた。

「わたしはシガニー」と、生き生きしたグリーンの瞳に丸眼鏡の若い茶髪の女が俺の左側から話しかけてきた。

「ショーンだ」俺は言い、手を差し出した。

俺たちはぎこちなく握手した。彼女はかわいかった。雨の火曜日の大ベルファスト的な意味でのかわいさではなく、実際にかわいかった。

「ここ、禁煙だと思うけど」彼女は小声で言った。

「そう言われた。悪いね、その――」

「いいの、わたしは全然気にしないから。でもキャラハン夫人に見つかったらつまみ出されちゃうよ」

「なら、そのキャラハン夫人を探したほうがよさそうだな。早いとこ、ここから退散しなきゃならないんだ」

彼女は笑った。「そんなにひどいパーティじゃないでしょ？」

俺は首を横に振った。「ひどいパーティだ」

「じゃあどうして来たの？」

「自棄(やけ)だな。アイルランドでどうやったら異性に出会える？　どういうわけか、人類はこんな島でも繁殖してる。みんなどうやって相手を見つけてるんだ？」

「ディスコで」

「俺はディスコ向きじゃないんだ。音楽のこととなるとうるさすぎてね」

「音楽はなんだっていいの。踊れればそれで」

「たぶんそうなんだろうな。まあ、話せてよかったよ。もう行かなきゃ」

「待って。せめてパンチを飲んでいったら？　安物ジンがたっぷり、象もぶっ倒れるくらい入ってるやつ」

「ソフトドリンクしかないかと思っていたよ。そのパンチはどこにあるんだ？」

彼女は俺をそこまで案内した。確かに、アフガニスタンのロシア兵士が不凍液から蒸留したにちがいない何かが混ぜてあった。「ジーザス、こいつはひどい」そう言って、俺はプラスティックのカップを置いた。

「ベースはグレープフルーツジュースだけど、グレープフルーツの味はほとんどしない。風味づけにと思って、フラスコに携帯してたバカルディを全部入れてみたんだけど、ジンが強烈すぎて完全に打ち消されてる」

「教会の独身向けパーティにラムのフラスコを持ってきたのか？」俺は賞賛を込めて言った。

「ラムのフラスコを持ち込むのにもっとふさわしい場所がある？」

まったくもってそのとおりだ。彼女は俺をひとしきり眺め、ほほえんだ。「あなた、警官なんだって？」

「誰がそんなことを言った？」

「何人か言ってた」

「俺はみんなに噂されてるのか？」

「ううん。〝気をつけて、あの人オマワリだよ〟とか、そんなことをちょっと言われてるだけ」

俺はうなずいた。「キャリック市内じゃ上質なゴシップは手に入らない」

「そうね。でも、あそこにお粥みたいなかつらをした男の人がいるでしょ？」

「ん？　ああ」

「あの人、奥さんにオンナができて、捨てられちゃったの。このへんじゃ、そういう話は珍しいでしょ」

「そうだな」

「それから、あそこにいる口ひげのおっさん。バツ2だけど、まだまだやる気満々。ここからバリーキャリーまでの土地半分の地主なの」彼女はそう言うと、『大いなる眠り』に出てくる陰気なスターンウッド将軍に生き写しの男を指さした。「なのに、ショーン、どうして誰も警官とはデートしたくないのかな？」

「常に死がつきまとっているからさ。みんなそこに敏感になってる」

「そうかな。あなたが殺されたら、たっぷり補償してもらえるんじゃないの？ 未亡人年金だってかなり出るでしょ。それに喪服も着れる。わたし、黒がよく似合うの。瞳がすごく引き立つから」

「君は何者なんだ？」俺は笑いながら言った。

彼女は自分のバッジを指さした。

「シガニー」俺は読みあげた。「実は……」

彼女はかぶりを振った。

「実は？」

「これ、偽名なんだ」彼女は小声で言った。

「どうして偽名を書いたんだ?」

「変態どもに本名を知られたくなかったからね。ここにいる男たちときたら、まったく!」

「俺はまあ、女性しか見ていなかったというか……」

「女のレベルはすごく高いでしょ、男に比べれば。それに数も女のほうが多い。あの自称億万長者の女とはもう話した?」

「いや、まだだ」

「あれは詐欺みたいなもんだから。でもほんと、男ども! ひどいジョークだよ。男の半分はどう見てもアル中で、残りの半分はウィスキーボトルの底にイエスを見出したようなボーン・アゲインのクリスチャン。お酒を飲むのはかまわないけどさ、偽善には我慢がならない」

「君は住む島をまちがえたな」

「確かに」彼女は同意した。

「あそこに背が高くて、ハンサムで、ちょっとオタクっぽい男がいるでしょ? あの人なんてさっき、宇宙人による誘拐の話をしてた。興味あるふりして聞いてたけど、ほんとはないってバレてたと思う」

「おもしろそうな話じゃないか」

「なら、あなたが話してきたら？」

「君は仕事は何をしているんだ？」

「わたしはあなたの天敵のひとり」

「自動車爆弾の製造者か？」

「それ以下。記者なの」

「どこの？」

「《ベルファスト・テレグラフ》」

「へえ、奇遇だねえ」俺はテレビドラマ『コロネーション・ストリート』のヴェラ・ダックワースを真似て言った。

彼女は俺のジャケットのポケットから煙草の箱を取り出し、自分で火をつけた。

「あなたはキャリック署に勤めてるの？」

「ああ」

「仕事はおもしろい？」

「そういうときもある」

「具体的にはどんな仕事をしてるの？」

「刑事なんだ」

「刑事？」彼女は言った。感銘を受けているようにも聞こえた。「殺人事件を解決したり、消えたダイヤモンドを探したり？」

「ああ……まあ、ダイヤモンドが消えることはそんなにないけどな」

「ナンシー・ドリューの読みすぎだね」

「君はどんな記事を書いているんだ？」

彼女は不満そうに答えた。「水曜日の家庭欄を担当してる。〝ブラのサイズ、それでいいの？〟とか〝ストッキングとサスペンダーの復興なるか？〟とか、そういうやつ」

突然、頭のなかがいやらしいイメージでいっぱいになり、返事をするまえにそれらを振り払わなければならなかった。「楽しくないってことかい？」なんとかそう答えた。

「そうね、楽しくはない。うちの腕利きスタッフふたりが一週間かけていろんな女性誌からホットな話題を拾ってきて、それをうちにふさわしいように書き直すだけだし」

「それはいいね、一週間ずっと雑誌を読んでいられるっていうのは」

「きっと頭がいかれちゃうと思う」

携帯無線がわんわんと鳴りだした。「すまない」俺は言い、電源を切った。

「電話をかけなくてもいいの？」

「たぶん大した用事じゃない」

気まずい十秒が流れ、俺たちは無言のまま突っ立っていた。

「ねえ、電話をかけたいんじゃない？」

俺はうなずいた。

「こっちだよ、集会室を通るときに電話機を見かけた」

彼女は椅子からコートを取りあげた。俺はそのあとについて集会室に向かった。彼女は照明をつけた。薄暗いホールから出たおかげで、とても魅力的な女性であることがわかった。男のひとりやふたり、わけなく見つかるだろう。そんなことを考えていた。彼女のコートはウールのダッフルで、どう見ても学生時代から使っているものだった。卒業したのはそう遠い昔ではないだろう。歳は二十四、五といったところか？

俺は署に電話した。「ダフィだ」

「マクラバン巡査部長に代わります」

「ショーン、あんたか？」

「あい」

「非番のときに電話してすまねえ。でもきっと知りてえだろうと思って。息子（サン）が出てきたんだ」

「ようやくか！　この呪われた島から永遠の雨という災厄が消え去り、とうとう太陽（サン）が出てきたんだな」

「いってえなんの話です？」

「そっちこそなんの話だ？」

「ケリーですよ」

そっちか。

「あの殺人事件の。息子が親父とお袋を殺したやつ」とクラビー。

「ああ、なるほど。息子が自白したのか？」

「ある意味じゃ」

「ほう、どういうことだ」

「息子の車に遺書が残されてたんだ。どうやらブラックヘッドの崖から身投げしたらしい」

「そうか」

「あい」

「今、現場にいるのか？」

「ええ」

「で、俺にも来てほしいってのか？」

「あんたがそうしてえなら」

俺は〝シガニー〟を見てほほえんだ。そいつは君のヤマだ。「実はな、クラビー、今チャーミングな若い女の子とお取り込み中なんだ。そいつは君のヤマだ。もう補助輪なしでやれ」

クラビーはため息をついた。こういう世間の耳目を集める事件を担当することにまだ少し不安があるのだろう。しかし、いずれそういう日が来る。「わあったよ、ショーン。あんたも知りてえだろうと思って電話しただけだ。また明日話そう」

「がんばれよ。じゃあな」

電話を切った。

「なんだったの？」〝シガニー〟がコートを羽織りながら訊いた。

「二重殺人だよ。昨夜、金持ちの息子が両親を殺した。息子は良心の呵責（かしゃく）に耐えかね、ブラックヘッドの崖からワイリー・コヨーテよろしく飛びおりた」

「二重殺人？」

「ああ」

「それをあなたに捜査してほしいって？」

「いや、同僚のマクラバン巡査部長刑事が担当してる。電話で意見を訊かれただけだ……まあ、明々白々な事件だけどな」

「テロリスト関連ではない？」

「たぶんね」

「もしよかったら、その――」彼女は言いかけたが、その言葉はすぐに尻すぼみになった。

「なんだい？」

「よかったら、わたしも一緒に現場に連れてってもらえないかな？」

「どうして？」

「スクープはスクープでしょ。わたし、今は家庭欄の編集助手だけど、明日には第一面の論説記者になってるかも」

「落ち着け、マクベス夫人。そんな便宜を図ってやって俺になんの得がある？」

「わたしの本名を教えてあげる」

「君の本名ならもう知ってる」

「言ってみて」

「サラだろ」俺は言った。「サラ・オルブライト」

「なんで知ってるの？」彼女はびっくりしていた。

「たぶん《ベルファスト・テレグラフ》を読んだからだ。俺の記憶力は写真並みにすぐれていてね、署名入りの記事にあった君の名前を思い出したんだ」

「ほんとなの？」彼女のアーモンドグリーンの瞳は感嘆で見ひらかれていた。

「いや、君のダッフルコートの内側にそう書いてあった」

「ああ、なるほどね。恥ずかしい」

「何が？」

「だって、わかるでしょ。大学進学予備校（シックスフォーム）のときのコートをまだ着てるなんて。ファッションに敏感な家庭欄の記者にあるまじきこと」

「俺もぼろぼろのトレンチコートを着てる」

「それはクールだよ」

「そうかい？」

「ええ。で、一緒に行っていいの？」

「うーん、わかった。そうしたいなら」

「お礼にわたしが夕食か何かつくってあげるっていうのは？」

「もうイエスと言ったぞ」

俺たちは外に出て、雨のなかをＢＭＷまで走った。彼女はシートベルトをつけると、俺を見てにっこりと笑った。「興奮する」

「そうだな、興奮といえば……ちょっと待っててくれ」

俺は車の外に出て、水銀スイッチ式の爆弾が仕掛けられていないかどうか確かめた。

運転席に戻った。

「何をしてたの？」彼女が無邪気に訊いた。

「何も。ほんとに料理できるのか？　心中事件をスクープさせてやる見返りになるような料理ができるのかって意味だけど」俺は軽口を叩き、〝その可能性〟があったという事実から彼女の気を逸らそうとした。確率はかなり低いが、ゼロではない。点検せずに車を出していれば、ふたりとも木っ端微塵に吹き飛んでいた可能性があったのだ。

「後悔はさせないよ。家庭科は普通級（Ｏレベル）まで終えてるから」

「俺もだ。けど、豆缶ひとつあけられない」

「わたしはあけられる」

エンジンをかけ、取りつけたばかりの警察無線に手を伸ばした。

署に連絡した。

「こちらダフィ警部補。俺が事件現場に向かっていることをマクラバン巡査部長刑事に伝えてもらえるか？」

「わかりました、警部補」署の巡査が言った。

無線を切り、クラッチをつないだ。

「警部補かあ」サラが感心したように言った。「銃やら何やら持ってるの？」

「そうさ」俺は言い、アルバート・ロードで右折した。

「人を殺したことはある？」

「故意にってことか？　そんなの誰にわかる？」

「わたしがＩＲＡの仕掛けたハニートラップだったらどうする？　深夜のテレビでよくそういうＣＭが流れてるでしょ」サラはチャーミングな笑みをたたえて言った。

俺もそういうＣＭは見たことがある。非番の警官か兵士が女の子と出会い、しけ込もうとする。そこをテロリスト集団に拉致され、尋問され、拷問され、撃ち殺される。広告のなかでは、ハニートラップを仕掛ける女は決まってグラマラスなブロンドで、茶髪の鼠みたいな娘ではない。

「これからハニートラップを仕掛けようって女がハニートラップのＣＭを話題にするとは思えないな」

「裏の裏をかこうとする巧妙な罠かもよ」

「なら、君のことはよく見張っておかないとな」

「このご時世じゃ、そうしておくに越したことはないね」

アルバート・ロードの奥の十字路を左に折れ、雨に濡れたマリーン・ハイウェイの街灯のまえを通り過ぎた。ニシン漁船が石造りの小さな港から遠ざかりつつあった。俺たちの後方、バックミラーのなかに、深まる闇に潜む灰色と黒の城が見えた。で、前方には何があったか？　俺たちの前方に何があるか、アントリム海岸の先の崖底に何が待っているかなど、誰にわかっただろうか。

6 潮葬

BMWをホワイトヘッドの駐車場に入れた。湿った警察犬の脇で暗い顔をしていた若い巡査が俺たちを正しい方向に案内した。俺たちはブラックヘッドの崖に向かう海沿いの小径を歩いた。

「あそこ……あの家にスティングが住んでたんだよ」サラが海に面した大きな家を指さしながら言った。

「スティング？　ポリスの？」俺は半信半疑で言った。

「そう」

「あいつは北イングランドの人間だと思っていたが」

「彼がまだ教師だったころ、地元の女の子と結婚したの。もう離婚したけどね。でもふたりであそこに住んでたの。ほんとだよ、みんな知ってるんだから」

「俺が地元の話題に疎いってことも、このあたりじゃ有名なんだ」

「わたしは無駄な情報の宝庫」

俺たちは現場に着いた。現場はブラックヘッド灯台の三十メートル下、岩がちな小径の上に、ややドラマティックに広がっていた。

すでにかなりの数の警官、救急隊員、野次馬が集まっていて、霧雨と波しぶきで体を濡らしていた。

俺は〝警察　事件現場　立入禁止〟と書かれたテープを持ちあげ、サラと一緒に非常線の内側に入った（模範的なプロフェッショナリズムとはいえないが、この女性を好きになりかけていた）。

ローソン巡査刑事が俺を見つけ、両手をあげてやってくると、ぐちゃぐちゃの塊に近づこうとしていた俺を制止した。どうやらそれが死体らしかった。

「鑑識が作業中です。誰も近づけないようにとのことでした」

ローソンはダークブルーのスーツにクリーム色のレインコートを着ていた。それはいい。が、にわかに大金を手にしたボーイズバンドかサッカー選手のように、ブロンドの髪をジェルでつんつんに立てているのはどうか。ローソンは俺が不機嫌そうにしているのに気づいたが、ラテックスの手袋に白いつなぎ姿の鑑識官たちが型どおりにのろのろと作業しているのにしびれを切らせたと思ったらしかった。「すぐにすむと思われます、その――」

俺はそれを遮って言った。「髪についてるそれはなんだ、ローソン?」

「髪ですか? ジェルであります」

「なぜだ?」

「なぜ? ええと、そのほうがかっこいいから、でしょうか?」

「王立アルスター警察隊の見習い巡査刑事にふさわしい髪型だと思ったのか?」

「みんなこうしています」

「俺は気に入らんね。オマワリってのは流行にのるもんじゃない。昔気質(むかしかたぎ)で保守的で、時代遅れなもんだ。一般人からしたら、ひどい髪型に安いスーツの刑事のほうが安心できる」

ローソンはうなずき、「はい」とおとなしく言った。本心では「だからあなたはそんな格好なんですか?」と言いたかったのだろうが。

「で、状況は?」

「マクラバン巡査部長刑事が崖のてっぺんにいます。灯台の駐車場のところです。フレッチャーも一緒であります。どうやらマイケル・ケリーはそこから飛びおりて、岩の上に、その、着地したようです。車のなかにメモが残っていました。謝罪文です」

「遺書か?」

「はい」

「なんと書いてあった？」

ローソンは手帳をめくり、読みあげた。「〝我を忘れてしまった。ほんとうにごめんなさい〟」

「それを書くよう脅迫されたか、強制されたような痕跡は？」

「ありません」

「マクラバン巡査部長刑事はなんと言っていた？」

「自殺だと」

「ふうん。そうか、わかった。よくやった。仕事に戻ってくれ」

ローソンはもう一度うなずくと、俺が来るまえに何をやっていたのであれ、それに戻った。

「ずいぶんつらく当たるじゃない」サラが言った。

「髪型のことか？」

「いずれわたしたちに取って代わられることになるから、それでちょっと苛々してるんでしょ」

「わたしたちって誰だ？　エイリアンのクローンか？」

「若い世代のこと」

「ジーザス、俺がいくつだと思ってるんだ？」

「四十？」

くそ、俺が四十に見える？

「もしかしたらつらく当たりすぎたかもしれないな」俺は認めた。

「ねえ、写真を撮ってもいい？」

「駄目だ！　写真はよせ。メモを取るのはいいが、写真は絶対に駄目だ」

「あの灯台の写真はたぶん会社にストックがあるからいいや」

「ここで少し待っててくれ」俺は言い、死体を検分している鑑識官たちに近づいた。

鑑識班を仕切っていたベテランのジム・マクマートリーとは知り合いだった。

「やあ、ジム」

「来ないかと思ってたよ、ダフィ。ダービーのときに貸した三十ポンドはどうした？」

「記憶力がいいな」俺は言い、財布に手を伸ばした。あけてみると十ポンド札一枚しか入っていなかった。

「とりあえず十ポンドでいいかな？」俺は紙幣を差し出して言った。

「どうせ持ってねえだろうとは思ってたよ」そう言うと、ジミーは白々しく笑って金をひったくった。

「あんたの超能力でこの死体について何かわかったか？」

「どうして遅刻した？　らしくないじゃないか、ダフィ」

「遅刻したわけじゃない。これは俺のヤマじゃないんだ、ジム。担当はマクラバン巡査部長刑事だ」

「なるほどな。じゃあ、おまえさんはまた警察を辞めるのか？」

「知るかぎりじゃそういうことはない」と答えたが、確信はなかった。「なぜそう思うんだ、何か聞いてるのか？」

「いや」ジムは慌ててつけ足した。

「死体の身元は確認できたのか？」

「歯医者に照合しなきゃならない。水面のすぐ下の岩に頭から激突したんだ。干潮だったが、満潮だったとしても結果は同じだったろうな。いちおう見てみるか？」

白いブランケットをかぶせられていたが、そのままの状態でも死体がぐちゃぐちゃになっているのはわかった。

「いや、結構だ。死亡時刻は？」

「断定は難しい。損傷がひどいからな。でも鳥には食われてないし、腐敗もない。死後硬直も進んでない。だから不肖俺の推測を言わせてもらえば、今朝の早い時間ってとこだな」

「ほかにわかることは？」

「死因だ」

「死因は？」

「崖から飛びおりたことによる鈍器損傷だ」

「ありがとう、ジム。話せてよかったよ」

サラのところまで引き返した。彼女は手帳にせっせとメモを取っていた。

「一緒に上の灯台まで行ってみるか？」

「もちろん」サラは興奮気味に言った。

「なら行こう。ところで、死因は重力だ」

サラはそれを書きとめた。

曲がりくねる崖道を一緒に灯台までのぼった。そこでも警官と鑑識の一団が写真を撮ったり指紋を採ったりしていた。

クラビーを見つけ、サラを紹介した。

「こちらは《ベルファスト・テレグラフ》のサラ・オルブライトだ」

サラが手を差し出し、クラビーはそれを握った。クラビーは当惑した眼つきで俺を見た。俺はこれまでに一度も記者と連携したいなどと言ったことはない。どういう風の吹きまわしだ?

「サラは、その、友達なんだ。ちょっとメモを取りたいらしいんだが、かまわないかな? この事件はいずれ報道される。たまにはメディアを味方につけておくのもいいだろ」俺は多少しどろもどろに言った。

「ああ、かまわねえよ」クラビーはむっつりと言った。俺のごまかしにまったく納得していない顔だ。

「ありがとう」サラはそう言ってその場を離れると、崖際に駐まっている黒いメルセデスのもとに向かった。

サラがいなくなるとクラビーは眉をあげた。

「教会のイベントで知り合ったんだ。さっき君が電話をくれたとき隣にいて、一緒に行きたいと言い出してな。うまくいきそうだったから、台なしにしたくなかったんだ」

クラビーはかぶりを振った。「記者かよ、ショーン……」

「わかってる、わかってるよ……」

俺は煙草を取り出し、火をつけた。風の強いこの崖っぷちでは簡単な仕事ではなかった。

「で、あの息子についてわかったことは？」俺は訊いた。

クラビーは肩をすくめた。「どうやら両親を殺したあと、車でここまで来たらしいです。駐車して煙草を吸い、ちょっと考えごとをして、短い遺書を書き、飛びおりた」

「遺書のほかに、車内に証拠は？」

「調べてるとこですが、今んとこはなんも」

「遺書を見てもいいか？」

「ええ。証拠品袋にタグをつけてありやす」

クラビーはフレッチャー巡査刑事に指示して遺書を持ってこさせた。ローソンが言っていたとおりの内容だった。短く、大した情報は含まれていない。ブロック体の大文字ではなく、筆記体で、罫線入りのノートのページに書かれている。青いボールペン。俺は専門家ではないが、強要されて書いたようには見えなかった。声に出して読んでみた。

我を忘れてしまった。ほんとうにごめんなさい。

それだけだった。

紙片を裏返してみた。何もなかった。

「筆跡は本人のものか?」

クラビーはにやりと笑った。「ちょうどそれを言おうと思ってたとこです、ショーン。

ローソンに屋敷でサンプルを探させたんだ」

「さすがだな。それで?」

「息子の大学時代のノートが見つかった」

「それで?」

「俺の眼には本人の筆跡のように見えやす。ローソン、ランドローバーから四番の証拠品袋を持ってきてくれ」

ローソンは俺たちのあとから崖道をのぼってきて、うしろのあたりをうろちょろしていたが、その場を離れ、大学ノートを持って戻ってきた。

〝PPE三年生　哲学　ヒラリー学期〟と書かれていた。

俺はノートをひらいた。


では、どうやって自由と民主主義の権利のバランスを取るのか? ミルは〝多数派の横暴〟を恐れ、あらゆる市民に個人の自由というゾーンが必要だと説いた。多数派がその価値観を押しつけることのできないゾーンが……

「実に立派な学問を勉強していたらしいな」

「オックスフォードの学生でしたから」とローソン。「PPEを学んでいました」

「ああ、そう書いてあるな。で、そのPPEってのはなんなんだ？」

「政治・哲学・経済の略です。三つの学科がひとつになっていて、それを三年かけて勉強します。PPEがあるのは世界でもオックスフォード大学だけで、勉強はとても大変です。二十世紀の首相のうち、かなりの人数がオックスフォードでPPEを学んでいます。自分も、ええと……」

「自分も、なんだ？」

「自分も出願しましたが、その、不合格というか、面接で失敗してしまって……あがってしまいました」

「オックスフォードが手放してくれたおかげで、王立アルスター警察隊が君を手に入れられたわけだ」

「はい」

ローソンにノートを渡し、表紙を指さした。

「この〝ヒラリー学期〟ってのは？　聞いたことがないが」

「ヒラリー学期というのはオックスフォードの二学期、春学期のことであります」

「じゃあ、息子はオックスフォードのとても名誉ある学科に在籍していたにもかかわらず、最終学年の最後から二番目の学期に中退したってことか。何か理由があるはずだ、ちがうか？」俺はつぶやいた。

「確かにちょっと変ですね」とローソン。「仮にまったく勉強しなかったとしても、オックスフォードではいわゆる〝ジェントルマンズ・サード〟という第三級の学位をもらえるのがふつうです。あと数カ月粘っていれば、なんらかの学位は取れたはずです」

クラビーがだんだん苛立ってきているのがわかった。「ジェントルマンのおふたりが眼のまえの仕事に戻ってきてくれるんなら、筆跡の話を続けてえんだけどよ」

俺はローソンからもう一度ノートを受け取り、遺書の筆跡と比べた。

「専門家じゃないから断言はできないが、俺の眼には同じ人間が書いたように見える」

「自分も同感であります」とローソン。

「比較するには専門家が必要だな」

「そいつはもう手配ずみだ、ショーン」とクラビー。

俺はうなずいた。「だと思ったよ。もちろん、誰かに強要されて書いたって可能性はあるが……両親を撃ち殺すのに使われた拳銃は見つかったのか？」

「いえ」

「息子は拳銃をどうしたんだろうな？」

「罪悪感に襲われるまえに、パニックになって投げ捨てたとか？」

「あい。かもしれん」俺はあごをさすった。「目撃者はいないんだろ？」

「名乗り出たやつはいねえな」

「死体の第一発見者は？」

「海面に何か浮かんでるって通報は複数の人間からありました。死体はウィルソンって漁師が鉤竿（かぎざお）で引き揚げた。話を聞きやすか？　指揮車両のなかで待ってもらってやすが」

「ローソンに話を聞きに行かせろ」

「死体が揚がってラッキーでした。潮の変わり目だったから、今晩見つかってなかったら沖に運ばれて永遠に揚がってこなかったでしょうぜ」

「拳銃で自分を撃てばすむ話なのに、なぜそうしなかったんだろうな？」

「銃で人間を撃ったらどうなるかを目の当たりにしたあとじゃ、そんな気にならなかったとか？」

「ふうむ」

俺は車の指紋を採取している鑑識官たちのところまで歩いていった。

「何か変わったところがないか、よく確かめろよ」

「たとえば？」マスクをした鑑識官が言った。

「なんでもいいから、何かふつうじゃないものだ。コカイン、使用ずみのコンドーム、暴力の証拠。なんでもいい」

「こういうくそ高級車からは今言ったようなものは全部見つかりますよ」鑑識官がぼやいた。

「今は階級闘争の時間じゃないぞ」

俺はクラビーの眼を見てほほえみかけた。ふたりとも同じことを考えていた。「このヤマは案外きれいに片づきやしたね」

「きれいすぎないか？」

「かもしれねえ」そう言うと、クラビーは俺を脇に引いた。「ショーン、あんただったら次はどうする？」

「目撃者を探し、ケリー一家に対する脅迫があったかどうかとか、そういう線をしらみ潰しにしていくかな……」

「それはもちろんやってる……けどよ、よっぽど不測の展開でもなけりゃ、こいつはそれなりに単純なヤマと見ていいと思うんですが、どうですかね？」クラビーが希望に満ちた眼をして言った。

俺は首を横に振った。何かまったく腑に落ちないところがあった。

「ホワイトヘッドの屋敷に若いころのマイケル・ケリーが写った家族写真があったが、見たか？」

「あい、見やした。見落としようがねえ」

「ハンサムな男だった。岩に整形されるまえは」

「それが？」

「あんなにハンサムで、金も高級車も持っていた。たぶんガールフレンドもいただろう。そうは思わないか？」

「かもしんねえ」

俺は煙草を最後にひと吸いし、崖の向こうに投げ捨てた。

「で？」

「自分の手を血に染めたあと、息子は恋人に電話したかもしれねえってことですか？」

「君はそうは思わないか？」

「俺はお袋と親父をばらしたりしねえし」

「でも、仮に自分がやったとしたら、恋人に電話する。ちがうか？」

「あい。でしょうね」

「じゃあ調べてみろ」

「そうしやす」

「それと、息子が大学を中退した理由を調べてみたらどうだ？　たぶん何も出てこないだろうが、やってみないことにはな……」

「新入りにやらせやすよ。ほかに何か思いついたことは？」

「お決まりのテロリストと武装組織の線を排除する以外のことで？」

「あい」

「いや、ほかは何も思いつかない。見習いたちの調子はどうだ？」

「フレッチャーはめっけもんだ。言われたとおりに仕事をこなして、余計な口はきかねえ」

「ローソンは？」

「見てわかったでしょうが……」

「手に余るのか？」

「とまでは言わねえけど」

「あいつと少し話をしてみる。仕事に就いて二週間も経っていない若造にしては、ちょっと調子に乗りすぎてる」

「ああ、それはもう注意しておいた」

ちょうどそのとき、あたりをうろついていたサラが戻ってきた。まだ熱心に手帳に書き込みをしていた。

「必要なものは手に入ったか？」俺は訊いた。

サラは満足そうに、少し歯を見せた。「マイケル・ケリーは両親を殺してから自殺を図ったみたいだね」

「捜査は始まったばかりだ、まだ結論は出せない」俺は用心深く答えた。

「でも、調べるまでもない事件だと思いません？　マクラバン巡査部長刑事さん」サラはクラビーに訊いた。

「この時点ではマクラバン巡査部長刑事からの公式コメントはないよ、ミス・オルブライト。それからこれはオフレコだが、王立アルスター警察隊ではその言いまわしはご法度だ」

「その言いまわし？」

「調べるまでもない事件」

サラはにやりと笑い、ぱたんと手帳を閉じた。

「電話ボックスまで車で送ってくれない？　今のところ、記者はわたししかいないみたいだけど、すぐに集まってくるだろうから」

俺はサラを乗せてコロネーション・ロードに戻り、五分後、サラは俺の家の玄関から《ベルファスト・テレグラフ》の編集デスクに電話をかけ、『ヒズ・ガール・フライデー』のロザリンド・ラッセルのようにスクープをまくしたてていた。俺はマクラバンのスペルを正しく伝えるよう念を押した。あいつはメディアの注目を浴びることを望まないだろうが、かみさんは大喜びするだろう。

サラが電話をかけているあいだに、俺は〈マークス＆スペンサー〉の食材でどうにかスパゲッティ・カルボナーラをつくった。イタリアの赤ワインのボトルをあけて、ふたりでそれを食べた。《サンデー・タイムズ》のワインガイドで九十二点を獲得した代物だ。

イタリア、ワイン、サラのキャリアについて話した。

「今回の件はキャリアアップにつながると思う。あなたのおかげだよ」彼女はうれしそうに言った。

「それは何より」

「本気で言ってるの」サラはそう言うと、俺の手を握りしめた。

ふたりでワインを飲み、居間に移動した。

「すごい数のレコード」サラは驚いて言った。

「ああ、まあね」

「何を聴くの？　ほとんどジャズ？」

またじじい扱いしてからかっているのだ。俺はR.E.M.の《レコニング》をかけた。

名曲は二曲しかないが、俺がまだ若者文化に触れているということを伝えたかった。彼女が座っているソファの横に腰かけた。

「今晩はいい時間を過ごせた」彼女は言った。

「そうかい？」

俺は戦後アルスターの厳寒の精神状況でふたりの人間がふつう見つめ合うよりも長く、彼女と見つめ合った。

必要なのはそれだけだった。

「ええ」サラは言い、それからつけ足した。「ひとつのことが別のことを導く、あなたはそう思ってるんでしょ？」

「必ずしもそういうわけじゃない」俺は体を寄せ、彼女にキスした。

「わたし、軽い女じゃないから。勘ちがいしないでね」俺のあとについて階段をあがりながら、サラは言った。「こういう状況だからってだけ」

「デートのたびに死体を提供できるとは約束できない」

「それはかまわないよ」

俺は彼女をベッドに寝かせた。そして、ひとつのことが別のことを導いた。

7　第一取調室の女

オフィスの窓から石炭船、鉱滓(こうさい)運搬船、浚渫(しゅんせつ)船を雨が濡らしているのが見えた。醜い湾の醜い船たち。憂鬱な考え。詩人メースフィールド風の低レベルなひらめき。オフィスのドアの外で、ローソンが自分の創案だと思い込んでいるビートルズについての珍説をフレッチャーに披露している。

両眼が重い。煙草が指を焦がす。ジャックダニエルを垂らしたコーク缶。

しばしの眠り。

戸口にマクラバンの大きなマグ。

「ショーン……ショーン……ショーンってばよ！」

「寝てないぞ」

「そうは言ってねえ」

「どうかしたのか？」

「今忙しいですか？」

「犯罪捜査課の時間外勤務の申請状況を調べていたところだ」

「じゃあ、えっと……」

「すぐにやらなきゃいけないわけじゃない」俺は言い、難解な申請書の山を押しやった。

「じゃあ、第一取調室に立ち会いに来てもらえねえか」

「第一取調室に誰がいるのか……あるいは、何があるのかによるな」

「シルヴィー・マクニコルです」

「で、そいつは……」

「マイケル・ケリーの恋人です」

「恋人がいたんだな」

「ええ」

「何か言うことは……？」

「言うこと？」

「〝あなたの言ったとおりだった、ショーン〟。誉め言葉だよ、君。俺たちはみんなそれを必要としている。教皇も、大統領も、警部補も」

「あんたの言ったとおりだった、ショーン」

「いや、ほんとに言わなくてもいい。その恋人とはもう話をしたのか?」

「ああ。今朝、ホワイトヘッドにある彼女のアパートで事情聴取した」

「殺しのあった夜のことについて何か知っていたか?」

「事件当日の晩、マイケルは彼女に電話をかけなかったし、会いにも来なかったらしいです。確かに、あの日の夜にケリーの屋敷からどこかに電話をかけたという記録は残ってねえんだ」

「事件以前はどうだ?」

「事件前は数日間マイケルに会ってなかったらしい」

「ふたりの関係にトラブルは?」

「いや。ただの遊びだったと言ってやした。つき合ってまだひと月くらいだそうで。近ごろの若いのはくっついたり離れたりですからね。たぶんそういうのでしょう」

「ふたりはどこで知り合ったんだ?」

「〈ホワイトクリフ〉ってバーです。女がそこの店員でして」

「あの背の高い赤毛の娘か?」

「いや」

「背の低い、鼠みたいな黒髪か?」

「いんや」

「〈ホワイトクリフ〉の店員は全員知ってると思ったが……いや、待て、あのギリシア人っぽい女か」

「ギリシア人っぽくはねえな。つうか、ギリシア人っぽいやつってどんなやつです？」

「黒い瞳……とかそういうのだ」

「ブロンドだぜ。プラチナブロンドに染めてる。痩せてて、服はデニム」

「ああ、なるほど。知ってるぞ。一パイントきっかり注いでくれない女だ。いつもグラスの口から一・五センチ下までしか注いでくれない。そいつがマイケルの恋人なのか？」

「そうらしい」

「で、マイケルは両親を殺した夜も女に電話しなかった？」

「ああ」

「最近つき合いはじめたばかりでとくに思い入れがなく、それで両親を殺した晩にも電話しようとは思わなかったわけだ」

「そんなようなとこです」

「アパートで事情聴取したとき、事件に関してほかに何かわかったことは？」

「なんもなしだ」

俺はスポックのように眉をあげて見せた。「じゃあ、どうしてわざわざ連れてきた？　信用できないと思ったのか？」

「いや、信用したぜ。けど、新入りたちにとっていい練習になるんじゃねえかと思って。あのふたりに尋問させるんです。殺人事件の証人を……どうかな？」

「あのふたりが事情聴取する。で、俺たちはそれを観察する？」

「ああ」

「いい考えだ。俺が思いつくべきだったかもな」

「もう始まってる。ふたりのお手並み拝見といきやしょうか？」

俺はクラビーについて廊下を歩き、第一取調室を監視できる小部屋に入った。そこからマジックミラー越しに、犯罪捜査課が一番よく使う取調室を覗けるようになっている。

ローソンとフレッチャーはほんとうにシルヴィー・マクニコルに対する取り調べを始めていた。女はデビュー直後のマドンナのクローンのようだった。バングル、デニム、ビキニトップ、ほつれた網タイツ、髪に巻いたスカーフ、リング状の巨大なイヤリング……俺はコーヒーと煙草を手にした。クラビーはパイプに火をつけた。ローソンが質問し、フレッチャーが秘書のようにメモを取っていた。取り調べはどのみちテープに録音しているから、まったく意味のない作業だ。

「マイケル・ケリーとはどこで知り合いましたか？」ローソンが訊いた。

「〈ホワイトクリフ〉にマイケルが客として来たの。何回か見かけた」シルヴィーが答えた。

「デートに誘われたのはいつですか？」

「十月の頭。アルスター・ホールでやるヴァン・モリソンのコンサートに行かないかって」

「なんと返答しました？」

「あい。断わる理由はなかった。まあ、軽い気持ちでね」

「それで？」

「コンサートに行った。ヴァン・モリソンのコンサートはまえにも行ったことがあったけど、前回のほうがよかったね。前回はアンコールのときにサプライズでボブ・ディランが出てきたんだけど、今回はヴァンだけだった。ていうか、どっちも別に好きじゃないけどね……ああいう年寄りの音楽は」

「コンサートのあとは？」

「コンサートのあと？　どういう意味？」

「彼と寝ましたか？　コンサートのあとに」

「変なこと言わないでよ！　そんなのわたしの勝手でしょ」

「いいですか、これは殺人事件の捜査で……」

「マクラバン巡査部長が来いって言うから来ただけだよ。あんたには何も言う必要ない！」

「亡くなったマイケル・ケリーさんとあなたがどれくらい親密な仲だったか知りたいだけです」

シルヴィーは立ちあがった。「こんな侮辱は初めてだね」

ローソンはそれから五分を費やして彼女をなだめなければならなかった。

「マイケルとは何回くらい会っていましたか？」

「さあね。六回くらい？」

「ひと月で六回というと、それほど多くはないですね」

「あい、本気でつき合ってたわけじゃない。さっきも言ったとおり、軽い気持ちだった」

「マイケルが死んだことを知ったのはいつですか？」

「ラジオで聞いたんだ。翌朝。そうなるだろうとは思ってた」

「そうなるだろうと思っていたのはなぜですか？」

「マイケルの両親が殺されたって話題でホワイトヘッドじゅうが持ちきりだったからね」

「あなたはマイケルが両親を殺したと思ったのですね？」

「みんなそう噂してたから」

「でも、マイケルが精神的に参っているとか、なんらかのトラブルに巻き込まれているとか、そういう様子はなかった？」

「デートはしてたけど、ただの遊びだったから。マイケルはお金をたんまり持ってて、女の子の扱い方を知ってた。それだけの話」

「マイケルが思い悩んでいたり、困っていたりした様子はありませんでしたか？　何かを心配していたとか」

「それは……」

「それは、なんです？」

「いや、なかったね。しっかりしてた。だからあの人がぷっつんキレて両親を撃ち殺したって聞いて、すごく驚いた」

「そういうことをしそうな人間には見えなかったからですか？」

「そう。でも人間どうなるかなんてわからないでしょ。もしあの人がやったんなら、やったんだと思う」

シルヴィーは煙草に火をつけた。ローソンはマジックミラーのほうを見て、少し肩をすくめた。

「どう思いやす？」クラビーがパイプの青い煙を吐き出す合間に尋ねた。

「ローソンは自分で思っているほどには賢くないな」

「証人のほうは？」

「あの女は嘘はついていないが、真実をありのままに述べてもいない。何か隠していることがあるはずだ」

「っつうと？」

「知らんよ。隠してるんだから」

「取調室に入って、俺たちふたりで尋問しやすか？」

俺はマルボロに火をつけた。「検屍結果について教えてくれ」

「解剖からはほとんど何も出てこなかった。九ミリ弾。夫妻は同じ銃で撃たれた。けど、それまで犯罪に使われたことのねえ銃だった」

「父親の事業は順調だったのか？　脅迫電話や脅迫文なんかが……」

「ローソンとフレッチャーに近隣の地取りをさせて、通話記録を調べさせたけど、変わったことはなんも出てきやせんでした」

「馬券屋の店舗にも脅迫はなかったのか？」

「親父んとこで営業部長やってるデレク・コールっていう男にも話を聞いたんですが、事業は順調で問題はなかったってことだった」

「みかじめ料を払っていたはずだ」

「そこなんだ、ショーン。確かに払ってた。父親はアルスター防衛同盟（UDA）のシマに四軒、アイルランド共和軍（IRA）のシマに三軒の店を持ってて、かなりの額のみかじめ料を払ってた。売上の五パーセントだ。儲けの五パーセントじゃねえ。総売上の五パーセントだ。レイ・ケリーは両派閥からがちがちに守られてた」

「みかじめ料の支払いが滞っていたとか、そういったことは？」

「まったくねえです。ここ数年、何も問題は起こしてなかった」

「じゃあ、どうして家に銃を置いていた？」

「七〇年代後半、みかじめ料をがっつり払っても安心を買えなかった暗い時代の名残りでしょうぜ」

「暗い時代か、確かに」

クラビーはパイプにもう一度火をつけた。「ローソンの野郎が俺にこう言ってた。この凶悪殺人は〝キケロ的視点〟から見ると理にかなってねえって……どういう意味か訊くのも気に入らねえと思って……」

「若いころ、キケロは被告側弁護士だった。彼はつねに〝クイ・ボノ〟と問いかけた。〝誰の利益になるのか〟という意味だ」

「ああ、なるほど」クラビーは言い、思案げに煙を吐いた。「ノミ屋が混乱状態になってみかじめ料を払えなくなったら、誰の利益にもならねえ。黄金の卵を産むガチョウを殺すようなもんだ」

「表面上、ケリー一家が全滅して利益を得る者はいない。遺書でもあれば話は別だが」

「受益者はマイケル・ケリーひとりだ」

「で、そのマイケル・ケリーが死んだとなると？」

「親戚はオーストラリアに移住してる。別に驚かねえでしょうが、みんな立派なアリバイがありやす」

「というと？」

「殺しのあった時刻、みんなオーストラリアにいた」

「わかった。シルヴィーに話を聞いてみよう」

タッグ交代。フレッチャーとローソンが退場し、中年の神童とマクラバンが入場。

クラビーはパイプの吸い口から煙を吸った。「マクニコルさん、マイケル・ケリーの両親が殺された晩、あなたがどこにいたか説明できますか？」

「うん、できるよ。その日は〈ホワイトクリフ〉で午前零時まで二交替制で働いて、それから家のベッドに直行した。くたくただったから。同居人のディアドラが起きて待ってて、トーストを焼いてくれた」

「ベッドに入ったのは何時ですか？　正確にお願いします」

「正確にはわからないけど、一時くらいだったと思う」

「その晩、電話はかかってこなかった？」

「一本も」

「では、マイケル・ケリーの家で殺人があったというニュースを知ったのはいつですか？」

「次の日の朝。その話で持ちきりだった。誰もが口をそろえて、犯人はマイケルだって言ってた」

「みんなというのは？」

「だからみんな！　ディアドラ、近所のみんな、売店にいたみんな、パブにいたみんな」

「あなたの恋人が両親を殺したとみんなが噂していたのに、警察に行こうとは思わなかったんですか？」

「オマワリんとこに？　わたしをなんだと思ってんの？　チクリ屋？」

クラビーの表情。ああ、確かにこの女は何かを隠している。でもそれがなんなのか、俺にはわからなかった。

「マクニコルさん。両親が殺されたあと、マイケルはどこに行っていたと思いますか？」

「スコットランド」

「どうしてスコットランドなんです？」

「たぶん、空港に行くほど馬鹿じゃないでしょ。フェリーならそのまま飛び乗ってスコットランドに行ける。ちがう？」そう言って、彼女は大きな黒いガラス製の灰皿に吸い殻を突き刺した。

「マイケルからスコットランドに行くという話を聞いたことはありますか？」

「ないよ」

「マイケルはスコットランドが好きでしたか？」

「ショートブレッドは好きだったね」

クラビーが遠い眼をした。俺は笑いをこらえた。

「マイケルの両親に会ったことはありますか？」

「お母さんには会った。っていっても、一瞬ね。マイケルが車のキーを探してたときに」

「会話はしましたか？」

「ええ」

「どういった会話ですか？」

「あなたは魚座かって訊かれた」

「はい？」

「あなたは魚座っぽいって言われたの。でも、わたしは乙女座」

「お母さんにそう答えましたか？」

「あい」

「そしたらお母さんはなんと言いましたか？」

「魚座じゃなければ乙女座だろうと思ってたって。でも、そんなの後出しジャンケンでしょ？　あの人、自分は獅子座だって言ってたけど、わたしにはそうは見えなかった。もうけっこうな歳だったから、ホルモンバランスがおかしくなってたのかも。ホルモンといえば、ジョークがあるんだけど、聞く？」

「聞きません。この事件の解決につながるような内容で、何かつけ足すことは？」クラビーが訊いた。

「マイケルは亡くなっています。そこのところをよく考えてみてください。死人について密告することはできません。あなたがするのは密告ではなく、この痛ましい事件の解決に協力し、残されたケリー家の親族が今後も前向きに生きていけるようにすることです」俺はつけ加えた。

「そんなのわかってる。馬鹿じゃないんだから。でもマイケルはわたしに何も言わなかったし、両親を殺したあとに電話もしてこなかったんだから」

「あなたが過去につき合った男性のなかに嫉妬深い人はいませんでしたか？　私たちが知っておくべきような人物は」

　彼女はかぶりを振った。「嫉妬深い人？　いえ、わたしは一夜かぎりの関係で終わるような男としかつき合わないから」彼女はシニカルな笑みを浮かべて言った。この女はなかなか口が堅い。が、濃いメイクを施された眼の奥には、今にも壊れそうな何かがあった。

「ご両親は健在ですか？」俺は訊いた。

「ママは生きてるけど」

「お父さんは？」

　シルヴィーは首を横に振り、ややあって「殺されたよ」と言った。

「誰に？」

「よくあるやつさ」そう言って、洟(はな)をすすった。

「よくあるやつ、というと？」

「父さんは情報屋呼ばわりされた……まあ、実際そうだったのかもね、わかんないけど。わたしはまだ赤ん坊だったから」

彼女はまた洟をすすり、バッグからハンカチを取り出すと、両眼を拭った。

「心からお悔やみを申しあげるよ、シルヴィー」俺はデスク越しに手を伸ばし、彼女の腕を軽く握った。

「いいの、昔の話だから。遠い、遠い昔の」そう言うと、シルヴィーは落ち着きを取り戻した。

ほかにもいくつか質問してみたが、一瞬だけひらいていた心のシャッターはまたがっちりと閉じてしまっていた。十五分後、クラビーがこのまま続けても埒が明かねえという眼つきで俺を見た。

俺はうなずいた。

「ちょっと待っていてくれるかい、シルヴィー」そう言うと、俺はクラビーを連れて犯罪捜査課の捜査本部室に引っ込み、シルヴィーの父親、ケヴィン・マクニコルの事件ファイルを調べた。父親は警察の情報屋と疑われ、北ベルファストのアントリム・ロードで頭を撃ち抜かれた。一九七四年のことだ。手がかりなし。被疑者なし。当時のあまりに多くの事件と同じく、永久に解決されるはずのない事件。クラビーにもファイルを見せた。

「シルヴィーが仮に何か知っているとしても、家族にこんな過去があったら、話すはずがない」

「どっちみち、何か知ってそうには見えねえ」

俺は嘆息した。「ならさっさと終わりにしよう」

ふたたび第一取調室。

「わかったよ、シルヴィー。ホルモンのジョークを聞かせてくれ」

「ホルモンのジョーク？　ああ、さっきの。〞女性ホルモンはどうやってつくられるか？〟」

俺は嘆息した。「わからないね。女性ホルモンはどうやってつくられるんだ？」

「カマを掘るモン」

マジックミラーの向こうからローソンの笑い声が聞こえてきた。俺はこの事情聴取にうんざりしはじめていた。「わかりました。マクニコルさん。あとひとつだけ質問させてください。よく考えてから答えてもらいたいのですが」

「わかった」

「あなたはほんとうに、心の底から、マイケルが、あなたの知っている青年が両親を殺したと思いますか？　それも冷酷な、誰もが噂しているような方法で」

それはかすかだった。

まばたき。

それだけだった。

一瞬、逸らされる眼。

まぶたの震え。

「そんなのわかるわけないじゃない！　それを調べるのがあんたたちの仕事でしょ！」

「マイケルはあなたのボーイフレンドだった」

「でも、そんなに意外じゃなかったかな。お父さんにいつも文句を言われるって言ってたし、だからみんなが言ってるように……ぷっつんキレちゃったんじゃないかな」

「さっきはしっかりした男性だったと言っていましたが、そんな人がぷっつんキレた？」

「そう、ぷっつんキレた」

ほかにもいくつかカマをかけてみたが、シルヴィーはもう何も言おうとしなかった。俺たちは外に出た。

「獅子座でした」ローソンが言った。

「は？」

「マイケルの母親の星座です。彼女はそれについて嘘は言っていません」

俺はうなずいた。「よくやった」そう言って、クラビーに向かって眼をむいた。フレッチャーとローソンのタッグに交代し、そのあいだにクラビーとふたりで俺のオフィスに向かった。

俺はクラビーにウィスキーを注いでやり、彼女のまぶたの震えについて話した。

クラビーは見ていなかった。

クラビーは信じなかった。

「彼女は何か知っていると思う。マイケルがショートブレッド好きだったということ以外にも」俺は言った。

「ショーンもさっき言ってたけどよ、仮に何か知ってたとしても、警察に協力するつもりはねえでしょうね」

「だからこそ、この仕事はおもしろいんだ」

クラビーはため息をつき、パイプの中身を捨てた。クラビーは俺を見た。俺はクラビーを見た。俺たちはジュラ島の十六年もののシングルモルトを飲んだ。外では雨と風を通し、アルスターという食料庫のなかのひと切れの果実のように、午後がしなびつつあった。

「俺たちは聖餐式でショートブレッドを出すこともあるんだ」クラビーはどんよりと言った。

俺はショートブレッドの聖体的性質についてクラビーと議論するつもりはなかった。グラスの中身を飲み干し、立ちあがった。

「こいつはまだ君の事件だ。けど、捜査は打ち切りだとマカーサー警部に報告に行くまえに、少し寝かせておこう。あの女をもう一度しょっぴくか。来週にでも。二度事情聴取してまずいことはないし、話に矛盾が見つかるかもしれない」

「このヤマを寝かせる。数日後か一週間後にまた彼女をしょっぴいてくる」クラビーは律儀に繰り返したが、気に入らないと思っているのは明らかだった。

「どう思う？」

「捜査の終わりが近えってことくらいは警部に報告してもいいですかね？」

「進捗の報告書を手渡すときにそう言っておけ」

「ローソンとフレッチャーには？」

「ローソンにはギアをさげろと言っておけ。フレッチャーにはギアをあげろと言っておけ。彼女は警官なんだ。くそったれ秘書じゃない」

「わかった。あばよ、ショーン」

「じゃあな、クラビー。それと、よくやった。初めてのヤマが無事に片づきそうじゃないか。おまけに殺人だ。ひゅう。将来は本部長だな」

クラビーは俺の予言のせいで生じたであろう悪運の縁起直しをしようと、くわばらくわばらと唱えた。

8　ポリスステーション・ブルース

雨と冷気。退屈。それから……百八十度反転。パンケーキがひっくり返る。パンケーキがくそ床に落ちる。

サッチャー。スターリンと同じように、サッチャーは五カ年計画を立てている……北アイルランドはあまりに静かすぎた。今は八〇年代もなかばだぜ、君。そろそろハンドバッグを振りまわして、中身を揺さぶってやれ。

そのニュースを俺に知らせたのはサラ・オルブライトだった。

ジリリリ。ジリリリリ。

オフィスの電話。直通。

「もしもし。キャリックファーガス署犯罪捜査課、ショーン・ダフィです」

「あなたがそう言うのすてき。セクシーでプロっぽい」

「サラか？　どうした？　今夜のディナーはキャンセルっていうんじゃないだろうな？」

「まさか。今料理中。すっごくレアなことなんだからね、ハレー彗星並みの。それにわたしたちにはやらなきゃいけないことがある。今後数週間、ふたりとも大忙しになるよ」

「そうか。何かネタを仕入れたのか？」

「これは〝アングロ＝アイリッシュ合意〟って名前で呼ばれることになる。国境を越えた連携。北アイルランドが自治権を取り戻し、新議会の土台がつくられる。サッチャーがアイルランド共和国の首相と水面下で話を進めていたの」

「ジーザス！　それはいつの話だ？」

「《ベルファスト・テレグラフ》の情報筋によると、明日の午後」

「プロテスタント系親英派（ユニオニスト）になんの相談もなしに？」

「誰にもなんの相談もなしに、ね。北アイルランド担当大臣が既成事実として発表することになってる。つまり……」

「トラブルが起きる……」

「そう。ふたりとも仕事に忙殺される」

「ありがとう、サラ。じゃあまた」

サラは受話器越しにキスをし、俺は電話を切った。

オフィスのドアを閉め、非常時用の大麻煙草（ジョイント）を探し出すと、一番下の引き出しのカセットボックスを漁り、ピーティー・ウィートストローの《Police Station Blues》に籠もった。が、まったく効果がなかったので、テープを早送りしてミシシッピ・ジョン・ハートの《Stack O'Lee》にした。こっちのほうがちょっとはましだった。

感情を落ち着かせると警部のところに行った。警部は白い顔で震え、すでにジョニー・ウォーカーの黒を飲りだしていた。

「私と飲んでくれ、ダフィ」

二度言われる必要はなかった。「幽霊でも見たって顔ですね」

「ベルファストでの会議に出てきたんだ」

「イギリスは何を企んでるんです？」

「なぜわかった？」

「わかりますよ」

「新しい議会、自治権。〝南〟が北アイルランドの問題に対して提言権を得る」

「妥当なところだと思います」

「非の打ちどころなく妥当だよ。ふつうの社会であれば、どんな政党でもこの方針を歓迎するだろう」

俺は自分で黒ラベルを適量注いだ。警部はファイル・キャビネットをあけ、〝機密〟と書かれたフォルダーを俺に差し出した。

「全署の署長が昨日これを受け取った。ここで読んでくれ。私のオフィスのなかで。メモは取らず、読むだけだ。私は外で何か食べて十分後に戻ってくる」

警部はオフィスを出て、俺はウィスキーとアングロ＝アイリッシュ合意の内容を記したコピーとともに残された。

それを読んだ。

アルスターに政治的進展を生み出すことを狙いとした、イギリスのサッチャーとアイルランド共和国のフィッツジェラルド政府間の協定。マカーサー警部の言ったとおり、無害な協定だ。害も当たり障りもない一連の国家間討議と特別委員会、そして北アイルランドでの議会発足を目指す動き。理屈の上では、カソリック系南北統一主義（ナショナリスト）はこれを気に入るだろう。この合意によりイギリスとアイルランド共和国が連携することになるし、北アイルランドの問題について議論する際、アイルランド共和国政府の意見が考慮されるという含みがあるからだ。ユニオニストも気に入るだろう（と役人たちは考えているにちがいない）。住民の過半数が南との統一を望まないかぎり、北アイルランドはイギリス本土との連合を続けることが約束されるからだ。

マカーサーが〈ミスター・キップリング〉のフレンチ・ファンシーケーキの箱を手に戻

ってきた。

俺はピンクのケーキをもらった。

「で、君の意見は？」

「警部のおっしゃるとおりです。これは妥協点を見つけようとする大胆な試みで、通常の国家であれば、政治的立場のちがうあらゆる党派が恭（うやうや）しく賛成するでしょう」

「しかし、ここではちがうと」

「ここでの政治は中道（セントリスト）ではなく、分離主義（セントリフューガル）です。ナショナリストの過激派とユニオニストの過激派は、この合意を自分たちの主義に反するものとして非難するでしょうし、この合意を支持する穏健な中道派は愚か者とみなされるでしょう」

「特別部はユニオニストの連中が一番面倒を起こすと見ている」

「私もそう思います」

第三次自治危機（ホームルール・クライシス）のさなか、ウィンストン・チャーチルがドレッドノート型戦艦を派遣してベルファストを砲撃すると宣言して以来、七十五年の長きにわたって、ユニオニストたちは〝不誠実な英国〟がなんらかの背信行為をするにちがいないと疑っていた。イギリスの政治家たちがインド、マラヤ、アデン、ローデシアをはじめ、大英帝国終焉後にひどいトラブルが勃発した地域と同じく、北アイルランドからも手を引きたがっていることは誰の眼にも明らかだった。ユニオニストの政治家のなかにはイギリス政府の行動に隠された真意を見抜く能力がある者もいた——そうとも、イギリスは撤退しようとしている。が、それには五十年かかる。そして、たとえばパレスチナのときのように、尻尾を巻いて逃げ出そうとしているわけではない。アングロ＝アイリッシュ合意は〝不誠実な英国〟ではなかった。

マカーサーとふたりでウィスキーのボトルを飲み干した。

「運がなかったですね、あなたが署長のときにこんなことになって」

「幸運かもしれないぞ。ものの見方次第だ」

「どういう意味です？」

「私の出身地、つまり海の向こうで、人々は何をしていると思う？　誰もがショッピングに行き、園芸用品店に行き、くそサッカーを観ている。八十年間それを繰り返した挙句、ぶくぶくに太り、病院のベッドの上でガンか鬱血性心不全で孤独に死ぬ。我々の先祖は狩人だったんだ、ダフィ。適者生存！　千代にわたる狩人だった。断じて、くそったれ消費者などではなかった！　だが少なくともここでは、我々はよりよい明日のために戦っている」

「あの、部下たちにそのスピーチをするつもりじゃないですよね？」俺は不安になって言った。

「しちゃいけない理由でもあるのか？」

クラビーのことが頭に浮かんだ。「ひとつには、ここの警官のほとんどは非常に信心深いということがあります」

「なあ、ダフィ。もしかしたら混沌の勢力が勝利を収めるかもしれん。きっとそうなるだろう。しかし、我々も刺しちがえる覚悟で戦うんだ。そうだろ、ショーン」

警部は大きなあくびをした。どうやらただの酒の上での話だったらしい。俺はほっとして、「そうですね」と無感情に答えた。

警部は俺を見た。その瞳はバッグス・バニーに催眠術をかけようとする宿敵エルマー・ファッドのようだった。

「警部、すみません。若いレディとディナーの約束がありまして」

「なに？　若いレディ？　隅に置けないな。ああ、行っていいぞ。ディナーに行って、ベッドに入れ。勘ちがいするな、ちゃんと眠れという意味だぞ！　今のうちに寝ておけ。これから数週間はろくに休めないだろうからな」

9 コンタクト・ハイ

　一九八五年十一月十五日の朝。アルスターに降る雨、ハンスト以来最大の危機が目前に迫った国に降るやさしい雨。一斉蜂起の迫る社会で、どうして治安を守れるだろうか？内戦が勃発しようというこの時に、どうして殺人事件を捜査できるだろうか？
居間で携帯無線が鳴っていた。もちろん鳴っていた。が、下階（した）におりてそれを止める気になれなかった。

　このままベッドのなかにいたかった。彼女と一緒に。

　サラ・オルブライトの寝顔。灯油ヒーターの青い炎に照らされ、奇妙で、知的で、美しい。

　グリーンの眼がひらいた。彼女はほほえんだ。

「何してるの、ショーン？」

「君を見てる」

「なんで？」

「なんで見ちゃいけない？」

サラは首を横に振った。「煙草ある？」

一本つけてやった。

サラはベッドの上に起きあがった。「それならこっちもお返し」そう言うと、俺をじっと見つめ、俺のおでこを叩いた。「ショーン・ダフィ、何があなたを突き動かしてるの？」

「記事にするんじゃないだろうな？」

サラは笑った。「へえ！　ずいぶん自信過剰だね……でも、何年かまえに新聞に載ったらしいじゃない。デロリアンのスキャンダルがあったころ。昔の記事を調べたら、あなたの名前が出てた」

俺は何も言わなかった。

「心配しないで。あなたの旬はもう過ぎてるから。目新しいニュースがあまりないような国だったら、あなたをネタに記事を書けたかもしれないけど。でもここじゃ、あなたはもう古代史だから」

「それを聞いて安心したよ」

「でもわたしは知りたい。わたしのために教えて。ショーン・ダフィを突き動かしているものは何？　カソリックのお上品な男の子がプロテスタントばかりの警察で何をしているの？」

「同じことを自問してるよ」

「それで、答えは？」

サラは俺を見ていた。嘘偽りない興味が感じられた。仕事上の興味ではない。彼氏と彼女のあいだの興味。少なくとも、そうであってほしかった。それは居心地の悪い質問、形而上学的な質問だった。俺はもう長いこと、その種の質問を避けつづけてきた。

「そうだな、最初のころは自分の手で変えてみせると思っていた……もう十年もまえの話だ。この狂気を終わらせるために、自分にできることがあると思っていたんだ」

「今は？」

「今は、ひとりの人間にできることはほとんどないと思ってる」

サラはうなずいた。「すごく悲しそうだね、ショーン。そこにいて。朝食をつくってあげる」

彼女はコーヒーと焦げたトーストを運んで戻ってきた。俺はそれを食べた。気持ちがありがたかった。

「ねえ、今日何が起きると思う？」

「わからない。ほんとうにわからない」

その日起きたこと：暴動、スト、集会、デモ。その後の数日で起きたこと：停電、警察署の壁に落書き、プロテスタント系親英過激派（ロイヤリスト）の若者たちが治安のよいプロテスタント地区で警官を襲撃。

　犯罪捜査課でオペレーション・ブラックが開始された。これにより、すべての捜査活動が保留になり、刑事たちが暴動鎮圧任務に駆り出された。

「勤勉なベテラン刑事も若い刑事も、みんな暴動鎮圧任務とはな！」ある朝、俺はオフィスでクラビーにぼやいていた。しかし、みんな理解していた。脅威は実在している。北アイルランドはこれまでずっと、パラドックスにまみれて生まれた地だった。国家というものはどれもまやかしだが、アイルランド北部六州についていえば、観客がその奇術にだまされたことは一度もなかった。

　オペレーション・ブラックの最初の一日はまるまる、北ベルファストの暴動鎮圧任務に費やされた。雨のなか、透明素材の盾をかまえ、馬鹿たれのように突っ立っていた。近所のガキどもが俺たちめがけて石や小さなレンガを投げつけた。ローソンとフレッチャーは怯えていた。クラビーと俺はそれが気に入らなかった。プロテスタントのガキどもが火炎瓶のつくり方を学べば、事態はさらに悪くなるだけだ。暴動はテムズ河の氷上市であり、お祭りであり、憂鬱な毎日からの逃避だった。

オペレーション・ブラックの二日目は西ベルファストの暴動鎮圧任務に費やされた。朝はシャンキル・ロード、昼と夜はフォールズ・ロード。プロテスタントのガキどもに襲撃され、同じ日のうちにカソリックのガキどもに襲撃された。いいね。

合意を守ろうと名乗りをあげた者はひとりもおらず、それも事態を悪化させた。アイルランド人は逃げを打った。イギリス人はすぐにばつが悪くなった。地元の勇敢なユニオニスト政治家、ジョン・クランストンが、〝どちらの坂道が滑りやすいか〟というバーナード・ウィリアムズの言葉を引用したが、エゼキエル書、イザヤ書、エレミヤ書からの引用を好む同僚政治家たちに野次られただけに終わった。アルスターのプロテスタントは陰気で内気な連中であり、彼らが重視するのは街頭や説教壇で語られる言葉だった。その言葉とは、〝イギリスは北アイルランドから手を引き、プロテスタント・カソリック間の平和を維持する役目はアメリカ海兵隊か国連、もしくは――神よ我らを救いたまえ――人手不足のアイルランド軍二連隊に委ねられる〟であり……

暴動鎮圧任務の三日目が終わったあと、自宅に帰ると、ブライドウェル夫人が彼女の家の前庭に立って腕を組んでいた。ブライドウェル夫人は美人だ。最近離婚した。今日はミニスカートにヒールという格好で、泥まみれの園芸用手袋をはめている。ほつれた茶髪が薔薇色の左頰の上に色っぽく垂れていた。

「ほんとうにごめんなさい、ダフィさん。ほんとうに申し訳ないわ」彼女は言った。

「申し訳ないって、何がです？」と言いかけたところで気づいた。誰かが俺の玄関ドアにスプレーで鉤十字を描き、その下に〝ナチス親衛隊の王立アルスター警察隊〟と殴り書きしたのだ。

俺はブライドウェル夫人に向かってうなずき、踵を返すと、通りを歩いてボビー・キャメロンの家に向かった。

家のドアをノックすると、ボビーはドアの覗き穴越しに俺を見た。

ドアをあけたボビーは白のタンクトップ姿で、エアフィックス社1／16スケールのホーカー・ハリケーンのプラモデルを手に持っていた。やはりブライアン・クラフそっくりだったが、今回はホームで勝利を収め、ヒュー・マッキルバニーが《デイリー・エクスプレス》に好意的な記事を書いたあとのクラフだった。

「どうした、ダフィ？　今プラモつくってんだ」

「誰かが俺の玄関のドアに鉤十字を描いた」

「そうかい？　アルスターのプロテスタントの首根っこを押さえるしか能がないファシス

ト組織で働いてると、そういう目に遭うんだ」

「うちの見習いのひとりがユダヤ系ってことは知ってたか？ 俺がそいつを今日夕食に呼んでいて、そいつが落書きを眼にしていたら？ それか、恋人を家に呼んでいたら？ そしたらどうなった？」

「ベッドを直して、布団をかぶって横になるんだな、ダフィ。おまえは一度警察を辞めたのに、出戻った。くそ自業自得ってもんだ」

「今日のうちに鉤十字は消してもらいたい。今後誰かが俺の家にいたずらしたら、あんたの家にガサが入ることになる。それは保証してやる。この世に終わりが来るまで毎晩な」

「それか、誰かがおまえを殺すまで」

「それか、とくに失うもののない無頼派のぷっつん刑事がおまえを殺すまでだな、ボビー」

「うちをガサ入れしたって何も見つからねえよ」

「家財があらかた表に投げ出されるのを見たら、かみさんは大喜びするだろうな。それに、ガサ入れが六、七回目にもなれば、何も見つからないことにうんざりした鑑識の連中がうっかり何か見つけちまうかもしれない……意味はわかるな？」

ボビーはため息をつき、「わかるよ」となった。

「じゃあ、わかり合えたな？」

「あい」

「ガキどもに伝えてくれ。もしまた同じことがあったら、ミッキー・バークのとこの雌ライオンを俺の家の裏庭で飼うことにするってな」

家に戻り、夕飯の支度をした。しばらくすると、ペンキ剝離剤を手にした三人の少年たちが玄関先にやってきて、落書きを消す作業に取りかかった。

これでもう同じことは起きない、俺にはそうわかっていたが、アングロ＝アイリッシュ合意によるくその嵐は始まったばかりだった。

そのまさに翌日、イアン・ペイズリー師がラジオに出て、アルスターじゅうの若い男たちに向かって、〝ピーター・バリーの召使い〟どもに対して反乱を起こせと呼びかけた。ピーター・バリーはアイルランド共和国の外務大臣であり、こうして俺たちはバリーに従う悪魔の手先と認定された。このニックネームは定着し、ベルファストのいたるところで落書きとなって現われた。

プロテスタントの連中は俺たちに対して反乱を起こすよう指導者たちから命じられており、カソリックのコミュニティは俺たちを信用しておらず、ＩＲＡは今も俺たちをひとり残らず殺してやりたいと思っていた。実にいい。

ＢＭＷを署の駐車場に入れた。

警部が受付で待っていた。

「すまない、ダフィ、犯罪捜査課の手をまた借りたくてな。暴動鎮圧任務だ。ラスクールの。かまわないかな？」

「俺がかまうと何か変わるんですか？」

「いや」

「そういうことなら、全然かまいませんよ」

俺は捜査本部室に入った。フレッチャーが紅茶とジャファケーキを配っていた。

「悪いニュースがある。その紅茶とビスケットはお預けだ。いいニュースもあるぞ。俺たちは暴動鎮圧手当を受け取れる！」

「場所は？」クラビーが訊いた。

「ラスクールだ」

「まだましなほうか」

とはいえ、ローソンとフレッチャーはもう打ちのめされているようだった。この難局が始まってまだ一週目というのに、ふたりとも疲労困憊していた。

「しっかりしろ、ふたりとも。そのへんの警官に教えてやるんだ。犯罪捜査課の刑事だって屈強な警官と同じように、ちゃんとライオットシールドをかまえられるし、石を投げられてもへっちゃらだってな」

　フレッチャーは洟をすすったが、立ちあがった。一方、ローソンはぼんやりと座ったままだった。俺はローソンの肩を叩いた。「君もだ、若きロキンヴァー。ほら、しっかりしろ！」

「でえじょぶだって。こういう任務が言うほどひどかったためしはねえんだから」クラビーがフレンドリーににんまりと笑ってみせた。新人のふたりが俺と同じくらいクラビーを知っていたら、きっと恐怖に慄いていただろう。

　俺たち四人はランドローバーの後部座席に乗り、ふたりの一般警官がまえに座った。

「昨夜、誰かテレビでサッカーの試合を観たか？」俺はみんなの気を暴動から逸らそうとして言った。

「リヴァプールは好調でしたね」ローソンが機械的に応じた。

「もうガタがきはじめてるよ」とクラビー。「未来はマンUのもんだ」

「君はどう思う、フレッチャー？」俺は訊いた。

「別に」

「別に？」

「男の人ってどうしてそんなにサッカーが好きなんです？」

「サッカーは大事だからさ。サッカーは血の流れない戦争だ」ローソンが言った。

「流れることもある」俺は言った。が、話題を変えて映画の話をすることにした。それならローソンもフレッチャーも乗ってくるにちがいない。

北ベルファストのラスクール団地に到着した。俺はここでの暴動鎮圧任務に何度も参加したことがある。軽蔑を育むのは親しさだけではない。軽蔑が軽蔑を生むこともある。この団地は昔気質の頭の切れるチンピラどもが仕切っていて、非常に恐れられている。

俺たちはランドローバーからぞろぞろと降り、管区機動支援部隊の警部からヘルメットと新型の長方形のライオットシールドを受け取った。旧型の丸い盾より役に立つ。

俺たちは王立アルスター警察隊（シン・グリーン・ライン）の列に交じって一時間立っていた。地元のガキどもが石や牛乳瓶を投げつけてきた。俺は部下たちを警官たちの列の側面に立たせ、交替で列から外れる番が来ると、誰も怪我をしていないかどうか確かめた。

ローソンが盾に火炎瓶を受けたが、ほかは誰もかすり傷ひとつ負わなかった。

やがてプラスティック弾を使えという命令が出た。熱心なベテラン警官数人が暴動の首謀者に目星をつけ、プラスティック弾で撃った。そのあと雨が降りはじめ、暴徒たちは霧散した。

今回のささやかな任務は成功を収め、俺の部隊は立派に役目を果たした。

「よくやったぞ、みんな」俺は言い、フレッチャーとローソンの背中を叩いた。「ふたりともよくやった。署に戻ろう。俺がいい報告書を書いてやる」

俺たちは汗だくで恐怖とガソリンのにおいにまみれ、ローバーに戻った。

「君はどこの出身なんだ、フレッチャー？」

「生まれはアーマー州ですけど、育ったのはエニスキレンです。パパの仕事の関係で引っ越したんです」

「エニスキレンはいいところらしいな」

「ええ、家の眼のまえが湖です」

「えっと、ボス、無線です。アードインでの暴動にも対処してほしいとのことです」前部席のひとりが言った。

「誰の命令だ？」

「マカーサー警部です」

「くそが」

西ベルファスト、アードインの曲がりくねった通りへ。さっきのよりはるかに大きな暴動で、ランドローバーは数十台、暴徒は数百人。

　また二時間、列に立ち、岩、瓶、花火を投げつけられた。ローソンは頭にレンガを食らい、犯人のガキを追って隊列から離れようとした。クラビーと俺はこの馬鹿たれを隊列に引き戻した。

「落ち着け、バットマン！　今日はもう充分にやったよ」俺は言った。

「すみません。ついかっとなってしまいました」

「フレッチャーを見習いな。頭をさげろ。向こうの挑発に乗るな。あんましむきになるんじゃねえぞ」クラビーがたしなめた。

　日が落ちた。列を離れ、ふたたびランドローバー。

　会話をするには疲れすぎていた。後部席の俺たち四人はただ虚空を見つめていた。

　ランドローバーが急停止した。

「どうした？」クラビーが前部席の警官に訊いた。

「道に迷ったようです」運転手が言った。「迂回路の案内どおりに進んでいたんですが、道が行き止まりで」

「迂回路の案内？」クラビーが訝った。その声には不吉な調子があった。

「どの案内だ？」俺は言った。

「まずい！　閃光だ！」

「来るぞ！」俺は叫んだ。

「踏ん張れ！　踏ん張れ！　踏ん張れ！」

「くそ、回避――」

……

……

白い光。

途方もない破裂音。

一瞬、重力の法則が停止する。

金属の屋根に衝突する。ライオットヘルメットをかぶっていなかったら、俺の命はなかっただろう。

口のなかに金属の味。

血。

クラビーが指揮を執っている。後部ドアがあいている。ベルファストの鰐（わに）のような都市の輪郭が回転しながら視界に入ってくる。

「ショーン、でえじょぶか？」

かん、かん、かん。ランドローバーの装甲板に何かが弾かれる音。

「大丈夫だ。銃撃を受けてるのか？」

「そこにいてくれ、ショーン。今、応援がこっちに向かってる」

クラビーは拳銃を抜き、アパートの廃墟区画で点滅しているマズルフラッシュめがけて発砲した。俺はクラビーのほうに匍匐前進し、グロックを抜いた。

「どこだ？」

「あの角っこの廃墟ビル、二階です」

さらに二度、立て続けにマズルフラッシュ。

俺はセミオートのグロックの引き金を引き、クラビーと一緒に標的を撃った。

弾倉が空になり、無煙火薬と血のにおいで鼻が詰まった。

ゆっくりまばたきし、意識を失った。

警官たち。

兵士たち。

「おい、意識を取り戻したぞ」

「ここはどこだ？」

ここは救急車のなかで、俺はベルファスト市立病院に搬送されているところだった。点滴につながれていたが、一分かけて体のあちこちを確かめたところ、なんともないことがわかった。骨は折れていなかった。体に穴はあいていなかった。ただの脳震盪(のうしんとう)だった。

　俺は病院の駐車場で、ひとりで緊急治療室に行くから大丈夫だと救急隊員たちに告げた。が、実際にそうする代わりに、心配そうな顔をした看護師から痛み止めと精神安定剤(バリウム)を受け取り、クイーン・ストリート署の知り合いに電話して、ランドローバーでキャリック署まで送ってもらった。

　クラビーは俺を見て驚いた。

「こんなとこで何してんだ？　病院にいなきゃ駄目だろ。検査は――」

「みんなはどうした？」

「みんな無事だよ。あんたとフレッチャーを別にすりゃあ」

「彼女に何があった？」

「あんたと同じ、頭をぶつけて、ロイヤル・ヴィクトリア病院に運ばれてった」

「大丈夫なのか？」

「さっき聞いたところじゃ大丈夫です。ショーンみてえに完全に気を失ったわけじゃねえ。軽い脳震盪。ひどく揺さぶられやしたから」

「ほかのみんなは？」

「かすり傷、切り傷。孫にしたら退屈されちまうような話です」

「俺が一番ひどかったのか？」

「あんたが一等賞だ」

「何で攻撃された？」

「RPGで。ランドローバーはホイールベースより高く浮きあがって横転した」

「誰の仕業だ？」

「知りやせんよ」

「逮捕できそうか？」

「どうだか」

「君か俺が撃った弾は当たったか？」

「いや」

「少なくともグレネード・ランチャーは現場に落ちてたんだろ？　指紋を採取したか？」

「犯人たちが持って帰りましたよ。ショーン、あんたは家に帰(けえ)んな」

「そうするよ」

割れるような頭の痛みとともにコロネーション・ロードの自宅へ。

アスピリンとジン。バリウムとコデイン。

サラに電話したが、忙しくて寄れないと言われた。

ウォッカ・ギムレットをつくり、ニュースをつけた。この日、ベルファストで半ダースの暴動が起きていた。車の強奪（ジャック）が十二件。警官への襲撃が十九件。俺たちのランドローバーが襲撃されたことはひと言も言及されなかった。

次の日、ローソン、マカーサー警部、クラビーと俺はロイヤル・ヴィクトリア病院のフレッチャーを見舞った。彼女はベッドの上に起きあがっており、婚約者のテッドが一緒にいた。テッドはオマー出身の建築業者で、大男、口ひげ、血色のいい頰、赤毛。コーデュロイのついたウェリントン・ブーツにチェックのスポーツジャケットという格好のせいで老けて見えたが、実際はまだ二十五歳だった。

お互いの自己紹介をすませ、患者の容態を訊いた。

フレッチャーは快方に向かっていた。手首の捻挫、軽い脳震盪、上唇に二針。

俺たちは花をあげた。チョコレートを。包帯でぐるぐる巻きになったスヌーピーのカードを。

俺たちは署のみんなが心配していると言った。

彼女はカードを見てほほえんだ。

義務的な五分間の雑談が終わりに近づいたころ、予想外のことが起きた。

テッドがフレッチャーの手を取り、マカーサーに向き直ってこう言ったのだ。「彼女から言いたいことがあるそうです。そうだろ、ハニー」

「ええ」フレッチャーは少し気が乗らなそうにつぶやいた。

「なら言うんだ」テッドが促した。

「ええと、あのですね、みなさんがしてくれたことすべてに心から感謝しています。犯罪捜査課に入れるなんて夢のようでしたし、マクラバン巡査部長はほんとうにやさしくて、心が広い方ですし……つまりその、すばらしいチャンスを与えてもらっていて、その期待を裏切るような真似はしたくないんですが……ただ、なんていうか……あと、ええとその、女なんて採用するからこういうことになるとも思ってほしくないんです……そういうのじゃなくて、これはわたしだけの問題なんです」

俺はクラビーを見たが、クラビーもちんぷんかんぷんという面をしていた。フレッチャーは転属を希望しているのか？　犯罪捜査課に入ってまだ二週間だというのに。

「すまないが、いったい何を――」

「彼女は警察を辞めます。私たちは子供が欲しいんです。ランドローバーの車内で頭をぶつけてひっくり返るような状態で、どうやって子育てができますか？　彼女の顔を見てください よ。こんなのめちゃくちゃです。ちがいますか？」テッドが言った。

「辞める？」俺は言った。

「ええ。でも採用してくれたことにわたしが感謝していないとは思わないでください。それに完全に辞めるわけでもないんです。いちおう、パートタイムの予備警官として働かせてもらうつもりです。ひと月に何日か……」

「パートタイムじゃ刑事にはなれないぞ」俺は彼女が言わんとしていることに苛々しながら言った。もちろん彼女は死ぬほど恐ろしい目に遭ったばかりだ。だとしても、ふつうはそんな些細なことのために辞めたりはしないものだ。

「何日かかけて、ゆっくり考えてみたほうがいいんじゃないかな」ローソンが提案した。

「そうするべきだってわかってる。でも――」

「彼女は辞めます。それで終わりです！　私たち、結婚するんです。家庭を持って子供をつくるんです。金は要りません。私の意見では、ヘレンはやれるだけのことをやったと思います。それはもう、やり尽くしたと思います」テディが主張した。

署に戻る道中、キャリック署の評判が悪くならないよう、フレッチャーの辞職を先延ばしにできないだろうかとマカーサーがぼやいた。「高い金をかけて訓練した新人を失う羽目になって、上層部は私たちを非難するだろうな。もしかしたらへそを曲げて、代わりも寄こしてくれないかもしれない。キャリックの犯罪捜査課はトップヘビーでいびつになってしまう。警部補、巡査部長、それに君だ、ローソン。君がただひとりの巡査刑事だよ」

「あい、それはちょっと馬鹿げてますね」俺は同意した。

「それにだ、ダフィくん」警部は責めるような口調で言った。「君もたぶん出ていくことになる。そうだろう？」

「どういうことですか？」

「今にわかるさ、君。今にわかる」

10　オファー

数週間前から続いていたマカーサーの謎めいた発言と遠まわしな態度の意味するところは、ちょうどその翌日に明らかになった。その日、俺は非番で、非番にはもってこいの日だった。というのは、アングロ＝アイリッシュ合意に反対する連中が〝アルスターはノーと言う〟を標語に掲げてベルファストで大集会をひらくことになっていて、もし雨が降らなければ、集会はまた別の暴動になりさがる公算が大きかったからだ。

コーンフレーク、ホットミルク、砂糖。コーヒー。BBC2の放送大学。

ステレオにはデヴィッド・ブロンバーグのベスト盤、《アウト・オブ・ザ・ブルース》。《ベルファスト・テレグラフ》のオフィスにいるサラに電話をかけた。

「何してる？」

「仕事。そっちは？」

「非番だ。一緒に何かしないか？」

「できない。働いてるから。今は仕事、仕事、仕事で」

「誰のためにもならない風は吹かないってことわざがあるだろ」

「そうね。で、わたしたちの事件に何か進展は？」

「わたしたちの事件？」

「マイケル・ケリーの件」

「ああ、ないね。もう片がついたんじゃないか、あれは」

気まずい沈黙。

「今、うちに犬がいるの」サラが言った。「今だけね。妹のなんだけど。妹の旦那が犬アレルギーで」

「そうなのか？」

「プードルだよ」

「今晩、一緒に過ごせないか？」

「ほんとに無理なの」

「明日は？」

「また電話するね、ショーン」

「わかった」

電話を切った。電話を見た。コーヒーをすすった。

玄関ドアにノックの音。

「誰だ？」

「どなたかいらっしゃいませんか？」

ドアをあけた。浮浪者だった。話を聞いた。臨港列車に乗るために金が要る。スコットランドで石油掘りの仕事がある。妻子があって、アバディーンに着いたらすぐに金を返す。よくできたつくり話だ。男はうまいことやっていた。話が奇妙な領域に迷い込み、ヨハネの黙示録の話が始まるまでは。

一ポンドで厄介払いした。

またキッチンへ。

ブロンバーグ。コカイン。コーンフレーク。

また玄関ドアにノックの音。

「もう金はやらんぞ！」俺はキッチンから怒鳴った。

「お金は要らない。あなたと話がしたいの」女の声が応じた。

俺は支給されている拳銃をキッチンカウンターから取りあげ、やっぱりやめて、玄関の食器棚から新しいグロックを取り、それから裏庭から外に出た。裏門をあけ、立ち並ぶ家屋のテラス側の通路を抜けた。この共用通路の出入口からだと、俺の家の玄関がばっちり見える。女の正体を確かめ、九ミリ拳銃をガウンのポケットに戻した。

「やあ、ケイト」俺は言った。

「こんにちは、ショーン」

最後に会ってから一年と半年が経っていたが、ケイトはあまり変わっていなかった。今も魅力的で、ほっそりしていて、年季が入っていた。白くなりかけている髪は一本も見当たらなかったが、たぶんもうそれほど若々しくは見えない。男らしいとか、渋いとか、そういった意味で超然としていて、美しかった。ブロンドの髪は少し淡い色になっていて、顔に日焼けの痕跡はまったくなかった。MI5のベルファスト支部長であるケイト・プレンティスに、太陽の下での休暇などないのだ。

ケイトはブーツの上にブラウンのパンツを穿き、Tシャツの上に白のアランセーターを着ていた。コートは着ていないのにそれほど濡れていなかった。ということは、どこかに車と――

ああ、あった。シルバーのジャガーに、サングラスをかけた運転手。後部席にもサングラスをした何者かがいる。馬鹿面さげて座っている。

あんなぴかぴかのジャガーはヴィクトリア団地のどこを探しても見つからない。実にさり気ない。さすがはＭＩ５だ。

「喧嘩でもしたの、ショーン？」

「喧嘩？　なぜだ？　ちがう。ランドローバーが横転したんだ。まあ、よくあることだ。あがっていくかい？」

「そうしたいわ」

「裏にまわってくれ。玄関の鍵を持ってこなかった」

「でも銃は持ってきたのね」

俺はグロックのグリップをガウンのポケットに押し込んだ。「誰だかわからなかったからな」

「ミス・ケンドリックも一緒にあがらせてもらっていい？」

「大勢のほうが楽しいさ。俺が裏からまわって玄関をあけるよ」

裏口。キッチン。やかんを火にかける。玄関を抜ける。玄関ドア。

ケンドリックはぽっちゃりした赤毛の女で、野暮ったい田舎者のような感じがした。ケイトはそこが気に入っているにちがいない。薄い唇、青いドレス、歩きやすい靴。

「紅茶かコーヒーか、それかもうちょっと強いものにするか？　何かの機会にと思って、十六年もののアードベッグを取ってあるんだ」

「お酒にはまだ少し早いかな。コーヒーで結構よ」ケイトが言った。

「コーヒーで」ケンドリックが口をそろえた。

「座っててくれ。今持ってくる」

そう言って、俺は暖炉のそばの椅子をケンドリックに示した。そこなら玄関に置いてある鏡越しにふたりの姿を盗み見ることができるからだ。

ケイト・プレンティス。ケイト・くそプレンティス。この数年間、俺に大いなる苦悩をもたらした張本人。この女のせいで、俺はある殺人事件のためにアメリカに渡る羽目になり、その捜査が眼のまえで大爆発を起こして降格させられた。彼女はそのあと、俺の元同級生／IRAの重要人物のダーモット・マッカンを見つけたらキャリアを元どおりにすると約束した。

俺はケイトのためにダーモットを殺し、その見返りとして昔の仕事を取り戻した。この仕事を。このくそくだらない仕事を。

あれはダーモットのためでもあった。あの理想家、夢想家、詩人——くそソシオパスの……そうとも、しかしそうはいっても、あれはやはり理想家であり、夢想家であり、詩人でもあり……

ケンドリックに会うのは初めてだった。彼女は持ち手のついていないハンドバッグを持っていた。サイレンサーをつけた九ミリ拳銃を隠せるくらいの長さがある。汚れ仕事をやりそうな人間には見えない。つまり、汚れ仕事をやらせるには絶好の人材ということだ。標的は俺か？　そうだ、決まっている。俺は知りすぎている。飲んだくれだ。不機嫌だし、何をしでかすかわからない……俺を消せば、面倒で複雑な事態を未然に防げる——結局のところ、俺はあほな警官に過ぎない。だよな？　おまけにカソリック（フェニアン）の警官だ……俺に近づき、バラすにはいいタイミングだ。やかんの湯が沸き、俺が背を向けている今この瞬間が。

死、審判、天国と地獄。豆挽き器、フレンチ・プレス。ホブノブのビスケットはどこだ？

　俺がコーヒーとビスケットと腐りかけかもしれないミルクを運んでいると、「これ、なんの曲？」とケイトが聴いた。

「デヴィッド・ブロンバーグのベスト盤だ」俺は恥じ入って答えた。なぜ恥じ入ったかといえば、本格的なレコード蒐集家にとって、コンピレーション・アルバムは少々恥ずかしいものに決まっているからだ。ボブ・マーリーのベスト盤《レジェンド》やビートルズの《1967-1970》はこの地のどんなレコード店でも山積みにされているが、そんなアルバムを抱えてＨＭＶをあとにするところを見られるくらいなら、死んだほうがましだ。

「なるほど」ケイトは言った。

彼女は灰皿を引き寄せ、シルクカットに火をつけた――これは新しい。以前は吸っていなかった。

「ストレスか？」俺は訊いた。

「人間、ちょっとした悪習が必要でしょ」

あい、そのとおりだ。この十四時間に俺が摂取したもの。紅茶、コーヒー、医療用コカイン、大麻、煙草、コデイン、ウィスキー、バーボン、ビール、それから睡眠薬代わりにバリウムとウォッカ・ライム。その全部をスウィングできるなら、いい組み合わせだ。俺はスウィングできてるのか？　まあ、足はまだしっかりしてる。そうだろ？

ケンドリックはコーヒーとホブノブを口にした。

ケイトは煙草を揉み消し、コーヒーカップを取った。

「で、レディおふたりがどういった用件でこの陽当たり良好なキャリックファーガスに？」俺はうっかりはだけてしまわないよう、ガウンを直しながら訊いた。「もしかして俺、トラブルか何かに巻き込まれてる？」

ケイトはコーヒーをひと口飲み、咳払いした。「いえ、ショーン。トラブルじゃない。その正反対」

「ほう？」

「あなたは王立アルスター警察隊でのキャリアの展望について、心から満足してる？」

「というと……？」

「わたしたち……というか、わたしは……あなたに職をオファーしたいの」

背筋が凍りつく文句だ。

「ＭＩ５の？」

「そう、保安局の」

「警察を辞めてＭＩ５に入れって？」

「ええ」

「どうしてそんなことしなきゃいけないんだ？」

「理由はいくつもある。警察にある自分の個人ファイルをあなたが読んだことあるかどうかわからないけど……」

「あるよ。自分のファイルなら人事部の人間と何度も見たことがある」

「でしょうね。でも人事部があなたに見せるためのファイルと、それとは別のファイルがある。ちがう？」

「続けてくれ」

「まず、あなたの昇進は保留にされてる。あなたを警部補の階級に戻すために、わたしはあらゆるコネを使った。でも、結局は警部補止まりで終わってしまうと思う」

「なぜだ？　俺はこの仕事が得意だ。ほかのたいていのやつよりも」

「あなたは警察の上層部に嫌われてる、ただそれだけよ、ショーン。彼らはこう考えてる。あなたは恩を仇で返した。あなたは問題児で、役に立つことよりトラブルになることのほうが多い。あなたはトップになるための、トップ中のトップになるための教育を受けてるのに、王立アルスター警察隊への忠誠を軽く見て、個人プレーに走りがちだ、ってね」

俺はうなずいた。それは不当な評価とはいえない。ゲイの連続殺人と思われる事件が自分の手から取りあげられ、捜査を特別部が引き継いだとき、命令を無視して捜査を続けた。その後、アメリカに渡った際、ジョン・デロリアンに関するすべてを見なかったことにするという約束をFBIと交わした。なのに愚かにも、帰国して数日のうちにまたデロリアンの事件に首を突っ込んだ。

「じゃあ、俺はこの先ずっと警部補のままか。そんなに悪くはないな。コロンボも最後の十五年間はずっと警部補だったし……」

「わたしたちはあなたを低い階級のまま飼い殺しにすることは、才能と能力の無駄使いだと思ってる。あなたはまだ若い、ショーン。今後の五年、十年で紛争が下火になっていくなかで、北アイルランドに影響を与えるだけのポテンシャルがあなたにはある」

「紛争が下火になる？　そんな気配は微塵も感じられないけどな」

「それはわたしたちが知っていることをあなたが知らないからです」ケンドリックが言った。

俺は眉をあげた。「君たちは何を知っているんだ？」

「それからもちろん、給料もかなりあがる。あなたの勤続年数を考えると、最初は公務員等級5から始まるでしょうね。通常の北アイルランド手当もついてくる」とケイト。「ということは、最大で年に一万ポンドずつ上乗せされていく……そしたらこの……家からも出られる」

「ここは気に入ってるんだ」俺は驚きを気取られないよう、言下に言い返した。一年に一、一、一万ポンドずつ？　くっそ。荒稼ぎじゃないか。ドニゴールに別荘を買える。年に何度かアメリカに行くこともできる……アメリカの税関と入管を通れたらの話だが。

「引っ越してもらうことになると思います、ダフィさん。でも転居手当もちゃんと出ます」とケンドリック。

「玄関に鉤十字を落書きされない家に住んでもらわないとね」とケイト。

「見たのか？　あれはガキのいたずらだ。大したことじゃない。頼んだらちゃんときれいにしてくれたし」どういうわけかコロネーション・ロードとその住民たちをかばいたい気持ちになっていた。

ケイトはコーヒーに口をつけただけで何も言わなかった。

「それで、俺に何をさせたいんだ？　分析官とかそういうやつか？」

「分析官は間に合ってる。でも現場に立てるベテランがいない。スパイの調整役(ハンドラー)が必要なの」

「情報提供者の元締めをやれってのか？」俺は嫌悪感をあらわにして言った。

「情報提供者が嫌いなの？」とケイト。

「好きなやつがいるか？」

「わたしたちよ。わたしたちは情報提供者が大好き」

「俺が会ったことのあるのはくず中のくずみたいなやつばかりだった」これは傲慢な物言いで、ケイトにもそれがわかっていた――王立アルスター警察隊は金で買った情報提供者と匿名通報センターなしでは何もできない。

「今ではＩＲＡ志願兵の四人にひとりがなんらかの形でわたしたちのために働いてる、と言ったらびっくりする？」ケイトがさらりと言った。

「四人にひとり？　冗談だろ！」

「四人にひとり。正確には約二十七パーセントってところかな」

「ＩＲＡの四分の一が実はイギリスのスパイ？　馬鹿も休み休み言え！」俺は心底驚いて言った。

「ほんとうです」とケンドリック。「ＩＲＡ志願兵の四人にひとりが、なんらかの形でわたしたちのために働いています。報酬支払いずみの情報提供者として。ちょっとしたタレコミ屋として。ときに、能動的に活動するスパイとして」

俺はその事実を必死に受け止めようとしていた。「でも、でも……でも、それがほんとうなら、どうして君たちはＩＲＡの息の根を止められていないんだ？」

「セル構造のせいです」ケンドリックが説明した。「司令部のなかには潜入がまったく成功していないところもあります。たとえば南アーマー旅団がそうです。イギリスとドイツには休眠セル（スリーパー）もあります。それから、わたしたちがたくさんのスパイや情報提供者を使って、長いゲームをしているからでもあります。そういった人間の数をできるかぎり増やして……」

「じゃあ、君たちはそういった連中がＩＲＡへの忠誠心を証明して昇進できるよう、あちこちで異常な殺人事件を起こすのを許容してるわけか」俺は吐き捨てるように言った。

「慰めになるかわからないけど、ショーン、わたしたちの指針は、多少の柔軟性こそあれ、基本的には大量殺戮行為を許容するようなものじゃない。わたしたちの罪のほとんどは、目こぼしをしていることにある」ケイトが言った。

「どういう意味かわからないし、わかりたくもないな」

ケイトは俺の心が離れつつあることを見て取った。

「あなたが警察でやっている仕事は、もちろんとても大切なこと。あなたはテロリストや恐喝犯、人殺しを逮捕する。でもわたしたちがすること……わたしたちがしている仕事は、ネットワーク全体にダメージを与えることなの。わたしたちはこの紛争を内側から終わらせようとしている」

「MI5の男たちをテロ組織のトップに据えることで?」

「女もです。七〇年代の考え方はやめましょう」ケンドリックが言った。

「経験豊富で優秀な調整役が必要なの。北アイルランドのことをわかっている人間が。ニュアンスを理解できる人間、頭の切れる人間が」

「俺は君が思ってるほど賢くはない」

「わたしたちはあなたが賢いと思ってるわ、ショーン。適切な人々と組めば、輝かしいキャリアが前途に待っている。王立アルスター警察隊は自分たちが苦労を背負い込むだけの価値はあなたにはないと考えてる。彼らはあなたが波風を立てず、田舎でおとなしくしてくれることを望んでいる。やがてあなたが殺されるか、クビになるか、早期退職するまでね。わたしたちはあなたに野心があるところも気に入ってるの。体当たり勝負しようとする姿勢も。わたしはあなたの仕事ぶりを見てきた。あなたに何ができるのかを。あなたの対人スキル、洞察力。カソリックの警官がキャリックファーガスに、コロネーション・ロードのヴィクトリア団地に住んでるという事実ひとつとっても、他人には歩めない道を歩む能力があることの証明になってる。もちろん、あなたはまちがいも犯してきた。でもそれについては大目に見るつもり。わたしは警察の上司たちがしないやり方であなたを評価し、理解してる」

「そんなにラブコールされると頭がくらくらしてくるよ」

「くらくらさせて」

「でもこれだけは確かだ。俺は警察で十年間——」

「ノーとは言わないで。今はまだ。よく考えて。わたしが言ったことのすべてを。あなたがこれまでにどんな扱いを受けてきたかを。わたしたちがあなたに何ができるかを。博士課程もちゃんと修了できるように取り計らう。あなたもそうしたいでしょう？」

中断したままになっている博士課程のことはもう何年も考えたことがなかった。

「わたしたちはあなたの知性を評価してる。隠さなくていいの」

「君は警察を全然評価してないみたいだけどな」

ケイトは肩をすくめただけで何も言わなかった。これ以上言っても無意味だと思ったのだろう。

「わたしたちのために働いたら、あなたがどんなちがいを生み出せるか。それを考えて」彼女は言った。

「そうだな、それは考えるに値することだ」

ケイトは立ちあがった。ケンドリックもそれに倣った。

ふたりを玄関まで見送った。

ケンドリックは車のエンジンをかけに行った。ケイトがまっすぐに俺の眼を見た。

「あなたが必要なの、ショーン。あなたのような人があと五十人要る」

「俺は公務員らしいものの考え方はできないよ、ケイト」

「正直に言うと、あなたは警官らしいものの考え方もできないと思う」

「確かに」

「考えておいてくれる?」

俺はうなずいた。ケイトは小径を歩いていった。振り返った。

「ああ、それと、ショーン」彼女はささやくように言った。

「なんだ？」

「あなたの家、マリファナとスコッチのにおいが染みついてるし、そのガウンの下襟にコカインみたいなものがついてる。わたしたちと一緒に働くかどうかはともかく、もうちょっとちゃんとしたほうがいいと思う。どう？」

「だな」

11　積み重なる自殺

　ジャガーは駐車位置から静かに動き出し、コロネーション・ロードの角を曲がって消えた。俺は牛乳瓶を拾いあげ、何かを感じ……何かってなんだ？　混乱？　興奮？　ケイトとケンドリックはイギリス人の役人にしては珍しく、過去ではなく未来に生きている。アイルランド人の誰ひとりとして、そんなふうに生きたことはない。「しかし、よりによってＭＩ５で働くだと？」俺はつぶやいた。

　玄関のドアにごくうっすらと残っている鉤十字の染みを見た。ケイトは何も見逃さなかった。彼女は優秀だ。

　玄関で電話が鳴っていた。俺は牛乳瓶を置き、受話器を取った。「はい？」

「ショーン、非番の日にすまねえ」

　クラビーだった。

「どうした、相棒？」

「俺が担当してる、例の調べるまでもねえ事件のことだけどよ……」

「調べるまでもあったか？」

「力を借りてえんだ、ショーン。俺の責任だとかそういうのはわかっちゃいるが、どうも俺の手に負えなくなってきてる気がして」

「もう何も言うな。どこに行けばいい？　署か？」

「バンノックバーン・ストリートだ、ホワイトヘッドの」

「誰の家があるんだ？」

「シルヴィー・マクニコル」

「新情報が出てきたのか？　だからあの女は何か隠してると言っただろ」

「自殺したんだ、ショーン」

「自殺した？」

「あい」

「マイケル・ケリーがいないと生きていけないから？」

「表向きはそういうふうに見える」

「寒気がしてきたよ」

「俺もです」

「はっきりしたこたあ言えねえが、でも……」

「すぐそっちに行く」

「よかったら警部に伝えてもらえねえか。今日はまた殺人事件の捜査をしなくちゃなんねえから、暴動鎮圧任務は無理だって」

「伝えるよ」

ブーツ。ジャンパー。レインコート。ＢＭＷの車底を覗き、爆弾がないかどうかざっと点検した。車の下の水溜まりに歪んだ俺の顔が反射している。そこに浮かんだガソリンの虹模様を通し、疲れたおっさんの眼が俺を見返している。

人気(ひとけ)のないＡ２からホワイトヘッドまでを濡らすこぬか雨。俺はジレット電気カミソリとの愛憎劇を続けながら、ザ・フォールの《ヘックス・エンダクション・アワー》を探した。テープをプレーヤーに入れると《Hip Priest》が始まった。ザ・フォールを連続再生。予備に控えるのはジョイ・ディヴィジョンとハッピー・マンデーズ。未来のマンチェスター三部作。

ホワイトヘッド、バンノックバーン・ストリート。三台のランドローバーと、フェンス越しに見物している幾人かの住民。

セーターとピーターストームのオレンジ色のレインコートを着たマクラバン巡査部長刑事。その隣にスーツとネクタイ、俺と同じようなレインコート姿のローソン巡査刑事。ふたりともマッチ工場の少女のように青白い。

クラビーが家に隣接するガレージに俺を案内した。

ドアはつなぎ姿の鑑識官たちに外側からこじあけられていて、鑑識班はあたりをうろつきながらクラビーの合図を待っていた。ガレージ内に投光照明がセットされていて、なかが丸見えになっていた。照明はとても明るく、鑑識官のひとりはフラッシュを焚かずに写真を撮っていた。

「入りやすか？」クラビーが訊いた。

「ひでえ現場だ」むっつりした年配の鑑識官が満足そうに言った。

俺はおどけて気乗りしないふりをすることで、ほんとうにあの女の死体を見たくないという気持ちを押し隠した。が、ほかに選択肢はなかった。クラビーとローソンのまえでは。

車は一九六〇年式のフォルクスワーゲン・ビートルで、色はブルー。排気口から運転席側のサイドウィンドウまでホースが走らせてある。ドアはあいていて、シルヴィー・マクニコルが運転席で死んでいるのが見えた。唇は青く、眼窩から眼玉が飛び出し、あごに吐物がついている。手錠、拘束具、争った形跡はなし。濃いブルーのジャンパーが死体の脇、地面の上に落ちていた。ホースを通したあとにサイドウィンドウ上部にできる隙間を埋めるために、シルヴィーが使ったのだろう。

残留一酸化炭素。小便のにおい。

俺は咳き込んだ。

「でぇじょぶか？」クラビーが訊いた。

俺はうなずき、死体を間近で観察した。両手は膝の上に置かれ、爪は割れていない。車内から死にものぐるいで脱出しようとしたわけではないということだ。顔に表情はなかった。あきらめか？

すべてがあるべき姿をしていた。何を見落としている？　俺は何かを見落としている。ふたりの同僚が見つけた何かを。

「最初にお伝えしなければならないのは、ガレージの電気がつかないということであります」ローソンが言った。「電球は数週間前から切れていました。シルヴィーもルームメイトも、交換するのが面倒だったのでしょう」

いや、いや、いや、それがなぜ重要なんだ？

「そうか」俺は答えた。

「遺書がありやした」そう言って、クラビーがビニール袋に入った遺書を手渡した。

それを読んだ。

〝彼なしでは生きていけない〟

「シルヴィーの筆跡か？」

「ブロック体の大文字ですが、ルームメイトのディアドラ・フェリスによると、彼女はときどきそういう字を書いたようです」とローソン。

「そのディアドラ・フェリスというのはどこにいる？」

「婦警と二階にいます」

「死体の第一発見者か？」

「ディアドラが最初に見つけたのは遺書だ。おっ母さんと会って帰ってきたら、キッチン・テーブルの上にこの遺書があった。で、ガレージからエンジン音が聞こえたらしい。ガレージは洗面所で家とつながってる」クラビーが説明した。

遺書。争った形跡なし。そして動機らしきもの。

「俺たちが事情聴取したときには、シルヴィーはそれほど落ち込んでいるようには見えなかった。それ以外で、これが自殺じゃなく殺人だと思うような理由があるのか？」

「教えてやれ」クラビーがローソンに言った。

ほう、じゃあローソンが見つけたのか？　じっくり聞かせてもらうとしよう。

「排気口から運転席側のサイドウィンドウまでホースが引かれています」

「見ればわかる」

「彼女はできるだけぴったりとウィンドウを閉め、それからホースのせいでウィンドウ上部にできた隙間にジャンパーを詰めました」

「ああ、それもわかる。で、何が問題なんだ」

「問題は助手席側のウィンドウです」

「それがどうかしたのか？」

「助手席側のウィンドウは最後まで閉まらないのです」

「なんだと？」

「壊れていて」

俺はウィンドウを調べた。ローソンの言ったとおりだった。一番上まで閉めても五ミリほどの隙間ができてしまう。

「それで？」

「シルヴィーがこの車を買ったのは一年前ですが、そのときから同じ状態でした。彼女はいつも、雨が降ると助手席が濡れてしまうとディアドラに愚痴を言っていたそうです」

ようやく理解した。

「助手席側のウィンドウには何も詰めものがなかったんだな？」

「ええ、そうです」

「じゃあ、シルヴィーは運転席側のウィンドウには几帳面にジャンパーを詰めたのに、助手席側のウィンドウには詰め忘れた。そんな話を真に受けろというわけだな」

クラビーがうなずいた。「けど、ホシは助手席側のウィンドウにちっちぇえ隙間ができることまでは知らなかったはずだぜ。暗いガレージのなかで、懐中電灯の光を頼りに作業したんだとすりゃ」

「シルヴィーはガス自殺した。だが、助手席側のウィンドウにあえて隙間を残しておくことで、自分が苦しむ時間をあえて長引かせようとした、とか」俺は言った。

クラビーはかぶりを振った。「んなわきゃねえ」

「自殺もありえないわけではありません」ローソンが自己弁護するように言った。「ですが、一方のウィンドウは入念にふさいでおきながら、もう一方を放置するというのは、明らかに変であります」

「それに俺たち全員が立ち会った、署での事情聴取のことを考え合わせると」クラビーが言った。

「私には彼女は自殺するタイプには見えませんでした」とローソン。

「俺にもだ」クラビー。

「俺にもだ」俺。

俺たちは車と被害者を見て、それからガレージの冷たいコンクリート床を見た。

「不注意な男だ」クラビーが言った。

「男、ですか？」とローソン。

「犯人のことだよ」

「犯人たち、かもしれませんね」

「よし、俺たちは退散して、鑑識班に仕事をさせよう」俺は言った。

クラビーがうなずき、俺たちは現場用の機動車両に乗り込んだ。紅茶の入ったマグカップが俺たちを待っていた。内密の話ができるよう、予備巡査たちに外に出てもらい、バンのドアを閉めた。

「これがケリー家の事件と関係があるとはかぎらない。新しいボーイフレンドとのトラブルとか、誰かがシルヴィーを脅迫していたとか、ストーカーとか、そんなことかもしれない。派手なメイクできれいにめかし込んだ女だった。誰かの劣情を刺激していた可能性もある」

クラビーがうなずいた。「その線は確認中です。でも事件の共通点については一考の余地がある。ちげえやすか？」

「二件とも自殺。うち一件は擬装の可能性がある」俺は同意した。「で、クイズ王のおふたりの結論は？」

「俺たちの考えはあんたとおんなしさ、ショーン。シルヴィーはケリー家で起きた事件について何か知っていて、口封じのために殺された……」

俺はあごをさすった。「確かにその可能性はある」

「シルヴィーが殺人犯を脅迫してたって可能性は？」とクラビー。

「いや、彼女は人を脅迫するようなタイプじゃなかった。むしろ〝何を話そうと、何も言うな〟ってタイプだった。犯人たちも最初は彼女を殺すつもりじゃなかったんだろう。でもだんだん疑心暗鬼になっていった。それでたぶん昨夜、やっぱり念には念を入れておこうと思い立った」

「思いつきの犯行かもな。ディアドラがたまたま外出してたから」

「こうなると、当然ながらマイケル・ケリーの自殺にも疑問が生じてきますね」ローソンが言うまでもないことを言った。

「ケリー家にまつわる事件の全部にだ」クラビーが強調した。「マイケルが拉致されて、それから殺されたんだとしたら、これまでにわかってる事実から、両親の死をもっと簡単に説明できるようになる。射撃がプロの犯行らしいこと。両親がものの数秒以内に順番に殺されてること。防御創がねえこと……」

「犯人、もしくは犯人たちが二階にあがってマイケルを拉致するにあたり、たんに両親が邪魔だった。その可能性もありますね。それで先に始末しておく必要があったとか」ローソンが言った。

「で、マイケルは拉致され、殺され、自殺したように偽装された」とクラビー。

「動機は？」俺は尋ねた。

クラビーは肩をすくめた。「さっぱりだ。てっきり、あの事件はもう……まあ、俺がどう思ったかはわかるだろ。どうりで話がうますぎると思ったぜ。俺が初めて担当する殺しが……」

「マイケルが生きてると困るやつがいたんだ。犯人たちは自宅からマイケルを連れ去り、その過程で両親を殺した。で、マイケルを崖から突き落とした。その一週間後、マイケルのガールフレンドを殺した。彼女が知りすぎていると思ったからだ」

「シルヴィーは何かを目撃したか、マイケルから何か聞いていたのかもしれませんね」ローソンが言った。

「それかまったくの無関係か。いや、その線は消さねえとな。当然、自殺の線も」

「もしだぞ、クラビー、もし仮に恋煩いの自殺と、無関係の殺人という線を消すとすると、そう、すべてがマイケル・ケリーに結びつくことになる。マイケルが何をしたんだ？　地球に生まれ落ちてたかだか二十何年の若造にどんな敵がいたっていうんだ？」

　ローソンが咳払いして、注意深く周囲に眼をやった。まるでこのバンが盗聴されているかもしれないとでもいうように。

「どうした、ローソン？　何か言いたいことがあるのか？」

「空いた時間にちょっと調べていたことがありまして……おそらく関係ないとは思いますが……」

　俺はクラビーを見た。これはクラビーにも初耳だったらしい。

「暴動と暴動のあいだの自由時間に、ということか？」俺は訊いた。

「はい」

「言ってみろ」

「はい、マイケルが卒業目前で大学を中退したことについて、警部補がおっしゃっていましたよね。あと数週間で卒業だったのに、なぜ辞めたのか……」

「それが？」

「そのことについて考えていたのです。大学でのマイケルの記録を調べていたら、とても興味深いことがわかりました」

「なんだ?」

「アナスタシア・コールマンの死亡事故を覚えていますか?」

「いや」

「《デイリー・メール》も《ニュース・オブ・ザ・ワールド》も、タブロイド紙はそのニュースで持ちきりでした」

《ニュース・オブ・ザ・ワールド》はセックススキャンダル報道で有名なタブロイド紙だ。

「《ニュース・オブ・ザ・ワールド》はめったに読まないんだ」俺は嘘をついた。

「俺は一度も読んだことねえな」とクラビー。「かみさんが家に置かせてくんねえから」

ローソンはため息をついた。「アナスタシア・コールマンは農業大臣の娘で、オックスフォード大学で英文学を専攻していましたが、五カ月前、オックスフォードの住宅でヘロイン過剰摂取により死亡しました。円卓クラブが開催した大きなパーティの最中のことであります」

「何クラブだって?」クラビーが尋ねた。

「円卓クラブというのはオックスフォード大学の排他的な学生クラブです。金とコネのある学生だけが勧誘されます。変わったパーティをやることで有名です。レストランで食事をし、超高級ワインを飲み、店をめちゃくちゃに破壊して、最後に大金の入った袋を置いてオーナーに泣き寝入りさせるのだとか」

「実にチャーミングなガキどもだ」とクラビー。

「それはともかく、五カ月前のそのパーティではヘロイン、コカイン、酒が大量にふるまわれました。みんな意識を失い、翌朝目覚めるとアナスタシアは死んでいました。部屋を借りていたゴットフリート・ハプスブルクという学生が責任を追及され、当然、大学を辞めることになりました。自分の部屋でそんな事件が起きたのですから。おもしろいのはここからです。マイケル・ケリーという男が、いいですか、あのマイケル・ケリーが、その日の朝、ハプスブルクと一緒にその家にいて、やはりこのスキャンダルに巻き込まれているのです」

「なんだと」

ローソンは自分の手帳をめくった。「タブロイド紙のなかには、マイケルが彼女にドラッグを提供していたのではないか、彼女のボーイフレンドだったのではないか、と書いたところもあります。いずれも憶測の域を出ていませんが、マイケルはそれが原因でいたたまれなくなって、退学を言い渡されるまえに自分から大学を辞めたのでしょう」

「その娘が死んだとき、家にいたのはマイケル・ケリーとそのハプスブルクという男だけだったのか？」

「もうひとり現場にいました。マイケルともハプスブルクとも面識のない男が。この男はふたりが死体を見つけて警察に通報したあと、現場から逃走しました」

「賢明だな。そいつが売人だったのか？」

「かもしれません」

「その〝第三の男〟の素性はわかってねえのか？」クラビーが訊いた。

「はい。新聞各社が男を探しました。テムズ・バレー警察も探しました。でも見つからずじまいでした。当然、審問にも召喚されませんでした」

「じゃあ世間の注目はマイケル・ケリーとハプスブルクに集まった？」

「はい。ですが記事を読むかぎりでは、マイケル・ケリーはうまく難を逃れたようです。いいタイミングでオックスフォードを離れ、北アイルランドに戻ったことで、非難の矛先は大部分がゴットフリート・ハプスブルクに向けられました。タブロイド紙にとって、うってつけのスケープゴートだったのです。金持ちでゲイで、おまけにドイツ人で」

「三大悪だな」俺は言った。

「はい。ハプスブルクはこっぴどく追及されました。《ニュース・オブ・ザ・ワールド》の第一面。《サンデー・ピープル》の第一面」

「マイケルもこっちで多少は世間に恥をさらしたんだろうな。《サンデー・ワールド》は？」

「警部補が思っているほどではありません。ここ北アイルランドでも、ハプスブルクの常軌を逸したライフスタイルと悪評が紙面のほとんどを埋めました。なにせ事件が起きたのはハプスブルクがひらいたパーティで、現場はハプスブルクの家だったのですから」

「マイケルかハプスブルクは起訴されたのか？」クラビーが訊いた。

「結局、起訴はされませんでした。ですがハプスブルクは停学処分になり、評判は地に落ちました。一方、こっそりとオックスフォードを離れ、故郷に帰ったケリーは非難を免れました。賢い手でした。マイケルは〝取るに足りないもの〟とみなされたのです。タブロイド紙が欲しがったのはハプスブルクでした」

「マイケルは審問のためにイギリスに戻らなきゃならなかったはずだ」

「はい。ところがハプスブルクと同じ日に証言したので、ここでも翌日の報道はこのドイツ人が独占しました」

クラビーはだんだん静かに、物思いにふけるようになり、それからようやく「でけえスキャンダルみてえだけどよ、それが今回の事件とどう関係あるんだ？」と言った。

「マイケルの私物を調べてみたところ、思ったとおり、円卓クラブのネクタイと会員カードが出てきました」

「だから？」

「マイケルは〝第三の男〟の正体を知っていたとか？　それか、アナスタシアにヘロインを提供していた人物を知っていたのかもしれません」

「でもマイケルには分別があった。余計なことはしゃべらなかった。どうして今になって殺されるんだ？」俺が訊いた。

ローソンは肩をすくめた。「知りすぎたから？　誰かを脅迫していたから？　この一件に関わっているのはエリートたちで、円卓クラブのメンバーは未来の権力者であります。未来の首相、未来の外務大臣……」

俺はクラビーを見た。が、クラビーは納得していないようだった。「陰謀だって証拠はねえんだ」

「証拠がひとつも見つからないのは陰謀がうまくいっているという確かな証拠だよ」俺は言った。

「いかれぽんちの言いそうなこった」

「いかれぽんちが正しいこともある」

「まあ、その可能性もねえわけじゃねえ」クラビーは折れた。

12　海を越えて

ローソンとクラビーと俺はベルファストでシルヴィー・マクニコルの解剖に立ち会った。そこで検屍医がシルヴィーの喉に小さなコットンの切れ端が引っかかっていることを発見した。もしそのつもりで探していなかったらきっと見落としていただろう、と検屍医は言った。コットンにはクロロフォルムが染み込んでいた。ゆえに、シルヴィー・マクニコルは殺されたのであり、犯人はそれを自殺に偽装しようとしたプロである。プロではあるが、助手席側のウィンドウについては少しばかりツキがなかった。

手近な次の仕事はシルヴィーのルームメイト、ディアドラ・フェリスに事情聴取することだった。

ディアドラも《ホワイトクリフ》で店員として働いていた。二十歳。人工的な褐色肌。黒く染めた髪、身長は百五十センチちょうど。シルヴィーほど明敏でもなければ、かわいくもない。ディアドラはマイケル・ケリーの死やルームメイトの身に起きたことについては〝何も知らない〟の一点張りだった。

シルヴィーの友人たち、隣人たちにも聞き込みをおこなった。シルヴィーに借金はなく、武装組織に眼をつけられてもおらず、疑わしい元彼もいなかった。ストーカーもなし、警察のファイルにも何もなし。

署での事情聴取を続けるうちに、ディアドラは少しずつ話すようになっていった。マイケル・ケリーが死んでからシルヴィーは様子が少しおかしかった、あちこちの電話ボックスから何本か電話をかけ、夜にはドアがちゃんと施錠されているかどうか確認するようになった、と。

俺はマカーサー警部に状況をあますところなく説明し、マイケル・ケリー／シルヴィー・マクニコルの事件が解決するまで、犯罪捜査課を暴動鎮圧任務から外してほしいと頼んだ。

クラビーは牛の駆り集めシーズンに出張したくないということだったので、地元での捜査を継続してもらい、俺とローソンのふたりでオックスフォードに渡り、なんらかの陰謀が実在するのかどうか確かめてくることにした。

自宅までローソンを迎えに行き、車でベルファスト・ハーバー空港に向かった。ＢＭＷを長期駐車場に駐め、バーミンガム国際空港行きのブリティッシュ・ミッドランド航空便に乗った。

　到着ゲートを抜けると、テムズ・バレー警察犯罪捜査課の巡査刑事が〝ダフィ〟と書かれたボードを掲げて待っていた。

「私のことだ」俺は言った。

「アトキンス巡査刑事です。トーマス・アトキンス。テムズ・バレー警察の」

「名なしの権兵衛（トミー・アトキンス）？　担いでるんじゃないだろうな？」

「いえ」

　アトキンスは十九歳にしか見えなかった。たぶんローソンよりも若い。痩せていて、のっぽで、ブロンドで、ブルーの瞳に生気はないが、そう愚鈍そうでもない。

　俺たちは握手した。「あっ！」アトキンスが声をあげた。「ちょっと待っててください。あなたに贈り物があったんでした。警視からです。海を越えた警察同士の協力を記念して、とかそういうのです。カフェに置き忘れてきちまった。しまったな。このへんにいてください。すぐ取ってきます」

　アトキンスはカフェまで走り、箱の入った紙袋を持って戻ってきた。

「警視からです」アトキンスはまた言った。

　二十五年もののマッカランのボトルだった。

「一九六〇年につくられたやつです」アトキンスは満足そうに言い、ひどいスコットランド訛りを真似てつけ足した。「俺が飲んべだったら、まちがいなく味見さしてもらってるな」

「警視に礼を言っておいてくれ」俺は言った。

「ええ、そうします。きっと気に入ってくれるだろうって言ってました。そのままの言葉を使うと、〝王立アルスター警察隊の連中はきっと喜ぶぞ〟って」

俺たちが手荷物受取コンベアのまえで待っているあいだ、アトキンスは公衆電話を探しに行き、俺たちが到着したことを署に報告した。

「あいつら、俺たちを馬鹿にしてやがる。酔いどれの馬鹿たれ警官だと思ってるんだ」俺はローソンに言った。

「私もそう思いました」

アトキンスが戻ってきた。

荷物。

出口。

警察のフォード・シエラ。俺が助手席。ローソンは後部座席でふんぞり返っている。

M42からM40へ。時速百三十キロで飛び去っていくイングランド。

「バンベリー・ロードにあるB&Bを手配しておきました。こぢんまりしたいい宿ですよ。我々もいつも世話になってます。警官割引で。費用がそっち持ちかこっち持ちかはわかりませんが。細かいことはあまり聞かされてないんで……というか、ほとんど何も聞いてなくて。私はただの連絡担当で、これはあなたの案件ですから、ダフィ警部補。そのあたりについては警視から説明があると思います、ええ」

「君もアナスタシア・コールマンの死亡事故について捜査したチームの一員だったのか？」

「私が？　いいえ。チームと呼べるような代物じゃありませんでしたよ、私の記憶が確かなら。あれはかなり単純な事故だったと思いますが、ちがうんですか？」

「君がそう思うなら、そうなんだろう」

「ええ、そうですよ。そう思います」

「ここでは閣僚の娘が薬物の過剰摂取で死ぬのはよくあることなのか？」

アトキンスはにやりと笑った。「いいえ、そんなことはないです。でも我々にとっては幸運なことに、私の記憶が確かなら、あれが殺人だったと示すような証拠は何もありませんでした。そこで我々は、いえ、捜査官たちはかなり手短に捜査を終わらせました」

俺はバックミラー越しにローソンと眼を合わせた。

このニュースはタブロイド紙でほぼ一週間にわたって大々的に報じられた。テムズ・バレー警察本部は総力を挙げて取り組んだはずだ。なぜなら……ここでほかにどんな事件があるっていうんだ？　自転車泥棒？

「おふたりは以前オックスフォードに来たことはあるんですか？」

なかった。

「きっといい時間を過ごせますよ。宿の隣はこの街きってのパブです。それにロンドンまで電車でたったの四十分。クラブには興味なさそうですね？」

「俺たちは殺人事件の捜査に来たんだ」俺はぼやいた。

「ああ、そうでした。わかってるよ、相棒」

いい、相棒。ためロ。

緑の野原。森。教会の尖塔。高速道路出口の標識。ホートン・カム・スタドレー、ウェストン・オン・ザ・グリーン。ここはイングランドではない。くそったれ人形劇『トランプトン』の世界だ。

「いえね、捜査が無事に終わったら、観光やちょっとした息抜きの時間がたっぷり取れるんじゃないかと思っただけです。ロンドンからも近いし、オックスフォードには由緒あるパブが何軒もある。すぐに見つけられると思いますよ」

車がヘディントン・ヒルを抜けてオックスフォード市内に入ると、アトキンスは街の案内を始めた。どこを取ってもイーヴリン・ウォーの街。どこを取ってもモース主任警部の街。マグダレン橋、ハイ・ストリート、オール・ソウルズ・カレッジ、それから警察車両専用の入り組んだ一連のルート。ブロード・ストリート、トリニティ・カレッジ、シェルドニアン大講堂、ベーリオル・カレッジ……

俺はアトキンスの解説を聞いたり聞かなかったりしていた。「クリストファー・レン……嘆きの橋……もちろん〝新しい〟といっても五百年の歴史があります……それからここがクランマー、ラティマー、リドリーというオックスフォードの殉教者たちが火あぶりにされた――」

「さっき言ってたB&Bはどこにあるんだ?」

「もうすぐです」

アトキンスはバンベリー・ロードを走り、赤レンガのヴィクトリア朝風の建物のまえで俺たちを降ろした。プラスティック製の造花の鉢植え、雨どいの流れを邪魔しているガーゴイル像、そして、〝ブラウン夫人のファミリー・ゲストハウス〟と書かれた華美な鋳鉄製の看板。

「打ち合わせは明日の午前十一時でどうかと警視が言っていましたが、どうですか?」

「あい、十一時か。打ち合わせにはちょうどいい時間だ。けど、仕事は早めに始めたい。オフィスは九時に使えるようにしておいてくれ」

「オフィス？」

「もちろんオフィスが要る。B&Bで事件ファイルを読むわけにはいかないだろう」

アトキンスは首を横に振った。「事件ファイルについては何も知りません。聞いてるのは警視との打ち合わせがあるってことだけです。詳しいことは警視から話があると思います」

俺はミラー越しにローソンに視線を送った。次は君の番だ。

「我々は事件ファイルに眼を通す必要があります。犯罪の企てがほんとうになかったのかどうか、確かめなければなりません」ローソンが言った。

アトキンスは落ち着いた様子で微笑した。「ああ、なるほど。でも、おふたりはもしかしたら勘ちがいしてるかもですね。アナスタシア・コールマンの悲劇的な事故についてはテムズ・バレー警察がすでに徹底的な捜査をおこないました。知ってのとおり、コールマンさんはヘロインの過剰摂取による事故で亡くなった。審問もおこなわれました。検屍官による審問が。そこでも不運な事故死という評決がくだされました。おふたりもき、き、きっと全国紙の一紙や二紙でお読みになったはずですよ」

アトキンスは俺の眼つきから察したようだった。こいつは俺がテムズ・バレー警察のいち巡査刑事に対して許容できるpH値を過大評価していたのだ。

「でも希望するなら、検屍官の報告書と審問記録のコピー一式をお渡しできるよう手配します」

まだにらみ足りないか？

「それから、コールマンさんの死亡事故に関して犯罪捜査課が作成した最終報告書のコピーを婦人警官に届けさせます」

「大変結構だがね、アトキンスくん、我々としてはやはり実際の事件ファイルが必要なんだ。それとオフィスが。それからテムズ・バレー警察の全面的な協力が。それはもちろん期待していいんだろうな。この件を本部長レベルまで引きあげたくはない。そうだろ？」

「本部長レベル？　まさか！　も、もちろんです！　私はただ、おふたりが埃(ほこり)をかぶった大量のファイルを引っぱり出すのは時間の無駄かと思っただけです。この事件はすでに、ええと、我々の手で解決ずみです。検屍官の評決も出てますし」

ローソンと俺はもう一度視線を交わした。こいつは俺たちを馬鹿にしているのか、妨害しようとしているのか。それともたんに、すっかりやる気を失った部署の怠惰な末端警官に過ぎないのか。答えとしてよりおもしろいのは、このなかのどれだろうか？

「君たちが模範的な仕事をしていることは疑っちゃいないさ。しかし、俺たちにはみんな仕えるべき主人がいる。めくれる石を全部めくらずに帰ったら、上司にどやされちまうんだ」俺はなるべく角が立たないように言った。

「ええ、それはわかります。形式上、ってことですね。ええ、もちろん。ただ、ファイルは……たぶんここにはないんです。レディングの記録室にあるかもしれません。わかっていますが、あなたには閲覧する権利があります、警部補。でもどうしてもというのであれば、少々時間がかかりますし、たくさんの人の神経を逆撫ですることになります」

だんだんこいつが好きになりはじめていた、このアトキンスが。ここまでの二時間、こいつは自分の役割を実にそつなくこなしていたのだ。空港でのあの〝ダフィ〟のボード。くだらないおしゃべり。が、こいつには根性がある。連中がアイルランド人警官の侵攻を食い止めるという繊細な仕事にこいつを選んだのはいい人選だった。

俺はローソンに向かってうなずいてみせた。もう一度、君の番だ。

「アトキンス巡査刑事、もし過剰摂取による事故だったとしても、誰がコールマンさんにヘロインを渡していたのかという疑問が残ります。彼女が注射を打ったとき、近くに誰かいたのか？　ほんとうに自分で打ったのか？　目撃者は？　彼女は誰と同居していたのか？　両親は何を知っていたのか？　事件ファイルをどうしても読む必要があります。検屍官の報告書と《ニュース・オブ・ザ・ワールド》の記事を読んで、それではい、おしまいというわけにはいかないのです」いいぞ、ローソン。

「ええ、あなたがたのリクエストは必ず犯罪捜査課に伝えておきますよ。さっき言ったように、記録はたぶんレディングにありますけど」

んなわきゃないだろ、俺は危うく口に出しそうになった。

「それはともかく、もしファイルがあるようなら、明日の朝までにオフィスに用意しておいてください」ローソンが言った。

「ベストを尽くしてみます」

「すばらしい」

俺は車から降り、ローソンとふたりでトランクから荷物を出した。

「今回の出張のお仕事が片づいたら、この機会に数日でも休暇を楽しんだほうがいいですよ、ほんとに。向こうの仕事ですごくストレスが溜まってるでしょうから。もし、えっと、ニュースで報道してることの半分でもほんとうだとしたら、ですけど。さっきも言いましたが、ロンドンは眼と鼻の先ですから」

「時間があったらな」俺は言った。

「荷物を運ぶのを手伝いましょうか？」

「いや、自分たちだけで大丈夫だ」

「そういうことなら、また明日。おふたりにお会いできてうれしかったです」

「それはこちらの台詞だよ」

アトキンスは車で走り去った。

「どう思う、ローソン？」

「いいところみたいですね」

「アトキンスのことだ」

「ああ、わかりませんね。ちょっと抜けてる？」

「そう思うか？」

「警部補はそう思いませんでしたか？」

「テムズ・バレー警察の連中がこんな繊細な問題にヌケサクを送り込んでくるかどうかだな」

「たぶんそんな真似はしないでしょうね」

「連中が俺たちをヌケサク中のヌケサクと思ってるんなら話は別だがな。でも、あいつはなんだか緊張してるようだった。そうは思わなかったか？　それに、俺たちにすべてを話さなかった」

「どうしてわかるのですか？」

「すべてを話すやつなんていないからだ。明日はもっと掘りさげてみよう。ドイツ人は大学を退学させられ、新聞に名前が載った。アイルランド人も大学を退学させられ、新聞に名前が載った。が、第三の男はいまだに正体が明らかにされておらず、おそらくは輝かしいキャリアを継続している。そいつにとっては失うものが大きいはずだな？」

「はい」

「俺は陰謀論が好きで好きでたまらなかったことは一度もないが、仮にこの一件が犯罪じゃなかったとしても、ここに来たのがただの無駄足だったとしても、テムズ・バレー警察はアイルランド野郎の刑事ふたりに首を突っ込まれ、腹を探られるのをめちゃくちゃ嫌がっている。痛い腹か痛くない腹かはわからんが。そうだな、ローソン？」

階段をのぼってB&Bへ。

この宿にテーマというものがあるなら、それは〝死ぬほど息苦しいエドワード朝風〟ということになるだろう。安っぽいカーペット、座り心地の悪そうな椅子、レース、陶製の猫、本物の猫、フンメル人形、壁掛け時計、装飾を施された燭台、香りつきの蠟燭、いかめしい顔をした若い女たちの陰気な肖像画。

玄関ホールを抜けるとベルの置かれた小さなデスクに出た。ウィリアム・モリス風の壁紙の上部に据えられた巨大なステレオ・スピーカーから、ラジオドラマ『アーチャー家の人々』が流れていた。

ベルを鳴らすと、年配の小柄な女性ととんがり頭の息子が、『ミスター・ベンのふしぎなぼうけん』のミスター・ベンのように、脇の部屋から現われた。女は青いカーディガンにエプロンという格好で、エプロンにマルティーニと書いてあった。男は一九五〇年代に流行ったテディボーイのようにめかし込んでいた。〝ふたりの愛すべき変人たち〟と誰かが宿帳に書いていた。その響きが気に入らなかった。

俺は自分とローソンの名前を告げた。女は上から下まで俺たちを眺めまわすと、お待ちしていました、お代はもう全額いただいていますと言った。料金には朝食も含まれているが、昼食と夕食は含まれていない。午後十時以降に人を呼ぶのは禁止、門限は午後十一時十五分、破った場合は罰金。金額は不明。市内、イギリス国内の通話は有料。国際電話は緊急の場合を除き禁止。

「妥当だと思う」俺は言った。

女はペンを差し出した。

〝ジョーン・ダフィ警部補〟と俺は宿帳に書いた。女は〝警部補〟の部分には気づかなかったが、俺の名前と訛りで懐かしい記憶が甦ったらしかった。「今は亡くなりましたけどね、宅の主人の時代にはアイルランド人について厳格なルールがありましたのよ。主人はとてもうるさい性格でしたから。ジェフリー、あなたも覚えてるでしょ？」

「アイルランド人、西インド諸島出身者は禁止」ジェフリーが言った。

「ええ、そうなの。宅のケネスはとてもうるさくてねえ。立場が立場だったから」

「父さんがよく立ってた場所って意味なら、あそこの古いバーだけどね」ジェフリーがそう言うと、母子（おやこ）はくすくすと笑った。

「さて、ダフィさん、今はオフシーズンです、言うまでもございませんが。ですから、お庭が見えるお部屋をふたつお使いください、213号室と214号室です。窓は閉めたままにしておいてくださいね。リスが入ってきますから。二年前、ノルウェーからいらっしゃったお客さまがとんでもない事件を起こしましてねえ」

「リスを入れないように窓を閉めておくんですね。覚えておきます」俺は言い、そのとんでもない事件とやらについて詳しく聞きたい気持ちに抗ってキーを受け取った。

ブラウン夫人は俺に向かってほほえみ、内緒話でもするようにつけ加えた。「近ごろじゃ、ひどい面倒を起こすのはパキスタン人なんですのよ、ほんとに。あなたはご存じないかもわかりませんが、ほんとうにそうなんです。お酒のせいで。飲み慣れていないんです。困ったことですわ」

「私たちが面倒を起こすことはないと思いますよ」そう言ってスーツケースを取り、ウィスキーのボトルを腋の下に挟んだ。

階段をのぼり、狭い踊り場にあがった。

「とりあえず着替えて、三十分後に飯を食いに行こう、それでいいか？」

ローソンはうなずいた。

俺はキーを錠に差し込み、部屋に入った。ここにもウィリアム・モリス風の壁紙。どっしりとした、汚らしい赤絨毯、古風で寝心地の悪そうなベッド。分厚いマホガニーの鏡台。真新しいテレビ。時代もののラジオ。押しあげ式の窓からはそこそこいい感じの庭が見おろせた。

留め金を外して窓をあけた。オークの木。四角い芝生。ぶちの猫が壁の上を歩いている。一見かわいらしいリスが木の枝の上に座って俺を見ていた。俺は秋の空気を吸い込み、忘れずに窓を閉めると、ベッドの上に寝そべった。ベッドはぎしぎしと音をたてて深く沈んだ。

《ベルファスト・テレグラフ》にいるサラに電話をかけた。彼女は三コール目で出た。

「サラ・オルブライト、家庭欄担当です」

「今どこにいると思う？」

「どなた？」

「ショーンだ」

「どこにいるの？」

「イングランド」

「そんなところで何をしてるの？」

「事件の捜査。というか、同じ事件だ。マイケル・ケリーの」

「ほんとに？　あれは自殺じゃなかったの？」

「どうやら続きがあるようだ」

「それはちゃんと教えてくれるんでしょうね？」

「そうだな、今のところはまだ何も話せないが、もし何かでかいことが起きるようだったら、そのときは真っ先に知らせるよ」

「最新情報が入ったらよろしくね。いつでも電話して……ねえ、ショーン、今はちょっと忙しくて――」

「もう切るよ。戻ったらまた会おう。それでいいかな？」

「もちろん」

架台の上の受話器。

彼女は最速で俺を捨てた。

浴室。

鏡像。

こけた頬、青白い肌、白髪、鈍そうな、寝不足の眼。

テレビをつける。『カウントダウン』。25、50、75、100、3、6の数字を一回ずつ使って952をつくる。

考えるだけ無駄だ。

冷たいシャワー。

ウォークマン。ポーグスのコピーバンドのミックステープを早送りし、聴きたかった歌を頭出しした。

バーミンガムの六人、あるいはギルフォード・タウンの四人のように
警官（オールド・ビル）はおまえをしょっぴき、ぼこぼこにする
不埒なオマワリは昇進し、おまえはムショの病院に運ばれる
おまえの罪はアイルランド人だってこと、誰にも危害を加えちゃいないが……

ああ、わかっている。少々鼻につく。少々露骨すぎる。でも、おまえはあそこにいなきゃならなかった。安っぽいベッドの上に横になり、むかつくアトキンスのしたりげな笑みを大脳皮質に残したまま。

またテレビをつけ、無音でニュースを流した。マスクをつけた若い男たちがベルファストで石や火炎瓶を投げていた。テレビを消した。

電話が鳴っていた。サラか？　テムズ・バレー警察犯罪捜査課からの抗議か？　どちらでもなかった。

「もしもし？」

「ショーン、あなたオックスフォードにいるのね！」ＭＩ５のケイト・プレンティス。

「ああ」

「こっちで何をしてるの？」

「捜査だよ。まだ警察勤めだからな」

「でも、わたしたちのオファーを考えてくれてはいるのね？」

「どうしてここがわかった？　俺を監視してるのか？」

「ちがう！　もちろんしてない！　……まあ、ちょっとはしてるけど。今晩夕食でもどう？」

「君もこっちにいるのか？」

「当然でしょ。今はチクサンズにいるの。ちょっとした会議をひらいてて」

「チクサンズって？」

「まあ……あなたは知りたくないでしょう。でも道をちょっと行ったところなの。百万キロも離れてるわけじゃない。おごらせてくれる？」

「弱ったな……見習い刑事と一緒でね」

「高名なマクラバン巡査部長も一緒なの？」

「どうしてあいつのことまで知ってるんだ？」

「あなたとそのお仲間については、びっくりするくらいいろんなことを知ってるのよ、ショーン」

「そう聞いてほっとはできないね」

「でしょうね。あなた、日当で働いてるの？」

「いや、そういうわけじゃ……」

「じゃあ決まり。北オックスフォードにすてきなビアホールがあるの。ふたりでいらっしゃい。店の名前は〈イーグル＆チャイルド〉。七時にね」

「いや、ちょっと――」

「じゃあね、ショーン！」それだけ言うとケイトは電話を切った。

「なんだよ」俺は言い、笑みを浮かべると、受話器を架台の上に戻した。

13　ガン・ストリート・ガール

　通りに面した〈イーグル&チャイルド〉の一室。ローソンはパイント、俺はウォッカ・トニック。酸っぱい、おがくずのようなにおい。癇に障るハンサムな男子学生。馬鹿みたいにかわいい女学生。

　シークストンを一パイント飲み干したローソンはあまり好ましくない話をべらべらとまくしたてていた。「自分はトールキンの大ファンですが」ローソンは話していた。「C・S・ルイスはそれほど好きではないですね。神がどうのとか、そのへんがちょっと重すぎて……また同じのにしますか、警部補？」

「そうしよう」

　戻ってきたローソンはパイントを二杯とポテトチップふた袋を手にしており、ウォッカ・トニックはどこにもなかった。ローソンはまるで一杯目のようにビールをぐびぐびと喉に流し込むと、すぐさまさっきの話題に戻った。「トールキンもルイスも塹壕戦を経験してます、一九一七年に。それでいろいろ説明がつきます。暴力性はもちろんそうです。ルイスは寓意を好みました。アスランはイエスですよね？　トールキンはそうした雛型を嫌いました。ヨーロッパの神話の代替になるものを書きたかったんです。大衆はトールキンがナチスの話を書いていると思っていましたが、ちがった。ちがったんですよ」

「おもしろい。君は頭がいいな。どうして大学に行かなかったんだ、ローソン？」

「まあ、お話ししたように、警察に入ろうと決めていました。それに、えっと、面接でやらかしてしまいまして。あれは上級学力試験のちょっとまえのことでした……学校にやってきた王立アルスター警察隊の採用担当者から、もし上級学力試験でAをひとつとBをふたつ取れたら、通常の訓練やら何やらが終わったあと、すぐに犯罪捜査課に入れてやると言われたんです」

「試験の結果はどうだったんだ？」俺はローソンの個人ファイルを読んだことがないふりをして尋ねた。

「Aが三つでした。というか、四つです。ちょっとズルですけどね。数学と高等数学を受けたんです。とりあえず就職して金を稼ぎ、十年もしたら、あとはいつでも生涯学習生として大学にかよえると思いまして」

俺は首を横に振った。「いや、一度入ったらそのままだよ。二十年勤めて、それが終わるころには燃えカスになって何もできなくなってる。余生を釣りかゴルフで過ごすだけだ。それか出世中毒になって、油でつるつるのポールを必死に登ろうとするか。警視正、副本部長、本部長、ナイトの爵位」

「昇進には興味ありません。自分はただ、地域のためにいいことをしたいだけです」

「いいこと？　俺も昔はそう思っていた。入ってひと月目、勤務中に老いぼれディッキー・ベントリーに呼び出され、〝感情のてこ〟を使えと教わった。この言葉を聞いたことはあるか？」

「ありません」

「たとえば第一容疑者の情報を手に入れるために、些細な未解決の罪状を理由にして、その家族の誰かを逮捕するんだ。ディッキーは手本を示してくれたよ。四人の子供がいる寡夫を逮捕したんだ。そいつが三年前に偽造小切手を切ったことを理由にしてな。そいつは半狂乱になった。一番小さい子供はまだ二歳なのに、家にひとりで残されることになった。ディッキーはもちろんテロ防止法を根拠に父親を逮捕していたから、電話は使えないし、弁護士も頼めない。父親は落ち、ＩＲＡに盗品を横流ししている義理の兄弟の情報を洗いざらいゲロった。ディッキーは仕事を片づける方法を、こうしてたちどころのうちに教えてくれた。ただ〝いいこと〟をするだけじゃなく、ときに、より大きな善のために〝悪いこと〟もしなきゃならないんだ、ローソン。ろくでもない仕事だよ」

「はい」ローソンはむっつりしながら同意した。

「それだけじゃなく――」俺が言いかけた瞬間、〈イーグル&チャイルド〉に颯爽とケイトが入ってきた。秋のそよ風、黄金の落ち葉、香水のほのかな香りを引き連れて。タータンチェックのスカートとセーター。髪はぴっちりとまとめてある。ケイトは俺の頬にキスすると、俺とは古い友達なのだとローソンに自己紹介した。ローソンはそれを額面どおりに受け取ったが、クラビーだったらもっと疑ってかかっていただろう。

俺はローソンに十ポンド札を渡し、もう一杯ずつ買ってこいと言った。ケイトはジン・トニックを頼んだ――トニック少なめで。

ローソンがいなくなると、ケイトは俺の膝を叩いた。

「いいサプライズね」彼女は親しみを込めて言った。

「そうは思わないね」

「感じのよさそうな若者じゃない」

「ローソンが？　あいつを引き抜いたほうがいいんじゃないか。頭がいいし、世間知らずだから言うことを聞かせやすい」

「すてきなところね、オックスフォードって。すごく狭い世界だけど。前回ここのテスコに来たときは、アイリス・マードックがわたしのまえに並んでた」

「テスコに行くような小説家とは思えないけどな」俺は半信半疑で言った。

「それで、あなたが調べてる事件っていうのは？」

「知らないような口ぶりじゃないか」

ケイトはおどけたようにほほえんだ。「まあ、ちょっとは調べさせてもらった。あなたがこっちで波風を立てないでくれるといいけど」

「立てるような波風があるのか？」

「どこにだってあるものよ」

「ローソンはアナスタシア・コールマンの一件について、テムズ・バレー警察がイギリスの権力者層の重要人物をかばってると考えているらしい」

「あなたは？　あなたはどう思ってるの？」

「いつもどおりさ、ケイト。俺は思い込みを持たないようにしてる」

「捜査するのはあなたたちであって、わたしじゃないけど、正直、それは荒唐無稽な説だと思う。その事故についてはタブロイド紙が大々的に取りあげてたし」

ローソンが飲み物を持って戻ってきた。

「くしゃみは出なかった？　わたしたち、あなたの噂をしてたの」ケイトが言った。

「ほんとうですか?」ローソンの顔がさっと赤くなった。

「ショーンから聞いたけど、あなたはアナスタシア・コールマンの不幸な事故について、テムズ・バレー警察が真実を隠すために陰謀を企ててると考えてるんですって?」

ローソンはその件について話して大丈夫なのかどうかを確かめるように俺を見た。

「ケイトは、その、法執行機関で働いてるんだ。なんでも思ったことを話してかまわないぞ」

ローソンはゴットフリート・ハプスブルクとマイケル・ケリーはスケープゴートに仕立てあげられたが、謎の〝第三の男〟は罪を免れたという説を披露した。第三の男は円卓クラブのメンバーであり、未来の権力者か、もしくは現在の権力者の息子なのだと。

ケイトはほほえみ、ジン・トニックをぐびりと飲んだ。「テムズ・バレー警察のことで何を聞いても驚かないけど、でもアナスタシア・コールマンの事故について、彼らはどうやって検屍官の眼をごまかしたのかしら? それはわたしには皆目見当がつかない。検屍官のブラッドフォード・ウェルズ卿はドイツのコルディッツにいたから、テムズ・バレー警察の数人が脅迫したとして、それが効いたかどうかは甚だ疑問ね」

今日俺に会いに来たのはこれが理由か? 俺たちに警告して捜査をやめさせるため? それとも、ケイトはたんに参考として自分の意見を述べているだけか? ケイトの真意を見抜くのは至難の業だ。

ケイトはにっこり笑い、ジン・トニックを飲み干した。「次はわたしにおごらせて」

俺たちは次の一杯を飲み終え、ケイトに言われるままに外に出た。小雨はやんでいて、通りは人であふれていた。またあの感覚。これがふつうの世界なのだという感覚。爆弾、テロ、不審な小包のない世界。若者たちはみんなこうして出歩いて、いい時間を過ごしている。気苦労なく。幸福に。なんの鬱憤もなく。緊張もなく。宗派間の冷たい戦争もなく。変な感じだった。

「タクシーを呼んだほうがいいか?」俺は黒タクを見つけてそう尋ねた。

「いえいえ、歩きましょう」

俺たちはバンベリー・ロードを歩き、〈アンドレズ〉に向かった。

実に高級な店で、スポーツジャケットとシャツという格好のローソンと俺は場ちがいな気がした。誰も俺たちにネクタイを貸そうと申し出なかったが、店内にいる男でネクタイをしていないのは俺たちだけだった。

店の年配の支配人、パトリスはケイトのことをよく知っているようだった。ケイトはフランス語で話しかけていた。ローソンも俺も、ケイトが俺たちを〝小粋でハンサムなふたりの戦友〟と紹介しているのを理解できるくらいにはフランス語の心得があった。

三枚のメニューと一緒にアペリティフが提供された。注文はケイトがして、豪華な料理が次々と運ばれてきた。ワインも惜しみなく注がれた。

ウェイターたちは、ウェイターという人種の常として、俺を色眼鏡で見ず、いや、敵意を隠してくれていただけかもしれないが、ともかく気持ちがよかった。

「歴史があって、いいお店でしょ？　わたしがまだ小さかったとき、この店にベンジャミン・ブリテンが来てた。父さんから聞いた話では、デッカ・レコードのオーディションのあとにブライアン・エプスタインがビートルズを連れてきた店でもあるんだって。リヴァプールに帰る途中で立ち寄ったらしいわ」ケイトはそう言うと、俺に向かってウィンクした。

「俺の機嫌を取ろうと音楽の話題にしてくれてるんだな」俺はうれしくなって言った。

「ほんとうにビートルズが？　この店に？」ローソンが感激したように言った。

「俺はデッカのそのセッションの海賊盤を持ってる。リーバー&ストーラー、ゴフィン&キングの名曲も何曲か入ってる。君はビートルズについても自説があるんじゃないか、ローソン？」

「ローソンさんはいろんなことに自説があるのね」ケイトがつぶやいた。

「まあ、自説というよりただの意見ですが」

「言ってみろ」

「《ニュー・ミュージカル・エクスプレス》誌は彼らが典型（アーキタイプ）だという記事を書いたことがありますね。アーキタイプというのは、おもしろいやつ、賢いやつ、とかそういうのです。でも私には、ファンにはまずポールを好きになる段階、つまり、いいやつ、かわいいやつを好きになる段階があって、大人になるにつれてジョンの段階、考えるやつ、トラブルを起こすやつを好きになる段階を経て、最後にはもっと歳を取り、スピリチュアルな意味を求めるようになって、ジョージの段階へと移っていくような気がしますね」

「リンゴの段階はないの？」とケイト。

「認知症になったときですかね？」ローソンが意地悪く言った。

酒。うまいメシ。おしゃべり。十一時には俺たちのほかに客はいなくなっていた。

ローソンはべろべろに酔い、俺は潮に逆らって泳いでいた。ケイトは全然平気なようだった。ケイトが小切手で勘定をすませ、スタッフの奥ゆかしいサービスに賛辞の言葉をかけた。「才能を隠すにも卓越した才能が要る（C'est une grande habileté que de savoir cacher son habileté）」

ウェイターが会釈した。

「来て、ショーン。まずはその若いお友達を部屋に連れて帰りましょう」

ちょっとした苦労の末、俺たちはローソンをＢ＆Ｂに運んだ。ブラウン夫人かその息子に文句を言われるかと思ったが、ふたりとも姿が見当たらず、猫たちが番をしていた。

　ふたりがかりでローソンを部屋に運んだ。俺が靴を脱がせ、ローソンをうつ伏せにして顔を横に向かせた。

　ローソンはうめいていた。

　無理もない。なんせ、俺たちは三人で五本近いワインを空けたのだ。

「吐くときはがんばってトイレに行け。どうしても無理な場合は、ベッドの横にごみ箱を置いておくから、それを使え」

「ぶるおええ」

　俺たちは部屋を出た。「外まで送るよ」俺はケイトに言った。

　猫の地雷原を越えてふたたび階下へ。

「ノアハム・ガーデンズに車を駐めてあるの。角を曲がってすぐのところ。そこまで送って」

「いいよ」

　涼しい夜気のおかげで頭がすっきりしていた。ケイトは靴を脱ぎ、素足で歩いていた。楽しそうで、リラックスしていた。彼女はバッグから小型のカメラを取り出し、〝せっかくの機会だから〟ふたりの写真を撮ってほしいと学生に頼んだ。

俺は笑顔をつくった。ケイトのは本物の笑顔だった。シャッターが音をたて、この瞬間が記録された。

「こっちよ」ケイトは言い、俺を美しい並木道に導いた。

「君はオックスフォードにずいぶん詳しいようだ。大学がオックスフォードだったのか？」

「わたしはここの大学にも、ほかのどんな大学にもかよってない」

「じゃあ、どうやってMI5に入った？」

「父さんの友人の伝手で」

「ローソンのように上級学力試験のあとで引き抜かれたのか？」

「上級学力試験も受けてないの、ありがたいことにね。上級学力試験って名前、聞くだけで鳥肌が立っちゃう」

「学校にまったくかよわなかったのか？」

「学士号は取った。スイスで」

「てことは、実家が金持ちなんだな？」俺は皮肉に聞こえるように言った。

「ああ、これがわたしの車。乗って。ちょっとドライブしましょう」

車は年代物のTR7だった。ケイトは駐車位置から車を出すとバンベリー・ロードを時速八十キロで飛ばした。

「シートベルトを締めないか？　このままじゃ事故は避けられないが、そうなったとき、俺だけ生き残るのは勘弁だ。オマワリってやつは男が生き残って女が死ぬのを嫌うんだ」

「この車、そもそもシートベルトはついてるのかしら」

「それはともかく、どこに向かってるんだ？」

「家」

「それはいい考えじゃないな。君はどう思う？」

「心配しないで。父さんは留守だから。十一月のイギリスが嫌いなの」

「家は近いのか？　明日は早くから仕事をすることになってるんだ。俺が遅刻して、おまけに二日酔いだったら、よくない印象を持たれてしまう」

「近くよ」

ウッドストック・ロードを走ってオックスフォードを出ると、車はA4095を走ってブレナムを通過した。このあたりにはほんとうに何もなかった。街灯もなく、二車線の狭い田舎道沿いの高い生け垣と、舗装路中央の反射鋲(キャッツアイ)が見えるだけだった。

「ケイト、君はこっちで何をしているんだ？」

「言ったでしょ。チクサンズで会議をひらいてるって」

「議題は北アイルランドか？」

「何を隠そう、そのとおり。差し当たって、北アイルランドは絶妙なところで均衡が取れてる」

「差し当たって、北アイルランドはどうしようもなく混乱している」

「そんなことない。表面上はそうかもしれない。でも、その下には――」

「その下に何があるんだ？」

「動きよ。でも弱々しく、デリケートな動き。だから注意を払わないと。事を荒立ててヘマをするわけにはいかない、でしょ？」

俺はケイトを見た。今の言葉にも俺と今回の捜査に関するヒントが隠されているのか？

車は右折してガン・ストリートと書かれた一車線道路に入った。

「ガン・ストリート？」

「昔、古い武器庫があったの。父さんの一族が所有していた。代々、マールバラ公爵ととても仲がよかったとかなんとか」

「いいね」

「そうでもないの。公爵のチャーチル一族は、ひとりの例外を除いて、死ぬほどつまらないやつしかいなかったから」

ケイトの父親の家は田舎のかなり大きなお屋敷だった。イーヴリン・ウォーの小説に出てくるブライズヘッドの屋敷ほどではないにしろ、コッツウォルズの別荘というわけでもない。いろいろな要素を組み合わせた、エキセントリックといっていいようなヴィクトリア朝風の屋敷。インド風の赤い砂岩レンガ、ゴシック様式の大きな窓、馬鹿みたいな二重勾配の屋根。フォーマルな庭、ちょっとした森、そして、月明かりの下でやっと見分けがつくくらいの、クラシックな四阿（あずまや）。

「趣味が悪いでしょ？」ケイトが言った。

「まあ――」

「父さんの大おじが建てたの。何かのパスティーシュってことは確かだけど、何を手本にしたのかはついぞわからなかった」

「君の父親の大おじ？」

「大大おじのマックスという人がインドで巨額の財産を築いたの。どうやって築いたかは訊かないで」

「どうやって築いたんだ？」

「ショーン、誰かが自分のご先祖さまが植民地でどうやって財産を築いたか訊くなと言ったら、それは阿片か奴隷で築いたって意味なの……来て、こっちよ」

俺たちはタールを塗られたばかりの私道を歩き、ケイトが玄関ベルを押した。

「ジーザス、鍵を持ってないのか？　みんな起きちまうぞ」

「みんななんていない。言ったでしょ、父さんはイタリアに行ってるって」

ケイトはまたベルを鳴らした。一階の部屋の一室に明かりがつき、年配の女性がドアをあけた。部屋着を着て、ぽっちゃりしていて、髪は黒かった。

「ケイト！」女性が言い、ケイトと抱き合った。

「ビー、こちらはお友達のショーン。ショーン、こちらはわたしの世界一の親友のビー」

「初めまして」俺は言った。

「やかんを火にかけて、お部屋をととのえておきますね、ケイトさん」

「あなたの手を煩わせなくても大丈夫」とケイト。

「お腹は？　空いてますか？」

「ちっとも。豚みたいに詰め込んできたから」

「それはようございました」

「こっちよ、ショーン」ケイトの案内で肖像画が並べられたうすら寒い廊下を抜け、大きくはあるが散らかったキッチンに入った。シンクに溜まった茶色い水のなかを皿が泳ぎ、巨大なオーク製テーブルの上にはパンとチーズのくずが散乱していた。黒い平鍋が掛けられたレンガの壁は煤けていた。俺は椅子に腰かけた。椅子は何世代もかけてつるつるに摩耗し、座りやすくなっていた。ビーとケイトは紅茶を淹れようと動きまわっていた。

「ビー、ここからはわたしがやるから」お湯がようやくティーポットに注がれると、ケイトが言った。

「あなたのお部屋を片づけておきます」ビーが言い、それから声の調子をさげてつけ加えた。「それとも、お部屋はふたつにしましょうか？」

「ひとつで」ケイトはきっぱりと言った。

「かしこまりました」ビーはそう言い残すと、すたこらと二階に消えていった。

紅茶は馬鹿みたいに濃く、ビスケットの缶には高級デパートの名前があったが、湿気ていて味がしなかった。

「ミルクはあるかい？」

「どうかしら」ケイトはそう言ったが、探そうともしなかった。

「砂糖は？」

「どこかにあるはず。さあ、飲んじゃって」

俺はひどい紅茶に唇をつけ、飲んでいるふりをした。

暖炉の横の小さなベルが鳴った。

「いいわ、二階にあがりましょう」

ティーカップを置き、ケイトのあとについて薄明かりの階段をのぼり、二階にあがった。上階は凍えるように寒く、湿っぽかった。隙間風の入る窓、裸電球、ここにも暗がりに不気味な肖像画。

「古い屋敷は好き？　わたしはラスリン島に引っ越しちゃったから、今ではめったにここには来ないの。それほど快適じゃないけど、独特の魅力があると思わない？」

「まあ――」

「昔から、この屋敷はM・R・ジェイムズの怪奇小説に出てきそうだなって思ってた。幽霊だって出るんだから。ビーが見たの。ウィリスもね。ウィリスっていうのは庭師だった人。すごく怖かったって……ああ、ここがわたしの部屋」

俺たちは大きな寝室に入った。高い天井に青い星が描かれ、壁は郵便ポストのような濃い赤色に塗られていた。床にアンティークの絨毯が敷かれ、小さな書棚は本でいっぱいだった。美しいアンティークの化粧台、秘書が使うような立派な書き物机とウォークイン・クローゼット。寝心地のよさそうな古風な四柱式ベッドが部屋の奥を占領していた。

「トイレは踊り場のほうね。ビーが電気をつけてくれてるはずだから、ドアの下から明かりが漏れて見えると思う」

「じゃあ、ちょっと使わせてもらおうか……」

「お先にどうぞ。もしかしたら幽霊に会えるかも。名前はマーガレットというの」

俺は不気味な廊下を歩き、水洗式のトイレで小便をして戻ってきた。

「会えた？」ケイトが訊いた。

「いや」

「よかった。ここで待ってて。すぐに戻る……脱ぎたかったら服を脱いでていいから」

「俺たち、同じベッドで――」

ケイトはもういなくなっていた。

俺は服を脱ぎ、上掛けの下に潜り込んだ。

ケイトが戻ってきて、服を脱ぎはじめた。

「さてと。よく聞いて、ショーン。これはちっともプロらしくないこと。どうかそれを理解してほしい。こういう行為を推奨しているわけじゃないの。わたしたちはカウボーイじゃない。うちにも人事部はあるし、こういうことに関するルールはよそと変わらない」

「わかった」

「よかった。じゃあキスして」

「いいよ」

俺たちは冷たいベッドの上で愛し合った。

慌ただしく、がむしゃらで、よかった。

ふたりともずっと以前からこれを望んでいたということに、ケイトのほうが先に気づいていた。

ケイトは年代物のシガレット・ケースをあけ、古びたゴロワーズを二本取り出した。シリアとトルコ産のダークリーフを巻いた、昔ながらの太く短い、フィルターなしのゴロワーズ。

「この問題が片づいてよかった。あなたは？」

「俺はなにもそんなふうには――」

「ショーン、あなたアイルランド語を話せるのよね？」

「ああ」

「まえから勉強しようとしてるんだけど、語学の才能がなくて。ちょっと何か言ってみて」

「'Tá gile na dtonn, is uaigneas an domhain i ngleic' ルイ・ド・パオールの詩だ」

「意味は？」

「海の明るさと世界のさみしさが、私の父の緑の瞳のなかで結びついている」

「ふうん。わたしたちのために働くなら、語学は役に立つ」

「君のために働くなら、だろ」

ケイトは相好を崩し、俺にキスすると、腕のなかに入ってきた。ふたりで煙草を吸い終え、大きなベッドの上に寝そべり、彼方からの奇妙な音を子守歌にして眠りに落ちた。

未来から現在へと、氷のように冷たい何かが漏れ出している。

とん、とん、とん、チヌークのブレードが回転する……

14　スズメバチでさえわたしの眼を見つけられない

　見ろ、俺が走っている。高い湿地の森を走り抜けている。見ろ、俺は雪のなかにいる。ウッドバーンの森に。犬が吠えている。首を吊るされた若い女の遺体が風に揺られている。

ぐるりと白眼をむいたあの眼球。あの青い唇。

小便とくそのにおい。犬が吠えている。もの言わぬ警官たち。悪夢そのもの。

　悪夢そのも――

「起きて、ショーン。あと十五分で七時よ」

「え？」

「ほらほら！　朝食は用意してある」

「ここはどこだ？」

「父さんの家。ブレナムの近くの」

「そうだった、ジーザス」

昔のヤマの夢。MI5のスパイに殺された若い女。そのスパイは俺がイタリアまで殺しに行った。ケイトのオファーを受ければ、そういう連中の相手をすることになる。

俺はまぶたをこすり、眠気を払った。

「朝食か、そうしよう」

一階。

朝食はマーマレードを塗ったトーストとコーンフレークだった。ビーはせっせと俺たちの世話を焼いた。ケイトは父親からの手紙の山に眼を通していた。キッチンの暖炉のなかで石炭が燃えていた。

まだ読まれていない《デイリー・テレグラフ》と《タイムズ》。

俺とケイトはビーにさよならとありがとうを言った。また田舎道を走ってオックスフォードへ。ケイトはラジオ3を聴いている。口はきかない。ふたりとも二日酔いだから。

「着いたわ、ショーン」

B&B。

「ありがとう。いろいろと」

笑顔。「捜査がうまくいくことを祈ってる。ひとつアドバイス。波風は立てないこと」

二階。猫の迷路。ローソンはまだ寝ている。眠りこけている。

ローソンをシャワーに連れて行った。

「シャワーを浴びて着替えろ。下階(した)で待ってるぞ」

ローソンにコーヒーを飲ませた。

もう九時だ。

テムズ・バレー警察本部への行き方を訊いた。

ブラウン夫人は観光地図をくれた。場所は街の正反対、刑事法院の隣だった。

歩いたほうが健康にいいだろう。

外は寒い。凍えるようだ。パイ皮を切るナイフのように、風が俺たちを切る。

学生。学童。市民。

誰もが自転車に乗っている。

ようやくセント・オールデーツにある警察本部に到着した。ローソンは少し顔色が回復したようだった。

静かな、小さな警察署。誰もボディアーマーを着けていない。誰も拳銃を携行していない。恐怖の悪臭もしない。これが海の向こうでの警察活動だ。これが文明における警察活動だ。こいつらは自分たちがどれだけ幸運か知らない。押し込み強盗、自転車泥棒、ときたまのレイプ、五年か十年に一度の殺人——正真正銘、モース主任警部の世界。

アトキンスが俺たちを出迎えた。それと、その横にボイソンという警部が。

「ふたりで早く出勤して、あなたたちが必要としそうなファイルと文書をすべて探し出しておきました、ダフィ警部補。それと、専用のオフィスも用意しました。コーヒーとサンドイッチも運ばせます。何かあればアトキンスに頼んでください」ボイソンが言った。

「ありがとう。とても助かります」

「何か質問があれば、どうかご遠慮なく」

握手。笑顔。アトキンスが部屋に案内した。そしてもちろん、すべてがそろっていた。事件ファイル。事件メモ。検屍官の報告書。証拠品袋。解剖報告書、個々の警官の記録、内勤巡査部長の記録簿、事情聴取の録音テープ。本部長についての俺のちょっとした冗談が、こいつらを心底からびびらせたのだ。

アトキンスとボイソンがいなくなると、俺はローソンの喉に追加のコーヒーを流し込んだ。

ローソンはようやく現世に帰ってきた。

「あいつらが何をしてくれたかわかるか、ローソン？」

「いえ」

「証拠を伏せているとか、警察間のスキャンダルのきっかけをつくったと責められたくないんだそうだ。それでちゃんと一から十まで取りそろえてくれた。どうだ、見えるか？」

「ええと……」

「関係のある情報を細かい情報の嵐に埋もれさせるつもりかもしれないが」

「はい」

「この量だと午前中いっぱいかかりそうだな」

かかった。午後のほとんども費やされた。

俺たちは電話会議でクラビーに結果を伝えた。審問で明らかになったことは多かれ少なかれ真実のようだった。アナスタシア・コールマンは円卓クラブが開催したパーティのあと、北オックスフォードにあるハプスブルクの借家でヘロイン過剰摂取により死亡した。その日の朝、ほかに家にいたのはマイケル・ケリーと正体不明の男。ケリーとハプスブルクによれば、その男は〝死体発見後、警察到着前にいなくなっていた〟。ケリーもハプスブルクも男の素性を知らなかったが、ハプスブルクが警察に語ったところによれば、白人男性、体重七十キロ前後、身長百七十八センチ前後、髪は黒のくせっ毛、丸顔、寄宿学校出の英語アクセント。警察は男の似顔絵を配り、パーティに参加した者たち、円卓クラブ、オックスフォードの学寮に訊いてまわったが、有力な情報は得られなかった。というか、ガセは多数寄せられたが、そのいずれも結果にはつながらなかった。

テムズ・バレー犯罪捜査課の調書を読むかぎり、彼らはこの第三の男は無関係だと見ているようだった。この男がアナスタシアにヘロインを提供していたわけでも、注射したわけでもない可能性が非常に高いと。複数の証言によれば、アナスタシアはクスリの扱いに慣れた熟練のジャンキーだった。オックスフォードに入学したその年から、すでにヘロインを炙(あぶ)っていた。静脈注射がうまいと評判で、友人やボーイフレンドに注射してやったことも何度もあった。この技術はおそらく、東南アジアでその大半を過ごした大学進学前の(ギャップ)・休学期間(イヤー)中に身につけたのだろう。

事件現場と解剖時の写真には、注射痕だらけで虚ろな眼をしたがりがりの女が写っていた。アナスタシアは死との待ち合わせ場所に向かって全速力で駆けていた。その夜に死ななかったとしても、そのパーティで死ななかったとしても、長生きしたとはとうてい思えない。

それでも、そういったことは俺たちの関心事ではなかった。

俺たちの関心はマイケル・ケリーと彼がこの事故で果たした役割にあった。

秋季学期が終わりつつあったため、学生たちが学寮からいなくなるまえに急いで行動する必要があった。アナスタシアのクラスメイト、友人、学寮の指導教員を特定した。警察手帳を見せると誰もが俺たちの質問に答えた。俺たちに正当な権限がないにもかかわらず。

それは関係なかった。誰もが話したがっていた。愛らしい子だった。残念だ。とても無口だった。すごくやさしかった。愛らしかった。夢見がちだった。自分の世界に籠もっていた。学生っぽくなかった。実をいうと、そんなにパーティ好きでもなかった。羽目を外したりはしなかった。内省的だった。詩を書いていた。シルヴィア・プラスとアン・セクストンの大ファンだった。

地元の麻薬取締課を仕切っているコリン・プレンダーガスト警部に訊いた。「アナスタシアのような若い女がこのあたりでヘロインを手に入れるとしたら、ルートは？」

「このあたりで手に入れるのはそう簡単じゃないが、ロンドンまで高速バスでたったの一時間だ」

「アナスタシアにヤクを売っていた売人は見つかったんですか？」

「いや、でも彼女は金持ちだった。コネがあった。アナスタシアの車のなかから微量のヘロインとコカインが見つかった。それと、トルコ産ブラウン・タールのヘロイン一オンスが、サマーヴィルにある彼女の自室から見つかった。中身をくりぬいた経済学の本のなかに隠してあったんだ」

「それはみんなやるでしょう？」

このジョークはウケなかった。俺のジョークはめったにウケない。

それに、これはジョークというより告白だった。

マイケル・ケリーの友人たちはほとんどが卒業していたが、何人かがマイケルについて、いい思い出を持っていた。いいやつだった。それほど勉強ができたわけじゃなく、〝完全な落ちこぼれ〟だった。

俺たちは秘密主義の円卓クラブのメンバーのリストを手に入れた。が、彼らへの事情聴取は不発に終わった。クラブの大半は一年生で、アナスタシアが死んだ時分にはオックスフォードにいなかった。そして、残りのメンバーは〝沈黙の掟〟に支配されていた。その日の夜のパーティには行かなかった、アリバイがある、誰が参加していたかは知らない。あれは正式な円卓クラブの行事じゃないから、記録はない……

マイケルの学寮の指導教員は彼のことを褒めた。そんなに勤勉というわけじゃなかった。頭がいいわけでもなかった。ただ、ひたむきでそれなりに楽しい男だった。

「人気者でしたか？」

「まさに。そうです。人と群れることはありませんでしたが、彼向きのクラブにいくつか入っていました。魅力があり、少々アブないところもありましたな。いつも学監たちの一歩先を行っていました。それも、もちろん、あの運命のパーティの日までのことでしたが……」

俺たちは次の日、手がかりを追い、事情聴取をおこない、事件をさまざまな角度から眺めた。が、めぼしいものは何も出てこなかった。陰謀の痕跡はなかった。テムズ・バレー警察とその犯罪捜査課は嫌になるほど優秀だった。

三日目。B&Bの朝食。トーストとマーマレード。銀色のふたの牛乳とコーンフレーク。テレビからテリー・ウォーガンの声。ブラウン夫人がうろちょろしている。リスが一匹、窓のなかを覗いている。

午前中、ファイルを読みあさる。

ローソンが几帳面にコピーされたアナスタシアの日記を見つけた。ふたりで一緒に読み、最初は興奮した。が、心から興味をひかれるものはなかった。慌ただしく書かれた日々の記録がいくつか。講義ノート。指導教員に言われたこと。死の前日、彼女はアン・セクストンの詩の数行を書き写していた。が、死の門からの啓示はなかった。

ドアがあいた。訪問者たち。スミス警視、ボイソン警部、アトキンス巡査刑事。

「調子はどうだね、君たち」スミス警視が訊いた。コメディ番組『フォルティ・タワーズ』に出てくるバジル・フォルティ風の、グレーのスーツを着た背の高い男。

「順調です、どうも」俺は返事をした。

「王立アルスター警察隊のお眼鏡にかなっているかね?」

皮肉を隠そうともしていない。

にやつき。忍び笑い。俺たちの面前であからさまな高笑いをする者まで。

午後はローソンに暇をやった。ノアハム・ガーデンズを歩き、ゴットフリート・ハプスブルクが借りていたファイフィールド・ロードの家へ。在学中、ここがハプスブルクのねぐらだった。外に自転車。学生たちが出入りしている。学生のひとりのあとについて、なかに入った。共用のリビング。TV椅子。ビーンバッグ・チェア。どうということはない。何も感じない。ここに見るべきものはない。

ふたたび中心街。殉教者たちの記念碑。ローマ皇帝たちの顔。ブラックウェルの書店。政治家のマイケル・フットが書店の窓を覗き込んでいる。あの杖、あの髪型、まちがいない。

店内。「詩のコーナーはどこです?」

「あそこの左側、壁沿いのずっと奥です。クリストファー・ローグとジェフリー・ヒルの新刊がありますよ。平積みしてあります」

「へえ、そうかい?」

「それからもちろん、フィリップ・ラーキンの詩集も。なんというか……」小声で「ラーキンはもう長くないですから……ガンで……見込みはないです」

Sから始まる作家名のコーナーを調べるとアン・セクストンの全詩集があった。裏表紙を見ると、彼女はグラマーで知的なブルネットの美人だった。十ポンドしたが、とにかくそれを買い、ハイ・ストリートから少し外れたところにあるパブ、《ベア・イン》まで歩いた。フラーズのパイントを注文し、窓際の席に腰を落ち着けた。ブリーフケースを漁り、アナスタシア・コールマンの写真を取り出した。大学進学予備校(シックスフォーム)の制服を着ている。ギャップ・イヤー以前の写真。ヘロイン以前の写真。聡明な少女、賢そうな眼、えくぼ。よき娘。遠くに行ってしまう定めだった。

俺はセクストンの詩集のまんなかあたりをひらいた。自殺について、独特な言葉で書かれたすてきな一行。〝大工のように〟彼らはどの道具かと知りたがるが、〝なぜ建てるのかは決して訊かない……〟。読み進めるにつれ、死と、死を成就するための方法についての言葉が目立つようになっていった。〝シルヴィアの死〟と題された詩はシルヴィア・プラスが先に生から逃れたことに対する怒りで煮え返っていた。〝自殺ノート〟という詩には地獄へのエレベーターに乗ることが書かれていた。地獄では〝スズメバチでさえわたしの眼を見つけられない〟という。がつんとくる詩だ。夜のエレベーターで地の底に向かって下降し、戻ってこられるかどうかわからないと感じているジャンキーにとっては、たぶん慰めになるだろう。

本を閉じ、パイントを半分残した。ローソンはB&Bでブラウン母子とラジオで『アーチャー家の人々』を聴いていた。猫が一匹、ローソンの膝の上で喉を鳴らしていた。

「この街を出よう」俺は言った。

「帰りますか?」ローソンが期待を込めて言った。

「まだだ。ロンドンに行く。ドイツ人から話を聞くんだ」

「わかりました」とローソンは言った。

15　ゴットフリート・ハプスブルク

その男はいかがわしい貴族という評判だったが、調べてみると市の有名事務所で株式仲買人として働いており、ハムステッド・ヒース近くの家に年配のおじと一緒に住んでいた。家は見事で大きかったが、どちらかというと荒れていた。アポを取ろうと電話をかけたところ、俺たちと話すために今日は休みを取って家にいると言われたのだ。

ゴットフリート・ハプスブルクは華奢（きゃしゃ）な若者で、髪はブロンド、瞳はブルーグレイ、頬骨が高く、暗めのフォーマルなスーツを着ていた。話す英語は品がよく、マナーは申し分がなかった。本で埋め尽くされた大きな居間に召使いがコーヒーを持ってきた。

俺はマイケル・ケリーが自殺らしき死を遂げたあとに生じた疑念について話し、アナスタシア・コールマンの死について再調査している理由を告げた。いっさいを話した。陰謀、第三の男、警察の無能ぶり、知りすぎていたマイケル・ケリーはスケープゴートに仕立てあげられ……

俺がこの見ず知らずの男／重要参考人／陰謀の黒幕かもしれない男に自論をすべてぶちまけると、ローソンは仰天したようだった。事情聴取の対象者に関連情報のすべてを明かさないことが最良の場合もあれば、自分が知っていたり疑っていたりすることを全部ぶちまけることが最良の場合もある。ほとんどの場合、アリストテレスの主張に従い、この二極間のまんなかの道を進む。事件というのはひとつひとつ性質が異なる。この感じのよいゴットフリートという若者に対しては、率直かつざっくばらんに接するのが効果的だろうと俺は踏んだ。この男の過去を考えると、俺たちがこうして現われたことに不愉快なショックを受けているだろうが、ここで下手に出て、あなたは大きな捜査における些末な要素に過ぎないと説明してやれば、きっと口を割るだろう。もしそうでなかったら、まあ、そのときはいつでもギアをあげればいい。それにかけて、王立アルスター警察隊の右に出る者はいない……

「我々がこの件について協力を求める理由はおわかりいただけましたでしょうか。ミスター、いえ、ドイツ語風に――」

「ゴットフリートで結構です」

「ではゴットフリートさん。つらい過去の記憶を蒸し返すようなことはしたくありません。あなたがすでにテムズ・バレー警察ならびに検屍官に協力してくださったことは承知していますが、アナスタシアの身に起きたことがマイケル・ケリーの悲劇的な死になんらかの関係があるかもしれないということはおわかりいただけたかと思います。もしかしたらマイケルはあなたの家のパーティに参加していた第三の男の正体を知っていたのかもしれません。この男の正体をばらせと脅迫されていたのかもしれません。それか、もしかしたらマイケル自身が脅迫していた側だったのかもしれません。アナスタシアの事故がマイケルの死とはまったく無関係という可能性もあります。可能性はいくつもありますが、無関係なものは捜査から除外していかなければなりません」

ゴットフリートはあごをさすり、煙草を揉み消した。

「マイケルはその男の正体を秘密にしておくために殺されたとお考えなんですか？」

「それはわかりません。もし脅迫があったのなら、マイケルは口封じのために殺されたのかもしれません」ローソンが言った。

「奇怪な話です、とても。しかし、あくまで可能性の話です」俺はつけ足した。

「じゃあ私の身も危険かもしれないってことですか？」ゴットフリートは少し眼を見ひらいて言った。

ローソンと俺は視線を交わした。「あなたがその男の名前を知っている場合にかぎってはそうかもしれません。知っているんですか？」

ゴットフリートは床に眼を落とした。

「どうです？　その男の名前をご存じなんですか？」

ゴットフリートは眼を閉じ、かぶりを振った。が、今度はたじろがなかった。

「誤解のないようにはっきりと言わせてください。私が尋ねているのは、アナスタシア・コールマンが亡くなった日の朝、あなたとマイケル・ケリーと一緒にその場にいた男の名前をあなたが知っているかどうかです。それはおわかりいただけますか？」

ゴットフリートはうなずいた。

「で、どうなんです？」

「言わなければなりませんか？」

「これは殺人事件の捜査です。マイケル・ケリーは死にました。あなたは私たちに協力する必要があります」俺は言った。が、言うまでもなく、厳密にいえばこれはほんとうではなかった。

ゴットフリートはもう一本の煙草に火をつけた。

「必要とあらば、あなたを逮捕して北アイルランドに連行し、そこで事情聴取させてもらうことになります」ローソンが言った。こいつの機転には驚かされるばかりだ。

ゴットフリートは煙草の煙を線状に吐き出した。

ため息をついた。

沈黙。

一拍。二、三。

「どうです？」

「とはいっても、名誉の問題がありますから」とハプスブルク。

「あなたがかばっている誰かは名誉ある人物なんですか？　その紳士は同じようにあなたをかばってくれますか？」

ハプスブルクはそれについて考えた。「わかりません」

「新聞があなたを叩いたとき、その男は立ちあがってくれましたか？　助けの手を差し伸べてくれましたか？」

「いえ」

「その後に助けてくれたことはありますか？」

「いえ」

「あなたの評判を回復するために、その男は何かひとつでもしてくれましたか？」

「いえ」

「その男の名前は？」

「あなたがたはもう知っているでしょう。どうしてまた言わなきゃならないんです?」

「あなたがたはもう知っている? どういう意味です?」俺は訊いた。

「あなたがたというのは警察という意味です」

「どの警察ですか?」

「オックスフォードの警察署でその男の写真を見せられ、この男にまちがいないかと訊かれました」

ローソンと俺はまた視線を交わした。

「テムズ・バレー警察の犯罪捜査課が、アナスタシア・コールマン死亡時にあなたの家にいた男の写真をあなたに見せた?」

「ええ」

「それで、あなたはその男にまちがいないと言ったんですか?」

「ええ」

「じゃあ、テムズ・バレー警察はその男の正体を知っているということですね?」

「ええ」

「なのに、その男の名前は新聞に載らず、審問にも呼ばれなかった?」

「当然です。彼は太いパイプを持っていますから」

「でも、どうして審問でも名前が出なかったんです？」ローソンが訊いた。

「あの審問は実に興味深い経験でした。あれも名誉の問題でした。私は宣誓をしていましたから、もしその男の正体をずばり質問されたら、正直に打ち明けるつもりでした。なのに、そんな状況には一度もならなかった。検屍官はきわめて慎重に、その男に関する直接的な質問を私にしないようにしていました」

「全部仕組まれていたのか！」ローソンがショックを受けて言った。「コルディッツの検屍官も一枚噛んでいたんだ」

ハプスブルクは肩をすくめた。「無実の男の名前を新聞にさらしたところで、何がどうなるっていうんですか？」

「どうしてその男が無実だとわかるんです？」俺は訊いた。

「もちろん無実です。アナスタシアに何があったのかは私たちみんな知っています」

「アナスタシアに何があったんですか？」

「自分でヘロインとコカインの混合物（スピードボール）を注射したんです」

「どうして自分で注射したんです？」

「あのパーティの参加者でヘロインを注射できるのはアナスタシアしかいませんでした。それに、ほかのみんなはシャンパンを飲んでいました。私のシャンパンを。ヘロインを持っていたのは彼女だけでした」

「だからアナスタシアをパーティに招待したんですか？　ヘロインを持っていたから？」

「招待したんじゃありません。その第三の男と一緒に来たんです。ふたりは古くからの友人同士でした」

「つき合っていたということですか？」

「いえ、そうじゃないと思います。ただの旧友です」

俺は手帳をひらいた。「名前を」俺はギアをあげ、最高に恐ろしい西ベルファスト訛りで言った。

ハプスブルクは時間をかけて煙草の煙を吸い込み、それから吐き出した。「名前はアラン・オズボーンです」

ローソンも俺もその名前を手帳に書いた。

「そのアラン・オズボーンという人物について話してもらえますか？」

ハプスブルクは盛大にため息をつき、灰皿をいじりはじめた。俺は新しい煙草に火をつけてやり、それを彼の指のあいだに突っ込んだ。「アランは三年生でした。哲学[P]・政治[P]・経済学科[E]の。学寮はブレイズノーズ。当然、今はもう卒業しています」

「どうやってその男と知り合ったんです？」

「円卓クラブで」

「イギリス人ですか？」

「ええ」

「ひょっとして、その男が今どこにいるかご存じではありませんか？」

「知っています。政府関係の仕事をしています」

「政府関係の？」

「保守党本部で調査員をやっていますよ。二カ月ほどまえ、リフォーム・クラブという紳士クラブで見かけました。ロンドンにあるクラブのうち、私が除名されなかった数少ないクラブのひとつです。アランは私に気づいていないようでした」

ローソンと俺は猛然とメモを取っていた。

「マイケル・ケリーはアラン・オズボーンの名前を知っていましたか？」ローソンが訊いた。

「だと思います。ただ、私の知るかぎり、マイケルは誰にも彼の名前を言っていません」

意外ではなかった。マイケルはベルファストの人間であり、そこでのルールは〝何を話そうと、何も言うな〟だ。

俺は頭をかき、もう一本の煙草に火をつけた。

ローソンはまだ頭の整理ができていないようだった。「単刀直入に聞かせてください、ハプスブルクさん。つまり、テムズ・バレー警察はアナスタシア・コールマンの審問の際、あなたとマイケル・ケリーに対して〝第三の男〟の名前に関する直接的な質問をしないよう、検屍官に根まわししていたということですか？」

「いいえ、そうは言っていません。私はただ、あったことを述べているだけです。その件について思うところはありません。文明国家ではふつうのことです。私の評判は傷つきました。マイケルの評判も。でも、どうしてほかの人間の評判も傷つけなきゃいけないんですか？」

「しかし、オズボーン氏はアナスタシアの死について、なんらかの見解を提供できたのではないですか？」ローソンが尋ねた。

「どうでしょうね。アナスタシアが自分で注射したとき、アランは眠っていたと思います」

「彼女が自分で注射を打つところをあなたは見たんですか？」と俺。

「いいえ、でもさっきも少し言いましたが、そういうことができる人間はほかにいませんでした。パーティのあの時点では、アラン、マイケル、私以外の全員が帰っていました。アランは二階で寝ていました。かなりの量を飲んでいましたから」

にした。

「じゃあ、アナスタシアはどこかに行ってひとりで注射した？」俺は自分の思いつきを口
「ちょっとちがいます」

「話してください」

「彼女は……なんといったかな？　そう、伝道者でした。ドラッグの伝道者。マイケルと私にも注射してあげようかと言っていましたが、断わりました。でも私たちふたりとも、アルミホイルの上で炙ったヘロインを吸ってみることになりました」

俺は手帳をめくり、ここ数日の入念なメモを読み返した。

「あなたもマイケルも、審問ではそのことにいっさい触れていませんね」

「訊かれませんでしたから」ゴットフリートは機械的に答えた。

「では、アナスタシアはあなたとマイケルにヘロインを渡してから自分に注射したんですか？」とローソン。

「はい」

「アランもその家にいたものの、眠っていたからヘロインを受け取らなかった？」

「眠っていたか、気を失っていたかはわかりませんが」

「そもそも、どうしてヘロインの話題になったんですか？」

「アナスタシアがこれからいいことをすると言って、マイケルも私も興味を持ったんです。彼女のあの口ぶり。世界で最高の体験だと言っていました。セックスよりも何よりも美しい体験だと。スピードボールの注射をやるつもりだけど、あなたたちもやってみないかと言っていました。でも初心者には危険かもしれないから、気をつけてやる、と。マイケルは針を怖がったし、たぶん私も緊張していたんでしょう。それで、アルミホイルで炙って吸引するやり方を教えてくれました。私も試しました。美しい夢を見ました。朝、目覚めてみると、アナスタシアはリビングのソファの上で横になり、死んでいました」

「それからどうしました？」

「すぐに救急に電話しましたが、どう見ても手遅れでした。アナスタシアは冷たくなっていました。何時間かまえに死んでいたんです。穏やかな最期であってくれればいいですが。私はアランとマイケルを起こし、警察がやってくるまえに帰るように言いました。アランは服を着て出て行きましたが、マイケルは残ってこの状況の後始末を手伝うと申し出てくれました」ゴットフリートは感情を昂（たかぶ）らせていた。

「アランは帰り、マイケルは残った」ローソンはそう言って、手帳に猛烈な勢いでメモを取った。

「私はそんな馬鹿はしないでくれと言いました。でもマイケルは〝けじめをつける（フェイス・ザ・ミュージック）〟と言って引きませんでした。その表現で合っていますか？」

「ええ」俺はぼんやりと答えた。「ええ、合っています。どうしてマイケルはそんなことをしたんだと思いますか？」

「それがあいつなりの名誉の守り方だったんだと思います。変わったやつでした。実家がアイルランドの金持ち、新興成金だったと思いますが、そのことで引け目を感じたりはしていませんでした。自由気ままでした。みんなから好かれていて……」

「家のなかに、私たちが知らない人間はほかにいましたか？」

「いえ、アラン、マイケル、私の三人だけです」

「あなたがテムズ・バレー警察にアランの名前を教えたのはいつですか？」

「あまり長いあいだ秘密にはできませんでした。一昼夜質問攻めにされて。その後、事故のことを知った父がロンドンから弁護士を送り込んできましたが」

「その日のうちにアランの名前を伝えたんですか？」

「ちがいます。確か、次の日の早朝だったと思います。とても疲れていて、感情的になっていました。最初に人相を伝えたんです。かなり正確な人相を。似顔絵師の描いた絵は本人そっくりでした。ご覧になりましたか？」

「ええ」

「私はとても疲れていて、何度も何度も同じことを質問されました。それでアランの写真を見せられて、私はその人物が家にいた三人目の男にまちがいないと白状したんです」

「じゃあ、テムズ・バレー警察は捜査のごく初期の段階からアランの名前を知っていたわけですね？」ローソンが訊いた。

「はい」

「テムズ・バレー警察の犯罪捜査課のトップがアラン・オズボーンをかばうという決定をくだしたにちがいない」ローソンは考えを口に出して言った。

「それが奏功し、長きにわたって機能していた」俺も同じ意見だった。「私はマイケルのことも巻き込みたくありませんでした。かわいそうなやつ。それに、死んでしまって」

ゴットフリートはしかつめらしく肩をすくめた。

「アラン・オズボーンの名前を公にするなと誰かに警告されたことはありますか？」

「いいえ」

「言外の脅迫。直接的な脅迫。あるいは警告とか」とローソン。

「いいえ、そういうのはありませんでした。ああ、コーヒーが冷めてしまいましたね。新しいのをお淹れしましょうか？」

「結構です。あといくつか質問させてください、ハプスブルクさん。それで私たちは引きあげます。今日はこれから忙しくなりそうなので」

三十分後、事情聴取は終わった。俺はゴットフリートに用心するように言い、不審なものを目撃したり、身の危険を感じたりするようなことがあれば、地元警察に電話するようにと言った。

ゴットフリートは父親が雇った専属のボディガードがついていて、ちゃんと身辺を警護してくれていると言った。俺たちは協力に感謝し、ハイゲート・ロードを歩いてタクシーを拾った。

16　第三の男

保守党本部はハムステッド・ヒースからタクシーでたった二十分の距離だった。

「陰謀論について、今ではどうお考えですか？」ローソンが尋ねた。俺の好みからいうと少し生意気すぎるが、こいつには生意気を言う権利があったし、俺はその質問に対する答えを持ち合わせていなかった。テムズ・バレー警察は検屍官の眼をごまかし、俺たちの眼もごまかそうとした。が、そうなると当然の疑問が生じてくる。マイケル・ケリーがなんらかの秘密を知っていたせいで殺されたのだとしたら、どうしてゴットフリート・ハプスブルクはまだ生かされているのか？　どうして誰もハプスブルクを脅迫すらしていないのか？　とくにせっついたわけでもないのに、ハプスブルクはアラン・オズボーンのことをべらべらと話した。ゴムホースも物理的な圧力もなかったのに。

「ここまでだよ、旦那。スミス・スクウェアのなかまでは乗せてけねえんだ。オマワリがいるからな」タクシー運転手が言った。「こっからは歩いてくれ」

「ここで大丈夫だと思う」

俺たちは車を降りて料金を支払った。タクシーは走り去った。

どの建物なのかまったく見当がつかなかったので、巡回中の警官を呼び止めなければならなかった。「すみません、保守党本部を探しているのですが」

警官は偏見に満ちた眼でローソンと俺を見た。俺はその眼をまっすぐに見返した。警官の奇妙なヘルメットから、こいつがロンドン警視庁ではなくロンドン市警の警官だとわかった。

「保守党本部はどこですか？」俺はもう一度尋ねた。

「保守党本部にどのようなご用件でしょうか？」警官は訝しげに訊いた。

何が問題なのか理解するのに一、二秒かかった。

俺のベルファスト訛りが問題なのだ。

去年、サッチャー首相とその内閣はIRAに殺されかけた。そして今ここに、保守党本部に急ぐふたりのアイルランド人がいる。

俺は警察手帳を見せたが、警官は心から納得はしなかったようで、スミス・スクウェアの検問を抜けた先まで一緒についてきた。

保守党本部は魅力的な、古風といえるような三階建てのジョージア朝様式建築で、外にまた別の警官が立っていた。俺たちが警察手帳を見せると、なかに通された。

受付係にアラン・オズボーンを呼び出してもらい、俺たちはパステル調のロビーで待った。サッチャー首相と女王の二枚の肖像画が俺たちを見おろしていた。

見えない場所に設置されたスピーカーから音楽が流れていた。

「エルガーですかね？」ローソンが見事に言い当てた。

「そうだ」

「いいですね」

俺はうなずいた。エルガーは大変結構だが、毎日九時五時で聴かされるのはうれしくないだろう。

「あの肖像画を見てください」ローソンが言った。「何か変なところがあるのに気づきました？」

俺はまず女王を見て、それからサッチャーを見た。女王の絵はおそらく七〇年代初頭に描かれたものの複製だ。サッチャー首相のほうは最近の姿を描いたもので、原画のようだが、それ以外に変わったところは何も見当たらなかった。

「サッチャーのほうが縦に七センチ、横に十五センチほど大きいですね」

目端のきくガキだ。

「オズボーンは我々をわざと待たせているのでしょうね」ローソンはそう言って、腕時計を見た。

「ああ、確かに」

俺の携帯無線が鳴ったので、受付に行き、電話を使わせてもらいたいと頼んだ。

キャリックファーガス署のクラビーに電話した。

「マクラバン巡査部長刑事です」

「俺だ。呼んだだろ？」

「ショーン、今どこにいるんです？」

「ロンドンだ」

「ロンドン？　なあ、すぐに戻ってきてほしいんだ。捜査に進展があって」

「進展？」

「ディアドラ・フェリスを覚えてやすか？」

「誰だ？」

「シルヴィー・マクニコルの同居人の」

「ああ、あの女か。おいおい、まさか彼女も死んだのか？」

「いえ。彼女は無事です」

「じゃあ、なんだ？」

「暴行で逮捕されやした」

「誰を殴ったんだ？」

「ベルファストの〈レイヴァリーズ〉で女の子に絡んで、顔面にコップを投げつけたんです。自分の彼氏がその女と浮気してんじゃねえかと疑って。その子は大怪我した。形成外科手術、あごの骨折、まるでボウリング大会だ」

「さぞかしひどい顔になったんだろうな。しかし、それが俺たちとどう関係があるんだ？」

「で、クイーン・ストリート署の連中が懲役四年は固えとディアドラに話したんだ。けど、彼女は刑務所に四年もぶち込まれるのはごめんだっつって、殺人事件の解決を手伝うから、キャリック署の刑事と話をさせろと言ってる」

「だんだんおもしろくなってきたな」

「こっからですよ。で、連中から電話があって、俺はクイーン・ストリート署に行った。ディアドラは暴行を見逃してくれるなら事件の重要な手がかりを提供すると言ってやした。だから俺はこう言ったんだ。まずその手がかりとやらを教えろ、そしたら何ができるか考えてやる……」

「賢明だな。それで？　おい、クラビー。早く続きを聞かせてくれ」

「ディアドラは事件の解決につながるかもしれない目撃証言ができると言ってました」

「実に興味深い」

「俺には訴追免責してやれるような権限がねえからな、ショーン。でもディアドラの身柄(ガラ)をこっちに、キャリック署に今夜移すよう手配しといた。あんたが自分で事情聴取して、本物かどうか確かめられるように」

「よくやった。俺たちは今晩戻る。そのレディの保釈聴聞会がひらかれないようにしておけ。あとは君のそのつぶらな眼でしっかり見張って、保護拘置しておくんだ。いいな？」

「あいよ。そっちの進展は？」

「いくつかあった。今晩話す」

「わかった、ショーン」

「またな、相棒」

俺は受話器を置き、クラビーから聞いたすべてを小声でローソンに伝えた。

ディアドラ・フェリスはベルファストの神聖な沈黙の掟を破るかどうかの瀬戸際にいるらしい。ベルファストで誰かが口を割るとしたら、それは我が身がかわいいからだ。それ以外の理由はありえない。ありがとう、ディアドラ・フェリスの浮気性のボーイフレンド。

「それで、我々はどうしましょうか？」ローソンが訊いた。

「そうだな、まずはオズボーンをこってり搾る。何も得るものがないとわかったらオックスフォードに戻り、荷物をまとめてバーミンガム国際空港に向かい、北アイルランドに帰る」

「オズボーンはどんなことを言うでしょうか？」

「どうやらすぐにわかりそうだぞ」

息を切らせた若い男が顔をにやつかせ、自信たっぷりに階段をおりてきた。長めの黒い髪、体格はちょっと太めで、ワイシャツ、青いネクタイ、黒のスーツパンツという格好だった。これが未来の首相だろうか？　未来の外務大臣だろうか？　それとも、無茶な投資で都市銀行を破綻させ、プチ不景気を引き起こす未来のディ・トレーダーだろうか？　たぶんその三つ全部だ。

男は俺たちに手を差し出した。「アラン・オズボーンです。《メール・オン・サンデー》の記者の方でしょうか？」

「いえ、ちがいます。私たちは王立アルスター警察隊の刑事です。私はダフィ警部補、こちらはローソン巡査刑事」

オズボーンは混乱したようだった。

彼は差し出した手を下におろした。

「どういったご用件ですか？」

「どこか人目を気にせず話せるところはありませんか？」

「ええと。わかりました。そうですね。会議室にしましょう。来てください。シーナ、コーヒーを持ってきてくれるかい？」オズボーンは非常に気取った声で受付係に言った。

俺たちは腰をおろし、警察手帳を見せた。オズボーンは真剣な眼でそれを確かめると、俺たちに返した。

「それで、ご用向きは？」

「マイケル・ケリーという男が不審な状況で死亡しました。我々はその件を捜査しています。あなたはこの男をご存じだと思いますが」

オズボーンは首を横に振った。「マイケル・ケリー……うぅん、あの、ええと、聞いたことのない名前です」

そう言いながらも彼の耳は先端まで赤くなり、全身にびっしょりと汗をかいていた。オズボーンは嘘が得意ではなかった。

「オックスフォードで一緒だったはずです」

「マイケル・ケリーという男とですか？　ええと、僕と同じ学寮だったんですか？」

「ちがいます。ですが、少なくとも一度は一緒にいたことがあるはずです。アナスタシア・コールマンが死んだ日に。北オックスフォードのファイフィールド・ロードにあるゴットフリート・ハプスブルクの借りていた家で。そこで円卓クラブのパーティがありましたね。パーティ参加者のほとんどは自分のねぐらか寮に帰り、次の日の朝まで残っていたのはあなたとゴットフリート・ハプスブルクとマイケル・ケリーだけでした。あなたたちはアナスタシア・コールマンが死んでいるのを発見した。おそらく針がまだ腕に刺さった状態で。ゴットフリートが通報し、その後、彼とマイケルは残って〝けじめをつける〟ことにした。ところが、あなたは君子危うきに近寄らずと考え、現場から急いで立ち去った。まちがいありませんか？」

彼の頬から色が失われていた。にやつきが顔に貼りついたまま、両眼はうつろで、涙ぐんでさえいた。

「オズボーンさん？」俺はやさしく言った。

彼は両手に顔を埋(うず)めた。

「もうおしまいだ！　父さんもおしまいだ」

「まいったな、ローソン。父さんもおしまいだとさ」俺は言った。

オズボーンは追いつめられた獲物のような眼で俺たちを見た。「なんてことだ！　ゴットフリートが、あいつがきっと……リフォーム・クラブで……僕はあのとき……ええと、弁護士をつけたほうがいいですか?」

「すみませんが、少し落ち着いて――」

「待て、待てよ! 僕は逮捕されたわけじゃない! あなたたちは僕を逮捕してない。だから何も話す必要はない。ちがいますか?」

「オズボーンさん、あなたは逮捕されたわけではありません。私たちに何かを話す法的義務もありません。それでもこの件について協力していただけると、とても助かります。今のところ、マイケル・ケリーの件の捜査において、あなたは些末な要素でしかありません。しかし、今後数分間の態度いかんでは、あなたが捜査上の大きな焦点となるかもしれません。今日の午後、ロンドン警視庁の刑事たちを引き連れてここに戻ってくるのも全然難しいことではないんですよ。もしかしたら《メール・オン・サンデー》や《ニュース・オブ・ザ・ワールド》の記者もついてくるかもしれません」俺は言った。

オズボーンは汗をかき、水玉模様のついた大きなハンカチで額を拭った。

「僕の名前が表に出る必要は少しもありませんよね? 自分が知っていることを全部話すなら」

「あなたが知っていることを全部話すなら」

「ふう……そうか、それなら僕は……そうですね、まず何よりも、マイケルが死んだと聞いて、とても残念に思います。ちっとも知りませんでした。ここしばらく、眼がまわるほど忙しかったもので」

「でしょうね。マイケルのご遺族にもあなたの弔意を伝えておきましょう。あ、待てよ。家族もみんな殺されたんでした」俺は言った。

「じゃあ、その日の朝、ファイフィールド・ロードの家にいた〝第三の男〟というのはあなたでまちがいないんですね？」とローソン。

「はい……僕もあの場にいました。円卓クラブの公認イベントだったから、行かなければなりませんでした」

「アナスタシアはあなたの恋人だったんですか？」俺は訊いた。

「まさか、ちがいます！　そんなこと誰から聞いたんです？　彼女には迷惑していました。みんな知ってますよ。アナスタシアがパーティに連れていってくれとせがんだんです。置いていくよりは連れていったほうが面倒が少ないだろうと思って、それで一緒に行きました」

「彼女とはどうやって知り合ったんですか？」

「アナスタシアの父親と僕の父親が友人なんです。だから、アナスタシアのことは昔から知っていました」

「あなたのお父さんは何をしてらっしゃるんです？」

「銀行家です。でも……政界の大物でもあります。影の大物です。いくつかの後援団体の理事をやっています。たぶん名前を聞いたことはないでしょうけど」

「あなたが今の仕事に就いたのはお父さんの力によるものですか？」とローソン。

「僕は哲学・政治・経済学科で最優等だったんです。就職するにあたって、それはずいぶん大きな強みになりますよ」オズボーンは自己弁護した。

「アナスタシア・コールマンが亡くなったときのことを思い出してください。何があったのか、あなた自身の言葉で教えてください」

「何があったかは知りません。僕はそのパーティに行きました。北オックスフォードの。たくさん飲みました。学寮のブレイズノーズは遠いので、歩いて帰りたくありませんでした。それで、チャー……いえ、友達が車で送ると言ってくれたんですが、そいつもひどく酔っていたので、ハビーの家に泊まったほうが安心だと思いました……ハビーというのはゴットフリートのことです」

「それから何がありました？」

「寝ていました。気づいたらハビーに起こされて、アナスタシアが死んでいると聞かされました。救急車を呼ぶように言いましたが、もう呼んでありました。僕とマイケルは今のうちに帰れと言われ、僕はその助言のとおり、家を出ました」

「それから？」

「帰りました。マイケルは後始末を手伝うと言って残りました。どうしてそんなことをしたのかはわかりません。たぶんアイルランド的な何かでしょう」

「それから？」

「それからは……何もありませんでした」

「テムズ・バレー警察から連絡は？」

「ありませんでした」

「検屍局や記者からは？」

「タブロイド紙の記者が何人か、ゴシップを求めて円卓クラブの周辺を探っていましたが、誰も何も教えませんでした」

「新聞に載っていた自分の似顔絵を見ましたね？」

「ええ。第三の男とかいって騒がれていましたね。一、二週間はびくびくして過ごしました」

「パーティのあと、マイケルかゴットフリートから連絡はありましたか？」

「あのあとマイケルには一度も会っていません。ゴットフリートのことは数カ月前にリフォーム・クラブで見かけましたが、話はしませんでした。僕がちょっと避けていたというか」

「マイケル・ケリーを殺したいと思っていた者がいたとして、その動機に心当たりはありますか？」

「いえ、ありません」

「一、二分かけて考えてみてください」

彼はそれについて考え、かぶりを振った。

「アナスタシア・コールマンが死亡した現場にあなたがいたことについて、誰かに脅迫されたことはありますか？」

「正直に申しあげて、ここで九月に働きはじめてからあなたがたが現われるまで、それについて考えたことはほとんどありませんでした」

俺はローソンを見た。ローソンは少しうなずいてみせた。ローソンも同じことを考えている。オズボーンはくそ野郎だ。でも正直なくそ野郎だ。俺たちがこのぽっちゃりした子供っぽい骨つき肉を、ぽっちゃりした子供っぽい正直な骨つき肉と勘ちがいしていないかぎりは。

「ではマイケル・ケリーが殺されたのだとしたら、それはどうしてだと思いますか？」

「さっぱりわかりません。だって、北アイルランドのことでしょう？　あそこじゃいつも誰かが殺されてる」

「マイケルは無差別な暴力に巻き込まれたわけではありません。我々の考えでは、これは自殺に擬装した非常に狡猾な殺人です」

オズボーンは怯えたように首を横に振った。

「アナスタシア・コールマンの件でマイケルがあなたを脅していたということはないんですね？」

「マイケルはそういうことをしないと思います。あの朝、逃げることだってできたのに、そうしなかった。ゴットフリートの力になろうとあの場に残った。あいつはそういうやつでした。そもそもあいつがどうして円卓クラブに入れたと思いますか？　あれは由緒ある金持ちクラブで、マイケルはアイルランド出身のにわか成金だった。なのに、みんなに好かれた。それに、銃のこともありました。みんなあれが大好きだった。マイケルは魅力的だったし、それに――」

「すみません、銃のことというのは？」俺は訊いた。

「骨董銃クラブですよ。マイケルが部長でした。円卓クラブのメンバーも危険競技クラブのメンバーも、みんなあのクラブが好きだった。誰もが骨董銃クラブのイベントに参加していました」

オズボーンの説明によれば、骨董銃クラブは古いショットガン、マスケット銃、火縄銃といったものの愛好家たちの集いだった。彼らは銃のファンで、コレクターだった。なかには古代の戦いの再現をする者もいた。

「マイケルは昔の大砲をクライストチャーチ・メドウで撃つ許可も取ってくれました。どうやら大学の古い決まりで、そういうことができるようです。あれは五月の朝のことでした。みんな震えあがりましたよ！」

「じゃあ、あなたはマイケルをよく知っていたわけですね？」ローソンが訊いた。

オズボーンは悲しげにうなずいた。「あいつはいいやつでした」

「そのクラブのことをもう少し教えてください」俺はこの突然の展開に興味をひかれて言った。

「あいつは武器に詳しかった。銃の目利きでした。それまでの骨董銃クラブは死に体でしたが、マイケルが部長兼会計係として大車輪の働きをしたんです」

「会計上の不正はありましたか？」

「その正反対ですよ。クラブ最高の会計係でした。豪華な食事を楽しむ招待制のクラブを別にすれば、オックスフォードで最高クラスにリッチなクラブに育てあげたんです。マイケルが部長になって、あれはぜひとも参加すべきクラブになりました。そういうクラブがときどき生まれるんですが、骨董銃クラブはまさにそれでした。もともと国防省や〈ブリティッシュ・エアロスペース〉なんかへの就職を考えている学生のためのクラブではありましたが、マイケルがリーダーになったことでナウいクラブになったんです。しまいには入会希望者を門前払いしなければいけないほどでしたよ」

ローソンも俺も猛烈な勢いでメモを取っていた。いずれもテムズ・バレー警察の犯罪捜査課が突き止めていない情報だ。でも、俺たちの捜査と関係あるのか？

「クラブの活動はどういうものだったんですか？　みんなで集まって骨董の銃を撃つんですか？」

「新しい銃もですよ。めちゃくちゃ楽しかったですよ。ピストル、ライフル。北アイルランドじゃ銃は身近なものなんですよね？」

「マイケルの射撃の腕前はどうでした？　覚えていませんか？」俺は訊いた。

「ええ、よかったですよ。というか、すばらしい腕前でした。クラブ内どころか、世界レベルでも通用するほどだと考えているメンバーもいました」

「じゃあ、現代の武器も扱っていたんですね？」

「ええ、そうです。マイケルの友達のナイジェルがダートムーアにある政府の射撃場を使わせてくれて。あのときのことはずっと忘れないでしょうね。マシンガン、グレネード・ランチャー。ボリスなんてブローパイプ・ミサイルを撃ったんですよ！」

「そのナイジェルというのは？」

「ああ、ベルファストの男ですよ。マイケルの古い友人です」

「ベルファストの、マイケルの古い友人？」

「ええ」

「苗字は？」

「聞き取れませんでした。ほんとです」

「その男がダートムーアにある政府の射撃場に入れてくれた？」

「ええ。ナイジェルはベルファストでミサイルを製造している工場とつながりがありました。そういう工場には試験用の射撃場が必要ですから」

「〈ショート・ブラザーズ〉のことですか？」

「わかりません」

ローソンが俺を見た。ああ、これは実に興味深い展開だ。俺は手帳に〝ナイジェル・○○〟とメモした。ナイジェルという名の古い学友が、おそらく〈ショート・ブラザーズ〉

と関わりのある男が、コネを使ってダートムーアにある国防省の射撃場を使わせた。昔ながらの足で稼ぐ捜査をすれば、苗字を突き止めるのはさほど難しくないはずだ。

「きっとかなりの金がかかったでしょうね」俺は言ってみた。

「マイケルは骨董銃クラブを非常に利益率の高い事業に育てあげていました」

「会費を集めることで？」とローソン。

「それだけじゃありません。さっきも言ったように、マイケルは銃の目利きでした。オークションや遺品のセールにも顔を出していました。そういうところで、いつもひとつかふたつは掘り出し物を手に入れていました。僕の父のためにオスマン帝国の古い火縄銃を見つけてきてくれたこともあります。うちの居間に今も堂々と飾ってありますよ」

「マイケルはクラブのために銃を購入していた？」

「それと、コレクターのために」

「銃の販売もしていたんですか？」

「ええ、もちろんです。といっても完全に合法ですよ、警部補さん。犯罪をにおわせるものは何もありません」

「しかし、マイケルはオックスフォードを、ええと、辞めるまでに、銃器の売り手と買い手のあいだで評価を確立していた、そう言っていいわけですね？」

「ええ、まあ」

俺たちはそれから骨董銃クラブと、マイケルならびにナイジェルという謎の人物とオズボーンの関係について、いくつか質問をした。ナイジェルは背が高く、痩せた男で、髪はブロンドの長髪、ベルファスト訛りがあったという。

俺はローソンとふたりだけで話したいから少し席を外してほしいとオズボーンに頼んだ。

「ドアの外で待っていてください。また必要になったらお呼びします」

オズボーンは不安そうに出ていった。

「どう思う？」俺はローソンに訊いた。

「武器取引ですか。かなりの成長産業ですね。合法のものと、とくにアルスターでは、非合法のものがあります。マイケルには敵がいたかもしれませんね。それと、ナイジェルという男はぜひとも見つけなければなりません」

「ほかに気づいたことは？」

ローソンは自分の手帳を見た。「マイケルは銃の達人だったようですね」

「つまり、やっぱりマイケルが両親を殺したのかもしれないということだな。プロの殺し屋のように、手早く」

俺たちはオズボーンを呼び戻した。

「オズボーンさん、一九八五年十一月十一日の夜、どこにいましたか？」

「ううんと……」

「ここで遅くまで働いていましたか？　それを裏づけられる人は大勢いますか？」

「ええと、その週はみんな休みでした。党大会のあとはやることがなくなるんです。僕たちは党大会に向けてがむしゃらに働いていました。去年あんなことがありましたから。去年の事件を覚えていますか？」

覚えすぎというくらい覚えてるよ。なんせ、俺もあの場にいたんだ。

「仕事をしていなかったなら、何をしていたんですか？」

「ええ、それはですね、アパートでだらだらしていました。その週末は実家に帰って、たくさんの友人と会いました」

「その週末には、マイケル・ケリーとその両親はもう死んでいましたが」

「でも僕は北アイルランドに一度も行ったことがないんですよ。現行のパスポートだって持ってないと思います！」

「パスポートは要りませんよ」

そう言って、俺は立ちあがった。

「ご協力ありがとうございました、オズボーンさん。私があなたなら、十一日の夜のアリバイを必死に考えておきますね」

彼の丸々した頬が笑顔でしわくちゃになった。「じゃあ、これで終わりですか？」オズボーンは期待に満ちた眼で言った。

「今のところは以上です。我々は今日の夜、北アイルランドに帰ります」

「それで、それで……僕の名前はどうなりますか？　新聞には載りませんよね？」

「我々はあなたの名前をメディアに明かすことに興味はありません。テムズ・バレー警察とゴットフリート・ハプスブルクも同様でしょう。今日はラッキーでしたね。あなたの人生はラッキーな日だらけのようですが」

「いえ、そんなこと――」

「また話を聞かせてもらうことになるかもしれませんので、国外には出ないでください。それから、こちらのローソン巡査刑事に家の住所と電話番号を教えておいてください」

「アリバイを考えておくに越したことはないと思いますよ」とローソンが言い、キャリックファーガス犯罪捜査課の電話番号を教えた。

17 ディアドラ・フェリスへの事情聴取

保守党本部の受付係にタクシーを呼んでもらい、パディントンに向かった。そこからオックスフォード行きの電車に乗った。もうイギリス本土にいる意味はない。オックスフォード駅に着くと、俺はローソンにふたり分の荷物をまとめ、料金を精算し、領収書を受け取って、バーミンガム国際空港行きのバスの切符を二枚買い、〈イーグル＆チャイルド〉で落ち合おうと言った。

「わかりました」

「よし。領収書を忘れるなよ。ダルグリッシュ巡査部長は領収書にうるさいからな」

「わかりました。あの……」

「なんだ？」

「オズボーンを疑っているわけではありませんよね？」

「ああ。でも現時点ではなんとも言えない。だろ？　ちゃんと後日電話を入れて、アリバイを聞いてみないことには」

「はい。ええと、それと……」

「なんだ？」

「私が荷物をまとめているあいだ、警部補は何をされるおつもりですか？」

「テムズ・バレー警察の犯罪捜査課に戻って、ちょいとお灸(きゅう)を据えてくる」

もう一度オックスフォードの通りを抜けて。

自転車に乗った同じ女子たち。川でボートを漕いでいる同じ男子たち。同じ赤い砂岩……しかし今では、そうしたすべてがさっきまでより不吉な様相を呈していた。円卓クラブ。骨董銃クラブ。ここはエリートたちがコネクションを形成する街、ここは取引がおこなわれる街、ここは金と力を持つ男たちの秘密の世界に通じる街。まさに鏡を通して。

テムズ・バレー警察本部。有線放送。自然光。格子に覆われていないジョージア朝様式の窓。デスクの上の花。ボディアーマーとは無縁の署、誰でも自由に出入りができる署。また同じ考え。ここのくそ警官どもは自分たちがどんなに幸運かわかっていない。

こいつらに危険区域での警察活動の何がわかる？　こいつらにくそいったい何がわかる？

階段をあがり、犯罪捜査課のオフィスへ。

クライストチャーチ・メドウを一望できる大きな裏部屋。

ヨーロッパ随一の美しい地を一望できる大きな裏部屋。黄色く色づいた樹木。黄金の葉、
ジャージー牛。

犯罪捜査課の面々がじろじろと俺を見た。

俺はスミス警視、ボイソン警部、アトキンス巡査刑事と面会したいと言った。感情を抑え、声を半オクターブ落とし、低く、うなるように話した。十二月の霧の夜遅くに家のドアのまえまでやってきて、〝受刑者たちのために何かしたくありませんか〟と尋ねる、コンクリート板のような顔をしたごろつきどものように。

俺はハプスブルクから聞いたことを伝えた。それが彼らに染み込むに任せた。それが彼らにくそ染み込むに任せた。

こいつらはプロフェッショナルとして重大な不正を犯し、自分たちでもそれにくそ気づいていた。俺が望めば、こいつらのキャリアを終わりにできる。それが同胞のオマワリを売ることになるとしても。

白い顔たち。パニック。ああ、そうとも。おまえらはアイルランドのオマワリを甘く見ていた。それか、ゴットフリート・ハプスブルクが口を閉じたままでいる能力を買いかぶっていた。いずれにしろ、とんだくそまちがいだ。キャリアに終止符を打つまちがいだ。

くそ《デイリー・ミラー》の一面を飾るまちがいだ。

「君はわかってないんだ、ダフィ。そんなつもりはなかった。無実の若い男を守ろうとしただけだ。不適切なことは何もない。我々はそうしろと命令されたわけじゃないし、賄賂をもらったわけでも――」

「それがほんとうなら、あんたたちはその見てくれよりもはるかに愚かということだ」

「なあ、ダフィ警部補。我々の立場もわかるだろう？」

「嘘の報告書、公訴局に対する情報隠蔽、郡検屍官に対する情報隠蔽。こいつはキャリアに影響するだけじゃない、刑務所行きの……」

「いや、ダフィ、待ってくれ――」

「ダフィ警部補だ」

とはいえ、俺はもう興味を失いはじめていた。骨つき肉を刑務所にぶち込むことは俺の柄じゃない。それにいずれにしろ、俺は何もするつもりはなかった。ただ喧嘩を売っただけだ。俺が何かするかもしれないという可能性は、可能性のまま宙ぶらりんにさせておこう……それが違反切符だ。それが腐敗した連中の生きる道だ。

「もう行くよ」俺は言った。

「駄目だ！　待て、ダフィ！　何をするつもりだ？」

連中は下階まで俺を追ってきた。

表まで。

「何をするつもりなんだ?」

「俺がくそったれ情報屋に見えるか?」

セント・オールデーツを歩き、コーンマーケット、セント・ジャイルズ・ストリートを歩いた。

さよなら自転車に乗ったイングランドの女子たち。さよならクリストファー・レン。さよならモース主任警部の世界。

ローソンは俺たちの荷物をまとめ、〈イーグル&チャイルド〉で待っていた。

三十分としないうちに、オックスフォードのバス駅からバーミンガム国際空港まで行くバスが来た。

空港。

ブリティッシュ・ミッドランド航空、ボーイング737。

ベルファスト。

ゲートでクラビーが待っていた。

「迎えになんか来なくてよかったのに」俺は言った。

「出張はどうでした？」

「近くなもんだからよ」クラビーは嘘をついた。「まったくの無駄足じゃなかった。どうやらマイケル・ケリーは銃器取引の世界で身を立てようとしていたらしい。ネットワークをつくり、人と会っていた。あと、名前がひとつ浮上した。ナイジェルなんたら。ベルファストの〈ショート・ブラザーズ〉とつながりがあるかもしれん男だ。ああ、それから陰謀についてはローソンの言ったとおりだった」

「陰謀？」

「あい。愚か者ひとりをかばうために馬鹿者どもが企てた陰謀だ」

「陰謀ってのはそういうもんです」

クラビーは俺をコロネーション・ロード一一三番地まで車で送った。

サッカーをする少年たち。ベビーカーを押す少女たち。フェンス越しに井戸端会議をする隣人たち。どうしてここはこんなに落ち着くんだ？　わけを教えてやろう。貧困と低レベルな殴り合いの戦争が団結精神（ブリッツ・スピリット）を育んだのだ。

ウォッカ・ギムレット。コンバースのスニーカー。スエットパンツ。ラモーンズのTシャツ。空港で買ったカセットを挿入する。マイケル・ナイマンの『ＺＯＯ』のサントラ。ややや単調。ナイマンのいつもの基準には達していない。

九時、サラに電話したが、電話は鳴りつづけるばかりだった。

《ベルファスト・テレグラフ》のオフィスに電話した。

「どうしたの、ショーン？」

苛々しているようだった。仕事が終わったら一緒に何かしないかと誘った。彼女は無理だと言った。ベルファストで暴動が起きているし、写真編集者が空中で弧を描く火炎瓶の写真に大きな記事をつけたがっていて……

俺は両親に電話し、事件の捜査で海の向こうに行っていたことを話した。ふたりは礼儀正しく、こっちが感動するほどの興味を示してくれた。ウォッカ・ギムレットをもう一杯。ライム少なめ。

電話。クラビー。「ディアドラのガラはクイーン・ストリート署からこっちに移してありやす。あんたさえよけりゃ、いつでも事情聴取できるぜ。ちょっと休みてえなら明日でもいいけど」

「すぐに行くよ。ローソンも呼べ。きっといい働きをしてくれる」

第二取調室でテープレコーダーがまわっている。ディアドラ・フェリスが座っている。白いスティレット・ヒール、豹柄のトップス、赤いミニスカート。砂糖を四つ入れた紅茶を飲み、エンバシー・キングスを吸っている。

ディアドラの容姿はもう説明してあっただろうか？　こういうタイプだ。人工的な褐色の肌。黒く染め、ストレートパーマをかけた髪。グリーンの瞳。肉づきがよく、かわいらしいところもある。右眼の下にあざがあるが、もうひとりの女のほうはいったいどんなことになっているのやら……

「それで、あんたが起訴を取りさげてくれんの？」ディアドラは俺に煙を吹きかけながら言った。

「君が事件と関連性のある情報を提供してくれるならね」

「関連性。関連性、ねえ？　いい言葉だね。その関連性ってのは」

「それで、君は何を知っているんだ？」

「例の事件に関連性のある人間を見たかもしれないんだ」

「誰を見たんだ？」

「それを教える見返りは？」

「君が誰を目撃したかによる」

「シルヴィーが死んだ夜、うちの庭の小径を歩いてたやつを見たって言ったら？」

俺はクラビーとローソンを見た。

「君が目撃したものについて教えてくれ、ディアドラ」俺は言った。

ディアドラは首を横に振った。「教えたら、クイーン・ストリート署のオマワリがあたしを起訴できないようにするって約束して。あいつらひどいんだから。ここの署の人たちみたいなやさしさがない」

「シルヴィーを殺した犯人を教えてくれるなら、重傷害の罪はなかったことにしてやる」

ディアドラはまた頭を振り、煙草の煙を吐いた。「ちがうちがう、あたしが教えるのはあたしが見たもの。そっから先、くそ殺人鬼を捕まえるのはあんたたちの仕事。自分が見たものを教える代わりに、あたしの罪はなかったことになる。たとえあんたたちが犯人を捕まえられなかったとしても」

「わかった。じゃあ取引成立だな。君が目撃したものを教えてくれるなら、傷害罪を帳消しにするよう連中に言っておく」

「それと、バー店員を殺してまわってるいかれ野郎の情報を警察に垂れ込むんだから、どっか安全な場所を用意してもらわなきゃ」

「ここは安全だぞ」

「シルヴィーを殺した男をあんたたちが捜しまわってるあいだ、半年もブタ箱で過ごすのはごめんだよ」

俺はため息をついた。「じゃあ何が望みなんだ？」

「まずはあのくそアマ、アンジェラ・マコーレーに対する罪を帳消しにしてくれること。

あれは自業自得以外の何ものでもないんだから。それと、ここから出してくれること。安全な隠れ家を用意してちょうだい。ここから遠く離れたところ。海の向こうに」

「それは手配できると思う」クラビーが言った。「スコットランドのストラスクライド警察と相互協定を結んでる」

ディアドラはうなずいた。「あい。スコットランドならいいよ。あそこは好きだ」

「で、何を見たんだ、ディアドラ」俺は言った。だんだん忍耐を失いはじめていた。

彼女は煙草を揉み消すと、水を飲んだ。「シルヴィーが自殺したってことになってる日の夜、あたしはママに会いに行ってて家を留守にしてたんだ。〈ホワイトクリフ〉で一杯ひっかけて、それから電車でキャリックに行った。それはともかく、家を出て少ししたところで、LSDを買うためにダレンに二十ポンド借りてたことを思い出したわけ。待って、あなたたち麻取（マトリ）じゃないよね？」

「俺たちはLSDには興味ない。続けてくれ」

「ダレンは今アルスター義勇軍（UVF）だから、借りた金を返さないと次の週には二倍になっちまう。だから家に引き返して、シルヴィーに金を借りることにした。そしたら家の外に誰かがいたわけ。で、あたしはこう考えた。あ、シルヴィーのイイ人かな、邪魔しちゃ悪いなってね。マイケルが死んだあと、いろいろあって、シルヴィーはへこんでた。だからちょっとした楽しみが必要でしょ。それにダレンはなんていうか、手コキでチャラにしてくれそうだったし。言ってる意味わかる？」

「じゃあその日の夜、家の外に誰かがいて、君はそれをシルヴィーに会いに来た男だと思ったんだな？」

「あい」

「その男が家の玄関に近づくところは見たのか？」

「あたし、覗き趣味はないからね。見てはいない。雨だって降ってたし、そのまま〈ホワイトクリフ〉に向かったよ」

「誰かが犬の散歩をしていただけかもしれない。犬が君の家のまえで小便をしていただけかもしれない。そうじゃないってどうしてわかるんだ？」

「犬なんていなかった。待って……いや、ちがうね。そんなにちっこい犬ころがいるってんならともかく……うん、やっぱり犬はいなかった。あの男はシルヴィーに会いに来たんだ。あたしにはわかる」

「そんな情報をどうして今まで黙っていたのですか！」ローソンが声を大にして言った。

「あたしはチクリ屋じゃないからね、決まってんだろ！」

「その人物の人相風体を言えますか？」

「うしろと横から見ただけだけど、背がすごく高かった。革ジャケットを着て、ベースボールキャップかフラットキャップみたいのをかぶってた。雨よけになるようなやつをね」

「似顔絵師を呼びやしょう」そう言って、クラビーは取調室から出ていった。

ディアドラの証言をもとに似顔絵師が描いたのは、おぞましい見た目の、鉈のような顔をした男で、頬はこけ、眼は線のように細かった。こんな男を月のない夜に見かけたくはない。というか、陽の照る朝にも。

「この男にまちがいないですか？」俺は訊いた。

「ねえ、さっきも言ったけど、暗かったし、あたしは通りの反対側にいたんだ。でもまるきり似てないってわけでもないと思う」

「重傷害の罪を逃れたいばかりに出まかせを言ってるんじゃないだろうな？」

「ちがうよ。ほんとに見たんだ。怪しい男を。まちがいないよ」

「いい似顔絵ができたぜ、ディアドラ。実にいい」クラビーが言った。

「だから言ったでしょ。どう？　チャラにしてもらえる？」

俺は彼女にほほえんだ。「朝になったらクイーン・ストリート署の連中に話をしておくよ」

「で、あんたたちがその男を捕まえるまで、あたしは海の向こうにいていい？」

「それも手配しよう」

「ああ、あんたすごく優秀だね、ダフィ警部補。まあ、その、フェニアンにしては」

「ありがとう」

取調室を出ようとしたところで、最後にひとつ思いついたことがあった。

「ひょっとしてナイジェルという名前の男を知らないか？　マイケルの友達か何かの」

「あい、ナイジェル・ヴァードンね。マイケルと一緒に何度か〈ホワイトクリフ〉に来たことがある。いい友達だったみたい。バリーキャリーあたりの田舎に住んでるよ。どう、役に立ちそう？」

「ああ、ディアドラ。とても役に立つよ、ほんとうに」

18　ナイジェル・ヴァードン

家。ベッド。ソファの上で眠る。午前四時に眼が覚める。ＢＭＷの盗難防止アラームが鳴っている。拳銃をつかむ。外へ、凍えるような雨のなかへ。土砂降り。車がどこかおかしい。近寄って確かめる。

「ちくしょう！　くそガキども！　覚えてろ！」

ＢＭＷの後方のタイヤが二輪ともしぼんでいる。

家のなかへ。電気ヒーターのまえで丸くなり、ＢＢＣワールド・サービスをつけ、横になったまま悪いニュースを聞いていると、八時に電話が鳴った。電話の主が誰であれ、とばっちりを食らうはずだった。俺の虫の居どころが悪かったからだ。「はい？」

「ショーン、あなた昨日、保守党本部で財務省の若い調査員を脅したりしてないでしょうね？」

「あいつ、俺への苦情を入れたのか？」

「ショーン、その馬鹿みたいな事件の捜査から手を引いて、警察も辞めて、さっさとわたしのところで働いたら?」

「仮に俺が辞めたとしても、マクラバン巡査部長がこのヤマのあらゆる手がかりを追いつづけるだけだ。それとも君は口封じのために、あいつにもMI5の職をオファーするか?」

「なんの話をしてるの、ショーン」

「そっちこそなんの話をしてるんだ、ケイト。君の言ってたコルディッツの検屍官は仕事をしなかった。テムズ・バレー警察犯罪捜査課も仕事をしなかった。そこへきて俺たちは、王立アルスター警察隊の愚直な警官である俺たちは、自分たちのくそったれ仕事をしている。俺たちは保守党本部の調査員を見つけ出した。そいつはアナスタシア・コールマンを例のパーティに連れていったのは自分だと白状した。彼女が死んだパーティにだ。そいつがゴットフリート・ハプスブルクの家にいた〝第三の男〟だったんだ」

「あら」

「そうだ。まあ、心配するな。もしそいつが捜査に関係ないようなら、名前が表に出ることはない。けど、もしそうじゃなかったら、誰があいつをかばおうが俺には関係ないね」

「ショーン、わたしはなにも——」

「もし保守党本部の君のお友達が俺に文句を言いたいなら、勝手に言わせておけ。失うものは俺よりもあいつのほうがずっと大きいんだ」

「ショーン、聞いて。誰もあなたのことで苦情は言ってない。正式にはね。わたしはただ、あなたが無茶しすぎてるんじゃないかって心配なだけ。大きな眼で見れば、あなたがやってる殺人事件の捜査は大海のなかの一滴の水に過ぎないんだから。波風を立てるほどの価値はないの」

「俺が波風を立てたら、そのときは君にもわかるだろうぜ」そう言って受話器を叩きつけた。キッチンに入り、やかんを火にかけた。

「くそ保守党のくそったれが」

外に出て牛乳瓶を回収し、ホイールリムの上に乗っかっている情けない状態のBMWを見た。

キャンベル夫人が牛乳瓶を家のなかに入れようとしていた。髪が斜めに傾き、煙草の端が口からぶらさがり、ナイトガウンが少しはだけていた。

「あなたの車、どうかなさったの、ダフィさん？」

「人のタイヤをパンクさせるのはどんなやつだ？　運転席の下に水銀スイッチ式爆弾を仕掛けるのはわかる。それは暗殺だ、わかる。でも人のタイヤをパンクさせるのはどんなやつだ？　教えてほしい」

「たぶん悪ガキどもね」

「あい、悪ガキどもだ。捕まえたらひどい目を見せてやる」

「あなたがそんなに怒ってるの初めて見た」

「人の車に手出ししちゃいけないんですよ、キャンベルさん」

なかへ。シャワー。ひげ剃り。徒歩でキャリックへ。灰色の空、板を打ちつけられた店々。タルコフスキー的ディストピア。みすぼらしく、湿っぽく、不吉。

署のなかへ。誰もいない。俺の知らない予備巡査が何人かいるだけだ。

湾の上の夜明け。やってくる警官たち。書類仕事の山。犯罪捜査課の超過勤務請求を適当にでっちあげ、クラビーのハードシップ手当の申請書に署名し、新しい礼服の手配を依頼し、ローソンの勤務評価表に大量のたわ言を書いた。

マカーサー警部がやってきた。ドライヤーで乾かした髪、ピンク色のシャツ、警察学校のネクタイ。

「おはよう、ダフィ。ずいぶん早いな」

「三文の得をしようと思いまして」

「イングランドへの出張はどうだった？」

「とても大きな収穫がありました。捜査線上にあった大きな要素をほぼまるまる除外し、テムズ・バレー犯罪捜査課とすばらしい信頼関係、協力関係を築くことができました。さらにはロンドン市警のみならず、保守党本部の担当者とも連携できました」

警部の顔が輝いた。「そいつはでかしたぞ、ショーン。報告書を読むのを楽しみにしているよ」

「ロンドン市警について、おもしろい事実があります。ローソンが教えてくれたんですが、彼らはオリンピックの綱引き競技の絶対王者だったそうです。ああ、そうだ、ローソンで思い出しましたが、ここに勤務評価があります。優等をつけておきました。きっといい刑事になりますよ」

マカーサーは俺の手から評価書を取ると、眉をひそめた。

「あまり切れ者のように書かないでくれ、ダフィ。でないと上層部に眼をつけられ、引き抜かれてしまう。もうちょっと抑えめで頼む」

「そうします」

「それと、証人のために隠れ家を用意したいというのはどういうことなんだ？」

「ディアドラ・フェリスが海外の安全な隠れ家での保護を要求しています。認めざるを得ませんでした。犯罪捜査課の裁量予算から出しましたが、かかった費用は向こうの警察と折半するつもりです」

「向こうの警察というのは？」

「ストラスクライド警察です。キャリック署と良好な協力関係にあります」

「いい考えだな。で、どのあたりで匿(かくま)うつもりだ？」

「エアです。グラスゴーの近くの」

「ケリー夫妻殺害事件の捜査のほうは順調か？」

「非常に有力な手がかりが複数見つかりました。似顔絵も公開するつもりです」

「そうか、似顔絵か。また新しい動きがあったら知らせてもらえるか？」

「わかりました」

「よろしい、ダフィ。あまり引き留めるのもなんだが……君がまだここで働いてくれていて、とてもうれしく思うよ。こんなご時世だから、ベテランの刑事が必要だ」

「何をお聞きになったかわかりませんが、必要とされるかぎり、キャリックの犯罪捜査課に残るつもりです」

警部はにこりとした。「それを聞けてよかった」

選挙人名簿でナイジェル・ヴァードンの名前を探した。クラビーとローソンが出勤してきたので、ランドローバーを借り出し、ヴァードンの家に向かった。家はバリーキャリーのそば、アントリム州の辺鄙(へんぴ)な田舎にあった。

ラジオ3はハイドンの無名の交響曲を流していた――少なくとも俺にとっては無名だった。この交響曲三十四番、ニ短調はすこぶる名曲だった。上品な第三楽章は精巧につくり込まれており、いつの間にか気分が少し上向いていた。

ヴァードンの家は世紀の変わり目あたりに建てられた農家で、大幅な拡張と〝改良〟が施されていた。半閉鎖型の中庭、伸長された二重床、ガラス張りのサンルーム。こういうのはこのあたりの多くの人間がやることだ。小さな美しい農家を受け継ぎ、徐々に徐々に台なしにしていき、しまいにはそれはもう農家でも美しくもなくなってしまう。屋根のタイルはところどころ剝がれており、壁はもう長いあいだ塗り直されていなかった。リフォームされたのは数年前のことだが、最近のヴァードン家は家計が苦しいらしい。なるほど……

「よし、君たち。気合を入れろ。ヴァードン氏に話を聞いてみようじゃないか。最初はやさしく、穏便にな」

ランドローバーの外へ。玄関ベル。もう一度玄関ベル。

二匹の狂暴なシェパードが家の裏手をまわって、俺たちめがけて突っ込んできた。

「やばい！」

ふたたびランドローバーの車内へ。大慌てで。

犬たちは口をぱくぱくさせ、うなり、よだれを垂らしていた。

玄関のドアがあいた。

ライトブルーのガウンに白い下着姿の男がコーヒーカップを持って立っていた。片足にスリッパを履き、もう片足には履いていなかった。かなり長いブロンドの髪、二日分の無精ひげ、ブルーの瞳、褐色の肌。ハンサムな男だったが、おそらく自分で思っているほどにはハンサムじゃない。

「なんの用だ?」男は髪をうしろでまとめ、鼻を鳴らしながら言った。

「ヴァードンさんですか?」

「そう言うおまえは?」

「警察のランドローバーを家の玄関のまえに横づけする人間はほかに誰がいますか?」

「ほう、そいつは警察のランドローバーか? コンタクトを入れてないもんでな」

「ヴァードンさん、犬をどうにかしていただけませんか?」

「その必要はないだろ。俺が知ってることは全部おまえらに話した。俺はなんも関係ないんだよ」

「なかでお話を伺わせてもらえますか?」

「もう百万べんも話しただろうが！　俺は何もしてない！　生まれてこのかた、何ひとつ！」

「ヴァードンさん、何か誤解があるようです。私たちがあなたと話したことはこれまでに一度も――」

「俺は被害者だ。はめられたんだよ。経営陣の誰かが大ヘマぶっこいたんだ。でも経営陣が責任なんか取るわきゃねえから、俺が切り捨てられた。俺はなんもしてない。それにトミー・ムーニーはどうなんだ、ええ？　王立アルスター警察隊の勇敢なおまえらのことだ、あいつもちゃんと質問攻めにしたんだよな？　んなわきゃねえか。どうせ俺だけだろ。誰もがムーニーを恐れてる。組合を恐れてる。でも誰も俺を恐れちゃいない。そういうこったろ？」

シェパードの一匹がランドローバーのあいた窓から跳び込んでこようとしていた。

「犬をどうにかしないなら、二匹とも撃ち殺すぞ！　今日はこういう気分じゃないんだ」

俺は言った。

ヴァードンは犬たちになかに入るように命令し、俺たちはランドローバーから降りた。

「いくつか質問したいだけです、ヴァードンさん。あなたの行動について、いくつか事実確認させてください」

「事実？　事実だって？　くそったれ事実を教えてやるよ！　俺は不当解雇で〈ショート・ブラザーズ〉を訴えてる！　俺はまちがったことは何もしてない！　それが事実だよ」

「できたら、なかでお話を……」

「くそオマワリと話すことはもうない！　弁護士に言ってくれ」彼は言い、ドアを閉めようとしたが、クラビーがドアの隙間に二十九センチの足を突っ込んでいた。

「ヴァードンさん、我々はマイケル・ケリーの話を伺いたくて来たんです」俺はドアを大きくあけながら言った。

「マイケル・ケリー？」

「そうです」

「誰のことだ？」

「マイケル・ケリーをご存じありませんか？」

「聞いたことない名前だ」

「それは変ですね。なあ、マクラバン巡査部長？」

「実に変です」クラビーが同意した。

「何が変なんだ？」とヴァードン。

「だって、あなたは彼と同じ学校にかよっていたんですから。同じ大学進学予備校（シックスフォーム）に。誰もが口をそろえて、ふたりはいい友達同士だったと言っていました。それに、マイケルはあなたに定期的に電話していたはずですし、あなたはオックスフォードに行って、彼の友人たちをダートムーアにある国防省の射撃場に連れていったはずです」

ヴァードンは地面を見つめ、足で地面を擦り、ため息をついた。「わかったよ。大したもんだ。確かに知ってる。だからなんだ？」

「マイケルが殺されたことを知っていましたか？」

「自殺だって聞いたぜ。崖から飛びおりたんだろ」

「誰かに突き落とされた可能性もあります」

「俺がやったって言いたいんだな？　そうかい、それも俺のせいか」

「なかに入ってもいいですか？」

ヴァードンはまたため息をついた。「どうしてもってんなら……」

俺はクラビーを見た。「そうですね、どうしてもです」

家の内装は比較的手つかずだった。元のままの石壁、元のままのすてきな暖炉、煙突設備、木造床、ペルシャ絨毯、ゆったりしたソファ、実に立派な4チャンネル式サウンド・システム、高級CDプレーヤー。

「犬はどこに行きました？」ローソンが不安そうに訊いた。

「台所に閉じ込めてあるよ」ヴァードンが言った。

「あなたとマイケル・ケリーはどういった関係だったんですか、ヴァードンさん」俺はソファに腰をおろしながら訊いた。

「関係っつうほどのもんじゃねえな。学校の友達だったが、疎遠になった。上級学力試験のあと、俺は〈ショート・ブラザーズ〉のマネジメント・プログラムを受け、あいつはオックスフォードに行った」

「オックスフォードまでマイケルに会いに行きましたか？」

「マイケルに会いに行ったわけじゃない。しばらく連絡を取ってなかったんだが、ある日突然あいつから電話があって、企業接待だかなんだかでダートムーアの射撃場を使わせてほしいって頼まれたんだ」

「それはかなり変わったお願いですね」クラビーが言った。

「そうでもない。あいつは俺が会社のミサイル部門で働いてることを知ってた。それと、会社がすべての射撃試験をダートムーアでやってることも」

「で、あなたはオックスフォードにいるマイケルの友人たちのために接待を手配した」

「会社の宣伝になるからな。あいつらはみんな未来の大物だ。将来、国防省用のミサイルシステムを買ってくれる客になる」

「そのときはマイケルとどれくらい一緒にいましたか？」

「週末一緒にいただけだ。あれは去年の十二月だった」

「でもその後、あなたとマイケルはまた連絡を取るようになり、また友達づき合いをするようになった？」

「ああ。本音をいえば、そう親しかったわけじゃないがな。でもま、それなりに仲はよかった」

「じゃあ、どうして知らないふりをしたんです？」とクラビー。

「ふざけてんのか？　こんなときにマイケル・ケリーの一件にまで巻き込まれてたまるかってんだ」

「いったい何があったんですか？　さっきから〈ショート・ブラザーズ〉やら組合やらがどうのと言っていますが」

「すっとぼけんなよ」彼は疑わしげに言った。

「すっとぼけていません」

「特別部に三度も事情聴取されたんだぜ。二度は署で。一度はここで」

「なぜです？」とローソン。

「盗まれたミサイルのこと、いや、盗まれたと考えられているミサイルのことで」

「盗まれたミサイルというのは？」クラビーが訊いた。

「何をぬかして……まあいい。もう百ぺんは話したけどな。会社の内部監査で六発のジャヴェリン・ミサイルが行方不明になってることが判明したんだ」

「かなりやべえ話じゃねえか！」クラビーが言った。

「ニュースで聞いたような気がするな」俺はおぼろげに思い出していた。「しかし、それがあなたとどう関係するんです？」

「俺はミサイル部門の施設警備責任者だった。だから連中は当然、俺を解雇した。ただ、ひとつ問題があってな。俺が責任者になったのは二カ月前のことだが、最後の在庫検査があったのは一年と二カ月前のことだ。ミサイルがなくなったのはそれ以降のいつであってもおかしくないんだ！　けど、ハリー・タッパーはクビにできない。死んじまってるからな。トミー・ムーニーもクビにできない。あいつは組合だからな。じゃあどうするか？俺をクビにするんだ。トーテムポールに加わったばかりの新入りを。下級管理者を。使い捨てのやつを」

「施設の警備があなたの仕事だったんですね」ローソンが言った。

「俺はまじめに働いてた。警備だって厳重にした。俺が責任者をやってたあいだにミサイルがなくなるわけないんだ！　それと、もうひとつ言っておくとな、たぶんほんとは行方不明になんかなっちゃいないんだ。あんた、あそこに行ったことはあるか？　あそこにいるのはてめえの肘とケツの区別もつかねえような連中ばかりだ。会計なんて戦前のシステムそのままだし、出荷もコンピューター管理されてない。全部、あのでかくて黒い複式簿記帳で管理してんだ。じゃあ、ミサイルが工場のどっかの隅っこの木箱のなかからインディ・ジョーンズばりに出てきたら、元の仕事に戻れるんじゃないかって？　ざけんなよ！　それでも俺はクビのままだよ。評判もめちゃくちゃにされてな！」

彼はこの件について心底怒っているようだった。他人のミスの尻拭いでクビにされたのなら、そうなって当然だろう。

「あなたはそういった話を特別部に全部話したわけですね？」とクラビー。

「そうだ、三べんな」

「特別部はなんと言ってました？」

「刑事告訴はしないだとさ。俺が無実だと考えたんだよ。なぜだと思う？」

「なぜです？」

「無実だからだよ！　ジャヴェリン・ミサイルシステム六発を俺が何に使うってんだ？」

「お友達のマイケル・ケリーを通して売りさばくとか。マイケルは国際的な武器市場で名をあげつつありましたから」俺は言ってみた。

「くだらねえ！　あんなもんヤバすぎて取引できるわけない、それくらいわかるだろ！」

ヴァードンは吐き捨てるように言った。

「ケリー夫妻が自宅で殺されたと知ったとき、どう思いましたか？」

「正直言って、そうなるだろうと思っていたよ。つるんでた当時、マイケルはいつも親父と喧嘩してた。死んだ人間を悪く言いたかねえが、あの親父はちょっとイカれてた。昔ながらの暴力親父さ。ノミ屋のチェーンを仕切るには、人を殴らなきゃいけないこともある」

「息子のことも殴っていたんですか？」クラビーが訊いた。

「ああ。マイケルがもっと小さかったときにな。しこたま」

「マイケルの母親はどうしましたか？」

「母親がどうしたって？」

「ふつう母親は父親の暴力を止めようと割って入るものです」俺は言った。

「母親はなんもしなかったさ。昼飯どきには酔いつぶれて、生きる屍みてえになってた」

「積年の恨みがとうとう爆発し、マイケルは両親を手にかけた。あなたはそうお考えなんですね？」

「そうだ。なんの不思議もない。だろ？」

「そのあとのことは？」

「そのあと、マイケルは自殺した」

「理由は？」

「悲しみに打ちひしがれたからさ。てめえの親父とおふくろを殺しといて、何も感じねえやつはいないだろ」

「サイコパスならちがうでしょうね」

「マイケルはサイコパスなんかじゃなかった。ぷっつんしちまっただけだ……まあ、それが俺の考えだ」

ヴァードンは俺たちとこの会話を始めてから百回はまばたきしていた。そして、五、六回鼻を鳴らしていた。瞳孔は広がり、体は小刻みに震えていた。こいつも俺も、あの俳優のデヴィッド・ドワイヤーも、みんなコカインを嗜んでいる。それはまちがいない。しかし失業手当をもらっているようなやつが、どうやってコカインを買っているのか？　コカイン買う金欲しさに、すべてを失うリスクを冒して大量のミサイルを盗んだ？　いや。ヘロインならそんなふうに人間を駄目にすることがあるが、コカインはちがう。それに、こいつの言うとおりだ。神の名において、いったいどこでそんな大量のミサイルシステムを売りさばけるというのか？　武装組織にとってもヤバすぎるブツだ。マイケル・ケリーのようにコネのある人間にとってもそうだったんじゃないか？

「あなたは一九八五年十一月十一日の夜、何をしていましたか？」

「何があった日だ？」

「その日の夜、マイケル・ケリーの両親が殺されました」

「十中八九、ここにいたよ。〈ホワイトクリフ〉でちょっと飲んでたかもな」

「それを証明できる人はいますか？」

「犬は勘定に入るか？」

「入りませんね」

「ならいない」

「十二日の晩はどうしていましたか？」

「マイケルが崖から飛びおりた日か？　ここにいた」彼は悲しげに言った。

「先週の水曜日はどこにいましたか？」

「何があった日だ？」

「その日の夜、シルヴィー・マクニコルが殺されました。この女性のことを知っていますか？」

「ああ、〈ホワイトクリフ〉の店員だ。たぶんマイケルとつき合ってた。でも、その、彼女も自殺だって聞いたぜ」

「彼女が死亡した状況についてはまだ調査中です。それで、あなたはどこにいましたか？」

「やっぱりここにいた」

「ではマイケルが死亡した夜についても、シルヴィーが死亡した夜についても、アリバイはないわけですね」

「ああ」

「マイケルの両親が殺された夜については？」

「ここにいたよ……会社をクビになってから、夜はいつも家にいるんだ。遊びに行くような金がどこにある？」

「ご家族はこの近くに住んでいますか？」

「両親は南アフリカに移住した。冬が堪えるってんで」

「とても高級なステレオ・システムを使ってますね。今はCD革命のまっただなかですが、それについてはどう思いますか？」俺は高価そうなオーディオ・システムに眼をやりながら言った。

「CDは未来だ。言っとくが、ステレオ・システムとCDは自分の金で買ったものだぜ」

「でも今後もレコードは手放せないはずです。レコードのほうが味がある」ローソンが俺の機嫌を取ろうとして言った。

俺はローソンに笑顔を見せた。

「何が味だ。CDは永久に聴ける」とヴァードン。

「マイケルも音楽好きでしたか？　マイケルが遊びに来たときはどんな話をしたんです？」俺は訊いた。

「あいつがここに来たのはほんの数回だけだ。くだらない話をしただけさ」

「銃の話はしましたか？」

「銃？」

「銃、火器、兵器。マイケルは銃のマニアだったと聞きました。かなりのコレクターであり、売人でもあったとか」

ヴァードンはそれについて一、二秒考え、まとめたうしろ髪を手でなぞった。

「銃？　いや、銃の話はしなかった。そんなにはな。まあ、あいつには昔から、そうだな、昔っからそういうところがあった。けど、俺が興味ないことはわかってたんだろう」

「そういうところ、というのは？」

「銃のマニアってことだ。そういうやつ、いるだろ？　親父の銃を自慢されたことも一度ならずある。ほんと言うと、あいつはいずれ軍隊に入ると思ってた。オックスフォードからサンドハースト陸軍士官学校。そっちの道を進むと思ってた」

「オックスフォードを退学になったことはマイケルの口から聞きましたか？」

「こっちからその話を振ったことは何度かあるが、話したくないようだった」

「じゃあ、なんの話をしたんです？」

「サッカー。友達。とか」

「女の子の話題は？」

「たまに」

「マイケルはどんな女の子の話をしましたか？」

「そうだな、地元の女の話だけだ」

「シルヴィー・マクニコルの話は？」

「してたよ」

「彼女についてどんなことを言っていましたか？」

「大したことは何も。ただまあ、あいつはシルヴィーが好きだった、たぶんな。そういうことについては口が堅いほうだった」

「あなたはシルヴィーのことを知っていましたか？」

「さっき言ったろ、〈ホワイトクリフ〉で会ったことがあるって」

「あなたとマイケルとシルヴィーの三人で出かけたことは？」

「ないね……あんた、まちがった方向に考えてると思うぜ、警部補」

「そうですか？　では正しい方向というのはどっちでしょう？」

「マイケルがオックスフォードから戻ってきてから、会ったのは五、六回だけだ。電話も数回だけ。あいつの心はもうよそに移っていたのさ」

「どこから？」

「俺から。北アイルランドから。あいつはここで今後の身の振り方を考えていただけだ。もしぷっつんキレてなかったら、今ごろ国を出ていただろう」

「どこへ？」

「いつもアメリカや大陸の話をしてた……親父が垂れ流すくそにあと何カ月か耐えてたら、きっと大丈夫だったはずだ。俺はそう思うね」

「ディアドラ・フェリスと話をしたことはありますか？」

「〈ホワイトクリフ〉の？」

「ええ」

「ないと思う」

「ヴァードンさん、マイケルが武器取引ビジネスの世界で旗揚げしようとしていたことについて、我々は確かな筋に裏を取っています。北アイルランドに帰ってきて、それを生業(なりわい)にしようとしていた可能性はあると思いますか？」

ヴァードンは首を横に振った。「どんな可能性だってある。でもあいつからそんな話を聞いたことはないな」

「あなたとマイケルが手を組んで、会社からミサイルを盗もうと企てた可能性についてはどうです？」

俺たち三人はヴァードンの反応を注意深く観察した。

憤慨と苛立ち、もしくはおそらく、うまく装った憤慨と苛立ち。

「おまえらも特別部と変わらねえな！　俺たちが半ダースのジャヴェリン・ミサイルをどうするつもりだったっていうんだ？　俺とマイケルが！　勘弁してくれよ！」

「売るとか？」ローソンが言った。

「誰にだ？」

「ＩＲＡとか？」クラビーが言った。

「俺はプロテスタントだ。じゃなきゃ〈ショート・ブラザーズ〉に入れるわけない。だろ？　マイケルだってプロテスタントだった。なんで俺たちがＩＲＡにミサイルを売るんだよ」

　クラビーが一服してもいいかと訊いた。

「ああ、吸ったらいい」

　クラビーはパイプに火をつけ、俺はマルボロに火をつけた。ヴァードンは大きな灰皿を持ってきて、それをコーヒー・テーブルの上、俺のまんまえに突き出した。俺はディアドラの証言をもとに描かれた似顔絵のコピーを出した。

「この男を見たことは？」絵を渡しながら訊いた。

「ないね」

「こんな男が〈ホワイトクリフ〉にいませんでしたか？　それか、マイケルとつるんでいたとか」

「いや」

「あなたに少し似ていますね？」

　ヴァードンはかぶりを振った。「そうは思わない。この男は何をしたことになってるんだ？」

「シルヴィーの死の真相を突き止めるにあたり、この人物の協力を仰ぎたいと思っています」

　彼は似顔絵を返した。「そうか、まあ、俺は見たことないな」

「あなたはかなり狂暴な番犬を飼っていますね、ヴァードンさん。アイルランドのこんな片田舎で、何をそんなに警戒しているんです？」

「いろいろあるだろ。泥棒……とかさ」

「特定の誰かを恐れているわけではない？」

「ああ」

　俺は煙草の煙を深々と吸うと、クラビーを見た。クラビーは肩をすくめた。

「じゃあ話をまとめると、あなたは行方不明になったミサイルについては何も知らず、〈ショート・ブラザーズ〉を不当に解雇され、マイケル・ケリー、その両親、シルヴィー・マクニコルの死についても何も知らないということですか？」

「そんなとこだ」

　俺はローソンのほうを振り返った。が、ローソンからもそれ以上の質問はないようだった。

　キャリックに引き返すランドローバーの車中で、俺たちはヴァードンとの会話を振り返った。

「アリバイがないのが気に食わんな」俺は言った。

「でも動機もありませんよ。どうしてあの男がマイケルとその両親、シルヴィーを殺すのですか？」ローソンが言った。

「ほんとにどうしてだろうな？」

「あいつにゃどっか信用ならねえとこがある。けど、人を殺すようなタイプには見えなかった」クラビーがつぶやいた。

「ああ。ミサイルを盗むようなタイプにもな。ただ、マイケル・ケリーとのつながりはかなり興味深い。駆け出しの武器商人マイケル・ケリーは〈ショート・ブラザーズ〉のナイジェル・ヴァードンと交友関係があった。その工場では最近、大量のミサイルが紛失した」

　俺たちは午後の残りを使ってホワイトヘッドのパブ〈ホワイトクリフ〉、郵便局の掲示板、署外の電柱に似顔絵のポスターを貼ってまわった。UTVの昼のニュースでも流してもらい、「この男を見かけた方、心当たりがある方は匿名通報センターまでお電話くださ い」とのメッセージを添えてもらった。

　匿名通報センターからいくつか情報がまわってきたが、クラビーがそれらを追ってみたところ、袋小路だった。シルヴィー・マクニコルの解剖報告書が返ってきたが、驚いたことに、解剖責任者は「マクニコルの口内の異物は彼女の死亡とは無関係だった可能性がある。クロロフォルムが検出されたのは、ラボでの二次汚染による偽陽性反応だったかもしれない」と結論していた。

「では結局、やはり自殺だったかもしれないということですか？」ローソンが言った。

「サイドウィンドウの隙間のことはシルヴィーが忘れていただけかもしれませんね」

「そもそも殺人と言いだしたのはおまえだろ！」とクラビー。

「私の勘ちがいだったかもしれません」

「じゃあ、ディアドラが目撃した、家のゲートの外を徘徊(はいかい)してた人物ってのは？」クラビーが反論した。

「誰かが犬を散歩させていて、犬がおしっこをしようと立ち止まっていただけかもしれませんね、警部補がおっしゃっていたように。暗かったし、雨も降っていましたから」

「もしくはディアドラが懲役逃れをしたくてでっちあげたのかもな」俺は言った。

「殺人が二件、自殺が二件。それでこのヤマは片づくか」クラビーが仔細ありげに言った。

「ラボの連中がそんな無能だとは信じられません」ローソンが言った。

「連中がポカを認めることのほうが信じられねえよ」とクラビー。

「無能か。それに慣れたほうがいいぞ、ローソン。君のような聡明な若者はな。たぶん海を渡って、くそったれロンドン警視庁で働いたほうがよかったんだ」俺はぼやいた。

俺は自分のオフィスに行き、ジュラ島のウィスキーのボトルを手に戻ってくると、三人分のグラスにその上物を注いだ。それぞれがたっぷり味わうと、俺は煙草に火をつけた。マルボロと十六年ものものジュラの相性は最高だ……

「じゃあ、ナイジェル・ヴァードンとミサイルの件はどうなる？」俺は少ししてから訊いた。

「俺たちの捜査にゃ無関係でしょう」クラビーが応じた。

俺は嘆息した。「この偽陽性とかいうでたらめのせいで、殺人と断定することはほぼ不可能になった。これで殺人だったら、鑑識は俺たちを虚仮にしたことになる」

その晩、俺は帰宅した。疲れ切っていた。

コロネーション・ロードを歩いていると、薔薇の茂みの手入れをしていたボビー・キャメロンが庭から出てきた。

「誰かがおまえの車に悪さしたってな、ダフィ」

「ああ」俺は不機嫌に応じた。

「同じことは二度と起きねえよ。おまえを殺そうとするのと、人の車に手出しするのは、まったくちがうことだ」

「俺もそう言ったよ」

「同じことは起きねえよ。俺のシマではな」

家に帰るとBMWのタイヤが交換されており、サラの車が俺の車のまえに駐まっていた。

運が上向きはじめていた。

「待ってたよ」サラが出てきて俺にキスした。

「家の鍵を君に渡しておいたほうがいいいな」

彼女は首を横に振った。「いえ、いいの。まだそういう段階じゃないから。ところでイングランドはどうだった？」

「上々だったよ。実際、かなりよかった。安全だし」

「そうね。退屈ともいうけど。特ダネはないし。それに引き換え、こっちじゃ殺人と暴力の毎日」

「編集長は大喜びだろうな」

「まあね。ケリー家の事件の捜査に進展は？　何かわたしに教えられることはある？」

ふたりでなかに入り、シルヴィーはやっぱり自殺だったかもしれないと話した。が、ヴァードンの線は心にしまっておいた。

俺は夕食にパスタをつくった。サラは俺のレコード・コレクションを漁り、〝百万年前の曲じゃないやつ〟を探していた。

雨が降ってきて、俺たちはベッドに入った。

真夜中に眼が覚めると、サラは俺の隣に寄り添っていた。彼女は冷たく、か弱く、俺の腕のなかですやすやと眠っていた。なのに俺が考えられるのはケイトのことだけだった。ケイト——ガン・ストリートの女、ケイト——警官としての俺のキャリアを甦らせ、この失われた地から逃げる道筋を示してくれた女。新聞が退屈で、世界がそれほど暴力的でも黒くもない地への道筋を。

俺は羽毛布団の下からそっと抜け出し、灯油ヒーターに火を入れ、家のなかを暖めた。エルモア・ジェイムズのレコードをかけ、寝室の窓の隙間風に揺らめくインディゴ色の灯油の炎を見つめた。

羽毛布団の下に戻ると、やがて彼方の《Every Day I Have The Blues》の音色が、くたびれ果て、打ち砕かれた、憂鬱な眠りに誘った。

19　特別部、登場

翌朝、俺たちは署で、ディアドラが目撃したとされる謎の男について、匿名通報センターからの報告に眼を通していた。が、どこにもたどり着けなかった。あの似顔絵の人物に心当たりがあるやつがいたとしても、友人や隣人を王立アルスター警察隊に売るやつはいない。ここを支配しているのは沈黙の掟だ。ベルファスト最古のルール――警察には何も言うな。それにもちろん、もしディアドラの証言がただのでたらめなら、これは全員の時間の無駄だ。

捜査会議をしているとドアが勢いよくひらき、ふたりの刑事が押し入ってきた。ふたりともかなり腹を立てているようで、俺は最初、数週間前から予想していたラーン署の抗議かと思った。が、全然ちがった。

ビリー・スペンサー警部補は背が低く、痩せた赤毛の男で、先の尖ったエルフのようなひげを生やしていた。それがテレビで見るリチャード・スティルゴーにそっくりで、俺は気に入った。マーティン・マクリーン警部は締まった体つきの、ずる賢そうな見た目をしたハゲ男で、瞳の色は暗く、肌はロボットのような威圧的なグレーだった。

「ダフィってのはどいつだ？」マクリーンが言った。

「私です。何か問題でもありましたか？」

「問題はな、キャリックの犯罪捜査課が俺たちのシマに土足で踏み込んでること、問題はおまえだよ、ダフィ。おまえは人のシマに土足で踏み込むことにかけちゃ定評がある。アルスターの事件を全部自分で解決しなきゃ気がすまんのか？　そうなのか？　四十までに本部長になりたいのか？　史上初のフェニアンの本部長に。ええ？」

クラビーがマクリーンと俺のあいだに割って入った。「ちゃんと説明してもらえやすか？」

マクリーンの説明によると、ふたりは特別部の刑事で、〈ショート・ブラザーズ〉の工場から紛失したミサイルについて調査しているという。ナイジェル・ヴァードンの監視をおこなっていたところに俺たちが踏み込んでしまったらしい。

「俺たちはヴァードンをそっとしておいたんだ。ほとぼりが冷めたと思わせるためにな。そこへおまえらが現われて、また刺激しちまった。殺人事件について尋問したりしてな。あの事件は犯人が崖から飛びおりて片がついたはずだ。そんなの誰でも知ってることだろ」

「特別部がナイジェル・ヴァードンを監視していたなんて、俺たちには知りようがないだろ？」俺は言った。

「誰かに訊けばよかっただろ、ちがうか、ダフィ。くそ常識を使うんだよ。少しでも常識があるんならな。大量のミサイルがほんとうに消えたなら、くそ大問題に決まってるだろうが！　特別部、税関、国防省、軍諜報部……な？　くそ頭を使うんだよ！　くそ田舎もんのくそ警官が。典型的な無能だよ」ビリー・スペンサーが言い、俺のスポーツジャケットの左肩正面を小突いた。

俺はこのふたりに対してはらわたが煮えくり返っていた。署のなかでわめき散らし、怒鳴りつけ、俺を〝フェニアン〟呼ばわりし、小突き……それも全部、ローソンのいるまえで。いったい何さまのつもりだ？

俺は乱暴にスペンサーの体を突き飛ばした。スペンサーはバランスを崩し、捜査本部室の床に倒れた。「もう一度触ってみろ、くそ病院送りにしてやるぞ」俺はうなった。

次にマクリーンのほうを向いた。

「それとおまえ。もう一度俺をフェニアンと呼んでみろ。ただじゃすまさんぞ。ただじゃすまさんぞ！」

マクリーンは俺にぼこぼこにされるかどうかの瀬戸際にいると悟り、一歩退いた。

クラビーが俺の肩に手を置いた。

「落ち着け、ショーン、落ち着けって」

「落ち着くのはこいつらのほうだろうが」

「おふたりさん、謝ったほうがいいと思いやすぜ」

クラビーが重々しい声で言った。

マクリーンはうなずき、笑顔をつくろうとした。「悪気はなかったんだ。ほんとうに」

マクリーンは俺に手を差し出した。

俺はクラビーを見た。頼むぜ、ショーン、彼の眼はそう訴えていた。俺は息を吐き、クラビーに向かってうなずくと、差し出された手を握った。

「この問題について、パブで続きを話すのはどうだ？　さっき隣で見かけたあれはパブか？　特別部のおごりだ」マクリーンが言った。

「パブか。ああ、いいよ」俺は同意した。

クラビーがスペンサーを床から立たせた。「チャラってことにしよう」スペンサーは言った。

三十分と数杯のパイント後、状況はよくなっていた。大親友になったというわけじゃないが、北アイルランドで俺をフェニアン呼ばわりしたくそ野郎全員に復讐するつもりなら、身を隠さなきゃならない馬鹿はごまんといる……

マクリーンとスペンサーはミサイル紛失事件の全容を俺たちに説明した。

〈ショート・ブラザーズ〉はベルファストに残された最後の技術系企業だ。ベルファストはかつて、大英帝国最大の造船業、重工業都市だった。北アイルランド紛争と政府の支援不足によって造船業は壊滅したが、〈ショート・ブラザーズ〉は高性能な貨物輸送機やミサイルの製造にも手を広げることで、度重なる危機をどうにか生き延びてきた。

会社は今や実質的に東ベルファストに残された唯一の働き口となっていた。イギリス政府から助成金をもらってはいたが、会社は非常にうまく事業をまわし、雀の涙ほどであるにしろ、利益を出していた。それは一九八五年の北アイルランドにおいて、ちょっとした奇跡といえた。

「現時点での問題はすべてミサイル部門内で起きている。ブローパイプ・ミサイルの後継となるミサイルシステムの完成品、通称ジャヴェリンMk1が半ダース、工場の在庫から消えたんだ」マクリーンが言った。

「盗まれたわけじゃないのか？」

「たんなる在庫管理上のミスで、個々の顧客のもとに正規に運ばれただけなのか、工場施設の別の場所に眠っているだけなのか、それともやはり盗まれたのかは会社のほうでも把握できていない」

「世界レベルの大失態だな。何人かのクビが飛んだはずだ」

「最初にクビになった従業員のひとりがナイジェル・ヴァードンだ。ヴァードンは現場の警備責任者だった。確か在庫管理の責任者も解雇されたはずだ。それからミサイル部門の主幹は無給の休職処分になった」

「で、会社は君たちに連絡した」

「調査に入ったのは俺たちだけじゃない。会社の内部調査と国防省の調達管理局による調査も入った」とマクリーン。

マクリーンは落ち着いていた。IRAが半ダースもの対戦車ミサイルだか対空ミサイルだかをその貪欲な掌中に収めたかもしれないとなれば、俺だったらそう落ち着いていられないだろう。警察と軍のランドローバーが火炎瓶で攻撃されることはしょっちゅうだが、大した被害は出ていない。しかし、RPGだったら深刻な被害が出る。それがジャヴェリン・ミサイルだったら？　車内にいる全員がほぼ死ぬ……よな？

俺はダブルのウィスキーをチェイサーにして、ギネスのパイントのお代わりを飲みながら、そういったことを口にした。

「まあ、もしミサイルがほんとうに盗まれていたんなら、犯人はプロテスタント系親英過激派の武装組織だろう。〈ショート・ブラザーズ〉があるのは東ベルファストの筋金入りのロイヤリスト地区だ」スペンサーが言った。

「ロイヤリストはIRAにミサイルを売ったりしない？」

「ありえんね。横流ししたミサイルでIRAに軍のヘリを撃ち落とされてみろ。代償が大きすぎる。ロイヤリストの内部抗争くらいじゃすまない。それにロイヤリストの連中はミサイルをカソリック系南北統一主義過激派相手に使うわけにもいかない。あんな連中でもミサイルはやり過ぎだとわかっているし、そんなことをすればIRAとの戦争勃発必至だ。あれだけ殺し合っていても、IRAとロイヤリストの武装組織のあいだには不安定な停戦協定が結ばれている。君も知りすぎってくらい知ってるだろうがな、警部補、ドラッグの流通といわゆるみかじめ料の徴収について、ベルファストはIRAの縄張りとロイヤリストの縄張りに分割されているんだ」マクリーンが言った。

「じゃあ、犯人はミサイルをどうするつもりなんだ？」クラビーが尋ねた。「そんなもん盗むのは大馬鹿のやるこった。ハイリスク、ローリターンすぎる」

スペンサーはウィスキーを飲み干し、店員にもう一杯ずつ持ってくるように言った。ローソンの顔色が悪くなっていたので、俺はバスのレモネード割りを渡した。

スペンサーは声を落とし、しゃがれまくった声で言った。「いいか、ここだけの話、国際的な複数のバイヤーがジャヴェリン・ミサイルの技術を手に入れようとしているという情報がある」

「国際的なバイヤー？」

「まあ、ただの推測だけどな。君も知っているだろうが、南アフリカ政府はアンゴラのキューバ部隊との内戦まっただなかで……」

「キューバ？　アンゴラ？　なんのことだ？」

「細かいことはどうでもいいんだ。要するに、南アフリカ政府が外国のミサイルシステムを手に入れて、中身を解析（リバースエンジニアリング）しようとしているかもしれないってことだ。それにイランとリビアに関する噂もある」とスペンサー。「もしほんとうにミサイルが盗まれたんだとしたら、こいつは北アイルランドにありがちな、くだらん騒ぎじゃなくなる」

「ヴァードンが口にしていたムーニーというのは何者なんだ？　そいつのせいだと言っていたが」

「トミー・ムーニー？　ヴァードンがその名前を出したのか？」スペンサーは少し興味をそそられたようだった。

「ヴァードンはこう言っていた。誰もが自分を責め、尋問するが、トミー・ムーニーの責任は誰も追及していない、トミー・ムーニーはクビにならなかったと」

スペンサーはマクリーンを見た。マクリーンは肩をすくめただけだった。スペンサーは先を続けた。

「ムーニーは確かにマル被のひとりだ。あいつはテロリスト、少なくとも七〇年代にはテロリストだった。おそらくアルスター自由戦士（UFF）の。変わった一家でな、造船所で働くため、六〇年代に一家全員でバーミンガムから移住してきた。しかし、彼らは地元の文化を受け入れたらしい。兄のデイヴィーは殺人罪で終身刑、仮釈放まで最低で二十年。おじのジャック・ムーニーはUFFの南ベルファスト管区指揮官だ。トミーは一度も逮捕されていないが、七〇年代後半には殺し屋としての評価を確立していた。派閥間の無差別な殺しじゃなく、大物の殺しを手がけるプロとしてな」

「なるほどな」俺は言った。「マイケル・ケリーの両親を殺したのもたぶんプロの殺し屋だ」

「ムーニーは今じゃそういうのは完全に引退したようだがな。あいつは〈ショート・ブラザーズ〉の労働組合代表、運送労働者組合の大物だ。どんな人間でも満足できる地位だろう。そして、理屈の上ではムーニーもしくはムーニーの部下があずかり知らぬところで、何かが工場から運び出されたり、運び入れられたりすることはない」

「どうして内部調査でクビにならなかったんです?」とクラビー。

「ムーニーをクビにすれば、施設全体の労働者がストを起こす。製造は止まり、注文をさばけなくなり、一週間で何百万という損失が出る。そしたら次の瞬間には、炭鉱労働者に対してそうしたように、サッチャーはおまえら全員くそ食らえとばかりに政府との契約を打ち切りにするだろう。そしたら会社は倒産する」スペンサーはそう言うと、ビールに口をつけた。ローソンと同じように顔色が悪くなってきていた。ちょっと酒に弱いらしいな、こいつは。覚えておけば、のちのち何かの役に立つかもしれない。

「六千人が職を失う。あっという間に!」マクリーンがそう言い足し、指をぱちんと鳴らした。「ベルファスト最後の大雇用主が息の根を止められちまうんだ」

「わかっただろ、警部補。連中はヴァードンを解雇することはできても、運送労働者組合にもUFFにもトミー・ムーニーにも手出しできないんだ」とスペンサー。

「となると、ムーニーが裏で糸を引いていたのかもしれないな」俺は考えを口に出した。

「管理職の連中はミサイルを箱から出し、ゲートから運び出すことはできないはずだ。それは現場の仕事だ。ブルーカラーの労働者がいなければできない」

「心配無用だよ、警部補。我々に任せておけ。めぼしい人物にはちゃんと俺たちが眼を光らせている。ムーニーかヴァードンのどちらかが少しでも関わっているなら、いずれ突き止めてみせる」マクリーンが言った。

「そのムーニーってやつに、せめて事情聴取だけでもさせてもらえないか？　でないとマイケル・ケリー絡みの事件の捜査が中途半端になってしまう。もしかしたらヴァードンとムーニーを俺たちの捜査対象から外すことになるだけかもしれないが。どうかな？」俺は言い、マクリーンに向かってにこやかにほほえみ、全員分のお代わりを買っただけでなく、〈テイトー〉のチーズ＆オニオンチップスを四袋買った。

飲み物とポテトチップを手に席に戻ると、マクリーンがうなずいた。「やらせてやるよ、ダフィ。ただし、俺たちも同行させてもらう。これは特別部のヤマだ」

「俺はそれでかまわない。クラビー、君は？」厳密にいえばクラビーがまだ担当刑事であることを思い出して訊いた。

「かまわねえぜ、ショーン」

「いつにする？」マクリーンが訊いた。

「善は急げだ」

「そうだな、あい、行こう」マクリーンが言った。

ランドローバーを借り出し、東ベルファストの川向こうに広がる巨大な〈ショート・ブラザーズ〉の工場に向かった。

工場のゲートを抜け、ずらりと整列している飛行機の横を通り過ぎた。なかには第二次世界大戦期に〈ショート・ブラザーズ〉が製造していたサンダーランド飛行艇の巨体もあった。

マクリーンは運送労働者組合の本部までまっすぐ車を走らせた。本部は緑色のベニヤ板製の簡素な建造物で、飛行機格納庫の隣に立っていた。マクリーンとスペンサーは俺たちを先導して受付を通り過ぎると、ムーニーの窮屈なオフィスにずかずかと入っていった。ノックも挨拶もなしに。それがたぶん特別部のやり方なのだろう。が、通常の警察官に許されることではない。

ムーニーは書類と本が山と積まれたデスクの向こうにいた。オフィスには汚れた小さな窓がひとつあるだけで、光らしいものはかすかにしか入っていなかった。ベニヤ板の壁には〈ショート・ブラザーズ〉と〈ハーランド&ウルフ〉のカレンダー、それから大きな赤い組合旗が掛かっていた。

俺たちが入ったとき、ムーニーは電話中だった。バーミンガムの訛りはアルスターの訛りで少し和らいでいた。

「作業現場ならどこであろうとヘルメット着用が義務だ。それを脱げという命令は違反に当た……ああ、くそ、サツだ」

彼は受話器を叩きつけ、立ちあがった。背が高く、痩せた、狼のような男で、頭を剃り、眼は深くくぼんでいる。瞳の色はブラウン。グレーのつなぎを着ていて、それがかえって男の線の細さを強調していた。毛深い大きな手を見ると、右手の指三本にかすれたUFFの刺青(いれずみ)が見えた。なるほど、確かに昔はテロリストだったらしい……

ムーニーもヴァードンもディアドラの証言をもとに描かれた似顔絵の男に少し似ていた。が、まあ少しだけだ。ムーニーは似顔絵の男より歳かさで、ヴァードンはもっと柔らかい印象だ。

ムーニーはクラビー、ローソン、俺を見て、それからマクリーンとスペンサーを見た。

「これは嫌がらせ行為だ。そうとしか言いようがない。警察による嫌がらせだ。警告したはずだぞ、マクリーン警部補。今日の午後、うちの弁護士から連絡させてもらう」

「嫌がらせじゃない。今日は俺が話を聞きに来たんじゃない、トミー。ダフィ警部補にお宅のオフィスの場所を教えておこうと思っただけだ。こちらの警部補はまったく別の事件の捜査を担当している。殺人事件の捜査をね。今日は俺から質問することはひとつもない。だから弁護士に連絡してもらってかまわないぜ」マクリーンが言った。

「そうさせてもらうよ、心配は無用だ」ムーニーは言うと、俺に注意を向けた。「で、あんたはなんの用なんだ？」

「私はキャリック署のショーン・ダフィ警部補です。マイケル・ケリー、その両親、マイケルのガールフレンドのシルヴィー・マクニコルの死亡について、殺人事件として捜査しています」

ムーニーはうなずいた。「その事件は新聞で読んだ。どこかのガキが両親を殺して崖から飛びおりたってな……その女のことは知らない。聞いたことないな」

俺はシルヴィーが死亡した状況を説明した。

ムーニーはじれったそうにうなずいた。「なんにしても、実に興味深いな。そう思う。しかし、それが俺とどう関係あるんだ？」

「マイケル・ケリーと会ったことはありますか？」

「いや」

「シルヴィー・マクニコルやマイケルの両親とは？」

「どうだろうな。ホワイトヘッドには一度も行ったことがないし、俺は主イエス・キリストに救われた身だ。だからケリーの経営する馬券屋にも行ったことはない」

「でもナイジェル・ヴァードンはご存じですよね」

「もちろん」

「ヴァードンとはどのような関係でしたか？」

「彼はここの管理職だったが、ミサイル紛失のごたごたがあって解雇された。どうしてヴァードンの話が出てくるんだ？」

「ヴァードンはマイケルの親しい友人でした。マイケルは武器取引ビジネスの世界で身を立てようとしていた。我々はそうにらんでいます」

ムーニーはうなずいた。「ああ、そういうことか。ヴァードンがミサイルを盗み、マイケルがパイプになって海外に売りさばく。その計画がくるって、ヴァードンはマイケルを殺した。そういうことか？」

「ええ、それも可能性のひとつです」俺は認めた。

「ヴァードンにはもう会ったのか？　あんなへたれに人は殺せんよ。どうしてあいつが犬を飼ってると思う？　自分の影に怯えてるんだ。そんなやつが殺し？　ありえないね」

「どうして犬を飼っていることを知っているんですか？」

「オフィスに写真が飾ってあった」

「じゃあ、ヴァードンのオフィスに入ったことがあるんですね」

「もちろんあるさ。向こうも俺のオフィスに入ったことがある。工場ってのはそういうもんだ。まともな職に就いたことはあるのかね、警部補？」そう言うとムーニーは眼をむいた。「それにだ、あんたの説は誰かが大量のミサイルを俺たちの眼のまえで盗み出したという仮定にもとづいている。これは請け合ってやるがね、警部補、誰かがミサイルを盗んだなどというのは、ありえんことだ」

「どうしてそう言い切れるんです？　在庫管理は杜撰だったと、誰もが――」

「こちらのマクリーン警部に何度も何度も辛抱強く説明させてもらったとおり、俺や組合の知らないところで、この工場から何かが出ていったり、入ってきたりすることはない。在庫目録に何が書いてあろうがなかろうが、うちの作業者が動かさないかぎり、何もこの工場から出ていったりしない。そして、うちの作業者は作業命令なしにミサイルシステムを運び出したりしない。俺が部下たちに口酸っぱく教え込んでいることがひとつあるとしたら、それは作業命令なしには絶対に何もやるなということだ。業務中に誰かが怪我をしたら、俺たちはすぐに作業命令書を確認する。現場監督の名前、責任者の名前、何人がその作業に当たることになっていたのか、安全検査官の名前……だが、作業命令なしに作業していたとしたら、とんでもないことになる。いやいや、ありえないよ。作業命令がなければ作業はおこなわれない。で、問題のミサイルについての作業命令は存在しない。すなわちだ、警部補、ミサイルはまだここにある。この工場のどこかに」

「あなたのあずかり知らぬところで何かがここから出ていったり、入ってきたりすることはないんですね？」俺は繰り返した。

「夜間についてはどうです？　暗くなったあと、工場が閉まったあとは」

「そのとおりだ」

ムーニーはかぶりを振った。「どうかな。仮にミサイルのありかを正確に知っていて、適切な装置もなしにどうにか運び出せたとしても、ベルファストの中心地に行くまでに五、六人の警備員の眼をかいくぐらなきゃならない。一度も警報を鳴らされず、誰にも見られることなしに。不可能だ」

「じゃあ、夜間でないとすれば、犯人は日中に盗んだはずです。でも、それは不可能だとおっしゃるわけですね。あなたの部下たちが関わっていないから」

「そんな作業命令は出されていないからな。簡単なことだ」

「となると、今回のスキャンダルはいったいどういうことなんでしょう？」

「管理職のヘマだよ」

「それだけですか？」

「ああ。ここの作業現場にいる者は全員、六年間の研修を受けている。そんなに長い研修は世界でも珍しい。でも管理職の連中は？　あのとんでもない馬鹿どもは？　あいつらは大学ぽっと出で雇われてるだけだ。管理職の連中は何も知らない。みんな頭のおかしな田舎者だよ。俺の部下たちが仕事を教えなきゃならんほどだ」

「じゃあ、ミサイルの紛失はそれほど深刻な問題ではないとお考えですか？」

「いや、深刻に決まってる！　サッチャーはうちを潰すチャンスを虎視眈々と狙ってる。国の財布から出してる何百万ポンドという金を節約し、何千という人間を失業に追いやろうとしてる。〈ハーランド&ウルフ〉に対してやったように、それからクライド湾で今やっているように、俺たちを皆殺しにするつもりだ。君はドイツに行ったことはあるか？」

「いえ、それは――」

「ドイツは自国の造船業と重工業を支えている。あいつらにはちゃんとわかっているんだよ。イギリスの造船所が全滅したら、この地球上で軍艦とクルーズ船とタンカーを造っているのはドイツと韓国だけになる。俺たちみんながくそったれ株屋になるわけにはいかない。だろ？　この国だってものづくりをしなきゃならん。俺たちみんなが、ダフィ警部補、あんたのような、それからマクリーン警部補、あんたのような政府の飼い犬になるわけにはいかないんだ。そうとも、確かに深刻な問題だ。もしうちの会社が飛べば、ベルファストはおしまいだ。最初に〈ハーランド&ウルフ〉、それから〈デロリアン〉。で、うちも？　そうなりゃ、この街はおしまいだよ！」

「ムーニーさん、なんらかの陰謀が企てられているとおっしゃりたいわけではないですよね？」

彼はにやりと笑った。「いいや、陰謀じゃない。ただのありふれた、どこにでもある管理職のヘマだよ」

「あなたの兄とおじについて教えてください、ムーニーさん」俺は話題を変えた。

ムーニーの眼が昏くなった。「あのふたりがどうかしたのか？」

「ふたりは武装組織の人間です。あなたの兄は最低二十年の懲役。おじはUFFの指揮官です」

ムーニーはうなずき、マクリーンを見た。「特別部から聞いたのか、え？」

「有名な話です」俺は言った。

「まあ、あのふたりはそうだ。俺の血縁だし、俺はふたりを愛してる。でも俺はあのふたりとはちがう人間だ。犯罪歴を見てみな。きれいなもんだぞ」

「七〇年代にあなたがUFFの殺し屋だったことも有名です。かなり優秀な殺し屋だったと。誰もが――」

ムーニーは立ちあがると、「もうたくさんだ！」と語気荒く言った。「おまえが言っているのはただの中傷だ。俺の名誉を傷つけている。あのふたりの罪は俺とは関係ない。俺はそんな罪を犯したことはない」

「あなたの拳の刺青はそうは言っていないようですが」

ムーニーは片方の手で自分のハゲ頭を撫でた。

「俺がまだケツの青い若造だったころ、罪のないプロテスタントたちが来る日も来る日もIRAに殺されていた。警察は何も手を打とうとしなかった。俺は自分の街を守るためにUDAとUFFに入った。一九六八年……警部補、遠い、遠い昔の話だよ。俺たちは家族でここに移り住んだばかりだった。ほかにどうすればいいかわからなかった。今の俺は昔の俺とは全然ちがう。キリストの血によって生まれ変わったんだ。グラハム師に会って俺は救われた。一九八四年七月七日、バーミンガムのヴィラ・パークでのことだ。俺には家庭がある。息子がふたりに娘がひとり。確かにジョンティは殺人で終身刑だ。それにトビーも。警官のまえでトビーの話をするつもりはないが、言ってみりゃ、トビーは暴力の道を選んだ。でもそれは俺じゃない」

説得力のあるスピーチだった。一言一句に説得力があった。彼が息を弾ませ、声に熱がこもりはじめると、まるで政治家のイーノック・パウエルの言葉のように聞こえた。パウエルもイギリス中部の出身で、奇妙な星々によって最も昏きアルスターに導かれた。

ローソンとクラビーも何か質問したいことがあるかと思い、俺はふたりのほうを振り返った。

クラビーはムーニーの行動について尋ねた。ムーニーはケリーの両親が殺された夜、シルヴィーが死んだ夜、マイケルが崖から飛びおりた夜のアリバイがあると主張した。家族と家にいた、家族が証言してくれるだろう、妻と三人の子供が。

「最初の殺人が起きたのは一九八五年十一月十一日の夜と思われます」俺は繰り返した。

「家でテレビを観ていたよ。十一月十一日……その日は毎年、テレビでいい戦争映画をやるんだ」

「映画のタイトルは覚えていますか？」

「『大脱走』」

「では十一月十二日の夜は？」

「仕事をして、それから家に帰って家族と過ごした。俺はあまり外出しないんだ。平日の夜にはな。かみさんに電話して訊いてみろ」

「では十一月十九日は？」

「同じだよ」

俺たちはムーニー氏に時間を取らせたことの礼を言い、キャリック署に引き返した。

ムーニーの家族について警察のファイルを調べ、ビリー・グラハムがほんとうに一九八四年にイギリスを訪れたのかどうか、過去の新聞をざっとチェックした。来ていた。ムーニーが言っていたことはすべて裏が取れた。ムーニーの妻に電話してアリバイを確かめたが、思っていたとおり、妻は夫の話を全面的に肯定した。

俺たちは五人全員で〈オウニーズ・バー〉に行った。食い物がうまく、アントリム州で一番うまいギネスを出す店だ。

「ムーニーのことはどう思った？」俺が二杯目を飲んでいるとスペンサーが訊いた。

「嘘は言っていなかったと思う」

スペンサーとマクリーンは身をよじって笑った。「じゃあ、君も一杯食わされたわけだ」マクリーンが言った。「特別部の情報では、あいつはテロリストだった。それも超大物の」

「でもムーニーは神を見出した」とクラビーが言った。「ビリー・グラハム師その人に。ヴィラ・パークで。それについて調べやしたが、その日はクリフ・リチャードが歌ったらしい」

「ニクソン大統領が中国人に爆弾の大雨を降らせたときに〝あなたは神の御業を働いている〟と言った、あのグラハム師か？」とスペンサー。

「中国人ではなくベトナム人では？」ローソンが口を挟んだ。

「中国人、アジア人、なんのちがいがある？　要するに、俺は神を見出したとかいう与太話を信じちゃいないんだ。それに作業命令についての嘘っぱちも、ＵＦＦと縁を切ったって話もな」

　スペンサーはマクリーンを見た。何か秘密のやり取りがふたりのあいだで交わされたようだった。

「まあ、たぶんミサイルは盗まれていないんだろう」スペンサーは続けた。「しかし、もし盗まれていたとしたら、ムーニーはその計画にどっぷり首まで浸かっているはずだ」

「じゃあ、君たちはムーニーも厳重に監視しているのか？」俺は訊いた。

「かもしれないな」マクリーンは明言を避けた。

「もし監視してるなら、ヴァードンとムーニーのアリバイの裏が取れるかもしれないと思っただけだ」

　マクリーンは首を横に振った。「それはできない。三日前にようやく二十四時間態勢の監視を許可されたばかりだ。お役所仕事、かぎられた人材。まあ、そういうやつだ」

「それはともかく、これだけは約束しよう、ダフィ警部補。今後数週間のうちにヴァードンかムーニーに動きがあれば、それは俺たちにはわかるし、君も知ることになる」スペンサーが言った。

「電話を盗聴するのか？」

「それは教えられない決まりだ」とマクリーン。「けどまあ、ふたりのどちらかが君の捜査に関係する内容を口にしたら、君にも知らせる」

俺はほほえんだ。「実に結構なことだな。特別部と犯罪捜査課が手を組むってのは」

マクリーンが席を立ち、みんなの分のお代わりを買いに行った。「今朝はフェニアン呼ばわりしてすまなかった。ほんとうに悪気はなかったんだ。わかってくれるか？　それどころか、君は優秀な刑事だと聞いているよ」

「気にしないでくれ」

もう一杯。

そしてもう一杯。

ビール。ウィスキー。煙草。

こぬか雨のキャリックをめぐる、その場のノリのはしご酒。〈ドビンズ・イン〉。〈セントラル・バー〉。〈ノース・ゲート〉。〈バーロウ・アームズ〉。〈レイルウェイ・タバーン〉。後半の三軒は険悪で空気の悪い武装組織のパブで、デニムジャケットを着た陰気な男たちであふれ返っていた。男たちは因縁をつけようとうずうずしていたが、俺たち五人が相手では勝ち目がないとわかっていた。

雨のなかをコロネーション・ロードへ。

テレビ、バスの缶、深夜、ケイトへの電話。「ショーン？　何かあったの？」

「怒鳴ったりして悪かった」

「いいの。あなたは大丈夫？」

「大丈夫だよ。ちょっと感情的になっただけだ。保守党。あの保守党本部の男が俺の神経を逆撫でしたんだ。くそったれサッチャーが工場という工場を閉鎖しようとしてる。ドイツはまだ船を造ってるってんのにお」俺は少しろれつがまわっていなかった。

「ええと、あの、ショーン。もしかしたらちょっと飲みすぎなんじゃない？」

「そうさ。謝りたかっただけだ。すべてについて。俺は彼女を救った。なのに、あの女が今やってることはなんだ？」

「サッチャー首相のことを言ってるの？　ショーン、あなた公職秘密法の書類にサインしたでしょ。その話は口に――」

「サラはほんとうのショーン・ダフィを見たいのかな？　ほんとうのショーン・ダフィって誰だ？　ほんとうのショーン・ダフィなんて存在しなかったらどうする、ええ？」

「ショーン、ねえ、もう零時四十五分だし……」

「悪い、そんな時間とは思わなかった。また今度電話する」

「わかった……体を大事にしてね、ショーン、ね、そうしてくれる？」

「そうする」

ケイトは正しかった。飲みすぎていた。

キッチンのシンク。嘔吐き。部屋が回転する。やがて暗闇が訪れ、俺は冷たいキッチン床の寛容なセラミック・タイルの上で眠りに落ちた。

20 火事ってこれだけのこと？
Is That All There Is To a Fire

雨。みぞれ。灰色の中途半端な夜明け。

玄関で電話が鳴っている。

「もしもし？」

「ダフィ警部補？」

「あい」

「ビリー・スペンサーだ」

「誰だ？」

「昨日会ったろ。ビリー・スペンサー警部補。特別部の」

「ああ、君か。ジーザス。早起きだな。何かあったのか？」

「数時間前、ナイジェル・ヴァードンのヤサが何者かに襲撃された。うちの部下が路上に駐車して監視していたが、ホシたちは裏の空き地を通ってきたから、襲撃そのものは目撃していない」

「それでどうなったんだ？」

「放火された。部下によると、火炎瓶が使われたらしい」

「くそ」

「あと、ヴァードンの犬がクロスボウで射たれた」

「君は今どこにいるんだ？」

「現場だよ。君も知りたいだろうと思ってね。今じゃ俺たちはアツアツの仲だ。部署をまたいだ協力ってやつだな」

「ムーニーはどうしていた？　やつは夜中どこに行っていた？　ムーニーも監視していたんだよな？」

「ああ、抜かりはない。ムーニーは仕事が終わって帰宅してから、どこにも行っていない。怪しい電話をかけたりもしていない。で、君はこっちに来るのか来ないのか？　これは俺たちにとってはいい展開だ。ヴァードンが誰かをなんらかの形で怒らせたってことだからな」

「俺も行くよ」

クラビーとローソンに電話して、今の話を伝えた。ジーンズ、ジャンパー、革ジャケットに着替えて外に出た。なんだこの寒さは。

BMWの車底に爆弾がないかどうか確かめた。なかった。車に乗り、ラジオをつけた。アルスターでトラブルが起きるにはよくない夜だ。暴動、デモ、散発的な停電。英国下院/欧州議会議員のイアン・ペイズリー師がスレミッシュ山のてっぺんでたいまつ集会をひらき、不安そうな地元農家と興奮したイギリスのジャーナリストたちの群衆に向かって、サッチャーはアルスターの善良で正直な人々を売り渡す契約をサタンと交わしたと伝えていた。ゼネストを起こせ、警察に協力するな、合法的な銃所持者による〝第三勢力〟を組織し、王立アルスター警察隊に代わってプロテスタント地区を自警しろ、とペイズリーは呼びかけていた。そこにデリカシーはなかった。やりすぎだった。メロドラマのにおいがしていた。しかし、北アイルランドにデリカシーやニュアンスのための感情的空間はあまり存在しない。

海岸沿いのドリー・ショット。BMWに乗った俺。険しい顔、ウィンドウのワイパーをマックスにして、こうしたいっさいをラジオで聞いている。

タン・ローネン・ロードを走ってバリーキャリーへ。

ナイジェル・ヴァードンの家。

〝元〟家。

火に引き寄せられた近所の住民が数人とブン屋がひとりふたり集まっていた。クラビー、ローソン、スペンサー警部補と合流し、口ひげを生やした険しい顔つきの消防検査官と話した。放火、そうだ。ほぼまちがいない。裏口に火炎瓶が投げ込まれた。

俺はその場を離れ、特別部の優秀な監視チーム（ここでは一流の仕事をしたとはいえないが）と話をした。タン・ローネン・ロードに路駐した車に乗っていたふたりは、家に近づく者は見なかったと言った。

俺は二匹のシェパードの死骸を調べた。

「犬を殺すなんてよ」クラビーが怒りをあらわにした。

ヴァードンは消防車の座席に座っていた。肩にブランケットを掛け、両手に紅茶のカップを握っていた。

「ヴァードンに話を聞いてみよう。何か言いたいことがあるかもしれない」俺はみんなに言った。

「俺たちのヤマだ、ダフィ、俺が話す」スペンサーが言った。

「ふたりで話すというのは？」俺は提案した。

「いいだろう」

「ヴァードンさん？」

「私を覚えていますか？　キャリック署のダフィ警部補です。先日お話ししましたね。こちらは特別部のスペンサー警部補。もうご存じとは思いますが」

「なんだ？」

「ふたりとも覚えてるよ」

「今晩ここで何があったのか、話してもらえるか？」スペンサーが訊いた。

「誰かが俺を焼き殺そうとした。わかるのはそれだけだ」

「誰がやったのか、心当たりがあるはずです」

ヴァードンは答えなかった。

「言ってください、ヴァードンさん。あなたが我々に協力してくれるなら、次は我々があなたのために犯人を捕まえます」

彼は軽蔑の眼で俺を見た。「あんたが？　あんたが犯人を捕まえる？　どうやって？」

「君が協力してくれるなら可能だ」スペンサーが言った。

「遠慮しとくよ」俺は言った。

「協力できないというんですか？」俺は訊いた。

「協力してるだろ。ただ、何も知らないだけだ。わかったか？」

「何か心当たりがあるはずです。敵。脅迫文。怪しい電話とか」

「やつら、俺の犬を殺しやがった！」

「ええ、見ました。犯人に心当たりがあれば教えてください」

「まあ、もし……いや、何もわからない。ひとつ向こうの土地の男が俺の犬のせいで羊が怯えてるって言ってたな……あいつの仕業か？」

「その男の名前は？」

「サム・ローレンス。あそこの家に住んでる。小川の向こう側だ」

「そのローレンスという男がやったと思いますか？　あなたの犬が羊を怯えさせるから？　だとしたら、ちょっとやりすぎだと思いませんか？」

「いいからもう帰ってくれ。何もわからない。さっさと俺をひとりにして、ローレンスに話を聞いてきてくれ」

　今はまだそのときじゃないんだろう。

「今はまだそのときじゃないいんだろう」俺はスペンサーに言った。

　彼はうなずいた。「一、二日与えよう」

　俺たちは燃えている家に近づき、炎で手を温めた。近所の子供たち数人が楽しそうに踊る姿がシルエットになって浮かびあがっていた。

「炎に勝るものはないいな」俺はクラビーに言った。

「ですね」

「犬が殺されたことから何がわかる？」俺はローソンに訊いた。

「放火犯は犬が向かってくるのを見て……それで撃ち殺した？」

「ほかには？」

「ううん……」

「考えるんだ」

「犯人たちはヴァードンが犬を飼っていたことを知っていたはずです。でなければ、クロスボウなんか持ってくるはずがないですから。つまり連中はこの家を事前に偵察したか、ヴァードンのことをよく知っていた」

「それか、ヴァードンのオフィスにあった写真を見たか。そこから犯人の数についてわかることは？」

「そうですね。少なくともふたり、もしかしたら三人。運転手がいたはずです。この土地の向こう側の二級道路に車を停めていたんでしょう」

「で、三人組ということから何がわかる？」

「組織的犯行？　武装組織の関与でありますか？」

俺はクラビーをつついた。「な、優秀だろ？　まあ、とはいえ、農家のローレンスってやつにも事情聴取しておいたほうがいいだろう。念のためにな」

ローレンスは起きていて、妻と子供たちと一緒に火事を眺めていた。年齢は五十五くらいだが、とても壮健でがっしりしている。俺はシェパードの話をした。

「残念だと言いたいところだが、あの犬たちはいつも表を好き勝手に走りまわっていた。うちの羊もフィネガンさんの羊も怯えていたし、子供たちも怖がっていた」

「犬を殺してヴァードン氏の家に火をつけたのはあなたじゃありませんね？」スペンサーが訊いた。

「そんなことはしないさ。ヴァードンに対しては少額訴訟を起こしてるんだ。訴えを起こしておきながら犬を殺すとしたら、とんだ馬鹿者だ」

俺はクラビーとローソンに事情聴取を続けさせ、そのあいだにスペンサーと一緒にヴァードンの家に歩いて引き返した。

「なぜ襲撃されたんだと思う？」俺は訊いた。

「おそらく、理由は君だろう、ダフィ。君は昨日ムーニーに会い、ヴァードンのことを話した。それでムーニーがヴァードンのくそ口封じをするために手下を送り込んだんだ」

「ヴァードンを殺せばすむ話なのに、どうしてそうしなかった？」

「殺せばもっと大事（おおごと）になるだろ？　それに、やつらがミサイルを盗み、どうにかして処分しようとしてるんだとしたら……」

「〝ミサイルは盗まれていない〟ってのが君たちの結論だと思っていたが。考えを変えたのか？」

スペンサーは首を横に振った。「君に言えないこともあるんだ、ダフィ。君が誰かをびびらせたってことは君にもわかるはずだ。かつてテロリストだった、どこかの誰かをな」

「じゃあ、君はムーニーが生まれ変わったって話を信じてないんだな」

スペンサーは笑った。「若いころ、あいつはベルファスト屈指のロイヤリスト系ヒットマンと目されていた。行き当たりばったりの殺しじゃない。政治的な殺し、暗殺。高度な仕事だ。あれは希少種だよ。頭が切れて冷酷。そんなやつがクリフ・くそったれリチャードの歌を聴いて心を入れ替えた？　信じられんね」

「そういう類いの人間にとって、犬二匹をクロスボウで殺すのは屁でもないか」

「だろうな。ただ、今回の襲撃はトミー・ムーニーの犯行じゃない。うちのチームがちゃんと監視していたが、あいつは昨晩、自宅から出ていない」スペンサーは不満そうに言った。

「でも君たちのチームはヴァードンも監視していたんだろ」

灰色の霧のなかでスペンサーが気色ばんだのがわかった。

「いいか、ダフィ。くそキャリックやラーンで君がいつもどんな警官を相手にしてるかはよく知ってる。けどな、俺たちは特別部のなかでも選りすぐりのチームだ。大卒。若くて賢い。士気も高い。口に気をつけろ、いいな？」

「落ち着け、スペンサー。ムーニーもヴァードンもよく見張っていたほうがいいと言いたかっただけだ」

「言われなくてもそうするさ」スペンサーはうなった。

「後日また一緒にヴァードンの話を聞きに来よう。犯罪捜査課だけで事情聴取に来たら、君たちは黙っちゃいないだろう？」

「俺が同行する。いつにするつもりだ？」

「明日は？」

「明日だな」

翌日、スペンサーは俺たちの署に来た。俺は前日が遅番で、ひどい寝不足だった。朝は凍てつくような寒さで、雪の気配があった。だからＢＭＷで行くことにした。田舎道ではランドローバーほど滑らない。

俺たちはタン・ローネンを走ってヴァードンの家に向かった。ヴァードンの家があった場所の正面にトレーラーハウスが駐まっていた。建物は黒ずんだ梁、残り火、焦げついた石壁の歪んだ抽象芸術と化していた。屋根が内側に崩落し、家具が潰れていた。奥の書斎では、水槽のなかで熱帯魚が煮魚になっていた。

「犬も魚も殺しやがって、人間のやることじゃねえ」クラビーが首を振りながら言った。

俺たちはトレーラーハウスのドアをノックした。

「誰だ？」

「キャリック署から来ました」

「それと特別部から」

「勘弁してくれ。おまえらとはもう話をしただろ。言えることは何もない。誰が放火したのかは知らねえよ」

「マイケル・ケリーの身に何があったかは？」

「誰がミサイルを盗んだかは？」スペンサーが言った。

ヴァードンがトレーラーのドアをあけた。汚れた黒いパーカー、裾の広がったジーンズという格好で、ふかふかの白猫を抱いていた。

「おまえらどんだけ馬鹿なんだ？　ミサイルのことはくそほども知らないと言っただろ！　俺は不当解雇されたんだ」

「我々は君の力になりたいんだ、ヴァードンさん」とスペンサー。

「本気でそう思ってんなら、どうしてあの男を、ローレンスを逮捕しないんだ？」

「ローレンス氏はあなたの家を燃やしていません。放火した犯人をあなたは知っているはずだ」俺は言った。

「誰のことだ？」

「UFFです」

「そうかい？　なぜだ？」

「トミー・ムーニーからの脅しですよ。余計なことをしゃべるなという」

「余計なことってなんだ？」

「それはあなたの口から教えてもらえませんかね。我々はあなたを守れます、ヴァードンさん。保護拘置で海の向こうに行ってもらうことで。海の向こうでの新しい生活を用意できます」

ヴァードンはかぶりを振った。

「俺はまちがったことは何もしてない。オマワリに話すことも何もない。盗まれたミサイルのことも、マイケル・ケリーに何があったかも知らない、わかったか？」

雪が降りはじめていた。今では怯える必要のなくなった羊が隣の土地でめえめえと鳴きはじめていた。このあたりの田舎はいいところだ。農場と森に囲まれ、アイリッシュ海がぼんやりしたブルーグレイの線となって東の地平線上に見える。

「帰ってもらえないか？　ここ数日、ストレスがひどいんだ」そう言うと、ヴァードンは鼻を鳴らし、それから鼻をこすった。

「家は保険に入っていましたか？」俺は訊いた。

「ああ。当たり前だ。おまえらオマワリの脳みそが悪魔のひらめきをするまえに言っとくが、俺は自分の犬を撃ってもいないし、自分の家を燃やしてもいないぜ」

「やつらはまた戻ってきますよ」

「やつらって誰だ？」

「連中の考えはわかります。今ごろ自分たちにこう言い聞かせている。〝よし、おまえら、一件落着だ。ヴァードンはばっちり脅してやった。これであいつはもう何も吐かない〟。でも一、二週間が経ち、酒の席でひとりがこう言う。〝もしかしたら仕事を最後まで終わらせといたほうがいいかもな。ただ殺せばすむ話だろ。どうしてびびらせるだけにしておくんだ？　死人に口なしっていうだろ？　俺たちはあの大役立たずのくそに甘くしすぎた〟ってな。連中は戻ってくるよ、ナイジェル。遅かれ早かれ。あなたにもわかっているはずだ。でも我々ならあなたを守れる。海の向こうに逃がしてやれる。イギリス。オーストラリア。どこにでも……」

「見返りに何が欲しいんだ?」

「盗まれたミサイルについてあなたが知っていること、マイケル・ケリー殺しについてあなたが知っていることを教えてください」

「盗まれたミサイルについても、マイケルの死についても何も知らない……仮に何か知ってたとしても教えるもんかよ。俺はあんたらをこれっぽっちも、ミジンコほどにも信じてねえんだ」ヴァードンはそう言うとなかに引っ込み、トレーラーのドアをばたんと閉めた。

「何か考えは、スペンサー?」

彼はかぶりを振った。

「ローソン、クラビー、君たちは?」

ふたりからも何も出てこなかった。

「なら、署に戻ろう」俺は言った。

「それか田舎のパブを冷やかしてみるか」とスペンサー。「朝飯でもどうだ?」

俺たちはバリーキャリーで営業中のパブを見つけ、アイリッシュ・コーヒーとアルスター・フライを頼んだ。

コーヒーに混ぜたウィスキーがスペンサーの口を軽くしたので、俺はウィスキーのダブルを入れたお代わりを頼んでやった。

「君は悪いやつじゃないな、ダフィ」スペンサーが言った。

「君も悪いやつじゃないな、スペンサー、古くからのつき合いのような気がする。おい、マクラバン巡査部長、みんなにウィスキーだ」俺は言い、クラビーに向かってかすかにうなずいてみせた。スペンサーにはダブルのウィスキーを、俺たちにはウィスキー・グラスに入れたブラウン・レモネードを、という意味だ。

そうやって何杯か飲んだ。

「なんでいつもこうやって協力できないんだろうな。君たちと俺たちと。俺たちはみんな味方同士なのにな」スペンサーは眼を赤くし、べらべらと話しはじめた。

「そのとおりだ。ほんとうにそう思うよ、スペンサーくん。俺たちに言ってないことが何かあるんじゃないか？　マクリーンが俺たちに邪魔されたくないと思ってることが」

「マクリーンが？　あいつに何がわかる？　あいつがどこの学校出か知ってるか？」

「当ててみようか。インスティテューション？」

スペンサーは大笑いした。「大当たりだ！　大当たりだよ、ダフィ。王立ベルファスト・アカデミカル・インスティテューション。くそったれ学校だ」

「もう一杯いくかい？」

「もちろん」

またスペンサーにダブルのウィスキー。俺たちにダブルのブラウン・レモネード。

「で、マクリーンが俺たちに知られたくないことってのはなんなんだ？」スペンサーにもう少し口を割らせてから、俺は訊いた。

「あんだって？」スペンサーは眠そうな声で言った。

「ヴァードンがやったことで、マクリーンが俺たちには知られたくないと思ってることがあるって言ってただろ。なんのことなんだ？」

「あい、それか。ほんとに知りたいのか？」

「ほんとに知りたいね」

「そうか。俺たちはみんな味方同士だ、な？　みんな同じ方向を目指してる」

「そうとも、俺たちは一蓮托生して世界に挑むんだ」

「そのとおり……火事のあと……俺たちが帰ったあと、ヴァードンはバリーキャリーの公衆電話に向かった。その公衆電話には盗聴器を仕掛けてあった。そうしろとマクリーンに言ってあったんだ。俺がな。俺のアイディアだ。あいつのじゃない。マクリーンはそんなこと絶対に思いつかなかっただろうぜ」

「ヴァードンは誰に電話したんだ？」

「アメリカ総領事の私邸内にあるゲストハウスの専用回線にかけた。クイーン・ストリートの総領事館にかけたわけじゃない、いいか、アメリカ総領事の個人宅だ。ダウン州ホーリーウッドの近くの」

「それは妙だな」俺は言った。「電話で何を話したか、心当たりは？」

「誰も電話に出なかった。鳴りっぱなしだったんだ」

「ヴァードンは二度目はかけなかったのか？」

「ああ、たぶん勘づいたんだろう。うちのチームのひとりが見張っていたが、ちょいと接近しすぎたんだ」

「アメリカ総領事宅のゲストハウスに誰が滞在しているんだ？」

「それはわからん。総領事館に問い合わせる許可をマクリーンが求めたが、北アイルランド省に待ったをかけられた」

「それでおとなしく待っているのか？」

「仕方がなかった。でも、もしヴァードンがもう一度電話をかけ、尻尾をつかめたら、北アイルランド省も許可せざるを得ないはずだ。わかるだろ、これはきわめて繊細な問題なんだ、ダフィ。外交特権。政府間協力。君だってアメリカ人を怒らせたくないだろ」

「もちろんそのとおりだ」俺は同意した。「アメリカ人を怒らせたくはない」

21　静かなるアメリカ人

俺たちはスペンサーを家に送り、そのあと俺は昼寝をしようとコロネーション・ロードに戻った。

灯油ヒーター。ベッド。熟睡。枕にサラのにおい。けれどサラはいない。サラにとってはここが正念場、忙しい毎日だ。しつこくつきまとうな。少し自由にさせろ。あまり必死なところを見せるな、ダフィ、おい、聞いてるのか？

下階のキッチンへ。コーヒー。牛乳瓶にムクドリ。意地の悪そうな鴉が垂れさがった電線の曲線上から俺をにらんでいる。庭にちらほらと積もる雪。俺の左鼻にひとひらの雪。

昼のニュースを食い入るように見た。さらなる暴動。うんざりだ。気が滅入る。トゥキュディデスを読んだことはあるか？　彼の教えを一行にまとめるとこうなる。世代間の内戦はとてもよくない。

ジーンズ、黒のドクターマーチン、チェ・ゲバラのTシャツ、黒のポロネック・セーター、革ジャケットに着替えた。ＢＭＷの裏を覗く。今日は爆弾はないぜ、親友。警察署に車を走らせた。民主統一党の議員たち、アルスター義勇軍の代理議員たち、その他の有象無象二十人ばかりが署のまえで抗議デモをしていた。

サニーランンズ選出のジミー・ハーランという〝無党派ユニオニスト〟議員が俺の車のまんまえに飛び出してきた。「警察のくず！　おまえらみんな裏切り者だ！　ロンドンデリー包囲戦で寝返ったロバート・ランディと同じだ！」彼は叫んでいた。おまけに、掲げていた〝アルスターはノーと言う〟のプラカードで俺の車のフロントガラスを叩いた。

俺はギアをニュートラルに入れ、車から降りると、プラカードを取りあげ、膝でへし折った。「二度と俺の車に触るんじゃない」

「あい。血にまみれた金で手にした車だからな、おまえら全員だ！」

「おまえも片棒担いでるだろう、ジミー。それを否定するな」俺は言い、群衆に向き直った。「君たちは彼らがまだ認めていないのに、ハーラン議員が自由に演説できると思っているのか？　この男もグルで、自分でもそうわかっているんだ。こいつはここで君たちに自由と抗議という幻想を与えているだけだ。俺たちのなかでも一番最悪なやつだぞ！」

豚にマルクーゼ的真珠だったが、気分はよくなった。この群衆には考える材料を与えてやったほうがいい。俺はＢＭＷに乗り、署に乗り入れた。駐車スペースで車を降りたところで、リアウィンドウに卵が投げつけられていることに気づいた。

俺は殺気立ってマカーサー警部のオフィスに向かった。

「いいですか、署の眼のまえであんなふうに抗議させてはいけません。士気に影響します」

「私に何ができる？」マカーサーは言った。

「解散させるんです」

「外には議員もいるんだぞ」

「だから？」

「言論の自由はどうなる？」

「くそ食らえですよ。あの馬鹿たれどもを署のエントランスから遠ざけるんです。それがあなたのくそ仕事ですよ」

「上司に相談してみなければ」

「ええ、そうしてください。今すぐに。我々の面子は丸潰れです」

そのまま犯罪捜査課に向かった。クラビーがすでに出勤していた。抗議デモとマカーサーについての愚痴を発散させてもらった。ローソンもやってきたので、ランドローバーを借りてくるように言った。

「今日はどこに行くんです?」クラビーが訊いた。

「アメリカ総領事の私邸だよ。ダウン州ホーリーウッドだ」

デモ隊のまえを車で通り過ぎた。全員轢き殺してやりたい衝動に抗い、ラジオ3をつけた。ありがたいことに、武満徹(たけみつとおる)の《雨ぞふる》がかかっていた。イギリスではラジオ3の楽曲選択担当者と俺くらいしか知らない、隠れた宝石だ。クラビーとローソンが心底から嫌がっているのがわかったので、腹いせに音量をあげた。

淡雪。A2の大渋滞。

アメリカ総領事はダウン州ホーリーウッドの海に面した閑静な一画に住んでいた。そこは北アイルランドで最も排他的なコミュニティとして有名だった。私邸はエドワード朝様式の大きな古い家で、もともとはロンドンデリー公爵がベルファストの別荘として建てたものだった。頑丈な石壁。三階建て。手入れの行き届いた芝生。ヤシの木。プライベート・ビーチ。

制服を着て武装したアメリカ海兵隊の兵士がゲートの外にいて、俺たちの身分証を徹底的にチェックしてからなかに通した。

ゲストハウスは母屋と同じ敷地内に建てられていた。新ジョージア朝様式の牧師館風建築で、小さく、二階建て。ほぼビーチに接している。

　小石の敷きつめられた私道にランドローバーを駐め、母屋の階段をあがると、ドアはすでに俺たちのためにひらかれていた。眼鏡をかけ、日焼けした、神経質そうな若いアメリカ人の女性が階段の一番上でクリップボードを手に俺たちを待っていた。

「大変申し訳ありませんが、何か誤解があるようです。総領事はすでにベルファストのオフィスに――」

「私たちは総領事に会いに来たわけではありません。ゲストハウスに滞在している方に用があって来たのです」

「コノリーさんにですか？」女は心底から驚いたように言った。

「ええ、コノリー氏にです」

　彼女はクリップボードに眼をやり、次に俺たちを見た。それから唾を飲み込み、眼鏡を押しあげた。ローソンと同年代だろう。ちょっとした美人だ。「あの、アポ、ええと、アポイントメントはお取りになっていますか？」

「我々にアポは必要ありません。警察ですから」

「ええ、そうですね。あの、ええと、その、ご本人に訊いてみます。でも、あなたがたとお会いするかどうかはなんとも。コノリー氏は公式代表団の一員ではありません。ですからお話しされるかどうかは」

「それについてはお会いしてから考えることにします。コノリー氏の上の名前はなんでしたっけ？」

「ジョンです」

「そうでした。ジョン・コノリー。その方に会いに来たんです。なかで待たせてもらってもかまいませんか？」

暗示的にしろ明示的にしろ、この住居に足を踏み入れる許可をもらうことは、もちろんきわめて重要なことだった。何しろここはアメリカの領土とみなされていて、俺たちの権限を超越しているからだ。招かれないかぎり、吸血鬼と刑事はここに入れない。

「あ、はい。もちろん……ええと、ついてきてください。みなさんにコーヒーをお出ししましょうか？」

彼女は会議室風の大部屋に俺たちを案内した。長い硬材のテーブルに椅子、それからアメリカの偉人の肖像画だけでなく、ろくでなし、役立たずなどなどの、ロンドンデリー侯爵のさまざまな一族の原画まで。たぶん第一次大戦以来この壁に掛けっぱなしなのだろう。

「すみません、あなたのお名前は？」俺はこの若い女性に訊いた。

「メラニー・フォードです」

「フォードさん。私のはミルクなし、砂糖ふたつでお願いできたら」

「ミルクありの砂糖ふたつで」とクラビー。

「自分はミルクだけの砂糖なしで」とローソン。

「それからビスケットがあれば申し分ないですね」俺はつけ加えた。

彼女は立ち去った。遠くから誰かの白熱した声が聞こえてきた。コーヒーはなし。ビスケットはなし。ひとりの男が部屋に入ってきた。年齢は四十くらい、白くなりつつある黒髪、大きな、猿のような人目をひく耳。民間の黒いスーツを着ていたが、左胸の上にリボンのついたメダルが誇らしげに並んでいた。葉を象（かたど）った金の紋様、通称スクランブル・エッグがびっしりと。そのうちふたつに見覚えがあった。ひとつは名誉戦傷章（パープルハート）。もうひとつは南ベトナム国旗。そのほかにも、アメリカ軍のなんらかの十字勲章。

「私をお探しですか？」男はボーイイッシュな中部アメリカのアクセントで言った。かすかに南部の陽気な響きもある。

「あなたがジョン・コノリーさんですか？」

「そうです」男はほほえむとテーブルに就いた。

俺は自己紹介し、それからクラビー、ローソンを紹介して、マイケル・ケリーとその両親、シルヴィー・マクニコルの死亡した状況に疑わしい点があり、その捜査をしていることを説明した。

コノリーは片眉を持ちあげた。「どの名前も聞いたことがありませんね」

「マイケル・ケリーの親友にナイジェル・ヴァードンという男がいます。この名前に心当たりは？」

「ありませんね」

「二日前の夜、ヴァードン氏の自宅は何者かに放火されました。その直後、彼はこの敷地内にいたあなたに電話をかけています。ヴァードン氏がどうしてそんなことをしたのか、心当たりはありますか？」

「まったくありません」コノリーは陽気に言った。

「何も思いつきませんか？」

「ええ」

「社交の場でヴァードン氏に会っていた可能性はありませんか？」

コノリーはいかにもアメリカ人的な、きれいにひげが剃られた四角いあごを撫でた。

「どうでしょうね。ベルファストに来てからというもの、あまり社交的なことをしていませんので」

「あなたは北アイルランドで何をなさっているんですか？」

彼は首を横に振った。「ああ、それは言えないんです、警部補。政府関係の極秘の仕事をしています」

「あなたがアメリカ政府のどの部門で働いているのかは尋ねてもかまいませんか？」

「尋ねるのはかまいませんが、それを答える裁量は与えられていないんです、ダフィ警部補」そう言って、彼は笑みをつくった。自分では安心感を与える笑みだと思っているのだろう。「私に言えるのは、ここで私たちがやろうとしていることはアメリカ合衆国とイギリス双方の国民にとって利益になるということです」

そりゃいったいどういう意味だ？

「少し話を整理させてください、コノリーさん。あなたはアメリカ政府の極秘任務に就いていて、それはアメリカとイギリス両政府にとって利益になるということですか？」

「簡単にいえばそうです。私の説明よりずっとわかりやすい」

彼は椅子の背にもたれた。今では満足しきって、隙っ歯の猿のようなにやつきを浮かべている。ようやくさっきのフォードという女性がコーヒーとクッキーを運んできた。

「ヴァードン氏は〈ショート・ブラザーズ〉の仕事をクビになりました」俺は言った。

「ほう？　そうですか？」

「ミサイル部門で働いていたんです。新型のジャヴェリン・システムを開発していた部門です。ミサイルが何発か紛失した可能性があり、その後に解雇されました。もしかしたらその件はあなたが北アイルランドにいることと関係ありますか？」

「私にはそれに答える裁量がないんです、警部補」

「王立アルスター警察隊はこれまでに何度もＦＢＩと協力してきました。組織間の協力は両国にとって利益があると思いますが」

コノリーは眉をひそめ、それから俺が示唆していることを理解したようだった。

「ああ、いや、ダフィ警部補。私はＦＢＩの人間ではありません。それだけは言えます」

「アメリカ政府のどの部門で働いているんですか？　それは教えてもらえますか？」

「いや」

「でもあなたは軍人ですよね？」

彼は首を横に振りそうになってから言った。「それについても教えることはできません」

「あなたはアメリカ陸軍の現役将校ですか？」

「私はアメリカ陸軍の人間ではありません」

「海軍ですか？　それとも海兵隊？」

「政府内の現在の地位、階級を君に教える裁量は私にない。それは機密情報だ」彼はぴしやりと言った。

俺はコノリーのどんよりした眼、岩のように不動の姿勢、奇妙で無表情な、痩せたチンパンジーのような顔を見た。彼は腕時計に眼をやった。

「諸君、私は多忙な身でね。あなたたちだってそうでしょう。その問題についてあまり力になれなくてすみませんが」

「あと少し伺いたいことがあります」

「だとしても、そろそろお引き取り願わなければ。ここでの仕事はほんとうに忙しいんです」

コノリーは立ちあがった。ローソンとクラビーも立ちあがったが、俺は動かなかった。コーヒーに口をつけた。意外にうまかった。

「アメリカの軍人にとって、今日は特別な日なんですか？」

「いや」

「じゃあ、それだけの勲章をいつも平服につけているんですか？」

俺におちょくられていることに気づき、コノリーはひどく気分を害したようだった。

「言ったとおり、私は非常に多忙なんだ、ダフィくん。見送りは不要でしょうね」

「あとひとつ質問があります、コノリーさん。今年の十一月十一日の夜、どちらにいらっしゃいましたか？」

「十一月十一日にどこにいたか？　手帳を見なければ答えられませんね」

「ではそうしてください」

「ああ、待てよ、たぶんこの日記に書いてある」そう言うと、彼は内ポケットから小さなノートを取り出した。

「十一月十一日はスイスにいましたね」コノリーは勝ち誇ったように言った。

「スイスのどちらです？」

「チューリッヒ」

「スイスで何をしていたんです？」

「アメリカ政府の仕事です。十一月八日から十一月十五日まで現地にいました。それから飛行機でロンドンを経由してベルファストに戻ってきた。十一月十一日に何があったんですか？」

「その日の夜、マイケル・ケリーの両親が殺害され、同時にマイケルがおそらく拉致されました」

「そういう名前の人物は知りません。それに今言ったとおり、私はこの国にいなかった」

「十一月八日から十一月十五日まであなたが国外にいたことを証明できますか？」

「私のオフィスの人間がクレジットカードの利用履歴、ホテル、飛行機の予約状況といったものを提供できるはずです」

「チューリッヒではなんというホテルに泊まりましたか？」

彼は日記を見た。「〈ドルダー・グランド〉、クルハウスシュトラッセ・ストリート六五番地」

「〝シュトラッセ〟はストリートの意味です」ローソンが言った。

「なんですって？」

「ローソン巡査刑事はクルハウスシュトラッセというのはクルハウス・ストリートの意味なので、シュトラッセ・ストリートは重言だと指摘したんです」俺は言い、似顔絵のコピーを見せた。「この男を見たことは？」

「いや、すまないがほんとうにそろそろ――」

「十一月十九日の晩はどこにいらっしゃいましたか？」

コノリーはもう一度日記をめくった。「十一月十九日？」

「ええ。シルヴィー・マクニコルが自殺したとされているのがその日の夜です」

「ああ、十九日の夜にどこにいたのかは言えません」

「覚えていらっしゃらない？」

「どこにいたかは覚えているが、十九日の夜の私の行動について答える準備ができていないということです」

「おっしゃっていただけないということですか？」俺は耳を疑って訊いた。

「修正第五条の権利を行使し、その質問への回答を拒否する」

「アメリカの修正第五条の権利……つまり黙秘権ですか？」

「そのとおり。そして、私は行政特権と外交特権も同様に行使できるものと思います」

「それはそれとして、コノリーさん、これは殺人事件の捜査です。私にはあなたが我々の捜査に関連するかもしれない証拠を伏せているように思えるのですが」

「信じてくれませんか、ダフィさん、そのけちな殺人事件の捜査とやらにはなんの関係もありません。私は君の給与等級のはるか上のレベルで仕事をしているんだ。アメリカ政府の役人が地元の殺人事件だかなんだかに関わっていると決めつけるまえに、よくよく考えたほうがいいと思いますがね。さて、ではお引き取り願いましょう……スティーヴン！」

職員のひとりが俺たちをエントランスまで見送り、外に案内した。俺たちは砂利道を横断し、考えに沈みながらランドローバーに戻った。

「どう思う？」俺は言った。

「どうしてあいつにアリバイを訊いたんです？　あいつがケリー夫妻を殺したってこたあ

ねえでしょう」クラビーが言った。

「あいつが言ったことを聞いただろ。政府機関の人間だ。ＣＩＡかもな？　背が高かった。ディアドラが見かけた不審者も背が高くて痩せていたんじゃなかったか？」

「トミー・ムーニーも背が高くて痩せてるな。ナイジェル・ヴァードンもそうだ。言われてみりゃ」

「それから、アラン・オズボーンもですね……まあ、痩せてはいないかもしれませんが、長身でした」とローソン。

「今挙がった四人は似顔絵の人物とそうかけ離れてるわけじゃない」と俺。

「でも、コノリーにはケリー夫妻が殺された夜のアリバイがありやす」

「ああ。そう言っていたな。裏を取っておこう」

「勲章について訊いてたのはなんなんです？」クラビーが訊いた。

「ふつう、平服に勲章はつけないものだ。特別な機会を別にすればな。あいつは見栄っぱりだ。でもベトナムで従軍した。チキン野郎じゃない」

俺たちはランドローバーに乗り込み、ベルファストに戻った。

「次はどうしますか？」とローソン。

「ジョン・コノリーの情報を提供してもらえるよう、総領事館に正式に要請する。が、アメリカ人を相手にしてきた俺の過去の経験からいって、ふたつのことが起きると思う。ひとつ、俺たちは何も教えてもらえない。ふたつ、俺たちはジョン・コノリーに二度と会わない。あいつがスパイなら、自分の正体がバレたことにもう気づいていて、国外に脱出する手筈が取られるだろう」

「特別部はどうしやす？　きっとカンカンになるぜ」クラビーが言った。

「署に戻ったら電話しておくよ。ほかの情報網から聞かされるより、俺の口から聞いたほうがいいはずだ。お詫びの印にアイラ・モルトのボトルでも送っておく。もしかしたら、ふた瓶」

「テムズ・バレー警察にウィスキーを贈られたとき、警部補は怒っていませんでしたか？　アイルランド人をウィスキーで買収するつもりか、とおっしゃって」ローソンが言った。

「でも効果はあった、だろ？　結局、俺はあいつらを見逃してやったし」

俺たちはキャリック署に戻った。ローソンがスイスのホテルに問い合わせ、問題の夜、コノリーがほんとうにそこに滞在していたことを確認した。コノリーはアイルランドのパスポートをホテルに提出していた。それは実に興味深いことだった。多くのアメリカ人がアイルランドのパスポートを持っている。でも、アメリカの外交官もそうなのか？　コノリーが思っていたとおり、総領事館はコノリーについて何も教えてくれなかった。コノリーがなんらかの任務でベルファストにいるのかどうかの確認を拒否し、我々の問い合わせをロンドンの大使館に転送した。大使館は確認して折り返すと言ったが、結局電話はなかった。そういう態度を続けるつもりなら、ＭＩ５にいる親友、ケイトにいつでも助けを求められる。

十一月十五日の夜九時にチューリッヒからベルファストに向かう便があったことをローソンが突き止めた。その便の搭乗者名簿にジョン・コノリーの名前はなかった。が、もしあの男が複数のパスポートを持つスパイだとしたら……

俺は強い酒を注ぎ、特別部に電話をかけた。俺たちがコノリーに事情聴取したことについて、彼らはほんとうにカンカンになったが、十八年もののアイラが二本届くと怒りを鎮めてくれた。アイラ島のシングルモルト十八年ものには、そういう働きがある。

22 ダヴェンポート・ブルース

サラが遊びに来てくれることになった。近ごろはあまり会えていなかった。サラの髪は短く、より明るい色になっていた。きれいだった。幸せそうだった。アングロ＝アイリッシュ合意が引き金となった暴動が起きて以来、一面記事を四本書いていた。誰のためにもならない風は吹かない……

彼女はキッチンでキャセロールをつくっていた。本人いわく、〝得意料理〟のひとつらしい。俺は居間でまた武満徹を聴いていた。初期のパーカッション作品――ジョン・ケージ×日本の伝統音楽×カール・オルフのナチ政権以後の子供向け作品。控えめにいって、聴けば聴くほど味が出る。

俺は《ベルファスト・テレグラフ》を下に置いた。二面にフィリップ・ラーキンの訃報が出ていた。齢六十三。俺は二階にあがり、本棚から彼の詩選集とジャズ批評を探した。

電話が鳴った。

「ダフィだ」

「ショーン、俺だ」

「どうした、クラビー」

「すまねえ、ショーン。お邪魔じゃねえか。今夜は非番だろ」

「いや、大丈夫。読書していただけだ」

「なんかいい本でもありやしたか？」

「フィリップ・ラーキンのジャズ批評。ラーキンは世界が一九五〇年で止まっていればと考えていた」

「アーメン……なあ、ショーン。ストラスクライド警察から電話があった。悪いニュースがふたつ。ひとつはすげえ深刻だ、残念ながら」

「言ってくれ」俺はため息交じりに言った。

「まずひとつ目。ストラスクライド警察の連中はこっちの指示どおり、ムーニー、ヴァードン、オズボーン、コノリーの似顔絵をディアドラ・フェリスに見せたが、その四人のなかに彼女が自宅の外で見た不審者がいるかどうかは断言できねえってことだった」

「それがすげえ深刻なニュースか？」

「いや。すげえ深刻なほうのニュースは、どうやらディアドラは隠れ家の場所をばらしちまったらしいってことだ。ストラスクライド警察は彼女のガラをよそに移したがってる。で、その費用をこっち持ちにしてほしいそうだ。ディエル巡査部長に訊いてみたところ、それは署の予算じゃなく、犯罪捜査課の予算から出してくれってことだった」

「ばらしたって、どうやって？」

「母ちゃんに自分の居場所を言っちまったんだ。自分宛てのクリスマスプレゼントを転送してもらえるように」

「ディアドラは今どこにいるんだっけ？」

「エアのアパートだ。グラスゴーのちょい南の」

「母親にその住所を教えちまったのか？」

「あい。おまけにその母ちゃんがディアドラの友達全員と親戚一同にも、どこにプレゼントを送りゃいいか教えちまった。ストラスクライド警察はたいそうお冠（かんむり）だ。どっかのごろつきがやってきてディアドラを殺すと踏んでるらしい」

「ああ、そういうことなら身柄を移してやってくれ。犯罪捜査課の自腹でな。金はなんとか工面しよう」

「ありがとよ、ショーン。じゃあ、ゴーサインを出しとくぜ」

「それと、連中にディアドラちゃんを電話に近づけるなと言っておけ」

キッチンにいたサラに呼ばれ、バスの缶と皿に盛ったキャセロールを渡された。確かに、とてもうまそうだと認めないわけにはいかなかった。

「どしたの、ショーン？　電話してたみたいだけど。悪いニュース？」

俺はディアドラ・フェリスの口の軽さについて話した。

「ストラスクライド警察はベルファストから誰かがやってきて彼女を殺すと考えてるらしい」

「そうならないって断言できるの？」

「あの晩、自宅の外で不審者を見たって証言はでたらめかもしれないしな」

「でも、もしその彼女が真実を話していて、隠れ家の場所をうっかりしゃべっちゃったんだとしたら、殺人犯はそこに行ってやり残した仕事をやり遂げようとするんじゃない？

犯人は冷酷な男だよ。シルヴィーを殺した。マイケルとその両親を殺した。今さらもうひとり殺したところで、そいつにとってはなんでもないでしょ？」

俺はバスの缶を置いた。「確かにそうかもしれないな。ディアドラを新しい隠れ家に移す。それから元の隠れ家を張り込み、誰かやってくるかどうか確かめる？」

「で、あなたが犯人を捕まえたら、わたしがその特ダネをいただく！」

俺はクラビーに折り返しの電話をかけ、犯人をおびき出すアイディアを伝えた。クラビーは気に入った。エアへの出張を警部に掛け合ったところ、上層部が関わらないかぎり、そしてそれが俺たちの予算内でおこなわれるかぎり、何をしようとおかまいなしという態度だった。

ローソンに電話をかけた。「ストランラー行きフェリー乗り場、明朝。六時の便。五時半に集合だ。遅れるな」

「はい？」

「ラーン港に五時半に集合だ。着替えを持ってこい、遅れるなよ」

カーフェリーでラーンからストランラーへ。

凍える船尾甲板でひとり、大麻を吸い、夜明けまえの光に照らされるアントリム州の海岸を振り返った。

クラビーは船内でエッグ・アンド・ソーセージを食べ、ローソンはその隣でげっそりしていた。

スコットランドの質素なストランラー港に到着。

ＢＭＷに乗ってフェリーから降り、息を呑むほど美しいA719をエアに向けて走った。地元犯罪捜査課のシリル・ブロック警部補がエア警察署で俺たちを出迎えた。ぽっちゃりした巻き毛の男で、エルボーパッチのコーデュロイ・ジャケットに眼鏡という出で立ちは新任の数学教師のようだった。ディアドラの身の安全のため、彼女は真夜中のうちに慌ただしく身柄を移されたということだった。

「ディアドラを絶対に電話に近づけないように。あらゆる意味において、彼女はまだここにいることにしておいてください」俺はブロックに説明した。

「あい。そうだな」

俺たちは張り込みの計画を立てた。ブロックはストラスクライド犯罪捜査課の刑事四人のローテーションと俺たち三人で充分だと考えていた。もっと大きなチームのほうがよかったが、エアは小さな署で、無駄骨に終わるかもしれない仕事であまり負担をかけさせたくなかった。

「張り込みに必要な期間はどれくらいの見込みだ？」ブロックが訊いた。

俺は肩をすくめ、クラビーを見た。

「一週間？」クラビーは言った。

「最大で一週間だな。こちらとしてはそれ以上の工数はかけられない」

俺たちはブロックに隠れ家まで案内してもらった。海、岸辺、アラン島のゴート・フェル山を一望できる、わりといいアパートだった。

俺たちはキャリック署とエア署のチームで張り込みのシフトを調整した。

つねにふたりがアパートの外、ふたりがアパート内にいるようにした。

張り込み初日の夜──成果なし。

朝、俺たちは海に面したカフェを見つけた。〝スコットランド流フルブレックファスト〟。ベーコン、卵、パンケーキ、トースト、ブラックプディング、ホワイトプディング、ハギスのセット。

脂っこいコーヒーと煙草で朝食を流し込んだ。

休憩時間にエアを散歩した。クラビーはかのジョン・ノックスが説教をおこなったという長老派の教会を見つけた。俺たちはみんな、遅いか早いかのちがいはあったが、スコットランドの国民的詩人、ロバート・バーンズの生家に行った。俺はその家の屋根葺きに指を走らせた。すると往来を走行していた女性が車を停め、ウィンドウをあけて、マギー・スミス演じるジーン・ブロディの声で「その屋根に触らないで」と言った。

太陽がクライド湾に沈もうとしていた。

暗闇。

また当番。エア署の犯罪捜査課は外の警察車両のなか。キャリック署の犯罪捜査課はアパートのなか。

深夜がやってきて、そして過ぎていった。ローソンに仮眠を取らせた。クラビーは寝ずに新約聖書を読んでいた。俺はリビングのソファの上で横になり、フィリップ・ラーキンがジャンゴ・ラインハルトについて書いたエッセイを読んでいた。

ある意味では、この世紀にアーティストとして生きてきたのはこのジャズマンなのだ。定評ある芸術が広く受け入れられ、冷めた敬意でもって支援される時代にあって、我らの時代独特の感情的言語を認めさせるには、偏見と軽視に苦しまなければならない。彼は芸術に対するひたむきな献身によってそれを可能にしていた。ビックス・バイダーベックやチャーリー・パーカーの生涯について考えるとき、ワーズワースの〝我ら詩人の若きころは喜びのうちに始まった／しかし、いずれは失望と狂気が訪れる〟という詩の情緒をいくばくも感じずにいることは難しい。

俺は本を下に置いた。マガイア神父、あの憂鬱なカンブリア州のサディストは、この華奢な体に、俺の思考の許容量を超える数のワーズワース四行詩を叩き込んだ。ここで引用されているワーズワースの詩は、正確には〝我ら詩人の若きころは喜びのうちに始まる〟だったはずだ。クラビーにワーズワースの詩を何か知っているかと訊こうとしたそのとき、無線に生命が宿った。

「ダフィ、何者かが四階にあがろうとしている。建物が邪魔でこちらからはよく見えない。大男、ジーンズにパーカー」ブロックが言った。

クラビーが聖書を置いた。

俺は寝室に行き、ローソンを起こした。

「な――」

ローソンの口を手でふさいだ。

「しーっ。誰かやってきた」

俺は抜き足でアパート内を歩いた。

「明かりは消したままにしておけ」クラビーに向かってささやいた。

ローソンは不安そうに拳銃をかまえていた。

「頼むからそいつを俺たちに向けねえでくれよ」クラビーが小声で言った。

俺はアパートのなかをそろそろと進んだ。

ドアの正面に何者かが立っていた。

俺は唇に指を当て、ふたりにうなずいてみせた。

キーチェーンがじゃらじゃらいう音が聞こえた。合鍵にちがいない。

声はしない。ささやき声もなし。単独でやってきたのだ。

この金属的なきしりは錠の音か？

月明かりと周囲の街灯のおかげで、俺のいる位置からドアの取っ手がよく見えた。取っ手が回転したら気づけるはずだ。

無線が音をたてた。「もうあがってきたか、ダフィ？」ブロックの声がした。

金属的なきしりがやんだ。

俺は無線を切ったが、遅すぎた。廊下を駆けていく音が聞こえた。

無線のスイッチを入れ直した。「また下におりるぞ。捕まえろ！」

アパートのドアをあけたが、そこには誰もいなかった。廊下を走り、階段を飛びおりた。

ロビーに着くとブロックがそこにいて俺を見ていた。

「こっちには来てない！」ブロックは言った。

「裏を見張ってるのは誰だ？」

「マクグラス巡査刑事だ」

俺たちは裏手に走った。マクグラスは金属製のごみ箱のなかで伸びていた。

「ショーン！」クラビーの声がした。「通りだ！」

俺はクラビーが指し示している場所を見た。眼出し帽をかぶった人影が遊歩道を走っていた。

俺たちは拳銃を抜き、走ってあとを追った。

「止まれ！　武装警察だ！」俺は叫んだ。

男は走りつづけた。

「あとを追え、ローソン！」俺が怒鳴ると、ローソンは火がついたように駆けだした。

「動くな！　警察だ！」男との距離を詰めながらローソンが叫んだ。

眼出し帽の男はクロムウェル・ロードを走って横断し、駐車場に入った。

ローソンは男との距離を半分に詰めた。

「行け、行け！」俺は叫んだ。

男は振り向き、セミオートの拳銃でローソンに向けて二発撃った。ローソンは遮蔽物に飛び込んだ。男はもう一発撃ち、また駆けだした。

俺はグロックを抜き、男めがけて三発撃った。が、この暗さとこの距離では見込みはなかった。

ローソンに追いついた。「おい、無事か？」

「はい」

ローソンは足首をひねっていたが、ほかに怪我はなかった。

「止まれ！　こちらは武装警察だ！」俺はもう一度怒鳴り、男に向かってもう三発撃った。

男はポルシェ944の脇で急停止し、助手席に飛び乗ると、車は爆音をあげてモンゴメリー・テラスを走り去った。

俺は銃身をさげ、アラン・テラスを走っているポルシェとほぼ水平になるようにかまえた。

助手席側のウィンドウがあき、男が弾倉内のありったけの弾丸を俺に浴びせた。俺は伏せ、這ってヴォルヴォ240の背後に隠れた。

年代ものの大きなヴォルヴォは何度も弾を浴びた。エンジンブロック、ドア、ドア、ドア。どん、どん、どん、どん。いい集弾率、大した腕だ。

立ちあがったときにはポルシェは百メートルほど遠ざかり、速度は百三十キロ近く出ていた。

二秒後、車はモンゴメリー・テラスを抜けてA719もしくはA70に向かっていた。そこからはエアシャーのどこにでも行ける。あのスピードなら二十分でグラスゴーに到達するが、犯人たちが賢ければ、可能になった時点で車を乗り捨て、別の車を強奪(ジャック)するか、安全な場所で警察の追跡が終わるまでやり過ごすだろう。

俺が息をつくと、ポルシェのしわがれた百七十馬力のエンジンが静かな夜の空気を切り裂くのが聞こえた。マニュアルのギアボックスでギアが五速に切り替わるのが聞こえ、それから何も聞こえなくなった。

「君たちが銃を携行してるとは聞いてないぞ！」ショックを受けたブロックが俺に言った。

「もちろん携行してるさ。俺たちは王立アルスター警察隊だ」

「銃の持ち込みが許可されてるはずはない！　俺たちの書類仕事が山ほど増えることになるじゃないか」ブロックは言った。明らかに怒っている。

「書類仕事がなんだ。交通警察に知らせろ、道路を封鎖するんだ、早く！」

ブロックは交通警察に連絡した。交通警察は出入道路から高速道路までを封鎖した。

俺たちは署で報告を待った。

二時間後、イースト・キルブライドで炎上しているポルシェが発見された。乗っていた男たちの痕跡はなかった。鑑識にかけられる証拠はなかった。

「連中はもうあのアパートには戻らねえでしょう」クラビーが言った。

「だな。ヘマをしちまった」

「仕方なかったよ、ショーン。俺たちはできることをやった」

「そうか？」

「そうに決まってる。あんまし自分を責めんのはやめやしょうや」クラビーは言い、俺の肩を叩いた。クラビーにとって、それはほかの人間との接触を図る大胆な行為だった。

「わかったよ」

「あの男はそれほど背が高くありませんでした」とローソンが言った。「百七十後半といったところでしょう。それと、ふたり組でした。もしかしたら武装組織の人間かもしれませんね」

「それはともかく、被疑者全員のアリバイを確認しておこう」俺は言った。

俺たちにとって残念なことに、ナイジェル・ヴァードンもトミー・ムーニーも、特別部によれば、それぞれのベッドのなかでぐっすり眠っていた。念のために自分たちでも確認した。署の人間がそれぞれの家を訪れ、ふたりを起こした。ジョン・コノリーは電話に出ず、総領事館の職員はコノリーがまだアイルランドにいるかどうかの回答を拒否した。アラン・オズボーンはロンドンのアパートに在宅していた。

フェリーでふたたびアルスターへ。ディーゼルの悪臭。灰色の海。フェリーはやる気がなさそうにラーン港に入った。港というのは美と謎に満ちた場所だが、ラーン港は相も変わらず、そのご多分に漏れるのだった。

「俺たちは今日、出勤しなくてもいいだろう。紛争は俺たち抜きでも楽しくやってるだろうし」俺はふたりに告げた。

「俺は農場の仕事ができるとありがてえ」クラビーが言った。

「そうしろ。それとローソン、君は足を診てもらえ」

「はい」

「スコットランドでのことは心配するな。俺がマカーサーに報告書を書く。俺たちに落ち度がないように書いておくさ」

BMWでコロネーション・ロードへ。俺の駐車スペースにパン屋のバン。オーナーが近くにいる気配はない。仕方なく、二軒隣、ボビー・キャメロンの家の正面に駐めなければならなかった。無断でそういうことをしたらあいつは怒るだろうから、小径を歩いて家の呼び鈴を鳴らした。

ボビーは赤ん坊とハインツの豆缶を抱えて玄関先に現われた。

「どうかしたか、ダフィ」ボビーは訝しげに言った。

「あんたの駐車スペースを使わせてもらってる」俺は言った。「いちおう知らせておこうと思って」

「おまえのスペースはどうしたんだ?」

「パン屋のバンが停まってる」

「ああ。なるほどな。理由を知りたいか?」

「パン屋の主人がこの界隈の慢性的に孤独な主婦と熱烈な情事をしていることと関係があ

るのか?」

「かもな」

「なら、死んでも知りたくないね」

俺はボビーと別れ、家に帰った。数時間仮眠し、劇場でかかっている映画を《ベルファスト・テレグラフ》でチェックし、職場にいるサラに電話した。

「今晩、映画でも行かないか?」

「ようやく暇な日に電話してきてくれたね! 何を観るの?」

「クイーンズ・フィルム・シアターで『パパは、出張中!』なんてどうだ?」

「どんな映画?」

「戦後のユーゴスラヴィアで成長する子供の物語だ」

「へえ! 『愛と哀しみの果て』はどう? 先行上映のチケットをもらえる。とても貴重なチケットで、まだずっと先まで発売されないんだよ」

「そうか。いいね。評判いいらしいじゃないか。原作を読んだよ。主人公の女性は興味深いキャラクターだ。自ら餓死を選ぶ。ボビー・サンズのように」

「え? そんな話じゃないよ。アフリカの話。ロバート・レッドフォードが出てる」

「六時に迎えに行くよ」

ひげを剃り、シャワーを浴び、スーツを着て、BMWの車底を確かめ、署に向かった。自分のオフィスに腰を落ち着け、エアでの冒険をタイプして報告書にまとめ、〝ストラスクライド警察とのすばらしい組織間協力〟ができたことを強調した。

昼飯のあと、またBMWに乗り、東ベルファストにある〈ショート・ブラザーズ〉の工場に向かった。

警察手帳をちらつかせ、下級職員数人にたらいまわしにされたあと、非常に高い地位の管理者が面会してくれることになった。この男が非常に高い地位にあることはひと眼でわかった。バリミーナの出身で、かつらをつけていたからだ。下級の管理職であれば、このふたつのハンデがあって生き延びられるわけがない。

俺たちは握手を交わし、ベルファスト・ハーバー空港を一望できる無人の会議室に腰をおろした。

「ミサイルの件でいらっしゃったそうですが、特別部の方ですか？」ウィリアムズ氏が訊いた。

俺は自己紹介し、ミサイル紛失事件に興味があることを説明した。

「ここで何があったのかを突き止める調査がおこなわれていると聞きましたが、その後、進展はありましたか？」

「残念ながらありません。誰が盗んだかはまだわかっていないのです」

「でも、盗まれたことはわかったんですね？　それは立派な進展じゃないんですか？」

「盗まれたことは最初からわかっていました。在庫管理上の問題かもしれないというのは、国家安全保障上の理由から政府に命じられて用意した虚偽の説明です」

俺は驚いた。「特別部はそれを知っているんですか？」

「ええ、知っています」

「こっちは何も聞かされてないぞ！　あいつら、やっぱり隠しごとしてやがったか」

「たぶん〝知っておくべき者だけに知らせる〟というやつでしょう」

俺は手帳をめくった。「それで、何が盗まれたんです？　正確にいうと」

「ジャヴェリンMk1ミサイルシステムが六発です」

「ミサイルシステムというのはなんですか？」

「ミサイルと発射機構、レーダー制御装置一式のことです」

「サイズは大きいんですか？」

「箱のなかに入っている状態では大きいですが、分解できます」

「ジャヴェリン・ミサイルが六発というのは、かなりの破壊力になりますか？」

「ええ。ですがミサイル技術のほうがもっと重要です」

「それはどうして？」

「技術にアクセスできれば、リバースエンジニアリングできますから。自由にいじれるミサイルが六発もあれば、システムの根幹部分をあっという間に理解できるでしょう」

「そういうことをしたがるのはどういった人間ですか？」

「いや、それは私にもわかりません。南アフリカ人？　ロシア人？　イラン人？」

「アメリカ人が絡んでいるということはありえますか？」

「アメリカ人が？　アイルランド系アメリカ人？　テロリストという意味ですか？　IRAの？」

「いいえ、政府です」

「ああ、それはないでしょう。アメリカにはジャヴェリンに匹敵する自前のミサイルシステムがあります。というか、多くの点で向こうのほうがすぐれています。私の意見では、彼らが興味を持つような知的財産や専売特許は使われていません」

「特別部は捜査の対象をナイジェル・ヴァードンとトミー・ムーニーに絞っているようですが」

「私でもそうするでしょうね」

「なぜです？」

「ナイジェルは警備担当責任者でしたし、ムーニーは運送労働者組合を仕切っています。ムーニーの許可なしに、ここから何かが出ていったり、入ってきたりすることはありません」

「ナイジェルは解雇されましたが、ムーニーはまだここで働いていますね」

「ムーニーをクビにはできません。工場全体がストに打って出ます。もっと悪いことになるかもしれません」

「もっと悪いこと？」

「ムーニーは武装組織の人間ですよね？」

「そう言われていますね。ジョン・コノリーという名前を聞いたことはありますか？」

「いえ。記憶にありません」

「それは確かですか？」

「ええ」

「ミサイルは北アイルランドのテロリストでも扱えるような代物でしょうか？」

「扱えるでしょうね。でもそうなると、ロイヤリストとＩＲＡのあいだに取引があるということになりますが」

「それは内部の人間の犯行だからですか？」

「そうです！　ミサイルを盗んだのは十中八九、この工場の労働者です。こう言ってはなんですが、ほぼまちがいなく東ベルファストの労働者……つまり――」

「ほぼまちがいなくプロテスタントで、もしなんらかのテロ集団と結びつきがあるなら、それはロイヤリストであるはず、というわけですね」

「そうです」

「この男を見かけたことは？」俺は似顔絵を渡して訊いた。

「ありませんね。見かけたいとも思いません」

「ありがとうございました。ウィリアムズさん。大変参考になりました。私たちがこうして話したことについて、特別部に言う必要はありません。彼らは自分の縄張りを荒らされることに対して、馬鹿みたいに過剰反応しますから」

車でベルファストに引き返し、アメリカ領総事館を訪ねた。警察手帳を見せ、ジョン・コノリー氏に会いたいと言った。

めちゃくちゃかわいい赤毛の秘書がお待ちくださいと言った。

秘書は電話をかけ、ほほえみ、何かをメモし、電話を切った。

「申し訳ありませんが、今日はお会いできません」彼女はアメリカ南部の心地よいアクセントで言った。

「今日は？　じゃあ、コノリー氏はまだベルファストにいるんですね？」

「ええ」

「いつお会いできるかわかりますか？」

「いえ。伝言をお預かりいたしましょうか？」

「結構です、ありがとう。大変助かりました。すてきなアクセントですね。アメリカのどちらのご出身ですか？」

「リトルロックです」

　リトルロックといえば、公民権運動のさなかに黒人生徒のハイスクール入学をめぐって紛争が起きたアーカンソー州の街だ。俺は秘書やアシスタントとできるかぎりおしゃべりしたい性質(たち)だが、彼女がリトルロックの名前を口にした瞬間に思い浮かんだ唯一のイメージは、偏屈なでぶの白人州知事が黒人の子供たちを殴っている姿だった。なので、何も言わずに総領事館をあとにし、《ベルファスト・テレグラフ》のオフィスまで短い散歩をした。

　いったいどういうことなのか。

　ジョン・コノリーはまだ〝国内〟にいる。逃げ出していない。まだここにいる。俺たちはあいつをびびらせたはずだ。となると、たんに鈍いのか、それともやけくそになっているのか……

　サラは俺に会えて喜んだ。

「あなた、男だよね」

「そうとも」俺は言った。

「家庭欄のアンケートがあるんだけど、いくつか訊いてもいい？　一分ですむから」

「わかった。やってくれ」

「犬派？　猫派？」

「犬」

「ボクサーズパンツ派？　ブリーフ派？」

「〈マークス＆スペンサー〉のホイップ菓子派」

「ブリーフ派って書いとくね。パンティ派？　ニッカーズ派？」

「何がちがうんだ？」

「ちがいはない。言葉の響きの問題。どっちがセクシーに感じる？」

「ニッカーズってのは五〇年代のお色気喜劇に出てきそうだな」

　アンケートはそのように続けられた。

　俺たちはそこそこのイタリア料理店でディナーを食べ、『愛と哀しみの果て』を観た。

原作と全然ちがったが、サラは気に入り、最後に大泣きした。これはうまくいきそうだ。

サラを乗せて車でコロネーション・ロードに戻った。

ジン・トニック。フィリップ・ラーキンへの手向け、ビックス・バイダーベック。

「すごく悲しい話だった」サラは言った。

「まったくだな」

「彼が死んじゃったの、ほんとに泣けた。彼女はもう愛する人を見つけられないと思う。あれこそがたったひとつの真実の愛だったんだよ。そう思わない？」

「ロバート・レッドフォードが？」

「うん」

「原作の『アフリカの日々』は実話だけど、実際はあの男はイギリス人だった」

「現実の彼女も性病だったの？」

「梅毒だ。レッドフォードがイギリス英語のアクセントを真似する努力すらしてなかったのは笑ったよ。たぶんできなかったんだな。メリル・ストリープの存在感が強すぎて、どうせ自分は目立たないってわかってたんだろう」

サラは飲み物を飲む途中の姿勢で固まり、俺を見た。「あなたって、いつもケチつけてばっかりだよね。自覚はある？」

これはまずい。同意するんだ。「ああ、君の言うとおりだ。ただの粗探しだよ」

「映画、全然おもしろいと思わなかったんでしょ？」

「いや、よかったよ。画は美しかったし、音楽もよかった。メリル・ストリープもすばらしかったし、ボンド映画に悪役で出てた男もすごくよかった」

サラはグラスをコーヒー・テーブルの上に置いた。

顔から涙を拭いた。

「ほんとのことを言って。ほんとうにおもしろいと思ったの？」

「ああ」

「あなたは嘘をついてる」

「何をそんなにこだわってるんだ。たかが『愛とくそ哀しみの果て』だろ」

「おもしろくなかったんだ」

「だから、よかったって」

「家まで送ってくれる？」

「冗談だろ？」

「もう帰りたいの。送ってくれないなら歩いて帰る」

「ここで待っててくれ。車に爆弾が仕掛けられてないかどうか確かめてくる」

「ずいぶん大げさだね」

「とても大事なことなんだ」

「でしょうね」

俺は外に出て、ＢＭＷの車底を確かめた。

「大丈夫だ」

彼女を家まで送った。ふたりとも口をきかなかった。サラの家のまえで、俺は仲直りしようとした。「なあ、サラ、ほんとに悪かったよ、もし俺が——」

「ショーン」彼女は言った。「さっきのは……というかほんとは……なんていうか、今は状況がとても複雑で」

彼女は俺の頬にキスをして車から降りた。

「玄関まで送ろうか？」

「いえ、大丈夫……じゃあね」

「じゃあ」

キャリックファーガス城の駐車場に車を入れ、ジョイントを巻いた。落ち着いて吸うため、港の桟橋の突き当たりにあるレーダー局まで歩いた。

星はなかった。風も。淡雪が芭蕉(ばしょう)の句のごとく穏やかな黒い海に降っていた。

ジョイントは巻きが緩すぎて、葉がはらはらと落ちつづけた。しばらくしてそれを投げ捨てた。

そそり立つ堤防沿いを歩いて車まで戻った。

家に着いたときもまだビックス・バイダーベックが流れていた。かわいそうなやつ。二十八歳で過労と酒のせいで死んだ。ジャズ界〝第一の聖人〟、ベニー・グリーンは皮肉を込めてそう呼んだ。それでも彼はうまかった。それは否定できない。管楽器とピアノがうまかった。

俺は《Davenport Blues》を三回連続で再生した。トミー・ドーシーのトロンボーン、ドン・マレーのクラリネット。

高尚。くそ高尚。この通りにも、この街にも、このくそったれの国にも、それを分かち合える人間はいない。

「くそが」俺は言い、レコードを外すと、ベッドに向かった。

23 膠着

捜査会議。鑑識からは何もなし。目撃証言は何もなし。匿名通報センターへの垂れ込みも、似顔絵に関する情報も、事件に関連するものは何もなし。

アルスターのあらゆる殺人事件はこうして死んでいく。誰も何も知らない。誰も何も言わない。鑑識がハットトリックを決められなければ、被疑者をしょっぴく方法は濡れ衣を着せるか痛めつけるかしかない。

が、それは王立アルスター警察隊の古いやり方だ。七〇年代のやり方だ。今は一九八〇年代なかばだ。すばらしき新世界だ。

クラビーは途方に暮れていた。俺は途方に暮れていた。若く聡明なローソンでさえ途方に暮れていた。俺たちはグラスゴー犯罪捜査課に頼み、ナイジェル・ヴァードン、アラン・オズボーン、ジョン・コノリー、トミー・ムーニーの似顔絵をもう一度ディアドラ・フエリスに確認してもらった。しかし今回も、この四人のうちのいずれも、シルヴィーが殺された（とされる）晩に彼女が見た（と主張している）男かどうかはわからないとの回答だった。

俺は特別部のスペンサー警部補に電話し、最新の状況を問い合わせた。ミサイルについてはなしのつぶて。〈ショート・ブラザーズ〉はまだ内部調査を続けており、あらゆる手がかりを追っているが、誰も何も話さず、どの線も冷え切っている。

なんの手がかりも出てこなかった。どこからも、なんの手がかりも出てこなかった。

俺たちは三人で捜査本部室に座ったまま、互いに顔を見合わせた。

「誰か、何かやるべきことを思いつくか？　なんでもいい」

ローソンが肩をすくめた。

「暴動鎮圧任務に志願すりゃ、いい金になる」クラビーが言った。

そのとおりだった。プロテスタントたちはこのところ毎晩暴動を起こし、警察はかなり手いっぱいになっていた。今や問題はアングロ＝アイリッシュ合意だけではなくなっていた。未来が問題になっていた。プロテスタントは人口統計を読むことができた。プロテスタントはそこに不吉な予言を見ていた。一九八五年の十一月はまだ穏やかなものだった。アングロ＝アイリッシュ合意と呼ばれた実効性のない文書。だが、もしこの人口傾向が続けば、プロテスタントはアイルランド北部六州において少数派となり、北アイルランドの存在理由そのものが存在することをやめる。北アイルランドはアルジェリアになろうとしており、サッチャー首相がアルジェリアを独立させたド・ゴールになることを誰もが恐れていた。

だとしても、暴動鎮圧任務？　俺向きじゃない。金は要らないし、腹立ちの種も要らない。

捜査会議終了。自分のオフィスへ。ウィスキー入りコーヒー。湾を眺める。黒い、滑らかな、油の浮いた水、汚らしいボート。世界はみすぼらしく、じめじめしている。音楽はペギー・リーの《グレーテスト・ヒッツ》。リーバー&ストーラーの実存的古典《Is That All There Is?》のループ。

デスクの上に拳銃。よく油を差されている。三八口径の鉛弾が六発。毎年、王立アルスター警察隊の男たちが拳銃で自分の脳みそをまき散らしている。彼らを殺しているのは倦怠感なのか？　ペギー・リーが今歌っているように、死は一連の大いなる失望のうちのひとつに過ぎない。

ドアにノックの音。

「どうぞ」

クラビー。

「正式な事情聴取としてナイジェル・ヴァードンをここにしょっぴくのはどうだ？　それはまだやっていないよな」俺は言った。

「特別部にお伺いを立てねえと」

「あい」俺はうなずいた。「よし、ミサイルを盗み、あの火事を生き延びた、長髪のくそ野郎を連れてこよう」

第二取調室。

クラビーと俺とミサイルを盗んだ長髪のくそ野郎。ローソンとスペンサー警部補がマジックミラーの向こうから見ている。手帳、水差し。テープレコーダーがまわっている。イギリスの〝警察及び犯罪証拠法〟（北アイルランドでいうところの〝警察及び犯罪証拠規則〟）で求められている、そのとおりに。

「ヴァードンさん、一九八五年十一月十一日の夜はどこにいましたか？」

「家でテレビを観てた」

「一九八五年十一月十二日の夜はどこにいましたか？」

「家でテレビ」

「一九八五年十一月十九日の夜はどこにいましたか？」

「同上」

「あなたの家に放火したのは誰だと思いますか？」

「わからない」

「あなたの犬を殺したのは誰だと思いますか？」

「わからない」

「マイケル・ケリーを殺したのは誰だと思いますか？」

「自殺したと聞いている」

「あなたはどうしてアメリカ総領事に電話したんですか？」

「番号をまちがえたんだ。弁護士にかけようとしていた」

「ジョン・コノリーという人物を知っていますか？」

「聞いたことがない」

「マイケル・ケリーはジョン・コノリーを知っていましたか？」

「さっぱりわからない」

「あなたが電話をかけたアメリカ総領事の番号はコノリー氏が滞在しているゲストハウスの番号でした」

「さっきも言ったとおり、かけまちがいだ」

二時間こんな調子だった。ヴァードンはそわそわし、上唇に汗をかき、瞳孔が広がっていた。あい、この男も常用者だ。それも相当の。禁断症状を起こさせろ。

三時間。

四。

が、無駄だった。

捜査本部室。コーヒーとビスケット。「あいつは何か知っているが、俺たちより連中のことを恐れているようだ」俺は言った。

「連中って誰です？」ローソンが知りたがった。

「ロイヤリストども、マイケルとその一家を皆殺しにした連中さ」スペンサーが言った。

「ロイヤリストに殺されたんですか？」ローソンが言った。

スペンサーは肩をすくめた。

「で、どうするんだ？」クラビーが訊いた。

「誰かジョークのひとつでも言ってくれないか？」とスペンサー。

「バーテンダーが言った。『タイムトラベラーの入店はお断わりしています』。少しあと、タイムトラベラーがバーに入っていった」ローソンが言った。

「意味がわからん」スペンサーがぼやいた。

「ローソン、取調室に戻って、ヴァードンに帰っていいと言ってやれ」

日々。夜々。雨。爆弾予告。爆弾。暴動。

十二月。キャリックに灯るクリスマスの灯。善意の季節。黒いサンタ。警官は今やどちらの側からも日常的に攻撃を受けている。カソリック系南北統一主義（リパブリカン）過激派による暗殺未遂。プロテスタントによる殺害予告、走行車両からの銃撃。警官の家の窓に投げ込まれるレンガ。学校で子供たちが別の子供たちに言う。「おまえの父ちゃん、オマワリ！」

眠られぬ夜。悪いニュース。朝の会議の時点で、すでに消耗しきった男たち。

俺とクラビーは盗難事件絡みでベルファストに向かった。ランドローバーに乗り込み、ケヴィン・バンヴィルという男を逮捕しに行った。バンヴィルはある郵便局強盗事件で逃走車の運転手を務めた。もちろん、こいつは事前に警告を受けていて、とっくに高飛びしている。マンチェスターに、と誰もが言った。隣人たちはふつうそういうことを言わない。だが、ケヴィンは妻に暴力を振るうことでみんなに嫌われていた。俺たちはその情報を報告した。

　ベルファストで余った時間。

「東ベルファストに行ってみないか？」

「誰のヤサがあるんです？」

「ムーニーだ」

クラビーの黄ばんだ眼。

「心配するな。特別部に話をつけとくから」

ラガン川を渡り、ラークフィールド・アベニューへ。がちがちのプロテスタント労働者階級区画の赤レンガ造りのテラスハウス。赤、白、青に塗られた縁石。切妻壁に描かれたウィリアム三世。

ムーニーの家の玄関ドアをノックした。

等身大、怖さ二倍のムーニー夫人がそこに立っていた。トミーより十五は若い。身長は百六十弱。髪にローラーを巻き、エリザベス・テイラーのようなバイオレットの瞳が暗灰色の顔の印象を柔らかくしている。

「主よ、お慈悲を。警察のお出ましとはね」彼女はヴァン・モリソンを引用して俺たちに言った。

「ムーニーさん、もしよろしければご主人と――」

「トミー、オマワリが会いたいって！」

トミー・ムーニーの家のリビング。食器棚の陶器。フラットキャップをかぶった陰気な男たちと造船所の写真で飾られたピアノ。運送・一般労働者組合の記章。また別の赤い旗。チェ・ゲバラの写真。ジーザス、トミーは俺に取り入るのがうまい。左翼、労働者階級、組合の人間、バーミンガム訛り……こいつが過去に数々の殺人を犯してさえいなければ。造船所で働くためにベルファストに移住してきたこの一家が、七〇年代初頭の暴力によって過激化してさえいなければ……

してさえいなければ……

ムーニー夫人が紅茶とビスケットを運んできた。

トミーは俺たちがいることをあまり喜んでいなかった。「これはどういうことだ？　うちの弁護士から警告があったはずだぞ！」

俺は夫人が席を外すのを待ってから、愉快でない話を始めた。

「いいですか、トミー。ネタはあがってるんです。あなたはマイケル・ケリー、その両親、そして、若い女性を冷酷に殺した。あなたしかいないんです。それができる組織を持っているのはあなただけです。ディアドラ・フェリスの命を狙って手下をスコットランドに送り込めたのは、あなただけです」

ぴくりともしない。不自然な眼の痙攣はない。ただ悲しげに、静かに首を横に振るだけだった。ムーニーは紅茶に口をつけた。「俺はキリストの血で生まれ変わったんだ、ダフィ警部補。君たちローマカソリックには永久に理解できないだろうが」

「キリストはいたいけなシルヴィー・マクニコルを殺した男のことはどうお考えになるで

しょうね」クラビーが言った。

「それについてはなんとも言えないね」

「あなたが知らなかったことを教えましょうか。シルヴィーの父親は警察に情報を提供していると疑われ、シルヴィーがまだ幼かったころに殺されています。彼女の家族はメッセージを受け取りました。彼女はメッセージを受け取りました。シルヴィーが何かを密告することは絶対になかったでしょう。我々に何も教えなかったでしょう。彼女が死ぬ必要はこれっぽっちもなかったんです」俺はつけ足した。

「君たちは私に質問したいのかね、それとも非難したいだけかね」

「ほかの人間も誰ひとり死ぬ必要はなかった、トミー。ミサイルがひょっこり見つかりさえすれば。匿名通報センターへの垂れ込みひとつで充分だったのに」

「くそったれミサイルのことは何も知らん！」

「私は自白してくれと言っているわけではありません。匿名通報センターへの情報提供、それだけでいいんです。わかりましたか？」

「もううんざりだ。君たちは覚醒剤でもやってるんだろう。さあ、俺の家から出ていってくれないか？」

ふたたび家の外へ。

ラークフィールド・アベニューに降る雨。

俺たちはランドローバーに乗り込んだ。

「お次は？」クラビーが訊いた。

「フォールズ・ロードだ」

「剣呑（けんのん）じゃねえか」

「これも仕事のうちだよ。一方に警告したんなら、もう一方にも警告しなきゃならん」

俺たちはフォールズ・ロードのシン・フェイン党相談センターに向かった。外に車を駐め、何事かとこっちを見つめている半ダースほどの警備員たちに対し、すぐさま警察手帳を見せた。彼らは当然、俺たちがＩＲＡ指導者の暗殺に来たのではないかと恐れていたからだ。

俺たちは建物内に入り、ジェリー・アダムズに会いたいと伝えた。

「選挙区の方ですか？」秘書が訊いた。

「いえ。ですが、何度かお会いしたことがあります。向こうもきっと覚えていると思います」俺は言い、警察手帳を見せた。

三十分後、クラビーと俺は書類と本で埋め尽くされた上階の小さなオフィスに案内された。フォールズ・ロードと西ベルファストが一望でき、壁に額縁入りの写真がいくつも掛けられていた。アダムズがテッド・ケネディと会っている写真、アダムズがローザ・パークスと会っている写真、ウィニー・マンデラと会っている写真、アラファトと会っている写真。まあ、言いたいことは伝わる……

アダムズが通用口から入ってきた。ツイードのジャケットとブラウンのコーデュロイパンツという格好だった。

「ああ、君か、覚えているよ、ダフィ警部補」アダムズは言った。

「こちらは私の同——」言いかけたところで、クラビーが名前を出してくれるなと、恐怖に満ちた顔で俺を見ていることに気づいた。

「こちらはキャリックファーガス犯罪捜査課の同僚です。我々はホワイトヘッドでマイケル・ケリーとその両親が殺害された事件を捜査しています。それと、その後にシルヴィー・マクニコルが殺害された事件についても」

「私に何かできることがあるのかね？」アダムズはデスクの向こう側に座りながら言った。

「今日はコノリーという男のことで、あなたに警告に来ました。この男はアメリカ人で、ここでなんらかの武器取引をおこなっています。大金を持っていますが、自分が何をしているかわかっていません。こいつはトラブルです。あなたがビジネスをしたいと思うような相手ではありません」

「私が？」アダムズは驚いて言った。

「ＩＲＡにいるあなたの友人たちが。おそらく、ご友人たちはすでにコノリー氏が道化だと見抜いているでしょう。しかし、いちおう念のため、お伝えしておこうと思いました。特別部がコノリーをきっちりマークしています。この男は悪い知らせです」

「なんの話かわからんな」

「私はトミー・ムーニーにも会い、同じことを言いました。もしあなたかあなたの友人が〈ショート・ブラザーズ〉から盗まれたミサイルについて何か知っているのなら、匿名通報センターに電話すべきです。すでに四人の人間が殺されています。この件でこれ以上誰も死ぬ必要はありません」

アダムズはほんのかすかに首を縦に振ってからつけ加えた。「ＩＲＡのことも、盗まれたミサイルのことも、何も知らないよ」

俺は立ちあがった。「どうやらわかり合えたようですね、アダムズさん」

「そのようだな、ダフィ警部補」

外に戻り、ランドローバーのもとへ。

フォールズ・ロードに降る雨。銃を持った男たちがさまざまな角度から俺たちを見ている。

「帰りやしょうか？」クラビーが不安そうに言った。

「そのまえに《ベルファスト・テレグラフ》のオフィスに寄ってもかまわないか？」

「なんのために？」

「友達に会いに行くんだ」

「友達ってえのは、つまり、その……」

「ガールフレンドかどうか？」

「ああ」

「わからん」

「〈クラウン・バー〉で待ってやすぜ」

《ベルファスト・テレグラフ》のオフィスはロイヤル・アベニューの一等地にあり、多くの歩行者がいた。オフィスの一階の窓には挑発的な見出しや写真がディスプレイされていることが多い。第一版は午後の一時に印刷に出され、見出しが興味をひくものであれば、新聞売りの少年たちが外に出て舗道のすぐそばで新聞を売る。街のほかの場所では新聞配達人が「新聞新聞！」と大声で客の気をひき、一番ドラマティックと思われる見出しを叫ぶ。北アイルランド紛争はブン屋にとって天からの恵みだった。それがなければ、ここはイギリス文化とアイルランド文化の本流から遠く離れた、どちらかといえば退屈な地方都市でしかなかったのだ。

《ベルファスト・テレグラフ》のオフィスはにぎわっていた。

俺は受付で年季の入った警備員に警察手帳を見せ、サラ・オルブライトはどこにいるだろうかと尋ねた。

「一階。ニュース部門です」彼は名簿でサラの名前を確認して言った。

階段をのぼると、すぐに彼女の姿が見えた。巨大な作業机に就いて、記事のレイアウトを熱心に眺めていた。ジーンズと運動靴に白いブラウスという服装だった。すてきだった。ふたりの記者が一緒にいた。ひとりは歳かさ、巻き毛、ひげ、チェックのシャツ、茶色の布ネクタイ、丸眼鏡――ピーター・サトクリフ、通称ヨークシャーの切り裂き魔によく似ている。もうひとりは彼女と同年代、痩せていて、黒髪、肌は青白く、痩せたバイロン風の男が好きならハンサムといえる。近ごろじゃ、そういうのが嫌いなやつがいるか？

彼女は視界の端に俺を捉えた。

「こんにちは、久しぶりだね」

「紹介してくれるかい？」

「マーティン、こちらショーン。ショーン、こちらマーティン」サラはそう言って、俺を歳かさの男に紹介した。マーティンの握手は力強く、俺の眼をまっすぐに見た。

「お会いできて光栄です」俺は言った。

「こちらこそ」

「で、こちらがジャスティン。ジャスティン、こちらショーン。ショーン、こちらジャスティン」

ジャスティンは俺と眼を合わせず、握手は弱々しかった。が、同時にどこか尊大で、嫌な感じだった。「あなたも記者ですか？」ジャスティンが訊いた。

「私はサラの精神的指導者でして」俺は言った。

「精神的指導者？」

「グルのようなものです」

「ただのジョーク。この人は警察官なの」

「警察官？　警察の人なら大歓迎だよ」マーティンが言った。「とびきりおもしろいネタを持っているからね」

「私にネタはありませんよ」

「誰にでもひとつはあるものです」マーティンは言った。

「私以外の警官にはね。私は特筆できるようなことは何も経験していません」俺は言い、やさしくサラの腕を取って言った。「ちょっと話せるかな？」

「もちろん」

彼女のオフィス。食器棚と大差ない大きさだが、ペンキのにおいがして、最近移ってきたばかりのようだ。彼女は出世街道を突き進んでいる。家庭欄とニュース部門を掛け持ちしている。

「どうなってるんだ？　俺たちは終わったのか？」

「はい？　いえ、終わってないよ」

「しばらく会えなかった」

「ショーン、街そのものがおかしくなりつつある。暴動。爆弾。毎晩何かが起きていて、次から次にニュースが入ってくる。そんなこんなで、うちは今とても忙しいの」

「うちもだよ」

沈黙。十五秒間の沈黙。敵意が忍び込んでくる。緊張が。俺はどうやらまたヘマをこいてしまったらしい。たぶん俺の顔のせいだ。嫉妬。あのジャスティンとかいうやつは指先だけの力ない握手しかしなかった。オマワリ？　だからなんだ。俺たちは言論界を動かしているんだぞ。

俺は咳払いした。「なあ、もう行くよ。仕事がある。今晩八時ごろ、《ドビンズ》にいる。よかったら来てくれ」

一瞬の間。「今晩？」

「今晩は駄目か？」

あの眼を見ろ。あまりにもグリーンで、傷ついている。

「そうしたいけど、ショーン。今晩が締切なの。締切前がどんなかわかるでしょ」

「もちろんだよ。忘れていた。じゃあまた別の機会に」

「約束ね。また別の機会に」

階下。自販機でマルボロを一パック。〈クラウン・バー〉に行くとクラビーがギネスのパイントをちびちび飲っていた。

「よし、そろそろ行くか」

「どうだったんだ、その……」

「上出来だったよ。行こう」

キャリックに戻る途中、ふたりで酒屋に寄り、俺はスミルノフ・ブルーラベルのボトルを買った。

八時に《ドビンズ》に行った。サラは来なかった。俺はアイリッシュ・シチューを頼んだ。マーティンは料理を運んでくると、十六世紀の大きな石造りの暖炉の泥炭棒の山に火をつけた。この短すぎる涙の世界にあって、喜びは見つけられるところで享受しなければならない。器に盛られたマトン・シチュー、ギネスのパイント、マルボロのパックは魂にとって貴重な慰めだ。

食事を終え、アルバート・ロードを通って家に帰った。アルバート・ロードでは暴動が起きていた。スカーフで顔を隠した二十人のガキが牛乳瓶、雪玉、むしり取った舗装路の石を、ボディアーマーを着た十人の警官に向かって投げていた。

俺は一列に並んだ警官のうしろを通った。そこで任務中のジャッキー・ギレスピー巡査部長を見つけた。

「やあ、ジャッキー」

「ああ、ショーン」

「どういう状況だ？」

「子供が憂さ晴らししてるだけです。あなたも仕事ですか？」

「ただの見物だ」

小便の詰まった牛乳瓶が空中に弧を描き、俺たちの二メートルほど前方にぶつかった。

「ライオットシールドを使いますか？」

「結構だ。君に任せるよ」

「そうですか、じゃあまた」

雪のなかを家まで歩いた。灯油ヒーターをつけ、シングルのコレクションを漁ってエラ・フィッツジェラルドの《Baby, It's Cold Outside》を探した。杯を重ねるごとにウォッカ・ギムレットをどんどん薄くつくっていき、そうやってスミルノフ・ブルーラベルを半分空け、エラが天使のように歌うなか、ソファの上で眠りに落ちた。

24 謎のコノリー氏

また新しい早朝。また新しい、身が引き締まるような寒さの一日。また新しいアイディア。「もう知ったことか、クラビー。コノリーをしょっぴこう。あいつが北アイルランドにいるなら、しょっぴいてこよう」

「あいつは守られてるぜ」

「そうか？　コノリーに外交特権があるってのは確かなのか？　裏は取ったのか？」

クラビーの青白い瞳がいっそう青白くなった。「ローソンに確かめさせとく」

二分後、ローソンは俺のオフィスにいた。

「警部補、ベルファストのアメリカ総領事館にコノリーという名前の人物は登録されていません。というか、アメリカ合衆国からイギリスもしくはアイルランドに派遣されているどの代表団にも登録されていません」

「ダブリンにも確認したのか？　よくやったな」ローソンの優秀さがわかってきた。頭が切れるし、行動力もある。「マクラバン巡査部長を呼び戻してくれるか?」

クラビーの陰気な、不安そうな顔。

「あいつは代表団の一員じゃない、クラビー。そういうことならアメ公だって文句を言えないはずだ」

「それについちゃ、なんとも言えねえな、ショーン」

「あいつは証言できるかもしれない。それどころか、殺人事件の被疑者かもしれないんだぞ。しょっぴかなきゃならん。それが俺たちの義務だ」

「特別部はどうするんです?」

「しょっぴいたあとに俺がスペンサーに電話しておく。ランドローバーを借りてきてくれるか?」

警察のランドローバーでふたたび海岸通りへ。干潮。ショッピング・カートの彫刻アート。ごみ。下水。

太陽が昇ってくる。レンズフレア。ラジオはモーターヘッド。

ローバーを百三十キロに加速。

「ジ・エース・オブ・スペイズ、ジ・エース・オブ・スペイズ……」

ベルファストを抜け、地元住民が皮肉抜きでゴールド・コーストと呼ぶ場所へ。ダウン州ホーリーウッド。通称、〝北アイルランドのサリー〟。サリーというのはロンドン至近の緑豊かな街のことだ。ゴールド・コーストの緑生い茂る車道。ゴルフコース。ヨットクラブ。戦争中の国とは思えない。

海を見おろす丘の上に立つ総領事私邸。

ローバーを駐車し、外に出る。地面にちらつく小雪。

クラビー。「考え直すなら今のうちだぜ」

「苦情は俺が引き受ける。これは俺が決めたこと、俺の責任だ」

俺が知っていることで、クラビーが知らないことがある。おそらくこれは俺の最後の事件になる。なんであれ、この事件から何かが出てくるのなら、それを見てみたい。

砂利道の私道を進む。呼び鈴。総領事私邸の……なんと呼べばいい？　雑用係？　支配人？　執事？

「何かご用ですか？」

「コノリー氏にお会いしたい。来賓としてまだこちらにいらっしゃるはずです」

「まだ早い時間ですから、できましたら――」

「できません。コノリー氏に会いに来たんです」俺は警察手帳を見せて言った。

「コノリーさんはジョギングにお出かけになりました」

「どちらへ？」

「スクラボのほうへ。ストラングフォード湾沿いだと思います」

「ありがとう」

ふたたびローバーへ。湾沿いの道。右手に森、左手に湾。あまりに澄み切った朝で、遠くモーン山地まで見はるかせる。

「絶対に見つかりませんよ。ニュータナーズかもしれないし、コンバーかもしれないし、どこにいるかは神のみぞ知るというやつです」ローソンが言った。

ところがコノリーは見つかった。ホーリーウッドからバリードレイン・ロードを十五キロほど行った地点で。グレーのジョギングスーツを着て、赤いヘッドバンドを巻き、ウォークマンを聴いて走っていた。その傍らに、やはりグレーのジョギングスーツを着た大男がふたり。

「コノリーと一緒にいるふたりは用心棒みたいだな」俺はクラビーに言った。「賭けてもいいが、銃を持ってる」

「あい」

「コノリーのあのペースを見ろ。あの走り方。あの髪型。あれは軍人だ。国務省の人間のはずがない」

「ここからホーリーウッドまでは往復でフルマラソン並みの距離です。すごい体力ですね」

点滅灯。サイレン。

俺は車を降りた。警察手帳を見せた。

「伺いたいことがあります。署までご同行いただけますか、コノリーさん」

「あなたは人ちがいをしているんでしょう」

「あなたを逮捕します、コノリーさん」

「理由は？」

「殺人事件の重要参考人としてです。そこにいるおふたりは銃をこちらにお願いします」

俺は言った。

「いや。この者たちは私の専属の護衛です。シークレット・サービスのエージェントで、武器を携行する許可を持っている」

「誰の許可です？」

「スコットランド・ヤードの許可です」

「あなたたちはずいぶん長いこと走っていましたからね。ここはもうロンドンじゃありません。北アイルランドで武器を携行するには、王立アルスター警察隊の本部長の許可が必要になります」

ランドローバーでふたたびキャリックファーガス。ひとりにつき独房ひとつ。不安にさせてやれ。

「まず誰からにしやすか？」クラビーが訊いた。

「ボディガードだな。コノリーはもう少し頭に血をのぼらせてやろう」

ボディガードたちは自分はシークレット・サービスのエージェントだと主張し、バッジ番号を言った。身分証。連絡先番号。ふたりとも落ち着き、プロフェッショナル然としていて、声を荒らげることはなかった。こういったことは以前にも経験ずみなのだ。そのための訓練を受けているのだ。

彼らは違法なことは何もしていないと言った。イギリスの条約、外交協定、優遇協定により、自分たちは武器を隠し持つことが許可されている。真実味はあったが、確認するには少し時間がかかる。署で一番無能なでぶの若い予備巡査、ジェイムズ・ブレイスウェイトという男にこの件を任せることにした。「君次第だぞ、ジェイムズ。あのふたりが北アイルランドで銃器を合法的に携行する許可を持っているなら、ここに引き留めておく権利は俺たちにない。法律上どういう状況なのか調べてほしい」

「私が？」

「そう、君が。あのふたりが自由の身になるかどうかは君次第だ。さあ、取りかかってくれ」

「でも、どうやって？」

「自分で考えるんだよ」

俺たちはコノリーに紅茶とビスケットを出し、第一取調室に連行した。

「ダフィ警部補、マクラバン巡査部長刑事によるジョン・コノリー氏への事情聴取。一九八五年十二月二日、午前十時二十三分……」俺はレコーダーのマイクに吹き込んだ。

「総領事館の弁護士に連絡したい。君たちに私を勾留する権利はない。これは不当逮捕だ」

「コノリーさん、一九八五年十一月十一日の夜、どこにいましたか？」

「このまえも同じことを訊いただろう！　どこにいたか？　スイスだよ。それを証明できる人間が十人はいる」

「一九八五年十一月十九日の夜はどこにいましたか？」

「黙秘権を行使させてもらう」

「一九八五年十一月十九日の夜はどこにいましたか？」俺は繰り返した。

「黙秘権を行使する」

「アメリカ合衆国憲法のおよぶ範囲をよく理解されていらっしゃらないようですね、コノリーさん。修正第五条の黙秘権はここでは通用しません。いちおう言っておきますが、ミランダ警告もありません。この国にあなたが沈黙する権利はなく、私の質問に答える義務があります。一九八五年十一月十九日の夜、どこにいましたか？」

「ノーコメント」

「警告しておきますが、裁判官と陪審員はこの件に関するあなたの沈黙を犯罪の証明と受け取るかもしれませんよ」

「これ以上どんな質問にも答えるつもりはないよ、ダフィ。私は黙秘権を行使する」コノリーはまた言った。

「あなたには修正第五条のいかなる権利もありません」

ドアにノックの音。ローソンだった。

「どうした？」

「ちょっと内々でお話が」ローソンが小声で言った。

外の廊下へ。

「何事だ？」

「あの男は存在しません」

「あの男?」

「コノリーです」

「どういう意味だ?」

「コノリーの身分証の情報をもとに、アメリカに問い合わせました。偽名でした。偽造パスポートでした」

「あの男の過去をたどれる記録があるはずだ」

「ええ、ありました。それについてはイギリス空港公社とインターポールの協力を仰ぎました」

「何が見つかった?」

「ここ数カ月のうちに、自称ジョン・コノリー氏はワシントンD・Cからシャノンへ、ダブリンへ、チューリッヒへ何十回も飛び、その後またワシントンD・Cに舞い戻っています。それより以前には——何もなしです。コノリー氏の記録はどこにもありません。出生記録や教区記録を当たってみましたが、どこにも存在しません。アイルランドのパスポート自体は本物ですが、そこに記載されているのは一からでっちあげられた人物でありま す」

俺は廊下の軽量コンクリートブロック製の桃色に塗られた冷たい壁に頭を預けた。

「それはいったい何を意味していると思う？」

　ローソンは肩をすくめた。

「コノリーが移動の起点にしていたのはワシントンだと言ったな？」

「はい」

「で、今はベルファストのアメリカ総領事の私邸敷地内に滞在している」

「はい」

　俺はマルボロのパックを取り出し、一本に火をつけた。考えはいっこうにまとまらなかったが、手の震えは止まった。「コノリーという人間はワシントンで生み出された。アメリカ政府の何者かによって」

「ＣＩＡでしょうか？」とローソン。

「本人に訊いてみよう」

　俺たちは取調室に戻った。

「あなたの身分証は偽造されたものですね、コノリーさん。ジョン・コノリーという人間は存在しません。あなたは偽造文書を使って、ここに違法入国したんです」

「ノーコメント」

「あなたはアイルランドで何をしているんですか？」クラビーが訊いた。

「ノーコメント」

「誰の下で働いているんですか？」と俺。

「ノーコメント」

「一九八五年十一月十九日の夜、どこにいましたか？」

「ジーザス、君たちはどうかしてるのか？　言っただろう、質問に答えるつもりはない」

「十一月十九日の夜、どこにいましたか？」

「ノーコメント」

「ナイジェル・ヴァードンとどうやって知り合いましたか？」

「誰のことだ？」

「総領事の私邸敷地内にいたあなたに電話しようとした男です」

「聞いたことがない」

「〈ショート・ブラザーズ〉に勤めていた男、盗まれたミサイルシステムを売りさばく目的でマイケル・ケリーと共謀していたかもしれない男です。マイケル・ケリーのことはご存じですか？」

「いや、聞いたことがない」

「マイケル・ケリーとその両親、ガールフレンド、全員が殺されました。私はその理由を知りたい、ただそれだけです」

コノリーはかぶりを振った。「その話が私とどう関係するんだ？」

「マイケル・ケリーの友人であるナイジェル・ヴァードンはあなたに電話しようとしていました」

「それで？」

「どうして彼は存在しない人間に電話をしようとしたんでしょう？　あなたは何者なんです、コノリーさん？」

「ノーコメント」

「本名はなんですか？」

「私は黙秘する権利を行使している」

「イギリスに黙秘権はないと申しあげましたよね。もうそれは通用しません。理解していただけているかどうかわかりませんが、我々がしているのは殺人事件の捜査です。盗まれたミサイルに興味はありません。我々が知りたいのはマイケル・ケリー、その両親、シルヴィー・マクニコルの死の真相です」

コノリーは俺を見て、頭を振った。「そういったことについては何も知らない」

「ナイジェル・ヴァードンとどんなつながりがあるんです？」

「ナイジェル・ヴァードンという名前は聞いたことがない……いいか、君たちは大きなまちがいを犯している。キャリアに終止符を打つまちがいだ。くそ電話はどうした？　私には電話をかける権利があるはずだ。ちがうか？」

クラビーが唇を噛んだ。ローソンは床に眼を落とした。コノリーは〝警察及び犯罪証拠法〟（北アイルランドでいうところの〝警察及び犯罪証拠規則〟）にもとづいて電話をかけることを要求している。電話を手配してやらなければならない。

「電話を使わせてやれ」

予備巡査が電話機を持ってきて、壁の端子に接続した。五分間、コノリーを取調室でひとりにしてやった。俺たちはマジックミラーの向こうから見張った。彼がひとつの番号にしかかけないように。

電話が終わり、俺たちは室内に戻った。

不敵な笑みが大きくなっていた。

「騎兵隊は呼べましたか？」俺は言った。

彼はうなずいた。「それと君のところにはな、ドドドドド……、ソ連の前線部隊が」コノリーは冗談めかしたドイツ語訛りで言った。

「そういうことなら、急いで質問を続けさせてもらいましょう」

「超人的な速さでやったほうがいい」

が、俺がまた口をひらくより先に、取調室のガラス窓をノックする者があった。

「誰だか見てくる。マクラバン巡査部長、続けていてくれ」

ガラス窓の向こうにいたのはマカーサー警部だった。特段青ざめてはいなかったが、もしここが心臓病棟なら、アラームが鳴りっぱなしになっていただろう。

「どうしてこのアメリカ人たちを連行してきたんだ、ダフィ」

「彼らがマイケル・ケリーの事件に関する証拠を持っていると思ったからです」

「どんな証拠だ?」

「わかりません。それを突き止めようとしているところです」

「キリストの名において、どうかアメリカ総領事の私邸からしょっぴいてきたわけではないと言ってくれ」

「アメリカ総領事の私邸から連行してきたわけではありません。ストラングフォード湾をランニングしていたところを連れてきたんです」

「それがせめてもの救いだな」警部は言ったが、やはり度を失っていた。

「手荒な扱いはしていません。ちゃんと手続きどおりにやっています」

「ケリー家の事件について、彼らが何か知っているとほんとうに思っているのか?」

「事件の被疑者のひとり、ナイジェル・ヴァードンはここにいるコノリー氏に電話をかけようとしていました。マイケル・ケリーの死か、〈ショート・ブラザーズ〉から盗まれたミサイルについて、コノリー氏は何か知っているはずです」

「ジーザス、そうであってほしいものだ。特別部には連絡したのか？」

「今からするところでした」

「すぐにしろ！」

俺はスペンサーに電話をかけ、事情聴取のためにコノリーを署に連行していることを伝えた。受話器の向こうに沈黙が流れた。

「君もキャリックに来て、あいつに事情聴取したいか？」

「ええとだな、俺たちはこの件に関わらないことにするよ、ダフィ。でも、もし何か情報を引き出せたら、こっちにもまわしてくれると助かる」

電話を切った。スペンサーは明らかに俺がキャリア自殺をしようとしていると考えている。

ふたたび第一取調室。

ふたたび尋問。十一月十一日の夜はどこにいましたか？　十一月十九日の夜は？　マイケル・ケリーの死について何か知っていますか？　ナイジェル・ヴァードンとどうやって知り合いましたか？ あなたは何者なんですか？ 誰の下で働いていますか？

ノーコメント。沈黙。黙秘権。少年のような顔つき。猿のようなにやつき。大きな耳。

そんな三十分。紅茶休憩。

「あの男は何も吐かねえでしょう。よく訓練されてる」クラビーが言った。

「俺たちだって訓練されてる。そうじゃないか？」俺は言った。

「軍人なら、あの調子でずっと続けられるでしょうね」ローソンが意見を述べた。

「昔だったらな……」とクラビー。

ローソンが眉をあげた。

「昔だったらな……」俺も同意した。

コノリーは完璧なメタファーであり、ある物事を別の物事、もしくは正反対の物事で表現していた。俺は情報を欲していて、コノリーは情報の真空だった。俺は彼を傷つけることも、脅すこともできなかった。彼はアメリカ人だった。神聖な。尊い。触れることのできない。

俺のオフィスで電話が鳴っていた。「出たほうがいいな。もしもし？」

「ダフィ警部補？」

「はい」

「副本部長に代わる。このまま待ってろ」

こいつは、まずい。

「ダフィ警部補？」

「はい」

「副本部長のナットだ」

「はい」

「アメリカ総領事館の職員を逮捕したというのはほんとうかね？　コノリーという男を」

「厳密にいえばちがいます。〝コノリー〟氏は偽造されたアイルランドのパスポートでイギリスに入国しています。現時点でこの〝コノリー〟氏の素性はわかりません」

「しかし、総領事の私邸にいたんだろう？」

「いえ、逮捕時は路上でジョギングしていました。ニュータナーズの郊外です」

「そのことにくそ感謝だな……で、いったいなんのために逮捕したんだ？」

「殺人事件の捜査のためです」

「詳しく。手短にな」

「マイケル・ケリーという男とその両親が殺害された事件の捜査です。ケリーは武器商人だったにちがいないと我々は見ています。〈ショート・ブラザーズ〉からジャヴェリン・

ミサイル発射装置を盗み出す計画の黒幕だったかもしれないんです。この懸念は特別部と共有し、特別部にも調べてもらっています」

「それは大変結構だが、そのコノリーという男はどう関係しているんだ？」

俺はナイジェル・ヴァードンがかけた電話のことを説明した。

「じゃあ君は〈ショート・ブラザーズ〉をクビになったいち従業員がかけた電話を理由に、その男を逮捕したんだな？」

「ヴァードンは会社の管理職で、マイケル・ケリーと交流がありました」

「その殺人事件について、ほかに何をつかんでいる？」

「ディアドラ・フェリスの目撃証言にもとづく部分的なスケッチがあります。フェリスはシルヴィー・マクニコルが殺害された夜、自宅の外で不審な男を目撃しました。かなり暗い夜でしたが、コノリー氏を二十四時間勾留する許可さえいただければ、保護拘置中の目撃者を連れてきて面通しさせられます」

「その女性にコノリー氏の似顔絵はもう見せてあるんだろう？」

「はい」

「で？」

「自宅の外にいた男かどうかはわからないということでした」

「コノリーという男はアメリカ市民かね？」

「そのようですが、偽造パスポートを使っていますから、確かなところはわかりません。アメリカ人のアクセントがあり、アメリカのシークレット・サービスのエージェントたちとジョギングしていました。それと、アメリカ海兵隊の一員としてベトナムに従軍したのはまちがいないと思いますが、何度訊いても本名を明かそうとしません」

「君は今、自分のオフィスにいるのか？」

「はい」

「そこで待っていろ。五分以内にかけ直す」

俺はデスクの端に腰かけた。マリーン・ハイウェイと波の立った緑色の湾に、灰色の空から雪が降っていた。マルボロに火をつけた。電話が鳴った。受話器を取った。

「ダフィ？」

「はい」

「〝コノリー〟氏と部下たちを即刻釈放しろ」

「ですが、彼らは――」

「君は聴覚に問題があるのか？」

「いいえ。ただ――」

「彼らを釈放し、王立アルスター警察隊からの誠心誠意の謝罪の言葉を伝えろ。命令は理解できたか？」

「はい」

「以上だ、ダフィ」

「はい」

電話が死んだ。受話器を架台に戻した。この仕事は、ほかのことはともかく、謙虚になることを教えてくれる。世間から浴びせられるくそ。上司から浴びせられるくそ。アメ公をしょっぴく？　何を考えていたんだ？　俺はうだつのあがらない警官に過ぎない。辺鄙（へんぴ）な田舎街の冴えない署で、永遠に下っ端のままの警官に過ぎない。

ここから脱出する道を用意してくれた神とケイトとＭＩ５に感謝だ。

ここでの教訓はこうだ。アイルランドにいるアメリカ人に近寄るな。ここは彼らの裏庭だ。ここは彼らの遊び場だ。

ふたたび取調室へ。

「いいでしょう、コノリーさん。長いあいだ拘束してしまって申し訳ありませんでした。帰ってもらってかまいません」

コノリーのにやつきが猿の耳から猿の耳へと広がった。

　ローソンがコノリーに身分証類を返却した。

「これで終わりと思うか、ダフィ？　そう考えているのか？　終わりではない。君は手を出す相手をまちがえた」コノリーが言った。

「それは脅迫ですか？」

「約束さ」

　俺はオフィスに戻り、ブラインドをおろしてドアを閉めた。

　ジュラ島のモルトを出し、ケイトに電話した。

「何かご用、ショーン」

「君はきっと気に入らないだろうな」

「そうでしょうね」

「ほんとうに気に入らないと思う」

「言ってみて」

「君のところの情報屋を使ってほしい。イギリス政府の伝手を使ってほしいんだ」

「あなたが捜査してたマイケル・ケリーの事件絡みのこと？」

「ややこしい状況になっちまった」

「そうなの？」

ケイトにすべてを話した。マイケル・ケリー。ナイジェル・ヴァードン。トミー・ムーニー。ジョン・コノリー。特別部。シークレット・サービス。副本部長。徹底的に調べてほしいと頼んだ。情報屋。MI5。MI6。彼女の友人たち。

「なんだかとても悪いニュースのように聞こえるけど」

「助けてくれるのか、くれないのか?」

その晩、ケイトから折り返しの電話があった。鼻息が荒かった。取り乱していた。

「ショーン、残念だけど、あなたはとても深い海に潜り込んでしまったみたい」

「話してくれ」

「実は教えられることはあまりないの。それ自体がすごく奇妙なことだけどね。MI5に知らせてもらえないということは、とてもよくないことって意味だから」

「ジョン・コノリーの正体はわかったのか?」

「アメリカ人よ。でもCIAじゃない。CIAならいいの。それならなんとかできる」

「あいつは誰の下で働いているんだ?」

「コノリーはホワイトハウスの直属で、大統領の国家安全保障チームに所属してる。超大物にちがいないわ。というのは、コノリーへの接触禁止命令を出しているのはMI5でもMI6でもなく、内務省でもなく、外務省でさえなく、まさかの首相官邸なんだから。コノリーが携わっている任務はあまりに機密レベルが高くて、首相官邸とアメリカのホワイトハウスしか把握していない」

「かなりやばそうだな」

「〝やばそう〟どころじゃない。〝やばそう〟のもっと歳上の、もっと賢い、はるかにやばいお兄さんね。この海はとてもとても深い。私たちがあなたに泳いでほしいと思うような海じゃない。警察のキャリアを有終の美で飾りたいのはわかるけど、これはそんなことができる案件じゃない」

「殺人は殺人だ。どこであれ、俺たちは手がかりが示すほうに向かわなきゃならない」

「自分の事件を解決なさい。でもコノリーに近づかないことね。コノリーの周辺には首相官邸とホワイトハウスがばらまいた地雷原がある。彼らが何を企てているかわからないけど、わたしがあなたに関わってほしいと思うようなものじゃない。それは確かよ」

「心配してくれてありがとう、ケイト。考えておくよ」

俺は健康によい量のジュラを注ぐと、家に帰った。

夕食にトマトスープ。テレビにはテリー・ウォーガン。

呼び鈴。

タイトな黒いジャンパー、黒のミニスカート、ハイヒール、赤い口紅のキャンベル夫人。

赤い巻き毛が滝となって背中に流れている。すごくいい女に見える。

「ダフィさん、これからテッドと映画を観てくるの。もしトリクシーが吠えたら、散歩をお願いしてもいいかしら？　きっとあなたを気に入ると思う」

「テッド？　誰です？」

「ご存じでしょ。ナザレン教会の牧師の。あのパン屋のバンも彼の車なの。やりたいことがいっぱいある人で」

「なんですって？　ご主人はどうしたんです？」

彼女は頬を赤くした。「ああ、ダフィさん。お聞きになってると思ったけど。わたしたち、離婚したの。あの男は愛人と一緒に海の向こうに逃げた」

「愛人？」

「それも黒人の、信じられます？　ジャマイカ人ですよ。あの人、何年もまえから白人至上主義の国民戦線に投票してたのに。サウロが回心してパウロになったようなものじゃない？」

「それは残念です、ちっとも知らなかった」

「噂に耳を貸さないのは正解だと思う。だいたい、半分は嘘っぱちなんだから。トリクシーが吠えるようだったら散歩をお願いしますね」

キャンベル夫人はテッドと出かけていった。テッドは鼻の高い温和な優男で、夫人のような癇癪持ちとは釣り合わなかった。

玄関ドアが閉まった瞬間、トリクジーが吠えはじめた。

俺は犬を連れて湾沿いを散歩した。ボーダーコリー。賢いと評判の犬種だが、この犬は微塵も知性を感じさせなかった。

かき混ぜられた海。霜のおりた海辺、花崗岩の堤防に折り重なる波、海藻に向かって吠える馬鹿犬。

「おい、行くぞ！」

花崗岩の岩。消耗戦。大地の上の海。

一台の車が俺を尾行している。時間を稼いでいる。俺が人目につかない場所に行くのを待っている。

濡れた犬。幸せな犬。またひもにつながれた犬。シャフツベリー・パークを抜けて。レジャー・センターの裏。ケネディ・ドライブへ。

俺の横で黒いメルセデスが急停車し、眼出し帽の男たちが降りてきた。銃を持った男たち。俺は踵を返して逃げようとした。逃げる場所はどこにもなかった。

拳銃に手を伸ばしたが、グロックは家に置いてきていた。

くそ。こういうことが君を殺す。

「車に乗れ、ダフィ」ひとりの男がアメリカのアクセントで言った。

俺の名前を知っているのか？

「これはどういうことだ？」

二丁の拳銃が俺の頭に向けられている。

「車に乗るんだ！」

車に乗った。結束バンドでうしろ手に縛られた。

「犬はどうするんだ？」俺は訊いた。

「犬がどうかしたか？」

「ここに置き去りにはできない。車に轢かれてしまう。俺の隣人の犬なんだ」

動物好き。そんなに悪いやつらではない。海岸沿い。キルルートを通過。頭にフードはかぶせられていない。

車は沼地に入っていった。高地。森。どこからも何キロも離れている。人里から遠く離れている。誰に対してもどんなことでもできる。

車が停まった。俺は蹴り出された。

さらなる蹴り。

脛(すね)とあばらに野球(バッ)(ト)。

今は銃はない。つまり、こいつらは本気で俺を殺すつもりではない。ということは武装組織ではない。

「覚えておけ、ダフィ。おまえは塵芥(ちりあくた)も同然だ。友人もいない。影響力もない。おまえを殺すのはゴキブリを殺すのと同じだ。俺たちに復讐しようとする息子も兄弟もいない。いたとしても、俺たちを見つけ出すことはできない。それは保証しよう」さっきのアメリカ人が言った。

「おまえらは何者だ？」俺はうめいた。

「おまえは人間に逆らうことはできる、ダフィ。しかし、機関に逆らうことはできない」

「ジーザス。そういうくそ台詞は誰に書いてもらうんだ？」

「口の減らない野郎だ。もっと痛めつけてやれ」

殴る。

蹴る。

殴る。

痛い。確かに痛い。が、どれも末端だ。脚、腕、背中。本気で痛めつけたいのなら、頭を攻撃するはずだ。

「もういいだろう……聞こえるか、ダフィ」

「聞こえる」

「他人のやっていることに首を突っ込むんじゃない、わかったか？」

「俺はそう簡単には殺せないぞ」

「みんなそう考えるが、みんな死ぬ」

「おまえもな」

「この野郎、聞いちゃいねえな。ボスを呼んでこい」

静寂。

足音。

男がひとり、俺の脇に屈んでいる。

煙草くさい息。ブランデー。オーデコロン。

「俺の声が聞こえるか、ダフィ警部補」

また別のアメリカのアクセント。南部。もっと歳かさの男。

「聞こえる」

「こっちを見ろ」

眼をあけ、まばたきして血を流し出す。男は眼出し帽をかぶっていなかった。素性を知られようと、くそほども気にしていなかった。じじい。白髪と、潰れた蟹(かに)のような顔の、年季の入ったタフなプロ。

「今から言うことをよおく聞けよ。俺たちは今晩、おまえに恵んでやろうというんだ。おまえに未来を返してやろうというんだ。日々と夜々を。温かいベッドを。その恵み物の見返りにおまえがやらなきゃならんのは、他人の問題に鼻を突っ込まないようにすることだけだ。わかるか？」

俺は舌を噛んだせいで口内に溜まっていた血を吐き出した。「あんたらはいつもこんなくだらないことをしてるのか、それとも今日は特別サービスか？」

「このとおり、減らず口でして」

「もう少し味わわせてやれ」

さらなる蹴り。

さらなる拳。鼻にまっすぐ打ち込まれる拳。

そしてやがて、もちろん……

無。

長いあいだ、何もない。

顔の上に降り積もる雪。

痛み。

膝立ちになった。

頭が割れている。口のなかに血。結束バンドはなくなっている。脚は折れていない。何も折れていない。待て……もしかしたらあばらが一本。だとしても、いい仕事だ。プロフェッショナルだ。

立ちあがった。

松林の脇を走る一車線道路沿いをよろよろと進んだ。

丘の上へ。隣の丘に光が見える。コテージだ。

片足をもう片方の足のまえへ。止まって息をつく。膝をつく。もう一度立つ。

いや、あれはコテージじゃない。ゴスペル・ホールだ。

歌声。

表に車が二台駐まっている。それからトラクターが。

窓の光。

歌声がやむ。

男の声。「その者は打ちのめされ、異教徒の群れのなかに追いやられ、血族に囲まれて滅ぼされた。しかし、天で弧を描く年月も、時によって歪められる年月も、その者にとっては無である。彼は来る！　お戻りになる！　主を称えよ！」

ドアがあく。光がなだれ込む。五つの顔が振り向いて俺を見る。

「祈りの邪魔をしてすまないが、どうやら少し助けが要るようだ」

25

ナイジェル・ヴァードンの説得

コールレーン地区病院での夜。あばらは折れていたが、ほかは何もなかった。あざ、捻挫。が、ほかに折れている骨は一本もなかった。ああ、あいつらはプロだ。手加減したから俺が報告しないと高をくくっているのだろう。命までは取らないでおいてやったから。俺たちは相互理解にいたったから。

それがなんだ。

翌朝、俺はコールレーン署に行き、事の次第をぶちまけた。あのじじいやら何やらのモンタージュ写真をつくらせた。あいつがアメリカ人だろうが知ったこっちゃない。どこの誰とつながりがあろうが。警察があいつを捕まえたら、俺が起訴してやる。

といっても、警察があいつを見つけられるわけじゃない。

俺は職場に電話し、二、三日〝有休〟を取るとクラビーに伝えた。

クラビーは気にしなかった。いずれにしろ、クラビーとローソンは暴動鎮圧任務（倍の賃金と超過勤務手当、危険手当つき）をやりたがっていたし、クラビーは犯罪捜査課の刑事がそんな任務に参加することを俺がよしとしないとわかっていた。とくにフレッチャーがあんなことになったあとには。

　コールレーンの犯罪捜査課がランドローバーで俺をキャリックに送ってくれた。

　サラに電話した。「敏腕記者のお嬢さん、今晩映画はどうだ？　このまえみたいなことにはならない、約束するよ」

「映画って何をやってるの？」

「『バック・トゥ・ザ・フューチャー』」

「なんかタイトルが嫌」

「いいだろ、一緒に何かしよう。迎えに行くから海岸をドライブしよう」

「どうして？」

「何かするためさ」

「そうねえ。また今度」

「それでいいのか？」

「いいよ」

　ケイトに電話した。

「ショーン、調子はどう？」

「好調だよ」

「今は何をしてるの？」

「休みを取ったんだ。夕食でも食いに行かないか？」

「夕食？」

「そう、夕食。生きてれば夕飯を食うだろ」

「そう、すてきなアイディアね。でもこっちは今てんてこ舞いで。また今度でもいい？」

「いいよ」

裏庭の納屋。男が籠もる場所。聖なるほこら。

大麻樹脂。ヴァージニア煙草。マルチトラックで再生される女たち、車たち、音楽の濃密な記憶。いいね。

ふたたびなかへ。トーストを一枚、コーヒーを一杯。外に出てBMWへ。気がつくと小高い道を走っている。気がつくとノッカー山の〈イーグルズ・ネスト・イン〉の表に車を駐めている。

雨。山と警官のもの悲しいクロスフェード。哀れを誘う刑事。

受付に向かった。

女将のダンウッディは俺を覚えていた。

「また来てくれると思ってたよ、ダフィ警部補」彼女は低い声で言った。「ずいぶんひどいなりだね。事故にでも遭ったのかい？」

「ええ。自動車事故に」

「あらあらまあまあ。それで、今日はどういったご用件で？」

「それが、どうしてここに来たのか自分でもよくわからないんだが、その……」

「女の子？　それとも、すてきな若い男の子？」

「女の子。女の子だけで。このまえあなたが話していた聞き上手な子をお願いしたい」

「聞き上手な子？　ああ、あの子か。ニアヴだね。ニアヴってのはアイルランド語の綴りだ。聞き上手なだけじゃなく、とても口の堅い子だよ」

「ニアヴ？　アイルランド語を話すのか？」

女将はほほえんだ。「それがね、話すのさ」

彼女は一階の一室に俺を案内した。俺は大きなベッドの上で横になり、眼を閉じた。胸に片手を当てて。ピンクのシュミーズを着た、ぽっちゃりした赤い巻き毛の女の子。年齢は二十五くらい。青白く、ブルーの瞳がかわいらしい。彼女は俺の唇にキスし、額を撫でてくれた。

「疲れてるみたいね」彼女はアイルランド語で言った。

「疲れてる」俺は同じ言葉で答えた。

「仕事は何をしているの？」

「女将から聞いてない？」

「ええ」

「警官なんだ」

「ああ、道理で」彼女は悲しげに言って俺の髪を撫でた。俺は話した。自分は孤独だと話した。サラのことを話した。ケイトのことを話した。自分がなんのために生きているのかもうわからないと話した。警察に入ったとき、自分は混乱を食い止められると思っていたけれど、混沌は日増しにひどくなっていくばかりだと話した。

「そういう話をしたら、あなたのガールフレンドはなんて言う？」

「サラはほんとうのショーン・ダフィを知りたがってる。でもほんとうのショーン・ダフィはいないんだ。昔はいた、でも今はいない。ここにいるのはただの、疲れ、砕け、屈した男の残骸だ」

これをガールフレンドか妻に言ったところで、よくて眼をぐるりとむかれるか、苛立たしげにうなずかれるか、月並みな答えを返されるだけだ。これをプロフェッショナルに言うと、君をおっぱいに埋もれさせ、「よしよし」と言ってくれる。

「よしよし」彼女は言った。

一時間後。女将が俺を車まで送った。俺は財布に手を伸ばした。女将は首を横に振った。

「金はある。払えるよ」俺は言った。

女将は傷ついたようだった。「あんたの金はここじゃなんの意味もないさ、警部補。またいつでもおいで」

BMWでコロネーション・ロードへ。

もう午後も遅い。青い空と冬の低い太陽が雪という雪を焼き払っている。

裏庭の納屋。

コカイン。

作業台の上にいい感じの線を引き、リズラ社のペーパーで巻いた。

家のなかへ。コカインを巻いたペーパーをツーフィンガーのグレンフィディックで流し込む。通称スノー・ボム。胃がペーパーを溶かし、コカインを溶かす。脳血管関門を通過させたときほどの多幸感はないが、ずっと長くもつ。

上の書斎へ。

窓をあける。

テープデッキのメインにヴェルヴェット。サブにボウイ。

キャンベル夫人が自宅の裏庭で洗濯物を干している。黄色いドレス。ノーブラ。

「こんにちは、キャンベルさん。トリクジーは昨日ちゃんと家に帰りましたか？」

「ああ！　ダフィさん！　そこにいらっしゃったのね、気づかなかった！　洗濯物を干してて。今なんておっしゃったの？」

「トリクジーは昨日、五体満足で帰ってきましたか？」

「ダフィさん、そのお顔、どうしたの？」

「そこからでもわかりますか？」

「喧嘩でもしたの？」

「いえ、そういうのじゃありません。ただの事故、ちょっとした自動車事故です。ぴんぴんしてますよ。トリクジーは無事に帰りましたか？」

「ええ。あなたのご友人たちがちゃんと送り届けてくださいましたよ」

「それはよかった。送り届けに来たのは年寄りのアメリカ人でしたか？」

「ええ。とっても素敵なおじいさんね、ダフィさん。あの方はあなたのお父さまのお友達か何か？」

「か、か何かです」俺はぼやいた。

「そう。じゃあ、これ片づけちゃうわね。洗濯物が勝手に干されたりはしないから」

「ええ」

波。一瞬の横乳。

メモ帳。鉛筆。ノート。コカインがキマる。どうすればいい？　どうすりゃいい？　どうすれば？　耳が大きく突き出したコノリーの落書き。コノリーを中心に、マイケル・ケリー、シルヴィー・マクニコル、盗まれたミサイルの箱、チューリッヒに向かう矢印。ナイジェル・ヴァードンに向かう矢印。

こいつだ。そのはずだ。こいつは何か知っている。それか、何か知っているやつを知っている。

ナイジェルは誰を恐れている？　俺たちではない、警察ではない。ナイジェルは誰を恐れている？　ロイヤリストだ。アメリカ人だ。トミー・ムーニーとその部下たちだ。

ナイジェルには何が必要だ？　ナイジェルには黄金のパラシュートが必要だ。逃走に使う元手が必要だ。

ナイジェルは何かを知っているのか？　そうかもしれない。ちがうかもしれない。

納屋。ビスケット缶のなかの貯金。いざというときのための脱出用資金。五十ポンド紙幣の札束が六つ。この半分？　この半分だ。たかが金。コカインも？　ああ、それもだ。

家のなかへ。いつもの服装。黒のジーンズ。ドクターマーチンのブーツ。おなじみのチェ・ゲバラのTシャツ。革ジャケット。マフラー。

正面のゲートへ。

水銀スイッチ式爆弾がないかどうかBMWの車底をざっと確かめる。

ラジオ1。ペットショップ・ボーイズ。ジーザス、無音のほうがましだ。

ヴィクトリア・ロードを流し、A2をホワイトヘッドへ。

タン・ローネンに入る。

田舎。

羊。牛。ナイジェル・ヴァードンの焼け落ちた家の残骸。

特別部の馬の骨がフォード・シエラの運転席でうたた寝している。

その脇を通り過ぎ、曲がり角を曲がる。かつて牛を運んでいた道の先にBMWを駐め、石壁を跳び越えた。羊のいる野原を渡ってヴァードンの家へ。裏手からは、居眠りしている特別部の馬の骨からは見えない場所から。

砂利道のじゃり、じゃり、じゃり。

焼け落ちた家。トレーラーハウス。窓をこつこつと叩く。

ヴァードンがドアカーテンを持ちあげ、俺を見た。ヴァードンは痩せ、ひげを生やし、暗い、憔悴した眼をしていた。

「なんの用だ?」

俺は金を見せた。五十ポンド紙幣の札束三つ。それからコカインを見せた。

「それはなんだ?」

「医療用コカイン。君がこれまでに見たことのないほど純度の高い代物だ」

「それをどうするつもりだ? ここに仕込んで俺に濡れ衣を着せるのか?」

「こんな上物を? 冗談だろ? これは取引だ、兄弟。こいつは濡れ衣を着せるためのものじゃない、使うためのものだ。かく言う俺も使った。こうして話しているあいだにも、一本分が胃のなかで溶けていってる」

ヴァードンはドアをあけ、俺の眼を覗き込んだ。そして、コカインによる多幸感をそこに見て取った。

「なかに入ったらどうだ、オマワリさんよ」

俺はなかに入った。

猫が二匹。折り畳み式の書き物机の上に第二次世界大戦期の古い拳銃が一丁。

「その銃の許可は取ってるのか?」

「おれのじいさんのだったんだ。銃所持で俺をしょっぴくか?」

「いいや」

「コカインを見せろ」

俺は袋をあけ、ヴァードンに試させた。彼は少量のコカインを取り、その指を歯茎になすりつけた。両眼が見ひらかれた。

俺はコカインの袋と丸めた札束を渡した。「これは君のだ」

「見返りに何が欲しいんだ？」ヴァードンは警戒して言った。

「ふたりで吸えるように二本引いてくれ」

ヴァードンは慣れた手つきで、フォーマイカのテーブルの上に引いたコカインの線を二本に割った。俺は五ポンド紙幣を丸め、一本を吸った。このくそは最高だ。くそ衛星軌道までぶちあげてくれる。

五ポンド紙幣を渡すとヴァードンも一本吸った。

「ジーザス・クライスト！」

「ああ、わかってる」

「俺はジーザス・クライストと言ったんだ」

「ああ、わかってる」

「もう一本いくか？」

「君はやってくれ、ナイジェル、俺は大丈夫だ」

ヴァードンはドイツの美しい医療用コカインの長い線をもう一本吸い、にやりと笑ってみせた。

俺はプラスティック製の椅子の背にもたれ、猫の一匹を膝から追い払った。

「俺にもわかったよ、ナイジェル。要するにアメリカ人が問題なんだな」俺は言った。

「アメリカ人の何が問題なんだ？」

「コノリーだよ」

「そいつがどうかしたのか？」

「理由はまだわからないが、コノリーは高性能のミサイルシステムを手に入れようとしていた。南アフリカ、イラン、リビアといったならず者国家に売りつけられるやつを。そのミサイルシステムを闇市場に出す必要があった。アメリカ連邦議会はそうした国家に対する武器の輸出を禁止しているからな」

「おもしろい意見だ」

「だろ？　君が今考えていることはわかるよ、ナイジェル。南アフリカやイランみたいにいい、まじな戦争をしている国が、ミサイルを数発手に入れたところでなんになるのか？　でもここがよくできてるところだ。ミサイル・ランチャーは半ダースあればいい。なぜかって？　科学者と技術者がリバースエンジニアリングすれば、ミサイルを大量に製造できるからだ」

「そりゃ結構なアイディアだ」ヴァードンは同意した。

「とはいえ、コノリーはそんなミサイルをどこから調達するのか？　アメリカの工場からは盗めない。ＦＢＩが黙っちゃいないからな。そこでコノリーはゆっくりと、静かに、こういう話を広めた。高度なミサイルシステムを調達してくれたら、数百万ドル、いや、数千万ドルで買い取ると」

「そりゃ傑作だな、実に愉快だ」ヴァードンは言った。「もう一本いくか？」

「ああ、いいね。準備してくれ」俺は話を続けた。「マイケル・ケリーはこの話に飛びついた。マイケルは国際的な武器取引市場で頭角を現わそうとしていた。あちこちで小さな成功を収めていた。が、コノリーとの取引は大きな成功を意味していた。今言ったように、何百万……何千万の取引だ。それに、コノリーとの取引は自由も意味していた。父親から離れ、薄汚いノミ屋業から離れ、アイルランドから離れ、一流の仲間入りができる。で、ここからがミソなんだ。マイケルの昔の同級生にナイジェル・ヴァードンという男がいた。この男は〈ショート・ブラザーズ〉で働いていて、この会社はなんと、高度なミサイルシステムを製造していた」

ヴァードンはもう一本コカインを吸うと、丸めた五ポンド紙幣を俺に渡した。俺ももう一本吸った。ヴァードンは笑った。俺も笑った。

「最後まで聞かせてくれ」

「マイケルにはナイジェル、君が必要だった。けど、君はトミー・ムーニーの許可がなければ、どんなものも工場から運び出すことも運び入れることもできないと知っていた。君たち全員にとって運がよかったことに、トミー・ムーニーは自分で言っているようなボーン・アゲインのクリスチャンではなかった。トミー・ムーニーはテロリストで、頭のてっぺんからつま先までUFFだった。昔ながらの殺し屋で、俺たちがこれまでに食った温かい夕飯よりも多くの二足歩行動物をその手にかけてきた。トミー・ムーニーは恐ろしい最低野郎だった」

「続けろ」

「マイケルはイギリスだかアイルランドだかくそスイスだかどこだかでコノリーと会った。マイケルは君のことを話した。コノリーは興味を示した。めちゃくそ興味を示した。君は恐ろしいトミー・ムーニーに話してみた。ムーニーもとても興味を示した。見込まれる稼ぎは無視するには大きすぎたからだ。だから俺は数千万ドルと踏んでる。相手はなんといってもアメリカ政府だ。彼らならそれだけの金を払える」

ヴァードンは何も言わなかった。

「ミサイルは盗まれた。が、そこで歯車がくるった。予定されていた場所にミサイルが運ばれるまえに、〈ショート・ブラザーズ〉の内部監査が入ったんだ。不定期の抜き打ち検査が。会社は半ダースのジャヴェリン・ミサイルシステムが紛失していることに気づき、仰天した。彼らは特別部に連絡し、内部調査を始めた。工場の警備責任者だった君は即刻解雇された。会社はトミー・ムーニーもクビにしようとした。ムーニーがお膳立てしたはずだとみんな知っていたからだ。ムーニーがゲートをあけ、ミサイルを運び出し、アルスターのどこかの奥深くに隠した。けど、クビにできなかった。ムーニーを恐れていたからだ。なぜなら、あいつはUFFで、くそ殺し屋だったからだ。それだけじゃなく、ムーニーはストを呼びかけ、工場の稼働を停止させることができる。そうなれば、〈ショート・ブラザーズ〉はサッチャー首相の好きなように料理されちまう」

ヴァードンはかぶりを振った。「その話にゃ納得いかねえところがある」

「まあ待て、話はまだ終わっちゃいない。その後、マイケルとムーニーは仲たがいした。理由はなんだっていい。分け前のこと、ミサイルの輸送に関すること。特別部が出てきてマイケルがびびったか、もしくはマイケルはコノリーを信用していなかったのかもしれない。それか、マイケルが秘密を守れなかったのかもしれない。理由はどうだっていい。マイケルが邪魔になりはじめていた。そこでムーニーは行動に出ることにした。断固たる行動に。ムーニーは車でホワイトヘッドまで行き、両親を殺すと、マイケルを拉致した。マイケルが誰に計画を漏らしたかを吐かせ、それ以上訊くべきことがなくなると崖から突き落とした」

「マイケルはやっぱ自殺だと思うけどな」ヴァードンが言った。

「いや、思っていないだろ。何があったか知っているはずだ。君はシルヴィー・マクニコルがどうなったかも知っている。シルヴィーは過去数週間のさまざまな取引についてマイケルから話を聞いていて、口を閉じたままでいるかどうかわからない。ムーニーはそう考えた。彼女を百パーセント信用してはいなかったんだ。シルヴィーは俺たちに何ひとつ言わなかった。けど、ムーニーにはそれだけじゃ足りなかった。シルヴィーに死んでもらう必要があった。で、ディアドラ・フェリスが自宅のまえでムーニーだかムーニーの手下だかを見たと証言するようになったので、ディアドラにも死んでもらうことにした」

ヴァードンは今では青く、静かになっていた。

「念のために言っておくと、君の家に火をつけたのはムーニーの手下だ。特別部がくそ厳重に見張っていようと、君に落とし前をつけさせることはできるとわからせるためにな。ここまでの話を聞いてどう思う？」

「与太話だな、ダフィ。あんたは理由の部分を言ってない。コノリーにどんな得があるんだ？　アメリカ人どもになんの得がある？」

　俺はヴァードンの肩に手を置き、彼の眼をまっすぐに見た。「それは俺にはわからないよ、ナイジェル。でも君はわかっているはずだ。ちがうか？　君はその理由を知っている。そして、それを知っているというだけでも危険なんだ。こんなトレーラーハウスなんかで、何をのんびりしているんだ？　ここでおとなしくし、取引が完了するのを待っているんだ。そうだろ？　で、ムーニーが報酬を受け取ったら、このトレーラーハウスに立ち寄り、君の取り分を渡してくれる。それが君の考えていることか？　マイケル・ケリーとその両親を殺した冷酷な殺し屋が、シルヴィーを殺した男が、ディアドラ・フェリスを始末するためにスコットランドに手下を送り込んだ男が、そんな男が君を生かしておいて、金を渡すと思っているのか？」

「お……俺はムーニーとはなんの関わりもない」彼は言った。すっかり青ざめ、汗だくになっていた。それはコカインの白い魔法のせいだけではなかった。

「糸を引いてるのはアメリカ人なんだろ？　俺はあいつらと揉めたことがある。殺されかけたよ。俺は王立アルスター警察隊の刑事だ。証拠もなく、当てずっぽうばかり言っている刑事だ。ところが君は……君は実際に一部始終を知っている。だから取引が完了すれば、ミサイルを始末できれば、彼らはやり残した仕事をきっちり片づけようとする。今の遠まわしな言い方じゃわからなかったかもしれないが、ナイジェル、やり残した仕事というのは君のことだ。君は一ポンドたりとも受け取らない。いかなる愛も受け取らない。その代わりにたぶん君が受け取るのは、頭に一発の銃弾だ」

ヴァードンは眼を閉じ、息を吸って吐き、水を一杯取りに行くと、それを飲んだ。

「話せ。俺に話してくれ、ナイジェル」

ヴァードンはまた腰をおろした。

「何が望みなんだ、ダフィ」

「殺人犯を捕まえたい。俺は殺人事件を捜査する刑事だ。ミサイルのことはどうでもいい。マイケル・ケリーを崖から突き落とした男たちを捕まえたい、シルヴィーを殺した男たちを捕まえたいんだ」

ヴァードンはかぶりを振ると、「な……なんの話かわからないな。それについては何も知らない」と一本調子に言った。

俺はヴァードンのナイトガウンの下襟をつかんで、ヴァードンの顔を俺の顔のそばに引き寄せた。

「犯人を引き渡してくれるか、ナイジェル。それができるか？　もしできるなら、君の命は助かる」

彼はぼさぼさの頭を横に振った。「誰があいつらを殺したのかは知らない。なくなったミサイルのことも何も知らない」

「公式のルートを選んでくれてもいい。全面的な自供。証人保護プログラム。君の望む場所での新しい身分」

俺は丸めた札束を取り出し、それを彼の鼻先に持ちあげた。

「それか裏のルートか。ここに一万ポンドある。さっきの医療用コカインも一万くらいの値打ちがあるだろう。俺が求めている証拠をくれたら、全部君のものだ。君は姿を消す。ムーニーが刑務所に入るか死ぬまで、この地上から姿をくらます……」

ヴァードンはかぶりを振った。

「そろそろ帰ってくれ」

「それでいいのか？」

彼はうなずいた。俺は立ちあがった。ヴァードンは釣り針にかかった。今はそれで充分だ。

俺は自分の電話番号とキャリック署の俺のオフィスの電話番号を書き、テーブルの上に置いた。「いつでも電話してくれ。昼でも夜でも。ただし、バリーキャリーの電話ボックスからはかけるな。あそこは特別部に盗聴されてる。わかったか、ナイジェル？」

彼はふてくされてうなずいた。「わかったよ」

俺はコカインと金を自分のジャケットのポケットにしまった。泥だらけの野原を歩き、ＢＭＷのところに戻った。家まで運転していると、また北から吹雪いてきた。

今や全身が痛んでいた。コールレーンの医者たちがそうなると予言していたように。風呂場で服を脱ぐと、全身が黄色と紫のあざだらけだった。風呂のなかで横になり、生のウォッカでアスピリンとコデインを飲んだ。

闇がアイルランドを覆うと階下におり、ドアを施錠した。

灯油ヒーターをつけ、ベッドに入った。枕の下にグロック九ミリがあることを確認した。作動をテストし、弾倉を改めた。すべて問題なかった。もし今晩やつらがまた俺のところに来たら、今度は高いツケを払ってもらう。サラのことを考えた。ケイトのことを考えた。最後にニアヴのことを考えた。「Tá an tachrán ina shuan codlata」過去からの声が言った。いい、い、い、い、その子はすやすやと眠っていい、いる。しばらくすると、そのとおりになった。

26　匿名通報センター

朝八時、玄関の呼び鈴。覗き穴から覗いた。クラビーとローソン。

ドアをあけた。

「何事だ？」

「入院してたって聞いたぜ、ショーン」クラビーが心配そうに言った。

「ぴんぴんしてるよ。俺のかわいい顔にはほとんど手出しされなかったしな」

「何があったんだ？　拉致されたのか？」

「そうとも」

「武装組織に？」

「そこのところはよくわからん。みんな眼出し帽をしていたからな。でも、おもしろいことに……連中にはアメリカのアクセントがあった」

「待ってください。警部補の身に何があったのです？」ローソンが言った。

「誰かにお灸を据えられたんだよ」クラビーが言った。

ローソンはショックを受けていた。「警察官の身にどうしてそんなことが？」

「そんなことが起こるんだよ。もっと悪いこともな。君は自分がどこに住んでると思っていたんだ？」

「報告はしたのですか？」とローソン。

「したさ。だからどうなるってわけでもないけどな」

クラビーの拳は怒りで白くなっていた。「あんたにそんなことした連中を捕まえたら、俺が――」

「忘れろ。なかでコーヒーでもどうだ？」

ふたりは帰り、新しい休日が始まった。俺は家から出なかった。オフィスに行く気になれなかったからだが、ヴァードンが電話してくるのを待っていたからでもあった。

家で待った。テレビで『ジェシカおばさんの事件簿』と『カウントダウン』を観た。ジェシカより先に事件を解き、キャロルより先に数字を当てた。

ヴァードンは電話してこなかった。

それでかまわなかった。もう一日、思い悩む時間をやろう。

キャリックのワインショップに行き、サラの好きな高級ワインを買った。

手早いシャワー。ひげ剃り。清潔なシャツ。スポーツジャケット。ネクタイ。

BMWの車底。

BMWの車内。

サラの家。

こん、こん、こん。

ドアはあかなかった。

「どなた?」

「どなただと思う?」

「忙しいって言ったでしょ、ショーン」

彼女の声は……苛立っていた。

「ワインを買ってきたんだ」

「玄関前に置いといてくれる?」

「なかに入れてもくれないのか?」

「ええ、仕事中だから」

「何をしてるんだ?」

「仕事だって！　勘弁してよ、ショーン。仕事をしようとしてるの」

「ひとりなのか？」

「もちろんひとり。邪魔されたくないだけ。わかった？」

「なら、ワインは玄関前に置いておくよ」

「うん、ありがとう」

俺はBMWまで引き返し、通りに駐まっている車両すべてのナンバープレートを警察無線で照合した。

通りの反対側に駐まっていた一台はマーティン・マコンヴィルのものだった。《ベルファスト・テレグラフ》の副編集長の。あの力のこもった握手の。あのヨークシャーの切り裂き魔そっくりの。

BMWを道路の突き当たり、栗の木の下の目立たない場所に移動させた。マーティンは九時になってようやく出てくると、ワインボトルにつまずいて転びそうになった。マーティンは戸口の向こう側にそれを手渡し、上半身を傾けて別れのキスをした。長いキスだった。心のこもったキスだった。

「これでショーン・ダフィとサラ・オルブライトは終わりか」俺はひとりつぶやいた。

「残念だ。俺たちはうまくいくと思っていたのに」

彼女を責めはしなかった。俺だってひどいことをした。もっとひどいことをした。

コロネーション・ロードへ。

庭の小径を歩いていると電話が鳴った。

「はい？」

「どこにいたんだ？　オフィスに電話したし、あんたの自宅にもかけたんだぞ」

ヴァードンだった。

「どこにいるんだ？」

「家を抜け出て、バリーキャリーにある〈ジェイムズ・オア〉ってパブに来てる」

「出るところを特別部に見られたか？」

「いや」

「パブにはほかに誰がいる？」

「年寄りの農家が何人か」

「顔を知らないやつは？」

「いない」

「わかった。そこで二十分後に会おう」

納屋に行き、コカインと金を持った。爆弾がないかどうかＢＭＷの底を覗いた。なかった。バリーキャリーに向かった。

〈ジェイムズ・オアア〉は饐えたにおいのする田舎のパブで、フラットキャップの老人が何人か、羊毛と牛肉の価格について文句を言っていた。

ヴァードンは隅でハープのパイントを手に、神経質そうにしていた。

俺はダブルのウィスキーを二杯頼み、それを持っていった。

「話してくれ」俺は言った。

「あんたが言ってたのでほぼ正解だ」

「君の口から話してくれ。最初から。マイケルが大学を中退して戻ってきたところから」

ヴァードンはため息をついた。「まずマイケルが大学に入ったところからだ。大学進学予備校の体育館はあいつの親父が建てたも同然だったから、マイケルは熱烈な推薦状を何通も書いてもらったはずだ。マイケルが中退してホモのスキャンダルに巻き込まれると、親父は怒り狂った。あいつの親父には世間体ってもんがあった。信頼を手に入れるまでの道のりは長い。ロータリークラブ、慈善事業、もしかしたら大英帝国勲爵士の称号も持ってたかもしれない。親父はマイケルを自分の事業に噛ませることさえ嫌がっていた。できの悪い息子だっつってな。マイケルは俺に、親父が実の父親かどうかも怪しいと打ち明けたことがあって……」

「続けてくれ」

「それでも親父はマイケルを自分の事業で使うことにした。お袋がどうしてもと言ったんだ。家にあんな頭のおかしな親父がいて、マイケルは幸せじゃなかった。でもそれなりに満足はしていた。チャンスが来るのを待っていたからだ。オックスフォードではうまくやっていた。学位は取れなかったが、マイケルはそんなものくそとも思っていなかった。そんなのは紙切れ一枚のことだ。重要なのはコネをつくることだ。マイケルはコネをつくった。いろんな人脈をつくった。ごまんという人間と知り合った。海の向こうのコネ。国際的なコネだ」

「なんのために？」

「銃。武器。そういったもののために」

「じゃあ、君に会いに来たのはなんのためだったんだ？」

「大きな目的、とてつもなく大きな目的のためだ」

「具体的には？」

「全部あいつのアイディアだった。マイケルは現代の対空ミサイルシステムを手に入れたがってる男たちがいることを聞きつけた。で、あいつは俺が〈ショート・ブラザーズ〉で働いてることを知ってた。つまり……お膳立てとしちゃ完璧だろ」ヴァードンは皮肉っぽく言った。

「ミサイルを欲しがっていたのはどこの人間だった?」

「マイケルはいろんなことを言ってた」

「たとえば?」

「イスラエル、イラン、南アフリカ、世界じゅうの――」

「北アイルランドの人間はいなかった?」

「いないよ。大金が絡んでた。オイルマネーだかなんだかが」

「マイケルはアメリカ人のことも言っていたか?」

「あい。アメリカ人もいると言ってた。取引してる相手がアメリカ人だった」

「コノリーか」

「コノリーがこの話に乗ってきたのはもっとあとのことだ」

「その男たちは何を求めていたんだ?」

「最初は設計図だけだった。ただの設計図に百万ポンド払うってことだった。でもそれは俺を誘い入れるための餌だった。連中はミサイルシステム一式の現物を欲しがっていた。リバースエンジニアリングできるようにな」

「で、君は社内スパイになった」

「そうだ」

「でもミサイルを盗んだのは君じゃない」

「当たり前だ！　俺の仕事はセキュリティを通過させることだけで、残りはトミー・ムーニーがやることになっていた」

「マイケルとムーニーは会ったことがあるのか？」

「ああ。作戦実行のまえに俺、マイケル、ムーニーの三人で顔を合わせた」

「それからどうなった？」

「ムーニーたちはミサイルを盗んだ。すべて計画どおりに進んでいた」

「それから？」

「問題はタイミングだった。外国の取引相手たちは金を動かせずにいた。現金はあったが、問題はそれをどうやって動かすかだった。監視されてたんだ」

「誰に？」

「マイケルは言ってなかったが、たぶん警察だろう」

「で、盗んだジャヴェリン・ミサイルはどうなった？」

「隠してある。場所はトミー・ムーニーしか知らない。アイルランドから運び出すタイミングを窺ってるんだ」

「なぜ殺人にまで発展した？　何がうまくいかなかったんだ？」

「ムーニーはしびれを切らして、〝金はどうした？〟〝買い手に会わせろ〟と言うようになっていた。マイケルは理性的な人間だった。今回のような買い手を相手にするにはどうすればいいかわかっていた。それから、ムーニーがそれを台なしにするだろうってことも」

「だから会わせなかった」

「そうだ。でもムーニーにはそれが不満だった。で、しょっちゅうキレるようになった。しばらくして、会社が在庫の内部監査を始めたって話がまわってきた。ムーニーはぶちキレて、分け前の変更を求めてきた。仕事は全部自分がやった、おまえとマイケルは外国人との取引を仲介しただけだ、だから十パーセントの仲介料をふたりで山分けしろってな」

「マイケルはそれが気に食わなかった」

「そうだ。マイケルはこいつは自分が見つけてきた取引だと言った。約束したとおりの配分でなければ、この話はなしだと。もともと三人で三分の一ずつの約束だったんだ」

「分け前はいくらずつになるはずだったんだ？」

「マイケルに二百万、俺に二百万、ムーニーに二百万」

「どうしてそれが殺人にまでエスカレートした？」

「マイケルは全部白紙にするとムーニーを脅した。この取引は自分がいなければ成立しない、海の向こうのバイヤーたちは自分としかやり取りしないって……で、次に何があったかはあんたも知ってのとおりだ」

「次に何があった？」

「マイケルの両親が殺され、マイケルは崖から飛びおりた」

俺はウィスキーを飲み干し、もう一杯ずつ買ってきた。「つまり、ムーニーはマイケルの力を借りなくても、そのバイヤーたちと連絡をつける方法を見つけたわけだな」

「どうやらそうらしい。で、あんたが俺のところに話を聞きに来たあと、誰かが俺の家に火をつけた。そんなことしなくても、あいつのメッセージは伝わってたのによ」

「〝何も言うな〟というメッセージだな」

「あい」

「君はムーニーがマイケル、その両親、シルヴィーを殺したという証拠を持っているか？」

「いや」

俺はうなずいた。「じゃあ、服に盗聴器を仕込ませてもらえるか？」

「冗談だろ！」

「証拠が必要なんだ。ムーニーを有罪にできるなら、君を証人として保護して――」

「いや。俺はそんなことはしない。ムーニーは俺を殺すだろう。塀のなかからでも俺を始末するはずだ。それは俺への死刑宣告と同じだ。だからあんたのプランBに乗る。金とコカインだ。持ってきたのか？」

俺はジャケットのポケットを叩いた。「その代わりに俺は何をもらえるんだ、ナイジェル。今聞いた話はどれも俺がすでに推測していたことだ」

「俺はあんたが知らないことを知ってる」

「なんだ？」

「あいつらがミサイルを国外に運び出す日取りさ。マイケルと最後に話をしたのはホワイトヘッドの駐車場でのことだった。あのとき、あいつはムーニーのことも、捜査のことも、ほかのどんなことも心配無用だと言っていた。十二月七日以降、俺たちは計画どおり金を受け取ると。それがボートのやってくる日だ。十二月七日。その日、アイルランドからミサイルが運び出される」

「場所は？」

「それは知らない。マイケルは言おうとしなかった。北部の海岸のどこかだと思うが」

俺は首を横に振った。「マイケルを殺したあと、ムーニーは引き渡しの日取りを変えたに決まっている」

「金については約束を変えたかもしれない。でもミサイルはその日の夜に運び出される。何週間もまえからそう決まってるんだ。ミサイルはあまり長いこと隠しておけない。一日延期されるごとに、見つかる可能性がそれだけ高くなっていくからな」

「十二月七日の夜というのが君の持っている情報なんだな？」

「あい」

「それじゃ殺人犯たちは捕まえられない」

「ああ。でも十二月七日の夜に特別部がムーニーを尾行すれば、ミサイルのありかまで連れてってもらえるはずだ。そうなりゃ盗みでもスパイ行為でも、なんでも好きな罪状で逮捕できる」

「そうなれば、君のせいにはならない」

「そうなれば、俺のせいにはならない。ムーニーは自分が、、ヘマをこいたと考えるはずだ。で、俺は命拾いする」

ヴァードンは札束に、医療用コカインの袋に眼をやった。

「君が知ってることはそれで全部か？　十二月七日という情報だけか？」

「それが俺の知ってる全部だ」

「このまえはどうして総領事の私邸に電話をかけた？」

「パニックだよ。もしかしたらコノリーが俺をムーニーから助けてくれるんじゃないかと思った。まちがいだった。電話をかけたことがもしムーニーにばれたら……」

「君に盗聴器を仕込んで、ムーニーを殺人罪でぶち込めれば、君にアメリカかオーストラリアでの新生活を与えてやれる」

「俺はそういうことはしない。それは死刑宣告と同じだ。やつらは俺を見つけ出す。あいつらは必ず見つけ出す」

ヴァードンは金とコカインを取った。「俺は今晩発つ」

「どこに?」

「それを言うつもりはないよ、警部補」

「君が発つまえに、ひとつ頼まれてほしい。あそこの公衆電話から匿名通報センターにかけて、俺に話したことをもう一度話してくれ。キャリックファーガス署のダフィ警部補と特別部のスペンサー警部補宛てと言うんだ」

彼はうなずき、立ちあがった。「わかった。またな、ダフィ。いや、またはないか」

「元気でな、ナイジェル」

車で署に戻り、匿名通報センターから連絡が入るのを待った。

最初にスペンサーに連絡がいった。

スペンサーは俺のオフィスに電話をかけてきた。「信じられないかもしれんがな、ダフィ！　事件に大進展があったぞ！　匿名通報センターに垂れ込みがあったんだ」

「ほう？」

「十二月七日の夜、盗まれたジャヴェリン・ミサイルをトミー・ムーニーが北アイルランドから運び出すつもりらしい！　これはプロの礼儀として君に伝えているんだ。あいつがほんとうにミサイルを盗んだのなら、マイケル・ケリーの殺害に関与している可能性もかなり高いぞ」

「ありがとう、スペンサー。何か力になれることがあったら言ってくれ」

「望むなら君たちも尾行任務に加えてやるぞ。その手の任務は人手が多いに越したことはないからな」

「喜んで協力するよ」

「よし。ただし、これはうちの捕り物だからな。うちの手柄だ。君たちには指示に従ってもらう。俺たちの言うとおりにやってもらうことになるが、それでいいな？」

「かまわないよ、スペンサー。どんな形であれ、力になれるならそれで」

スペンサーにとって犯罪捜査課の人間が協力的であったためしはなく、この言葉を信じていないようだった。「君たちの仕事はムーニーを尾行することでも逮捕することでもない。それは俺たちの仕事、俺たちの手柄だ、ダフィ。新聞に載るのは俺たちの写真だ」

「なんでも君の好きなようにしてくれ、スペンサー。俺たちはご相伴にあずからせてもらうよ。それだけでうちのボスは大喜びするはずだ」

電話を切り、犯罪捜査課にもこの情報が入ってくると、クラビーとローソンにも話した。

「匿名通報センターと特別部のスペンサー警部補からさっき情報が入った。トミー・ムーニーは十二月七日にミサイルを運び出すつもりらしい」

クラビーは真に受けていなかった。「匿名の垂れ込みなんてガセに決まってるぜ」

俺は首を横に振った。「こいつは本物だ、クラビー。俺の勘がそう言ってる」

27　我々の仕事は北

真夜中。真夜中、すべてのスパイが……そうだ。そのとおりだ。皮肉な反響。

一九八五年十二月七日、ベルファスト。

暴動、検問、炎上するバス、火事。そんな一日。

午後、アングロ＝アイリッシュ合意に反対する大規模な〝アルスターはノーと言う〟集会がひらかれた。市庁舎に三十万人が集結し、サッチャー首相が腹に秘めている似非共産主義的・反帝国主義的な目論見に抗議した。群衆のほとんどは穏やかなデモのあとに帰宅したが、数千人はベルファストに残り、西ベルファストでバスを強奪したり、警官に向かって石や火炎瓶を投げたりすることで、自分たちが道徳を重んじていることをアピールした。

一方、東ベルファストでは、特別部のチームがトミー・ムーニーの自宅を見張っていた。マクリーン、スペンサー、それから特別部の精鋭たち十名ほどが、ラークフィールド・アベニューから少し離れたところにあるその赤レンガのテラスハウスを見張っていた。

キャリックの犯罪捜査課へのご褒美、特別部と協力関係を築いたご褒美として、俺たちはユーコン・ストリートのバリー・マーフィー（あだ名は狂犬）の家の張り込みを任された。バリーはムーニーの一味として知られていて、UFFのテロリストであり、〈ショート・ブラザーズ〉の従業員でもあった。

ほかにも王立アルスター警察隊の警官数名がムーニーのほかの一味を見張っていたが、実際の動きはラークフィールド・アベニューで起きるものと思われた。そこにいるムーニーがいずれ、ジャヴェリン・ミサイルが隠されている場所まで特別部の連中をまっすぐに導いてくれる。

少なくとも、作戦の上ではそうなっていた。

俺は腕時計を見て、両手に息を吹きかけた。

「午前零時だ」俺は言った。「まだしばらくここにいることになりそうだな、みんな」

みんなというのはクラビーとローソン、それからふたりのアルスター防衛連隊（UDR）兵士たちのことで、兵士たちは俺たちが暴動鎮圧任務に駆り出された場合の補充要員として一緒に行動していた。原則として、俺は兵士と仕事をするのは好きでないが、今晩、警察の人手はかなり不足しており、借りられるものは猫の手でも借りなければならなかった。

ユーコン・ストリートのバリー・マーフィー宅から三軒離れた地点に俺のBMWを駐め、俺たちは車内で待機していた。マーフィーが裏口から抜け出た場合に備えて、特別部のチームがルイス・ドライブに車を駐めていた。

俺の隣、助手席に座っていたクラビーがパイプを取り出した。

「吸ってもかまわねえかな？」

「反対意見のあるやつは？」俺は後部座席に詰め込まれている三人に向かって訊いた。

兵士たちは首を横に振り、ローソンは反対意見を述べるような世間知らずじゃなかった。

クラビーはパイプを吸い、俺はサーモスに入れておいたコーヒーを飲んだ。ラジオはブラームスを流していた。ユーコン・ストリートに動きはなかった。

「膝が痛くて死にそうだ」兵士のひとりが言い、もぞもぞと動いた。そのせいでライフルの銃口が前部座席にめり込んだ。

「おい、気をつけてくれ。革なんだぞ」俺は言い、銃を押し戻した。

午前一時、小雨が降りはじめた。クラビーはうつらうつらしはじめていた。

ローソンと兵士たちはサッカーの話をしていた。

バリー・マーフィーの家の一階の窓に光が灯った。俺はクラビーを小突いた。

「なんれす？」

俺はフロントガラスの向こうを指さした。クラビーは両眼をこすった。

「そういうことじゃない」兵士のひとりが俺たちの背後でしゃべっていた。「ジョージ・ベストが八二年に本調子を出せてたら、俺たちはきっとワールドカップに勝ってた。考えてもみろ、ジョージ・ベスト、サミー・マキルロイ、ノーマン・ホワイトサイド、ジェリー・アームストロング、パット・ジェニングス、マーティン・オニール、全員が同じチームなんだぜ。その全員が絶好調だったら？　相手チームは誰をマークすりゃいい？　ベストに常にふたりのマークをつける？　そうなりゃホワイトサイドとマキルロイが自由に動ける。ベストは点を獲らなくても、フィールドにいるだけで相手の頭数を減らせるってことだ。わかるか？」

「それは夢物語だよ。ジョージ・ベストは一九八二年には化石だった」とローソン。

「化石なんかじゃない。まだ三十五だった。パット・ジェニングスより一歳若かったんだぜ」

「ジーザス、それはまったくちがう話だ。ジェニングスはゴールキーパーだ。フォワードと比べることはできない」ローソンは言った。

マーフィーの家の玄関の明かりがついた。クラビーが体をこわばらせ、パイプを消した。

俺は警察無線を取り、後部席の三人を振り返った。

「みんな、静かにしろ。マーフィーが出てくるぞ」

みんなくちばしを閉じた。UDRの兵士のひとりがライフルをつかんだ。

「俺の車から出るまでトリガーに指をかけるな」俺は念押しした。

マーフィーの家の玄関ドアがあき、ダッフルコートを着た男がフォード・コーティナに乗り込んだ。俺は警察無線に向かって言った。

「カササギが巣から出た」

「了解」スペンサーが言った。

「カササギは巣を出て車に乗った」

「それは確かか？　クロドリはまだ家のなかにいる」とスペンサー。

「カササギを尾行する。通信終わり」

マーフィーはマージー・ストリートで左折し、ディー・ストリートの倉庫に向かった。

倉庫のドアがあき、マーフィーは車をなかに入れた。

俺はまた無線を取った。「カササギは倉庫に入った」

「クロドリはまだ動いていない。クロドリ抜きでの実行はないはずだ」

「君たちもこっちに来たほうがいいと思う」俺は言った。

「いや、カササギは陽動だ。クロドリはまだ出てきていない」

「たぶん君たちはまちがっている」

「ジーザス、状況に変化があるまで、くそ無線に触るんじゃない！」スペンサーが嚙みついた。

「怒りっぽいやつだ」とクラビー。

俺は後部座席の三人を振り返った。

「気を抜くんじゃないぞ」

ローソンがうなずいた。が、ふたりの若い兵士たちの姿は急に、あまりに若く、あまりに怯えているように見えた。ひとりはガリガリのブロンドで、ひとりはそばかすの赤毛。ふたりともどう見ても十代だ。

「君たちはキャリックのＵＤＲの兵士か？」

ふたりともうなずいた。

「名前は？」

ブロンドのほうはピーターソン、赤毛のほうはボイドといった。

「さっきワールドカップの話をしてたな。ジョージ・ベストがどうとか。考えてみろ。リアム・ブレイディが北アイルランド代表としてプレーしてたらどうなった？　ええ？　ブレイディがキャリアの絶頂にいて、ＰＦＡ年間最優秀選手に選ばれた直後のことだ。ブレイディ、マキルロイ、オニールがミッドフィールダーで……」

「いいでしょう」ピーターソンが言った。「でもフォワードはベストとホワイトサイドです」

「だとしても、勝ちゃしなかっただろうぜ」クラビーが陰気に言った。「あのブラジルが相手じゃ」

「あれは大したメンツだったな」俺も同意した。

「あい。ジーコ、ソクラテス、セルジーニョ、ジュニオール――」突然倉庫のドアがひらき、大きな黒いメルセデスのバンが猛スピードで飛び出してこなければ、クラビーはそのままチーム全員の名前を挙げていただろう。

俺はクラビーのほうを向いた。「しまった！　こっちが本命だ。スペンサーとマクリーンにも今度こそ信じてもらわなきゃならん。無線で状況を伝えろ！」

俺はバンを尾行してシドナムのバイパスに向かった。

「カササギが動いた。馬鹿でかいバンに乗って、猛スピードでA2を爆走してる」クラビーが無線に向かって言った。

沈黙。

俺は無線をひっつかんだ。「今のを聞いたか？　カササギがバンでA2を西へ向かっている」

少しの間があり、スペンサーが応答した。「あとを追え。動きがあったら逐一知らせろ」

「そっちはどうするつもりだ？」

「俺たちはまだクロドリの出方を見ている」

俺はクラビーに言った。「あいつら、まだムーニーを待ってやがる！」

「ムーニーはヴィラ・パークでビリー・グラハムに会って救われたと言ってた。もしかしたらほんとに生まれ変わったのかもしれねえ。無実なのかも」

「何が無実だ。どうにかして家を抜け出したんだよ。見張られてるとわかってて、こっそり抜け出したんだ」俺は言った。

俺たちはメルセデスのバンを追ってベルファストを抜けた。クラムリン・ロードで暴動が起き、武装組織がバリケードを置いていたが、地元警察はＡ２と高速道路にはトラブルを寄せつけずにいてくれた。

バンはウェストリンクを走ってＭ２に向かった。

五分後、バンは時速百十キロという安定した速度でＭ５の湾沿いを北上していた。

キャリックファーガスを走り抜け、さらに北へ。

もう一度無線を取った。

「クロドリはこの行動に無関係か、君たちの気づかないうちに家を抜け出したんだろう。カササギは黒いメルセデスのバンに乗っている。ナンバーはSIA8764、A2を北上している！　応援を頼む」

「わかった、ダフィ、車を一台そちらに送る。今どこにいるんだ？」スペンサーが言った。

「A2のキャリックファーガスを出てすぐのところだ。全員ここに来たほうがいい。こっちが本命だ。まちがいない」

「かもしれんな、ダフィ。だが俺はクロドリに張りついてろと指示されてる。暴動に巻き込まれなければ、十五分以内に応援が行くと思う。そっちの位置を随時知らせてくれ、わかったか？」

「わかった」

俺たちは安全な車間距離を空けたままバンを追い、A2を走った。やがてバンはスローターフォード・ロードに入り、それからホワイトヘッドのすぐそばのバリーストラダー・ロードに入った。そして消えた。

「ジーザス、ライトを切りやがった！」

バンと出くわさないよう徐行した。が、バンが入ったかもしれない脇道、車線、地所、高速道路が何十とあった。

「あいつらは港に向かっているはずだ」俺はクラビーに言い、冷静さを保とうとした。

「あい。軍隊からも警察からも遠く離れた場所、どこかボートが出入りできる場所だ。ブラウンズ・ベイ、ポートマック、ミルベイ。どれであってもおかしくねえ」

「どの港だ？」俺はバンの痕跡を求めて無数の田舎道を必死に見まわしながら言った。

「どの港だ、クラビー？」

「俺だったらポートマックにするだろうな。ちょいとした波止場がある。いい港で、静かだ。まっすぐ行って、丘を越えたら左だ」

ＢＭＷを時速百二十キロで飛ばし、丘を飛びあがった。ポートマック・ロードに出て三速に入れると、ギアは金切り声をあげた。

車のライトを切り、地平線の向こうに海が見えてくるとスピードを落とした。ポートマックに近づいていた。大きな港ではない。かなり小さな港だ。建造物は十軒以下、そのほとんどが夏だけの貸し別荘だ。おかげでこちらが身を隠せる場所はあまりない。木は生えていないし、大きな建物もない。が、利点を挙げるとすれば、死に急ぎたがる野次馬市民がそのへんをうろついていることもない。俺は村外れの丘にＢＭＷを駐め、エンジンを切った。

「みんな出ろ。しゃべるな、煙草もなしだ」

それから無線に向かって言った。「アイランドマージーでやつらを見失った。ポートマックに向かったものと推測し、俺たちも今そこに来た」が、返答はなかった。

「無線圏外ですかね?」クラビーが訊いた。

もう一度試したが、返ってくるのは雑音だけだった。

俺はほかの四人のほうを向いた。

「よし、みんな、ついてこい。野原を渡って、村外れにあるあのコテージの裏にまわるぞ。発砲はするな。おしゃべりも煙草も禁止だ。わかったな? やつらがここにいなければすぐに撤収する」

「わかりました」みんなうなずいた。

俺たちは石壁をよじ登り、沼がちな一帯を抜け、小さなコテージのまえで止まった。

「壁を越えて庭へ」俺は小声で言った。「静かにな」

ゆっくりと壁を登り、ほかのみんなが登るのを手伝った。

キャベツ、花壇、どこか不吉な赤い帽子のノーム人形の列。俺は港に面した壁に向かって這い進んだ。二十メートルほど先、港の駐車場にメルセデスのバンが停まっていた。

「いたぞ!」俺は短く言った。

デリーでの〝死の船〟の教訓を思い出していた。

「よしみんな、今から言うことをよく聞け。この任務で誰かが傷つくことはない。俺たちも、あいつらも、誰ひとりだ。こっちに圧倒的な戦力があるふりをして、あいつらを投降させる、いいな？」

「わかりました」みんな口をそろえて言った。

「とりあえずどうすればいいですか？」とピーターソン。

「警戒を怠らず、体を冷やさないようにして、あとは待つんだ」

五分。

十。

雲。小雨。メルセデスのバンから渦を巻いて立ちのぼる、ひと筋の青い煙。

「凍えそうだ」とボイド。

「これを使え」そう言って、俺の運転用の手袋を渡した。

「どうして今すぐに逮捕しないんです？」ピーターソンが訊いた。

「やつらは誰かと待ち合わせしているんだ。我々は取引相手も一網打尽にしたい」ローソンが説明した。「それに、あいつらがミサイルを荷おろししているあいだに逮捕すれば、窃盗罪だけでなく、スパイ活動と密輸の罪でも起訴できる」

「賢いやつだ」クラビーが言った。

「どうしてキャリック署なんかに配属になったんだ？」俺は訊いた。

「学ぶのにいい場所だと言われました」

「誰がそんなことを言った？」

「フィギス警視です。ダフィ警部補、あなたから学ぶことがたくさんあるだろうとおっしゃっていました」

俺は首を横に振った。「こういう若い連中だよ、クラビー、こんなうぶな顔して、俺たちに取って代わるつもりなんだ」

「確かにな」クラビーが陰気に同意した。「あ、バンの背面ドアがあいたみてえだぜ」

バンの背面ドアは確かに内側からあけられていた。

「応援はいったいどうしたんです？」ピーターソンが泣き言を言った。

「応援は必要ねえさ。いいポジションを取れた。心配すんなって」とクラビー。俺はクラビーを見た。スポックと同じヴァルカン人の冷静さ。あの陰気な長老派の沈着ぶり。スコットランド教会とイギリスの寄宿学校で培われた、あのこわばった上唇。こいつはピンチのとき、隣に立っていてほしい男だ。いや、全然ピンチじゃないときでも。

バンのドアがふたたび閉じられた。

「なんでもなかったようですね」とローソン。

港は静かだった。とても澄んだ夜で、対岸のポートパトリックのあたりにスコットランドのB738を走る車のヘッドライトが見えた。

バンの左右の後部ドアがあき、ふたりの男が出てきた。ひとりは狂犬マーフィーだった。別のひとりが運転席から降りてきた。ムーニーだった。

「あいつ、どうやって特別部の監視をかいくぐったんだ?」クラビーが驚いて言った。

それほど難しいことじゃない。裏通りにつながる地下室、納屋。それに、屋根裏に登れるなら、理屈の上では長屋状に連なるテラスハウスのどの家からでも外に出られる。

男たちは三人とも武装していた。ふたりはAK47、ひとりはショットガン。

俺はローソンとふたりの兵士のほうを向いた。

「君たち。忘れるなよ、俺が命令しないかぎり、誰も何もするんじゃない。今晩、俺たちがやるのは逮捕だ、逮捕。銃は使わない。撃ち合いはなし、ドンパチはなしだ。ポートマックに出入りできる道路は一本しかない。やつらにもそれはわかっているだろうから、分別があればすぐに投降するはずだ」

「小せえ漁船が近づいてきてる。船室に男がひとりいるようだ」クラビーが言った。「海岸を通過する。停まるつもりはねえらしい」

　クラビーの言うとおりだった。船は停まろうとしていなかった。俺は水平線を見渡した。ほかに船舶は見えなかった。海上のどの方角を見ても、何キロ先までも何もなかった。が、この場所には映画を思わせる何かがあった。この場所の何かが、これがクライマックスだと叫んでいた。

　ムーニーの手下たちがメルセデスのバンから複数の箱を運び出していた。

「連中、なんの悩みもねえみてえに、ぼけっと突っ立ってやすぜ」クラビーが言った。

　唐突に、ひとりが発煙筒に火をつけ、それを無人の駐車場の中央に置いた。赤い炎とまばゆい黄色い煙が螺旋を描き、夜の空気のなかをのぼっていった。

「引き渡しの時間にちげえねえ」クラビーがきっぱりと言った。

「あい」俺も同意見だった。「だが、相手はどこにいるんだ？」

「たぶん、くそ潜水艦で来るんでしょう」ピーターソンが言った。

　俺たちの耳に航空機の音が飛び込んできた。が、ここに飛行機が着陸できる場所はない。駐車場では幅が全然足りないし、夜の野原は死の危険をはらんでいる。

　冷たい汗が首筋を伝った。この作戦は俺の手に負えなくなりつつある。そう感じはじめていた。

　ヘマをするのはごめんだった。きれいに片づけたかった。だが、あの道化どもはこの暗さのなか、軽飛行機をいったいどこに着——

「ヘリだ！」クラビーが言った。

「ありえん！」

北アイルランド領空付近にヘリを飛ばす許可を持っているのはイギリスの陸軍と空軍だけだ。

とはいえ、確かにヘリが南東の夜空に姿を現わしていた。イギリス本土から、あるいはもしかしたらマン島から。黒塗りのベル206が。所属がわかるようなカラーリングやマーキングはどこにもなく、それが不吉な感じを醸し出していた。

ヘリ？　ヘリでアルスターに乗り込んでくるような度胸のあるやつがいるのか？

「見てくださいよ、あれ」ボイド兵卒が言い、もっとよく見ようと無意識のうちに立ちあがった。

「クラビー！　その馬鹿たれを押さえろ」

スローモーションで、クラビーはボイドの体をつかんだ。

クラビーの指がベルトに届き、ボイドを引きずりおろした。

遅すぎた。

ロイヤリストのひとりに見られてしまったにちがいない。一秒後、俺たちがいる地点の前方の壁が曳光弾とＡＫ47の銃撃で照らされたからだ。蜂の巣にならずにすんで、ボイドは幸運だった。

　こちらが撃ち返すより早く、ロイヤリストたちは手榴弾を投げてきた。飛距離が少し足りず、俺たちを守っている石壁の前方で爆発した。ぼん！

　もう一発の手榴弾が壁のてっぺんに当たり、後方に一・五メートル跳ねて空中で爆発した。壁の上半分がまるまる崩れ、俺たちは地面に伏せた。

「こちらは警察だ。おまえたちは包囲されている。すぐに投降しろ！　でなければこちらも発砲する！」俺は怒鳴った。

「投降？　誰がするかよ！」銃を持っている男のひとりが怒鳴り返し、俺たちの周囲を曳光弾が飛んだ。

　まだ残っている壁にショットガンの弾が当たりはじめた。

「これじゃ絶好の標的だ！」ピーターソンが叫んだ。

「撃ち返せ！　好きに撃っていいぞ！」俺は命令した。

　ふたりの兵士はそれぞれのセルフローディング・ライフル（SLR）をフルオートで撃った。クラビーと俺はグロックを撃ち、ローソンも三八口径を抜いて一発ずつ撃った。ぱん！　ぱん！　ぱん！

雨あられと飛んだ銃弾は、マーフィーとムーニーをバンの背後に飛び込ませるのに充分だった。

「ムーニー！　よく聞け。おまえは完全に包囲されている！　そっちは劣勢だ。丘の上に兵士を満載したランドローバーが五台停まっている。逃げ道はない！　武器を捨てて両手をあげろ！」

「降参はしねえ！」ロイヤリストのひとりが怒鳴り返し、三人全員がまた撃ち返してきた。弾丸が庭のあちこちを跳ね、俺たちのうしろのノームの群れが大量虐殺された。

俺は両手で頭を覆い、残っている壁の背後にうずくまった。

「ムーニーの手下に告ぐ！　君たちが死ぬ必要はない！　ムーニーはこれが大義のためだと言ったのか？　大義のためじゃない、くそ銭のためだ！」俺が叫んでいるあいだに全員がリロードした。

「オマワリのくだらないペテンは通用しねえよ、ダフィ！」ムーニーが怒鳴り返した。

「ムーニー、おまえは自分の金を守るためにマイケル・ケリーとその両親を殺した。盗品を売りさばいた利益の分け前を増やしたいがために、二十歳のバー店員を殺した。それで、今度は手下ふたりを巻き添えにして殺すつもりか？」

このロ上はショットガンとＡＫ47のさらなる銃撃に迎えられた。

俺が壁の最後の名残りの背後に身をかがめると、銃弾はひゅんと音をたてて俺たちの頭上数センチをかすめた。

「誰かが死ぬ。そりゃ結構だが、死ぬのは俺たちじゃない！」ムーニーがあざ笑うように言った。

「ここからなら仕留められます」ピーターソンが狙撃手のようにライフルをかまえ、冷静に言った。

「やれ！」俺は言った。

ピーターソンがSLRを一発撃つと、男がひとり倒れた。

「トミーを撃ちやがったな！　このくそ野郎ども！」マーフィーが叫び、AKを両手でかまえ、駐車場を突っ切って俺たちのほうに向かってきた。

五メートルと進まなかった。ＳＬＲの弾丸の雨がマーフィーの胸の上部を引き裂き、首が半分もげた。

残るひとりのロイヤリストは長いもみあげとバーコードヘアのハゲ男だった。穿いているジーンズがきつすぎて自由に動けないようだった。ショットガンは弾詰まりを起こしており、男は四五口径の大口径セミオート・ピストルで俺たちめがけて撃ちまくってきた。

「両手をあげろ！」俺は怒鳴った。

が、男は両手をあげなかった。そうする代わりにバンに乗り込み、エンジンをかけた。そのままアクセルを踏んで駐車場を突っ切り、そのあいだ、ふたりの兵士たちは男を仕留めようとしていた。男は負傷していたか、もしくはたんにパニックになって我を忘れていたにちがいない。バンは速すぎるスピードで車両減速用隆起（スピードバンプ）に突っ込み、振動し、横転した。男は時速五十キロでフロントガラスをぶち破り、まっすぐ電信柱に突っ込んだ。

終わった。

最初の一発から最後の一発まで、三分。

さっきのヘリを探したが、もちろんとっくに姿を消していた。

俺たちは伏せていた場所から立ちあがり、家のまえのなだらかな坂をくだって駐車場を横断した。

クラビーがマーフィーとムーニーの脈を診た。

「見込みは？」俺は訊いた。

クラビーは渋い顔でかぶりを振った。「死んでる。あっちの男は頭がぺちゃんこだ」

「自白が欲しかった。マイケルとシルヴィーにどうやって遺書を書かせたのか訊き出したかった。少なくともマイケルの遺書については」

「どうせ、お馴染みの拷問だろうぜ」

ピーターソンはクラビーが黙らせるまで「やったぞ！」と大騒ぎしていた。

「電話を探してこい、ローソン。ここであったことをキャリック署に伝えるんだ」俺は言った。

空気は黒色火薬と血と燃えるディーゼル油のにおいがした。月明かりがショットガンのシェルの黄金の痕跡を照らしていた。

木箱の中身を改めると、果たしてそれは〈ショート・ブラザーズ〉から盗まれたジャヴェリン・ミサイルだった。

俺は海まで歩いた。

三人の死んだ男たち。北アイルランド紛争で命を落とした男たちと女たち。その身の毛もよだつ数字に新たに加わった、もう三人の死んだ男たち。

気分が悪かった。恥ずかしかった。これを指揮したのは俺だ。これは俺の失敗だ。

「おい、ショーン！」クラビーが叫んだ。

「少し時間をくれ」そう言って、小さな港に隣接するビーチ沿いを歩いた。

涙を押し戻し、深呼吸した。

警官の守護天使、大天使聖ミカエルのポストカードを取り出すと、そこに口づけし、眼を閉じた。

「どうか祝福を。私は罪を犯しました。最後の懺悔からもう二年が経ちます」俺は静かに言い、自分の罪を海に告白した。が、いつもどおり、砂に打ち寄せる冷たく黒い海は俺に赦しを与えようとしなかった。

「ここから出られることを神に感謝します」俺はつぶやき、煙草に火をつけた。

駐車場に戻ると、特別部のランドローバーが何台か到着しており、そこから警官たちがわらわらと出てきた。俺はスペンサーとマクリーンに向かってうなずいてみせた。

君たちは遅すぎた。君たち全員、遅すぎた。

白いつなぎを着た警察の鑑識班がベルファストからやってきた。彼らはアーク灯を設置し、血液サンプルと空薬莢を回収しはじめた。

マカーサー警部がグリーンの正装姿で現われた。メディアを引き連れていた。

「ええ、これはキャリック署の犯罪捜査課と特別部の協同作戦でした」警部は言っていた。

その口元に、サラ・オルブライトがテープレコーダーを近づけていた。俺たちの眼が合った。サラとの関係は二日前に終わっていた。彼女は少しも気にしていなかった。俺に向かってほほえんだ。俺はうなずき、そのまま歩きつづけた。

マカーサーがぺちゃくちゃと話しているのをよそに、俺はトミー・ムーニーの死に顔を覗き込んだ。

俺は自白が欲しかった、トミー。おまえの口から聞きたかった。おまえはマイケル・ケリー、その両親、シルヴィー・マクニコルを殺した。ヤンキーどもの札束に眼がくらみ、それだけの人間を殺したんだ。

鑑識班が置いたアーク灯のそばに膝をつき、トミーの冷たく蒼い瞳のなかに真実を読み取ろうとした。

が、真実はなかった。

あるのは死だけだった。

決まって、あるのは死だけだった。

28　青い虎

特別部とアルスター防衛連隊(UDR)が手柄と見出しを独占した。連中を仕留めたのは兵士たちだし、あれは特別部の作戦だった。が、見出しなんか誰が気にする？

「見出しなんか誰が気にする？」翌日、クラビーとふたりで捜査本部室に座っていた俺は言った。

「見出し？　俺じゃねえな。すべては空しい、と主はのたまってる」

「まさにな。あのヘリについて続報は？」

クラビーはかぶりを振った。該当する特徴のヘリはイギリス諸島のどこからも飛び立っていなかった。

俺は驚かなかった。なぜか？

スパイのにおいがしていた。アメリカのにおいがしていた。

俺はベルファストのアメリカ総領事館に電話をかけ、ジョン・コノリーの昨夜の行動を訊き出そうとした。が、コノリーはアメリカに帰国しており、アイルランドに戻ってくることは二度とないだろうと言われた。

もちろん特別部はポートマックで死んだ男たちそれぞれの家族に事情聴取したが、誰もがケリー一家殺害事件については何も知らない、盗まれたジャヴェリン・ミサイルについてはそれこそ何も知らないと主張した。トミー・ムーニーがマイケル・ケリーを殺したという確かな証拠はなかったが、王立アルスター警察隊の情報ファイルによると、ムーニーは一九七〇年代に九人の人間の死に関与していた可能性があった。うち三人は九ミリ拳銃の銃弾一発で殺されていて……

俺たちは事件を黄色のフォルダーにしまうよりほかなかった。捜査終了ではないものの、新たな証拠が出てくるまで保留されるヤマ用のフォルダーに。

「一度でいいから殺人事件を法廷に持ち込んで、判決まで持っていきたかったな」俺はクラビーに言った。

「あまり自分を責めないほうがいいと思いますよ」ローソンが言い、紅茶を運んできた。

「犯罪捜査課の訓練学校で教わりました。殺人事件の検挙率は七〇年代以降、下降の一途をたどっているそうです」

「そうなのか？」

「ええ。北アイルランドの殺人事件の圧倒的多数が未解決のままです。テロが関係している場合の検挙率は十五パーセントに満たないということです」ローソンが説明した。

クラビーにはこの若者が俺を苛つかせていることがわかった。

「ローソン、向こうに行ってビスケット取ってきな。なんで紅茶にビスケットをつけねえんだ？　訓練学校でそいつを真っ先に教えるべきだろうが」

ローソンがいなくなると「あいつはいいやつだよ」とクラビーが言った。

「マティのほうが愉快だった」

「あいつはマティじゃねえ。でも、いいやつだよ」

ローソンがチョコレート・ビスケットを持って戻ってきた。俺たちは紅茶を飲み、ビスケットを食べた。捜査本部室を片づけると部屋はがらんとした。ケリーに関する資料が入った箱ふたつを未解決事件用の棚にしまった。

俺の刑事生活最後の事件はほかのあまりに多くの事件が迎えたのと同じ結末を迎えた。

結論はなし、裁きもなし。

新聞が創作したストーリーは、盗まれたミサイルはアパルトヘイト下の南アフリカに輸出される予定だったというものだった。筋は通っていたが、真実からはかけ離れていた。もしほんとうにアパルトヘイト下の南アフリカに輸出されるところだったのなら、特別部はあらゆる手がかりを追っていただろうし、最終的にインターポールと複数の国家政府が絡む国際的な捜査に発展していたはずだ。

では、ミサイルのほんとうの行き先はどこだったのか。それを突き止めようとすると、長きにわたる特別部の捜査の成果が明らかになった。すなわち、成果は何もないということが。やがて〈ショート・ブラザーズ〉の見習いふたりが盗難の幇助と教唆で起訴された。特別部は証人としてナイジェル・ヴァードンを召喚しようとしたが、ヴァードン氏は神隠しにでも遭ったように姿を消していた。

その晩、俺が王立アルスター警察隊を辞める理由が新たにもうひとつ加わった。日常的なくそ、というのがそれだ。文字どおり、ポートマックでの大銃撃戦を指に火薬火傷ひとつ負わずに生き延びた数日後、非番の日にわざわざ家庭内暴力事件に対応したせいで、俺は腕と足首を骨折することになった。よくあることだ。王立アルスター警察隊の刑事によくあることだ。そのへんの人間喜劇によくあることだ。

雨の平日の夜。テレビで『地獄の逃避行』。テレンス・マリックが友人の家をノックする隣人としてカメオ出演するシーンから一分と経たないうちに、俺の家のドアがノックされ、それはやがて執拗なばんばんばんばんという音に変わった。

「なんなんだよ！」

玄関。覗き穴。ボビー・キャメロン。ひげを剃っておらず、髪はぼさぼさ、赤い厚手の綿シャツに染みがついている。それはバーベキューソースから人間の血まで、なんでもありえた。黒のジーンズに大きく重たそうなドクターマーチンのブーツ。『ザ・ダンディ』という漫画に出てくる〝やけくそダン〟にそっくりだった。それは君が思うような、ほっこりするイメージではない。

俺はドアをあけた。「何か問題でも?」

「問題がなきゃ来ちゃいけねえのか?」

「あんたの場合はそうだ」

「おまえの助けが必要なんだ、ダフィ」

「あのくそライオンのことなら、俺にできることはないよ」

「ライオンのことじゃねえ。家庭のことだ。アーティー・マクフォールが道の向こう側でかみさんをひっぱたいてる。うちのかみさんも両隣の家族も我慢ならねえって言ってる。ふだんなら俺がなんとかするんだが、今回はどうしても関われねえんだ」

「どうしてだ?」

「アーティーにゃコネがある」

「どういう意味だ?」

「全部言わなきゃわからねえのか？　アーティーはアルスター義勇軍（UVF）なんだよ。もし俺があの家のドアを叩き壊し、あいつをぶちのめしたら、抗争待ったなしだ。そうだろ？」

「ああ、あんたはアルスター防衛同盟（UDA）だから」

「そうは言ってねえぞ、ダフィ。ただ、武装組織同士の抗争にまで発展させるわけにはいかねえだろ？」

「ボビー、大したもんだ。あんたのことはコロネーション・ロードのタレーラン＝ペリゴールと呼ぼう」そう言って、俺はため息をついた。「しかしまあ、あんたの言うとおりだ。抗争に発展させるわけにはいかない。家庭内暴力って言ったか？」

「ああ、銃は持っていくな。アーティーは今、見境がつかなくなってる。大事（おおごと）にしたくねえんだ」

「俺のやり方に口を出すな」そう言って、俺は電話台からグロックを持ちあげた。ひょっとすると、ボビーは俺を誘い出して不意打ちを仕掛けるつもりなのかもしれない。が、外に出るやいなや、アーティー・マクフォールの妻の悲鳴が聞こえてきた。

「な？」とボビー。

俺たちは通りを渡り、怒っている女たちの群れをかき分けて進んだ。「なんだい、やっとかい。うちらのヒーローたちのお出ましだ」女のひとりが当てこすりを言った。

上階からの悲鳴は殴打の合間の静かなすすり泣きに変わっていた。

俺は玄関のドアを叩いた。「警察だ！　あけろ！」

「向こうでマスでもかいてろ、てめえらにゃ関係ねえことだ！」二階から返答があった。

俺はボビーを見た。「ドアを破る。手を貸してくれ」

ボビーは大槌を取り出した。「ここは任せろ。けど、俺はなかに入れねえからな」

スウィング。ハンマースウィング。公営住宅のベニヤ板の玄関ドアは崩壊した。

壊れた物が散乱した玄関。泣いている五歳の女の子。

二階からさらに殴打の音。一段抜かしで階段を駆けあがった。

アーティー・マクフォールはクリケットのバットを手に、踊り場で俺を待ちかまえていた。照明が叩き壊されていたので、マクフォールがそこにいると気づいたときにはもう手遅れだった。クリケットのバットを腹に食らい、俺は階段をうしろ向きに転げ落ち、腕と足首を折った。

マクフォールは俺を追って階段をおりてきた。俺はグロックを抜いた。「もう一歩でも近づいてみろ。神に誓って、それがおまえのくそ最期になるぞ」俺は言った。

俺が大真面目だと伝わったらしかった。

マクフォールはバットを捨てた。

「そこに座れ」

彼は座った。

キャリック署から応援が来るまで、表の男たちがマクフォールを押さえつけていた。俺は救急車でロイヤル・ヴィクトリア病院に運ばれた。砕けた腓骨（ひこつ）。砕けた踵骨（しょうこつ）。二日後に解放された。足にギプス。腕にギプスと吊り包帯。このときは知る由もなかったが、これは俺にとって『青い虎』の瞬間だった。アーティー・マクフォールはボルヘスのこの短編小説に出てくる盲目の物乞いで、物語と同じように、俺の日々と夜々を取り返してくれたのだ。俺を死から救ってくれたのだ。俺がチヌークに乗れないようにすることで……

ケイトとケンドリックが俺に会いに来た。

「まあ！　何があったの、ショーン！」ケイトが言った。

「ちょっと階段から転落してね」

「あなたの家の階段から？」

「誰の家の階段からだって同じだろ？」

「それもそうね。ランチの約束はまだ生きてる？」

「俺の多忙な社交カレンダーを確認してみないと」

ケンドリックがジャガーを運転した。ケイトは俺と並んで後部座席に座り、話をした。ビジネスライクだった。それが心地よかった。ケイトが話している。ケンドリックがバックミラーのなかでにこにこしている。ケイトはジーンズを穿き、シルクのタートルネック・セーターを着ていた。ケンドリックは赤いシャツとコーデュロイを着ていた。ふたりの着こなしは俺を警戒させないよう、リラックスさせるよう計算されていた――もちろん俺は気を抜いたりしなかったが、そこまで考えられていることに感心した。

俺は心を決めていた。が、俺が正しいことをしようとしていると、ケイトの口から言ってほしかった。「じゃあ、警察に残ったら、俺の未来はどんなふうになる?」

「とても冴えないものになるでしょう。王立アルスター警察隊の堪忍袋の緒はもう切れる寸前だし。上層部があなたに対して〝教育の機会を設ける〟ことはもう二度とないでしょうね」

「俺は彼らのルールに従えなかった」

「これは警察上層部の感じていることだけどね、ショーン、あなたはどんなルールにも従えないと思われてる。それと、これも彼らの考えだけど、あなたは〝自分を特別な人間だと思ってる〟」

「そんなこと、口にしたこともないのにな。考えたことだってない。まあ、今さら君に教えてもらうまでもなく、上層部が俺をどう思ってるかは知ってたけどな。俺はもう、もっと大きく、もっとよく、と育ててもらう身じゃない。未来はこの世界のローソンたちのものだ」

「あなたがせいぜい望めるものはね、ショーン、下級刑事のまま飼い殺しにされること。大きなトラブルを起こさないよう、辺鄙な署で」

「そんなにひどい人生でもないな」

「でもあなたのように能力がある人にとっては、すごく実り多き人生ってわけでもない」

「俺の悪い評判を聞いてるのに、どうして君はびびらないんだ？」

「あなたが成熟した人間だってわかるからよ、ショーン」

「君のボスにもそう言ったのか？」

「ボスはわたし。わたしが雇いたい人は、事実上誰でも雇っていいことになってる」

昼飯はダウン州カルトローの、ミシュランの星を獲った店で食べた。〝獲れたて〟のあれやら〝地元産〟のこれやらが出てきた。俺はラムチョップを頼み、ケイトとケンドリックはストラングフォード湾の鱒を頼んだ。

怪我のせいでナイフとフォークを使えなかったので、ケイトが母親代わりになって俺の肉とポテトを切り分けてくれた。

俺たちは牛と羊と少し寂れたビーチを見おろせるバルコニーに座っていた。

「で、あなたの考えは、ショーン？　わたしたちのところで働いてくれる？　わたしたちはずっと待った。あなたの事件が解決されるまで辛抱した」

俺は彼女を見た。ケイトはほんとうに、とても美しかった。どうして今まで見えていなかったのか？　美しく、知性があり、そして、まあ、金もある……それに俺は彼女が好きだった。とても好きだった。ケイトは俺たちが結ばれる可能性をまったく計算に入れていなかったが、この先どうなるかなんて誰にもわからない。だろ？

「俺の事件はほんとうの意味で解決したわけじゃない」

「でも決着はついたんでしょ。わたしたちは邪魔せずに捜査を最後までやらせた。それがあなたにとって大事なことだと知っていたから」

俺はこのときの彼女の口ぶりに気づかなかったが、気づくべきだった。最後までやらせた……

「警察がやっているのはね、ショーン、戦術的な戦いなの。わたしたちが戦っているのは戦略的な戦い」

何年かまえに彼女に言われたことを思い出した。イギリスがしている長いゲームのことを。大英帝国からの戦略的撤退のことを。

「手続きはどうなる？」俺は訊いた。

「まずは仮の形で雇用のオファーを受けてもらいます。審査に通ったら、公職秘密法の書類にサインしてもらいます。それで晴れてわたしたちの一員です」ケンドリックが説明した。

「で、警察は辞めることになる」

「もちろんそうです」ケンドリックが言った。

俺はイエスと言いたかった。もう辞表をタイプし終えていると言いたかった。が、この命懸けの十年のあとで警察を辞める？　返事が喉につかえて出てこなかった。

「審査のプロセスを始めることは了承してくれる？　あなたが最後の決断をしているあいだに審査を進めておくから」ケイトが言った。

「それならかまわない」俺は同意した。

「ねえ、来週スコットランドで大きな課報会議がひらかれるの。ありとあらゆる機関の大物が一堂に会する。指揮統制グループ、北アイルランドのあらゆる伝手、わたしたち、わたしたちの姉妹機関、軍課報部、警察、特別部。ヨーロッパとアメリカからも来る」

「君がその会議をひらくのか？」

「ショーン、さっきも言ったように、これは戦術ではなく戦略の問題なの。北アイルランドの次の十年間。それから、その次の三十年間。インドでしたのと同じまちがいをわたしたちの玄関先で繰り返すつもりはない。あなたにも来てもらいたい。とても聡明で、とても興味深い人たちと知り合えるわよ。足と腕が大丈夫なら、一緒に来て」

「足と腕は大丈夫だと思う」俺は言った。「一緒に行くよ」

ケイトとケンドリックにコロネーション・ロードまで送ってもらった。

ケイトは俺を玄関まで見送った。

「あなたは爆発に巻き込まれた。銃で撃たれた。階段から突き落とされた。そろそろ現場を離れて、デスクワークをするのもいいんじゃない？　レベルを引きあげなさい。体を張る側じゃなく、頭を使う側になるの」

それでわかった。ケイトからすれば、これは俺にとって合理的な次の一歩なのだ。幹部クラスに出世するための。

翌朝、電話が鳴った。俺はコーヒーカップを置いて受話器を取った。

「はい？」

「ショーン、ごめんなさい。申し訳ないんだけど、イギリス空軍があなたをヘリに乗せられないって言ってるの。なんらかの緊急事態が起きたとき、負傷したあなたがチヌークに乗ってると危険を招くかもしれないって」

「負傷者を運ぶのも彼らの仕事のうちじゃないのか？」

「今回のパイロットたちはちがうの。悪いんだけど、この件については空軍大尉がすごくうるさくてね。ほんとうに、心から謝らせてちょうだい」

「いいさ。君が戻ってきたら、そのときにまた話そう」

「そうそう、あなたは審査に合格した。まあ、そんなに大したことじゃないんだけど。ほとんど全員が合格するから。審査に合格した北アイルランド担当者に会ったら、あなたびっくりすると思う」

「しないと思う」

「そうね。しないでしょうね。会議から戻ったら、正式に申請用紙を送るわね。それであなたは晴れて警察を辞めることになる」

「辞表の下書きはできてる。あとはタイプするだけだ」

「だと思った。辞めるのは寂しい？」

「警察に残っても無意味だってことは君の話でよくわかった。でも俺は君の下でしか働かないからな。君のためだけだ。俺は君を信じている」

「心配しないで。あなたを使えるのはわたしだけだから！」

ふたりとも笑った。「来週戻ったら、そのときにまた話しましょう。じゃあね、ショーン」

「じゃあな、ケイト」

ケイトは電話を切った。

翌週、俺は彼女と会わなかった。

俺は彼女と二度と会わなかった。

29　流れよ我が涙、と警官は言った

Ssssssssssssssssssssssssssssssssssssssssssssssssssssssssssssssssssssssssssssssssssssssssssssssssssssssssssssssssssssssssssssssssssssssssssss
ssssssssssssssssssssssssssssssssssssssssssssss…

繰り返し……

エトセトラ……

sで埋め尽くされたページを想像しろ。そうすればインクを節約できる。Sまたsまたs。なんのノイズかわかるか？　ビッグバンの原始的なsssssssという音だ。はるか昔からの。深き時からの。雑音。俺たちはそれに過ぎない。雑音とエントロピーの大いなる灰色の海に浮かぶ、意識の小さな小さな明滅に。

俺は新しく辞表の草稿を書きあげたばかりだった。一本指でタイプして。クラビーとローソンを褒めちぎっておいた。クラビーに俺の仕事を与え、ローソンは臨時からフルタイムの巡査刑事に昇格させるよう進言しておいた。

辞表をもう一度読み、署名して封をした。

コーヒーを淹れ、切手を探した。

チヌークが街の低空を飛ぶ音が聞こえた。特徴的なその音はツインターボシャフト・エンジンが二重反転ローターに四千馬力を伝える音だ。

切手を見つけ、あとで投函できるよう封筒を脇に置いた。

とん、とん、とん、とん、チヌークが行く。

ヘリを見ようと庭に出た。

たまねぎ色の空。

珊瑚色の空。

黒い空。

消えていくローターのブレード。

ふたたびコロネーション・ロード一一三番地。居間のハイファイでかかっているのはトム・ウェイツの《レイン・ドッグズ》。B面に入り、《Walking Spanish》が《Downtown Train》になだれ込む。

香りはネスレのインスタント・コーヒー、ヴァージニア煙草、トーストしたヴェーダ・ブレッドのなかの糖蜜。

朝食が終わり、ラジオをつけた。「キンタイア岬でのヘリ墜落事故に関する情報が続々と入ってきています……」

後日、調査がおこなわれるだろう。そのさらに後日、公式の調査が。パイロットのミスです、と調査官は言うだろう。制度上の欠陥が過労とパイロットの疲労につながったのです、と調査官は言うだろう。

犯罪を疑う声があがるだろう。これがＩＲＡの仕業なら、彼らにとっては大成功だったことになる。が、ＩＲＡがそんなことを企んでいたのなら、もちろん諜報機関が察知していたはずだ。ＩＲＡの軍事評議会に鼠を潜ませているのだから。

そう、これはテロ行為ではない。

たんなる事故だ。北アイルランド担当のＭＩ５、ＭＩ６、特別部の上級エージェントを満載したイギリス空軍のチヌークがキンタイア岬の山に突っ込んだ。乗員はひとり残らず死んだ。諜報機関の職員一同が跡形もなく消し飛んだ。ケイトが、ケンドリックが、全員が。

パイロットのミスです、と調査員は言うだろう。

イギリス空軍の制度上の欠陥がパイロットのミスにつながったのです、と調査員は主張するだろう。

君はイギリスの政府刊行物発行所から報告書を取り寄せ、自分の眼で確かめられる。君は俺がコーヒーカップを落とすさまを見る必要はない。君は俺が膝から崩れ落ちるさまを見る必要はない。

俺が電話機に飛びついて、午後いっぱい、悪いニュースの確認が取れるのを待っているところを見る必要はない。

そう、俺たちはここで終わりだ。時計の針は九時五分を指したままになっている。時計は止まっている。

俺たちは別れを告げる。

キッチンの天井を抜け、奥の寝室を抜け、屋根裏と屋根瓦を抜け……

大空へ。航空機とヘリコプターの世界へ。

鳥たちの領域へ、妖精たちの領域へ……

黒い鴉が脂ぎった翼を羽ばたかせ、コロネーション・ロード一一三番地を通り過ぎ、方向転換して西に、ノッカー山に向かっている。

たぶん、あれはモリガン。

黒き瞳のモリガン。哀しみのモリガン、偉大なる女王、戦いと豊穣と不和の女神。

鴉は丘を、高地の沼を、雨に濡れそぼつ通りを越えていく。

あれがモリガンなら、彼女は傷ついた大地を見おろし、満足しているだろう。アルスターというパッチワークのキルトを見て、キンタイア岬の山腹の惨事を見て、満ち足りた気持ちでかあと鳴いているだろう。

永遠不変の平和を標榜してきたこの大陸にあって、アイルランドはその例外に思える。が、鴉のモリガンにはよくわかっている。鴉はつねに鴉であって、戦争を終わらせるには、まず何よりも人間の性質を変えなければならない。

そして、アルスター上空を飛びながら、死肉の悪臭に恍惚となって飛びながら、彼女は東を、イギリスの方角を、北海の先を、鉄のカーテンの向こう側、凍える憎悪の溜め池を見る。アイルランドは戦争に明け暮れたヨーロッパの過去の遺物というよりは、来たるべき未来の予言だ。

森を吹き抜けるそよ風。

水に立つ波紋。

今にわかる、女神がささやく。

今に、わかる、わかる。

エピローグ：一年と半年後

そう、俺は二度とケイトに会わなかった。この生において二度と会うことはないだろう。が、コノリーの福耳は一年と半年後、BBCニュースで見かけることになった。あれから多くのことがあった。多くの事件。さらなる暴力。さらなる死。そして、エリザベスという名前の女の子……その話はいずれまた。

俺は謎のコノリー氏のことはほとんど忘れかけていた。

あれはパレードのシーズンだったと思う。

外の世界で何が起きているかは誰にもわからなかったが、ベルファストで起きているのは雨と暴動だけだった。

雨と暴動と、遅れに遅れたジョン・マクラバンの息子の洗礼式（心臓病／手術／俺はこの子の健康を祈るため、こっそりと聖母マリアの丘に出かけた）。礼服を着て、スレミッシュ山のそばにある吹きさらしの粗末な長老派教会まで車を走らせた。トーマス・ウィリアムと命名された赤ん坊は、その名前と洗礼の水をことさら抗議せずに受け入れた。俺は子供の名づけ親として、父親と母親に何かあれば、プロテスタント信仰の厳格な教義にのっとってこの子を育てると、レイモンド・マッセイ似の陰気な牧師に誓った。

コロネーション・ロードの自宅へ。

ウォッカ・ギムレット。ＢＢＣニュース。

「なんてことだ」

ローソンに電話した。

「はい？」

「ニュースをつけろ。それからクラビーに電話しろ。もう教会から戻ってるはずだ」

「洗礼式はどうでしたか？」

「ニュースをつけろ、ローソン」

俺は電話を切り、テレビのミュートを解除した。

そうだ、コノリーにまちがいない。人を小馬鹿にしたあの顔、パグのような鼻、入念に撫でつけられた髪、大きく突き出た耳、尊大で知性の感じられない眼。本名はコリン・ウィルソン。アメリカ合衆国海兵隊の現役中佐で、隊外勤務として合衆国大統領の国家安全保障スタッフを務めていた。

「あの野郎、ホワイトハウスでくそ大統領の下で働いていたんだ！」思わず声に出ていた。ウィルソンは上院情報委員会の審問の場にいた。委員会はレバノンにいるアメリカ人の人質解放と引き換えに対戦車ミサイルと対空ミサイルをイランに引き渡すという、レーガン政権のおこなった裏取引を調査していた。

電話が鳴った。「ショーン？」

クラビーだった。

「ニュースを見ているか？」

「信じられねえ……つうか、信じられるっつうか」

「このままニュースを見たい。すぐにかけ直す」

俺はニュースを見て、それからすぐに新聞売店まで車を走らせ、ニュースの背景を理解するために一般紙を全銘柄買った。《タイムズ》はレーガン政権の巨大かつ規模を増す一方のスキャンダルらしきものに二面を割いていた。

それはイラン・コントラ事件と呼ばれていた。ウォーターゲート以来、アメリカで最も大きなスキャンダルだった。ときに、新聞に書いてあることに細心の注意を払わなければならないことがある。

俺は読み進めた。レバノンにいるアメリカ人とイギリス人の人質解放を助ける見返りとして、調達したミサイルをイラン政府の〝穏健〟派に引き渡すという計画だった。レーガンとサッチャーは口では絶対にテロリストと取引しないなどと言いつつ、裏で取引していたのだ。

チャンネル4のニュースで上院聴聞会のライブ中継が流れていた。

新聞からテレビに注意を移すと、またウィルソン中佐が映った。

ニールズ上院議員が彼に質問していた。「あなたはどうして最初にアイルランドに行ったのですか、ウィルソン中佐」

「理由はいくつもあります。私の母がアイルランド系で、旧姓はコノリーです。それに、我が国とアイルランドはずっとすばらしい関係を築いてきました。アイルランド人は我々の利益に反することはしない、私たちはそう感じていたのです。アイルランドはアメリカ人がビジネスをおこなえる場所です」ウィルソン中佐は言った。

証言は続いた。何時間も。

《ガーディアン》紙はウィルソンはそもそも世間知らずなドジだと書いていた。ウィルソンはアイルランドのパスポートを取得し、ジョン・コノリーという名前を手に入れ、IRAから兵器を購入できるかどうか確かめるため、CIAに自らの計画を伝えないままアイルランドに飛んだ。IRAはウィルソンのにおいが気に入らなかった。そこでウィルソンはロイヤリストの武装組織のもとに行った。ロイヤリストもウィルソンのにおいが気に入らなかった。が、彼らは金が好きだった。

マイケル・ケリーの事件にアメリカのスパイたちが絡んでいることはもともと明白だったが、その理由はこれまでずっとわからなかった。こんなにどうしようもなくいかれた事件だったとは、俺の一番突飛な妄想を駆使しても想像できなかっただろう。なのに、そうだった。これは歴史上最もあほな政権だろうか？　それとも捕まってしまったからあほなだけか？

俺はバスの缶を手に、クラビーに折り返しの電話をかけた。

「あいつにまちがいない」俺は言った。「今、チャンネル4に出てる」

「どうすりゃいいですかね」

「どうするって、何をだ」

「今、全部わかっちまったわけだ。事件の全貌が。マイケル・ケリー殺しの事件ファイルを引っぱり出しやすか？」

もっと若いショーン・ダフィなら事件ファイルを引っぱり出していただろう。あいつの福耳を道連れにしてやっていただろう。五年前の俺なら。もしかしたら二年前の俺でも。

が、このショーン・ダフィは身に染みて理解していた。

眠っている犬を起こすな。何を話そうと、何も言うな。どっちか好きな文句を選べ。

「いや、やめておこう、クラビー」

「同感だぜ」

「あのヤマはラーン署にくれてやればよかったな」

「あい。でもこんなことになるとは知らなかったわけだし。俺も知らなかったわけだしよ」彼はぼやいた。

「そうだな」

「ええ」

「今日はいい洗礼式だった」

「ですね」

「さあ、家族のもとに戻れ」

「わかった、ショーン、ゆっくり休んでくれよ」

「君もな」

クラビーは電話を切った。

テレビを消し、ソファに寝転がって、通りが暗くなるのを眺めた。

ビールを飲み終え、納屋に行った。エリザベスに詮索されずにすむよう、そこにケイトの写真をしまってあった。

箱をあけた。

オックスフォード、ノアハム・ガーデンズの路上のケイト。破れかけている。彼女は一度も浮かべたことのない、幸せそうな笑みを浮かべている。

一緒にヘリに乗るべきだった。

怪我をしていなければ、乗っていたはずだった。

階段から突き落とされていなければ……

そうしたら、ケイトは自分の代わりに俺を行かせていて、それが俺たち全員にとって一番よかったのかもしれない。

たぶん。

著者あとがき

この作品はフィクションであり、存命であるか故人であるかを問わず、実在の人物とはいっさい関係がない。とはいえ、注意深い読者であれば、私がこの時代のいくつかの歴史的事件からいくつかの要素を拝借していることに気づくだろう。オックスフォードでのオリヴィア・シャノンの悲劇的な死。オリヴァー・ノース中佐が奇妙な計画を立て、アイルランドのパスポートとジョン・クランシーという偽名（クランシーは彼のお気に入りのスパイ小説家からの借用）を使って、対空ミサイルを調達しようとしたこと（イラン・コントラ事件）。アングロ＝アイリッシュ合意の調印をめぐる出来事。北アイルランドを拠点にしていたMI5のエージェントがことごとく死亡した、キンタイア岬でのチヌーク墜落事故。そして、東ベルファストの〈ショート・ブラザーズ〉工場からジャヴェリン・ミサイルとブローパイプ・ミサイルが盗まれたこと。これは小説だから、現実には一度も会っていないはずの架空の人物たちを一堂に会させ、ゆっくりと形成されていく出来事を、もっと短い時間枠のなかに圧縮させることができた。

ショーン・ダフィ警部補も架空の人物だが、彼はたまたま私が生まれ育った家に、キャリックファーガスのヴィクトリア団地、コロネーション・ロード一一三番地に住んでいる。ダフィの隣人たちは、当時あの団地に住んでいた実際の住人たちと多少の共通点があるが、彼らもまた想像の産物である。が、公営団地で雌ライオンを飼っていた男がいたことは事実だ。

あいについて語るときに我々の語ること

大変お待たせいたしました。刑事〈ショーン・ダフィ〉シリーズ四作目をようやく日本の読者のもとに届けることができ、ほっと胸を撫でおろしています。本作はシリーズの転換点ともいえる作品で、訳者は原書を読み終えたあと、猛烈に続きを読みたくてたまりませんでした。

一作目『コールド・コールド・グラウンド』の有志読書会に呼んでいただいた際、参加者のなかに「ショーンを好きになれない」という方が多かったのですが、そうした意見に対して僕は「どうか四作目まで読んでほしい、きっとショーンの幸せを願わずにいられなくなるから」と言いました。読み終えたみなさんが同じように感じてくだされば、それに勝る喜びはありません。

四作目が無事に出版された今、「あい」について少しお話ししておきたいと思います。「あい」は英語の“aye”の音訳で、“Aye, aye, sir”（アイアイサー）の「アイ」でもあります。北アイルランドでよく使われますが、固有の方言というわけではありません。一作目が出版されたあと、「〝あい〟とはいったいなんなのか」という問い合わせが編集部に複数あったそうです。読書メーターやアマゾンをはじめとするインターネット上の読者レビューにもあらかた眼を通していますが、「あい」への言及（苦情）はとても多いと感じています。

実は『コールド・コールド・グラウンド』に着手した時点で、三作目『アイル・ビー・ゴーン』まで訳すことはほぼ決定していましたが、僕は本作、つまり四作目こそがシリーズの白眉であり、なんとしてもこれを日本の読者に読んでもらわなければならないと感じていました。しかし同時に、多くの日本人にとって馴染みの薄い北アイルランドが舞台であることや、鳴り物入りで紹介されるであろう『アイル・ビー・ゴーン』の密室トリックが、とある有名本格ミステリ作品中のトリックと酷似していることから、最初の三部作は「やや決定力に欠ける」とも感じていました。このシリーズをふつうに訳したら、きっと三作が出版された時点で刊行が途絶えてしまうだろう。でもなんとしても四作目を翻訳したい。そう思いました。

そんなとき、一介の翻訳者にできることはほぼ皆無ですが、ひとつだけ考えがありました。それが〝aye〟をすべて「あい」と訳すことだったのです。北アイルランドで多用されるこの方言をシリーズの顔にしたい、翻訳小説多しといえど「あい」を眼にできるのはこのシリーズだけ、「あい」を読みたいというただそれだけのためにシリーズを読む人が出てくる――そんな根拠なき確信がありました。双葉十三郎氏の訳されたフィリップ・マーロウの口癖は「うふう」です。この台詞はだいたいにおいて意味がよくわからないのですが、僕はハードボイルドなマーロウと「うふう（原文ではuh-huh）」のギャップが好きで、「あい」もそんなふうに、いいのか悪いのかわからないけどなんだか癖になる、という台詞として定着してほしいと願っていました。今思い返すと、若気の至りというほど若くはないし、荒唐無稽で独りよがりな使命感に燃えていたな、とも思います。

最初のうちは拒絶反応が出てくることは想定していました。担当編集者たちの名誉のために記しておきますと、彼らは「せめてカタカナの〝アイ〟にしたら？」「〝aye〟を全部〝あい〟と訳すとくどいから、半分くらいにしては？」「〝あい〟にルビで〝aye〟と振っては？」など、さまざまなアイディアを出してくれました。僕はそれらすべての提案を突っぱね、「〝うん〟でも〝ああ〟でも〝へい〟でも〝アイ〟でもなく、絶対に〝あい〟です」と頑なに主張しつづけてきました。

小説の翻訳はあまりお金にならない仕事です。僕はゲーム翻訳の仕事もしていますが、収入面だけならそちらのほうがずっと恵まれています。出版翻訳はどうしてもやりたかった仕事ですが、子供が生まれたばかりということもあり、このまま続けるべきかどうか悩みました。『コールド・コールド・グラウンド』の翻訳依頼を受けたとき、心の片隅に、このシリーズが自分の最後の翻訳小説になるかもしれないという思いがありました。他人から見たら理不尽なほど「あい」にこだわった理由は、そんなところにもあるのかもしれません。

『ザ・チェーン　連鎖誘拐』の解説によれば、マッキンティ氏は小説だけでは食べていけないのでウーバーのドライバーに転身することを考えていたそうですが、氏の境遇が自分に重なり、なんだか勇気づけられました。

最後になりますが、シリーズを訳す際、大いに警察用語の参考にさせていただいたのが『機龍警察』だったこともあり、月村了衛氏の推薦文をいただけたことは訳者として望外の喜びです。

続く五作目は本作よりさらにおもしろく、六作目は五作目よりずっとおもしろくなります。本作でより鮮明になったように、このシリーズの真髄は北アイルランドでも紛争でも、もちろん「あい」でもなく、ショーン・ダフィその人なのです。次巻以降もぜひ楽しみにお待ちいただければと思います。

二〇二〇年九月

（訳者）

ザ・チェーン
連鎖誘拐
（上・下）

The Chain

エイドリアン・マッキンティ

鈴木　恵訳

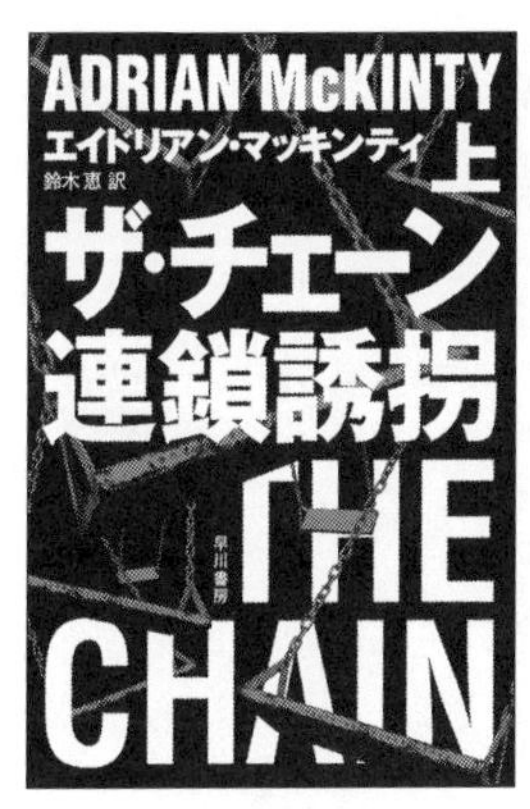

シングルマザーのレイチェルの娘がさらわれた。正体不明の犯人からの要求は、身代金の送金と「他人の子供を誘拐すること」だった……。彼女はこの誘拐の連鎖を断ち切ることができるのか？　ミステリ界の巨匠たちに激賞されたエドガー賞受賞作家による、誘拐×スリラー×アクション。クライム・ノヴェルの最前線

ODJURET

アンデシュ・ルースルンド＆
ベリエ・ヘルストレム
ヘレンハルメ美穂訳

〈「ガラスの鍵」賞受賞作〉凶悪な少女連続殺人犯が護送中に脱走。その報道を目にした作家のフレドリックは驚愕する。この男は今朝、愛娘の通う保育園にいた！　彼は祈るように我が子のもとへ急ぐが……。悲劇は繰り返されてしまうのか？　北欧最高の「ガラスの鍵」賞を受賞した〈グレーンス警部〉シリーズ第一作

東の果て、夜へ

DODGERS

ビル・ビバリー

熊谷千寿訳

〔英国推理作家協会賞最優秀長篇賞／最優秀新人賞受賞作〕ＬＡに暮らす黒人の少年イーストは裏切り者を始末するために、殺し屋の弟らとともに二〇〇〇マイルの旅に出ることに。だがその途上で予想外の出来事が……。斬新な構成と静かな文章で少年の魂の彷徨を描いた、驚異の新人のデビュー作。解説／諏訪部浩一

天国でまた会おう（上・下）

Au revoir la-haut

ピエール・ルメートル

平岡　敦訳

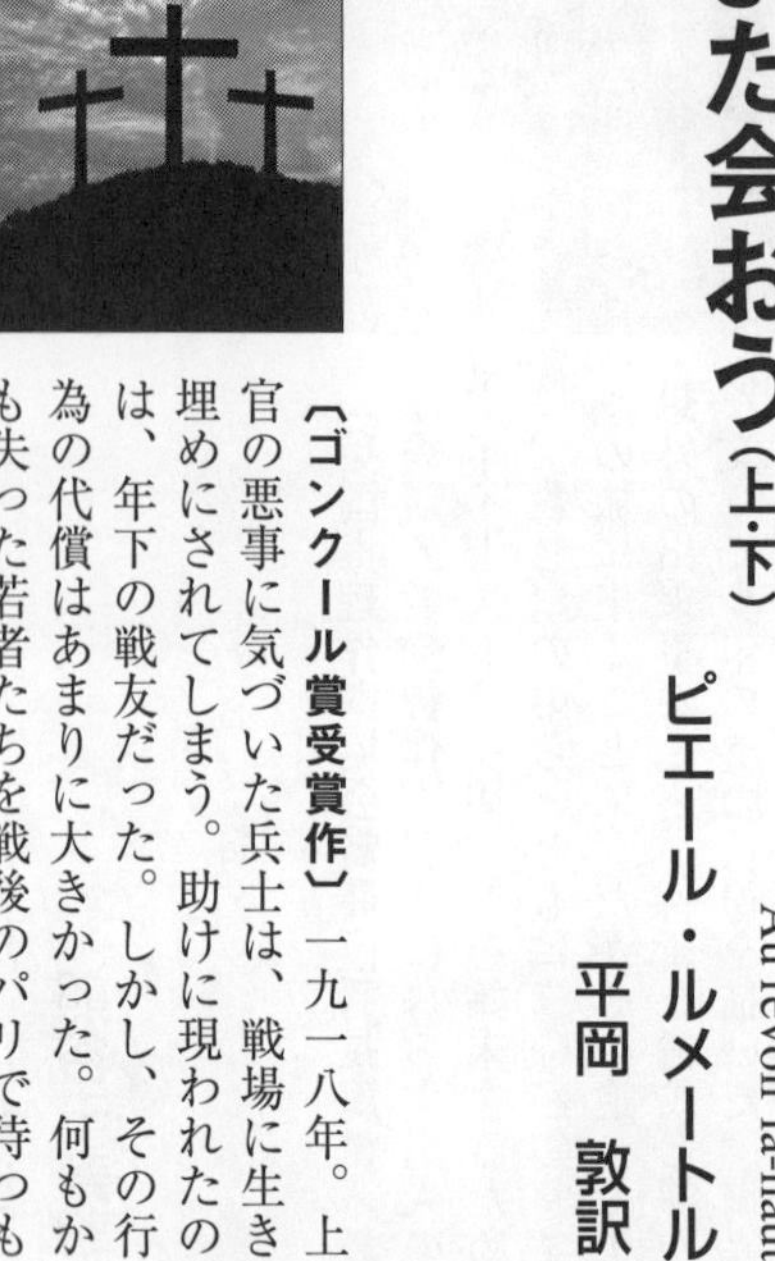

〈ゴンクール賞受賞作〉一九一八年。上官の悪事に気づいた兵士は、戦場に生き埋めにされてしまう。助けに現われたのは、年下の戦友だった。しかし、その行為の代償はあまりに大きかった。何もかも失った若者たちを戦後のパリで待つものとは――？　『その女アレックス』の著者によるサスペンスあふれる傑作長篇